HEYNE <

SUE WATSON
ALLE JAHRE
Liebe

Aus dem Englischen
von Evelin Sudakowa-Blasberg

WILHELM HEYNE VERLAG
MÜNCHEN

Die Originalausgabe erschien 2017 unter dem Titel
Snowflakes, Iced Cakes and Second Chances bei Bookouture

Sollte diese Publikation Links auf Webseiten Dritter enthalten,
so übernehmen wir für deren Inhalte keine Haftung,
da wir uns diese nicht zu eigen machen, sondern lediglich auf
deren Stand zum Zeitpunkt der Erstveröffentlichung verweisen.

Dieses Buch ist auch als E-Book erhältlich.

Verlagsgruppe Random House FSC® N001967

Deutsche Erstausgabe 11/2019
Copyright © 2017 by Sue Watson
Copyright © 2019 der deutschsprachigen Ausgabe
by Wilhelm Heyne Verlag, München
in der Verlagsgruppe Random House GmbH,
Neumarkter Str. 28, 81673 München
Printed in Germany
Redaktion: Birgit Bramlage
Umschlaggestaltung: Eisele Grafik Design, München,
unter Verwendung von Shutterstock
(Woodhouse, Marish, Maria_Ih); Bigstock (kolonko)
Satz: KompetenzCenter, Mönchengladbach
Druck und Bindung: GGP Media GmbH, Pößneck
ISBN: 978-3-453-42330-5

www.heyne.de

*Ich wünsche all meinen Leserinnen
frohe Weihnachten und ein wundervolles neues Jahr.*

Kapitel Eins

Jimmy-Choo-Stilettos und Truthahn-Tiramisu

Ich hatte das Gefühl, als würde ich einen verwunschenen Wald betreten, eine winterliche skandinavische Wunderwelt mit silbernen Birken, eisblauem Himmel und Schneeverwehungen. Durch silbrige Zweige hindurch spähte ich zu der einsamen Prinzessin hinüber, die auf dem Eis tanzte. Ihr helles Haar wehte im Wind, während sie langsam ihre Runden auf dem glitzernden, zugefrorenen Teich drehte. Ich ließ den Blick weiter durch den höhlenartigen Raum schweifen, und mir stockte der Atem, denn an einem Zweig links vom Teich hing das himmlischste Paar Jimmy Choos, das mir jemals unter die Augen gekommen war. Übersät mit himbeerrotem Glitzer, eleganten Bleistiftabsätzen und einer messerscharfen Fußspitze, die einen Mann ernsthaft verletzen könnte.

»Die muss ich haben!«, murmelte ich. Mir tropfte förmlich der Speichel aus den Mundwinkeln, als ich mir die Nase an dem Schaufenster platt drückte. In Wahrheit fühlte ich mich genauso wie die einsame Prinzessin in der Weihnachtsdekoration, die quälend langsam Runde um Runde auf dem verdammten Eis drehte, ohne jeden Sinn und ohne jedes Ziel. Nur hatte sie wenigstens die Aussicht auf ein

Paar Jimmy Choos, was deutlich mehr war, als ich im Moment vor Augen hatte. Ich war eine einsame Prinzessin, die im quietschenden Hamsterrad des Lebens strampelte. Meine Ehe war zerbrochen, ich lebte allein, und in einigen Wochen stand Weihnachten vor der Tür. Dieses Jahr hatte ich einen Heidenbammel vor den Feiertagen. Es gab nichts, worauf ich mich freute, niemanden, der mich zu Hause erwartete, keine Geschenke, die ich noch besorgen musste, kein Weihnachtsessen im Kreise lieber Menschen; es gab nur mich in meinem einsamen Prinzessinnenturm – also genauer gesagt in meiner kleinen Wohnung in Clapham. Es gab keinen Prinzen, der mich auf seinem weißen Pferd entführte, und keine traumhaften Jimmy Choos, die ich wie eine reife Beere von einem Zweig pflücken könnte.

Ich tat mir selbst am meisten leid, als die Weihnachtseinkäufer hektisch an mir vorbeirannten. Sie schwirrten geschäftig umher, um Geschenke zu besorgen, durch Läden zu stöbern und andere Leute zu treffen. Während sie alle ihr Leben lebten, kam ich mir vor, als wäre mein Leben schon vorbei, noch bevor es überhaupt begonnen hatte.

Ich stand nicht ohne Grund vor Harrods und betrachtete sehnsüchtig teure Schuhe. Ja, ich mag Schuhe; ich bin eine Frau, das liegt in meiner Natur. Aber ich starrte vor allem deshalb in das Weihnachtsschaufenster, um den Mut aufzubringen, diese geheiligten Hallen der märchenhaften Pracht zu betreten. In den nächsten zwei Wochen sollte ich hier freiberuflich als Marketingberaterin arbeiten. Ich freute mich sehr, weil es eine schöne Aufgabe rund um das Weihnachtsfest war. Aber wie die meisten schönen Dinge im Leben hatte auch dieser Job seinen Preis.

Ich riss mich vom Schaufenster los und ging zum Eingang. Mit angehaltenem Atem schritt ich durch das Portal und betrat das glitzernde Innere des Nobelkaufhauses Harrods. Mein Mund war trocken, und mein Herz vollführte einen wilden kleinen Tanz, denn hier hatte alles begonnen. Vor etwa fünfzehn Jahren hatte ich hier den unhöflichsten, selbstsüchtigsten und arrogantesten Mann kennengelernt, der mir jemals begegnet war. Und genau diesen hatte ich geheiratet.

Gianni Callidori war ein italienischer Koch, dessen ungewöhnliche Kreationen die Aufmerksamkeit eines Harrods-Managers erregten. Dieser beschloss, die Gerichte hübsch verpackt in der Vorweihnachtszeit zum Verkauf anzubieten. Wenn mir damals nach der ersten Begegnung mit Gianni Callidori jemand gesagt hätte, ich würde mich in diesen schrecklichen Mann verlieben, hätte ich es niemals geglaubt. Meine damalige Aufgabe war es, dass die richtigen Produkte an den richtigen Stellen in den dafür vorgesehenen Schaufenstern erschienen. Voller Hingabe gab ich mich dieser Aufgabe hin, als ich ihm das erste Mal begegnete.

»Nehmen Sie Ihre dreckigen Pfoten von meinen Weihnachtspuddings!«, waren die ersten Worte, die er in einem nicht gerade höflichen Ton zu mir sagte. Als Assistentin des Verkaufsleiters war es eine meiner Aufgaben, Gianni Callidoris Weihnachtskreationen, die als »neues und spannendes Sortiment an exquisiten Festtagsgerichten für den verwöhnten Gaumenfreund« beworben wurden, optimal in Szene zu setzen. Ich war geschockt über seinen Ton, und es war mir ziemlich egal, dass die *Vogue* gerade über ihn berichtet hatte und er vom *Festive Food*-Magazin als »Koch-

Genie« des Monats Dezember ausgezeichnet worden war. Ich fand ihn einfach nur ungehobelt und anstrengend. Er gebärdete sich wie ein verzogenes Kleinkind, das seine Launen nach Herzenslust auslebte.

Damals habe ich ihn auf den ersten Blick gehasst. Wie konnte er es wagen, mich in meiner Arbeit zu stören und einfach anzubrüllen?

»Heiliger Bimbam, stellen Sie die verdammt noch mal nicht dorthin!«, schrie er weiter. Das ging nun wirklich zu weit, also drehte ich mich um und brüllte zurück.

»Wo soll ich die Sachen Ihrer Meinung nach hinstellen?« Ich nahm zwei Mandarine-Nelken-Puddings aus seinem »Callidori Weihnachtssortiment« und hielt sie ihm leicht aggressiv entgegen, was auf vorbeigehende Passanten ziemlich befremdlich wirken musste.

»Jedenfalls nicht in dieses gottverdammte Drecksschaufenster«, lautete seine hitzige Antwort. »Sie müssen im Dunkeln ruhen, dürfen nicht dem Licht ausgesetzt werden«, sagte er, schnappte sich eine Handvoll Puddings und presste sie an sich, als wären sie schutzbedürftige, frisch geschlüpfte Küken.

»Oh, Verzeihung, man hat mir nicht gesagt, dass man Pudding wie Vampire behandeln muss«, gab ich zurück. »Soll ich in ihrer Nähe vielleicht auch das Versprengen von Weihwasser und Knoblauch vermeiden?«

»Nein, in den verdammten Puddings ist schon Knoblauch drin«, entgegnete er, was mich ein wenig überraschte, weil ihm der Sarkasmus meiner Worte offenbar entgangen war.

Ehe ich ihn daran hindern konnte, begann er die Puddingbehälter auf einem Tisch hinter einem großen Truthahn übereinanderzustapeln, wo sie die Kunden niemals sehen würden.

»Da, sehen Sie, der Pudding braucht Schatten, auf gar keinen Fall Licht.« Er fuchtelte wild mit den Armen. »Stellen Sie den ganzen Pudding dorthin«, fügte er zornig hinzu und deutete aggressiv auf den Tisch.

»Ich weiß, wohin ich ihn drapieren möchte, und dort ist er auch nicht dem Licht ausgesetzt«, murmelte ich. Sein verdammter Pudding verkaufte sich nicht und musste sichtbar präsentiert werden. Hier ging es schließlich um meinen Job.

Während er sich vor mir aufbaute, erklärte ich ihm ein paar Dinge über Produktplatzierung und stellte seine Puddings wieder an den Platz zurück, den ich ursprünglich für sie ausgewählt hatte. Geschockt über mein eigenmächtiges Verhalten, schnappte er mehrmals nach Luft, brummelte verärgert vor sich hin und rauschte von dannen.

Als meine Freundin Cherry mir später in der *Vogue* den Artikel über ihn zeigte, musste ich laut lachen. Er wurde als »enfant terrible« der italienischen Küche bezeichnet; er war eindeutig der aufgehende neue Stern am Kochhimmel, deswegen führte das noble Harrods seine leicht verrückten Weihnachtsgerichte im Sortiment. O Gott, mir wurde bewusst, dass ich vielleicht wegen dieses Vorfalls meinen Job verlieren könnte. Ich rechnete schon jetzt damit, vor sämtliche Chefs gezerrt zu werden, weil ich dem König nicht gehuldigt hatte, sondern ihm gegenüber ziemlich unverschämt war.

»Niemand will mit ihm zusammenarbeiten«, sagte Cherry. »Also hat man dir die Aufgabe übertragen. Du bist neu, und die Chefs wollen keinen Ärger.«

Es wurmte mich, dass der Schwarze Peter an mich weitergereicht worden war, aber ich war pflichtbewusst und wollte meinen Job gut machen. Das beinhaltete allerdings nicht, mich von einem cholerischen Italiener anbrüllen zu lassen, der nicht einmal den Anstand besaß, sich vorzustellen. Genau das gab ich ihm am nächsten Tag zu verstehen, als er ohne jede Vorwarnung in dem Schaufenster auftauchte, in dem ich gerade »Weihnachten am Schwanensee« dekorierte.

»Wie ist Ihr Name?«, blaffte er mich an.

»Und wie ist *Ihr* Name?«, erwiderte ich ziemlich schnippisch. »Verzeihung, aber Sie können nicht einfach auftauchen und mir vorschreiben, wie ich meine Arbeit zu tun habe. Sie waren gestern sehr unhöflich.«

»Sie auch«, knurrte er. »Ich werde mich an die Geschäftsleitung wenden.«

»Okay, wenn Sie sich über mich beschweren, werde ich mich über Sie beschweren«, sagte ich in der Hoffnung, er würde es nicht darauf ankommen lassen. Ich war mir ziemlich sicher, dass das Management eher mich als ihn feuern würde; schließlich bewegte ich nur Schwäne hin und her, war also durchaus ersetzbar.

Wortlos starrte er mich an, und ich hielt seinem Blick stand. Dieses Kräftemessen währte einige Sekunden, bis er »Heilige Krötenkacke« murmelte und abdampfte.

Bevor ich Gianni traf, war ich immer gut darin gewesen, andere Menschen zu durchschauen. Ich dachte, dass ich andere Menschen gut einschätzen konnte. In meinem Job war ich es gewohnt, mit schwierigen Menschen umzugehen, aber jetzt war ich mit einem Typen konfrontiert, der sich total irrational benahm. Er war nervig und arrogant in seinem ganzen Auftreten, sein Verhalten war unverständlich und befremdlich – und trotzdem war ich von Anfang an von ihm fasziniert. Er hatte diese erstaunliche Energie, war unbezähmbar, oft unerreichbar, aber dennoch gelang es mir nach einer Weile irgendwie, mit ihm auf Augenhöhe zu kommunizieren. Ich arbeitete mehrere Wochen mit seinen Festtagsspeisen, platzierte sie überall in der Abteilung an prominenten Stellen, vor allem in den Schaufenstern, besuchte Werbeveranstaltungen und überlegte mir neue Verkaufsstrategien. Insgeheim bezeichnete ich sein Sortiment als Callidoris Weihnachts-Schwachsinnn und räumte seinen seltsamen Kreationen nur wenig Hoffnung auf Erfolg ein. Ich lächelte tapfer, wenn er vorbeikam, um zu fragen, wie das Geschäft lief, und als ich ihm die Verkaufszahlen nannte, explodierte er erwartungsgemäß wie ein Feuerwerk. Er beschwerte sich bitter über den schlechten Absatz und besaß noch die Frechheit, mich zu fragen, was ich falsch machen würde. Wie kein anderer Mensch hatte er die Fähigkeit, mich binnen Sekunden auf hundertachtzig zu bringen, sodass wir uns bei jedem Treffen über kurz oder lang in der Wolle lagen. Aber wir hatten auch Gespräche, die nicht in Streit mündeten; manchmal plauderten wir über Rezepte oder die Vorgänge im Kaufhaus. Es war im Grunde nur Small Talk, aber in diesen Momenten erlebte ich einen anderen Menschen, jemanden, der zugänglich war. Mitunter entdeckte ich in seinen Augen ein schalkhaftes Funkeln, aber oft zog er mich dann auf oder zettelte einen Riesenstreit an.

Eigentlich war es unmöglich, mit ihm zusammenzuarbeiten, doch ich ließ mich nicht unterkriegen. Wenn ich die Truthahn- oder Cracker-Weihnachtspuddings an einer bestimmten Stelle haben wollte und er nicht, beharrte ich auf meiner Meinung. Am nächsten Tag stellte ich oft fest, dass er die Artikel heimlich umgestellt hatte, und dann stellte ich sie eben wieder zurück. Ich konnte mich nicht immer durchsetzen, aber ihm gelang das auch nicht.

Erst als ich in die Abteilung für Hundebedarf versetzt wurde und nicht mehr mit Gianni arbeitete, merkte ich, wie sehr ich mich an ihn und seine Art, ständig unangemeldet aufzutauchen und nach einem Grund zum Meckern zu suchen, gewöhnt hatte. Mir wurde klar, dass alles nur ein Spiel war und Gianni den Schlagabtausch, der im Laufe der Wochen einen flirtartigen Unterton angenommen hatte, zutiefst genoss. Ich mochte es, wie seine Augen mutwillig funkelten, oder wie er mich ansah, wenn er glaubte, ich würde es nicht merken. Offen gestanden freute ich mich fast jeden Tag darüber, wie er hereingerauscht kam und sich beschwerte, wie unsensibel ich seine Puddings oder sein Panettone in Szene setzte. Ich wusste ganz genau, dass er mich provozieren wollte und sich darüber freute, wenn ich eine genervte Grimasse zog, aber gleichzeitig mit den Wimpern klimperte (okay, ich flirtete zurück, ich war jung). Und manchmal hielten wir plötzlich mitten im Streit inne und begannen zu lachen, schüttelten die Köpfe über die absurden Ansichten des anderen und wussten beide, dass wir über uns selbst lachten und über die prickelnde Spannung, die sich zwischen uns entwickelte.

Die Arbeit in der Hundeabteilung machte mir Spaß; ich war sehr kreativ bei den Weihnachtssocken für den kleinen Liebling und den mit Schleifchen umwickelten Markknochen. Als Gianni von der Geschäftsleitung verlangte, ich solle weiter für ihn arbeiten, gab ich mir den Anschein, als würde ich mich dem Druck von oben notgedrungen beugen aber insgeheim verspürte ich eine fast irrationale Freude über diese Entwicklung. Ich hatte den spielerischen Schlagabtausch und das Flirten vermisst und auch jene Momente, wenn wir uns »wie ganz normale Leute« unterhielten. Gianni faszinierte mich. An manchen Tagen war er nachdenklich und weniger exaltiert, erzählte über sein Elternhaus in der Toskana, über die Kochkünste seiner Mutter und den Wein seines Vaters, den er aus den Trauben herstellte, die auf dem eigenen kleinen Stück Land wuchsen. Diese Momente blieben die Ausnahme; in der Regel behielten wir unseren Scheinkampf bei, in dem er den Bösewicht und ich die pampige Prinzessin mimte.

»Heilige Hasenpfote, Sie haben nicht immer recht«, gab er eines Tages von sich. Sein hinreißender italienischer Akzent und die seltsame Wortwahl waren eine Kombination, die ich unglaublich reizvoll fand. Trotz seines unbeherrschten Auftretens erkannte ich, dass auf ihn der Spruch von den bellenden Hunden, die nicht beißen, zutraf. Manchmal schob er mir einen seiner berühmten, mit Glasur überzogenen Kuchen zu – übrigens der köstlichste Kuchen, den ich je gegessen hatte – und brummte: »Bringen Sie den Ihrer Mama mit.« Meine Mutter war bereits einige Jahre tot, aber ich wollte ihm die Freude nicht verderben und nahm das Geschenk dankend an. Um seine Mundwinkel zuckte dann jedes Mal ein leichtes Lächeln, und ich sah ihm an, wie sehr es ihm gefiel, mir etwas zu schenken. Das stand im Gegensatz zu dem Image des unhöflichen, gefühllosen Despoten, das er für den Rest der Welt pflegte. Mir wurde bewusst, dass dieser Mann viele Facetten hatte, und ich wollte herausfinden, was sich unter der Oberfläche verbarg.

Es gab oft eine Menge Ärger zwischen uns, doch Gianni verlor niemals wirklich die Beherrschung. Er beschwerte sich zwar über alles unter Verwendung einer Vielzahl an Flüchen, die er wahllos verwendete, um die Stärke seines Gefühls zu betonen. Da er mit der englischen Sprache immer noch zu kämpfen hatte, beinhalteten diese Flüche oft eine Ansammlung von vulgären Kraftausdrücken ohne jeden Kontext, was viele Menschen vor den Kopf stieß, mich jedoch köstlich amüsierte. Ich lernte bald, dass der Weg zu seinem Herzen über das Essen ging, und konnte ihn immer beruhigen, indem ich ihn nach dem Knoblauchbrot seiner Nonna oder der Pastasoße seiner Mama fragte. Dann kam der echte Gianni zum Vorschein, der mit feuchten Augen von der italienischen Küche seiner Kindheit schwärmte. »Dicke Tomatensoßen mit frischem Knoblauch vom Feld«, sagte er dann sehnsuchtsvoll. »Und der Käse, Chloe ... ah, der verdammte, herrliche italienische Käse.«

Er hatte Italien mit neunzehn Jahren verlassen, um sein Glück zu suchen, und sich schließlich in London niedergelassen. Doch er hatte bislang keinen Ort gefunden, an dem es Essen »wie zu Hause« gab.

Zu dieser Zeit zeigte ein Fernsehsender Interesse daran, einen Dokumentarfilm über Gianni zu drehen. Seine Gerichte waren traditionell italienisch mit einem modernen Touch, und neben seinem innovativen Weihnachtssortiment war er berühmt für seine Cannelloni mit Gorgonzola und seine Zitronen-Walnuss-Pasta. Doch als zu Beginn der Dreharbeiten ein Treffen mit einem Essenstester stattfand, der es wagte, die Konsistenz von Giannis Truthahn-Tiramisu zu kritisieren (die Konsistenz war dabei das kleinste Problem!), war Gianni so erbost, dass er den Mann am

Kragen packte und sein Gesicht in eine riesige Torte tunkte. Und damit war das Ende seiner Fernsehkarriere besiegelt. Er war enttäuscht, aber ich sagte ihm, dieser ganze Showrummel sei sowieso nichts für ihn; er solle sich lieber an seine Prinzipien einer simplen italienischen Küche halten, als Fernsehruhm anzustreben und bizarre Gerichte zu erfinden. Wer will schon Truthahn-Tiramisu essen?

Trotz seiner Neigung zu Gerichten mit Innereien begann sein Stern weiter aufzusteigen, und je länger wir zusammenarbeiteten, desto enger wurde unsere Beziehung. Oft neckte er mich mit frechen Bemerkungen über mein Outfit (wenn ich es beispielsweise wagte, Gelb zu tragen, sagte er, ich sähe aus wie eine »verdammte Banane«). Ich war nicht gekränkt, da ich wusste, dass er mich gernhatte. Es erinnerte mich an die Art, wie Jungs in der Schule die Mädchen neckten, in die sie verschossen waren. Jedenfalls war Gianni Callidori bei Weitem nicht so weltläufig und kultiviert, wie die Klatschblätter uns glauben machen wollten. All diese schönen Schwarz-Weiß-Fotos, wie er lässig in der Küche stand oder im Schneidersitz mit einem riesigen Schneidemesser in der Hand auf der Arbeitsplatte saß, waren nichts als Pose. Ich sah hinter seiner Fassade den linkischen Teenager und den verletzlichen Mann. Seine ziemlich unbeholfenen Versuche, meine Aufmerksamkeit zu gewinnen, waren herzerwärmend, und manchmal wünschte ich mir, er würde seine Maske ablegen und mich einfach küssen.

Auch Cherry fiel das Knistern zwischen uns auf. »Sobald du auftauchst, hat dieser finstere Kerl so etwas wie ein Lächeln im Gesicht«, lachte sie. »Das sind die einzigen Momente, in denen er überhaupt lächelt.«

Eines Morgens arbeitete ich im Büro an einer Werbekampagne für seinen mit Glasur überzogenen italienischen Weihnachtskuchen (der Name war ein ziemlicher Zungenbrecher, aber dafür zerschmolz der Kuchen förmlich auf der Zunge), als Gianni hereinkam.

»Guten Morgen«, sagte ich gut gelaunt. »Wie finden Sie das Poster, das wir gemacht haben?« Ich stand auf und hielt ihm das Foto des Weihnachtskuchens entgegen. Gianni hatte mir erklärt, dass italienische Glasur aus Eiweiß hergestellt werde und im Grunde eine Art von Baiser sei. Die leichte, fluffige Konsistenz ergänzte sich mit dem samtig weichen Schokoladen-Chili-Biskuitkuchen auf geradezu himmlische Weise. Ich konnte das beurteilen, weil er mir Tage zuvor einen Kuchen für mich »und die Mama« mitgegeben hatte, den ich innerhalb von zwei Tagen verputzte.

»Das ist mein absoluter Favorit in Ihrem Sortiment«, sagte ich, während ich auf seine Antwort wartete. Gianni war jedoch sehr einsilbig und betrachtete nur achselzuckend das Foto.

»Der Kuchen erinnert mich an Sie«, fügte ich hinzu, worauf er mich ansah.

»An mich?«, fragte er stirnrunzelnd.

»Mm, die Eiweißglasur glänzt wie ein zugefrorener See, und da kommt mir Ihr gefrorenes Herz in den Sinn.« Ich provozierte ihn bewusst, wollte quasi eine Reaktion von ihm erzwingen.

Einige Sekunden stand er einfach nur da und sah mich an, als würde er darüber nachdenken, was ich soeben gesagt hatte. Ich fragte mich, ob ich zu weit gegangen war. Es war ein Scherz, aber ich arbeitete für ihn und hatte den Bogen womöglich überspannt.

Schließlich riss er den Blick von mir los und betrachtete das Poster, ehe er sich mit ernstem Gesicht mir zuwandte. »Und Sie könnten vielleicht der Chili sein, der die eisige Hülle und mein kaltes Herz erwärmt.«

Mit so einer Bemerkung hatte ich nicht gerechnet, und mir wurde heiß und kalt, als er näher kam, die Hand hob und mit den Fingerspitzen über meine Wange strich. Wir sahen uns tief in die Augen, und ich hatte das Gefühl, dass nun endlich etwas vorangehen würde. Ich bereitete mich innerlich schon auf den Kuss vor, doch er drehte sich um und rief mir im Hinausgehen über die Schulter hinweg zu: »Gute Arbeit, Chloe. Das Poster gefällt mir.«

Sein abrupter Rückzug irritierte mich. War er schüchtern und ein wenig verlegen, weil er es so weit hatte kommen lassen? Oder betrachtete er mich lediglich als eine Kollegin, mit der er ab und zu flirtete ohne ernsthafte Absichten?

Danach sah ich ihn ein paar Tage lang nicht, und mit jedem Tag wuchs die Enttäuschung, als er nicht auftauchte, um mich zu necken oder einen Aufstand wegen der unsensiblen Präsentation seiner hochtrabenden Weihnachtspuddings mit Kardamom zu machen. Während ich seine Puddings zu Pyramiden stapelte und dem Schaufensterdekorateur dabei half, mit Giannis verrückten Produkten die Szenerie eines festlichen Weihnachtsessens zu gestalten, musste ich ständig daran denken, wie seine Finger sich auf meiner Wange angefühlt hatten. Immer wieder fragte ich mich, warum er einfach gegangen war und wo er jetzt sein würde. Hatte er meine überraschte Reaktion auf seine Worte als Abwehr interpretiert oder Angst vor zu viel Nähe? War dieser nach außen hin so kalte Mann überhaupt in der Lage, Gefühle zuzulassen?

Ich lenkte mich mit Arbeit ab und versuchte, nicht an ihn zu denken, doch in jeder Spiegelung des Weihnachtsschaufensters sah ich sein Gesicht und hoffte, dass er doch noch auftauchen würde.

Und dann passierte plötzlich etwas. Es war der 24. Dezember, und ich wollte noch die Werbekampagne für Januar fertig machen, damit ich nach den Feiertagen sofort loslegen konnte. Die Luft vibrierte vor freudiger Erwartung auf das Fest, doch ich hatte den ganzen Tag verzweifelt mit den Tränen gekämpft, weil mein kleiner Kater Freddie am Abend zuvor auf die Straße gelaufen und von einem Auto überfahren worden war. Ich war so traurig, dass ich am liebsten nicht zur Arbeit gegangen wäre, aber wegen eines Katers hätte man mir auch keinen Sonderurlaub bewilligt.

An diesem Morgen tauchte Gianni wieder auf und begann sofort wegen irgendeiner Nebensächlichkeit zu meckern. Ganz schlechtes Timing, denn ich war zu traurig, um mich über das Wiedersehen zu freuen. Obwohl er offensichtlich auf einen unserer kleinen Schaukämpfe aus war, konnte ich darauf nicht auf meine übliche Art reagieren. Als er schrie, warum seine Pies mit geräucherter Paprika und Minze nicht verkauft worden seien, erwiderte ich nicht so schlagfertig wie sonst, sondern brach in Tränen aus. Der Kummer über den Tod meines kleinen Freddie und die Erleichterung darüber, Gianni wiederzusehen, hatten alle Schleusen in mir geöffnet. Plötzlich überfiel mich ein nahezu unwiderstehliches Verlangen, den Kopf an Giannis Brust zu schmiegen. Ich wollte, dass er mich in den Arm nahm und mir mit seinem betörenden italienischen Akzent ins Ohr raunte, dass alles gut werden würde. Aber er hatte meine Tränen gar nicht bemerkt, sondern schimpfte ungerührt weiter. Ich hatte nicht die Absicht, ihn um ein wenig Trost anzuflehen. Durch den Tränenschleier hindurch sah ich, wie seine Miene plötzlich erstarrte; er hörte auf zu schreien und sackte förmlich in sich zusammen. Offenbar war er von dem Anblick einer weinenden Frau absolut überfordert.

»Oh, Entschuldigung, das tut mir so leid, ich wollte Sie nur ein bisschen aufziehen«, stammelte er.

»Nein, nein, es hat nichts mit Ihnen zu tun«, erwiderte ich und erzählte ihm schluchzend von Freddie. Wortlos hörte er zu, und in seinen Augen lag eine solche Zärtlichkeit, dass es mir den Atem verschlug. Während ich meinen Tränen freien Lauf ließ, blieb er unbeholfen neben mir stehen. Als ich endlich aufhörte zu weinen, ging er ohne ein weiteres Wort aus dem Büro. Wahrscheinlich konnte er mit meinem Gefühlsausbruch nicht umgehen. Ich beschloss, mich davon nicht runterziehen zu lassen und meine Gefühle an einen Eisklotz zu verschwenden. Also arbeitete ich weiter und versuchte, ihn aus meinen Gedanken zu verbannen. Aber als ich am späten Nachmittag aus dem Kaufhaus auf die dunkle, regennasse Straße hinausging, stieß ich direkt mit Gianni zusammen, der gerade hereinkommen wollte. Erschrocken keuchte ich auf und begann dann zu lachen. Sein Anblick löste ein Wirrwarr an Gefühlen in mir aus. Einerseits freute ich mich riesig, ihn zu sehen, andererseits hatte ich Angst, weil ich mich in seiner Gegenwart so verletzlich fühlte. In diesem Augenblick wusste ich, dass ich verliebt in ihn war.

»Ah, Chloe, ich wollte gerade zu Ihnen«, sagte er. Er bewegte sich seltsam, hielt den Mantel zu, als würde er etwas darunter verstecken.

»Gianni, was ist los? Sie sehen aus wie ein Ladendieb«, bemerkte ich lachend. »Oder als hätten Sie unter Ihrem Mantel nichts an.« Letzteres war mir herausgerutscht, und ich biss mir verlegen auf die Lippe.

»Äh, aber es ist Winter«, erwiderte er sichtlich verwirrt. »Zieht man in England unter dem Mantel nichts an?«

»Doch, normalerweise schon.« Ich kicherte und schüttelte den Kopf.

Mein Heiterkeitsausbruch ließ ihn ungerührt. Sein ganzes Gebaren wirkte irgendwie verdächtig.

»Ich habe ein Geschenk für Sie, ein Weihnachtsgeschenk«, sagte er. Langsam öffnete er seinen Mantel und bedeutete mir, näher zu kommen. Wollte er sich etwa im Eingang von Harrods entblößen? Und noch dazu an Weihnachten? Exhibitionismus war in England eine Straftat, aber vielleicht war das in Italien ja anders? Unschlüssig sah ich ihn an, worauf er mich anlächelte (ja, ein richtiges Lächeln). Also nahm ich meinen ganzen Mut zusammen und ging auf ihn zu. Meine Bedenken lösten sich in Luft auf, als mir sein berauschender Duft nach Aftershave und Knoblauch in die Nase stieg. So nah war ich ihm noch nie gewesen, und es fühlte sich gut an, tröstlich und aufregend zugleich. Er schob die Hand in den Mantel, und Wärme durchströmte mich (ehrlich gesagt auch Erleichterung), als er das süßeste Kätzchen mit den blauesten Augen, die ich jemals gesehen hatte, hervorzog.

»Ein Kätzchen?«, fragte ich verdutzt, als könnte es auch etwas anderes sein.

»Für Sie. Damit Sie nicht mehr um Freddie weinen müssen«, sagte er lächelnd und sah mich erwartungsvoll an. Behutsam legte er mir das winzige weiße Kätzchen in die Arme, das sein rosa Mäulchen öffnete, um sein erstes »Hallo« zu maunzen. Ich blickte von dem Kätzchen zu Gianni, und unsere Blicke trafen sich. Es war, als hielte die Welt den Atem an. Genau in diesem Moment begann es zu schneien, und trotz allem, was in den Jahren danach passierte, wird das für mich immer die schönste Erinnerung sein, die ich mit Weihnachten verbinde. Niemand wird mir das jemals nehmen können.

Kapitel Zwei

Eine bildschöne Rothaarige und ein Cottage am Meer

Das erste Weihnachten mit meinem Kätzchen verbrachte ich bei Cherry. Sie war gerade frisch getrennt, und wir hatten beschlossen, das Fest gemeinsam in ihrer kleinen Wohnung zu feiern. Wir waren beide ganz verliebt in das flauschige kleine Wesen, das auf der Fensterbank saß und versuchte, die draußen fallenden Schneeflocken zu fangen.

»So werde ich sie nennen!«, rief ich. »Schneeflöckchen.«

Cherry konnte es kaum fassen, dass Gianni mir so ein liebevoll ausgesuchtes Geschenk gemacht hatte.

»Er ist sonst so verschlossen, lässt niemanden an sich heran«, sinnierte sie, während wir bei Glühwein und warmen Mince Pies (ohne geräucherte Paprika!) gemütlich zusammensaßen. »Ich schätze mal, er ist in dich verknallt.«

»Er hätte doch irgendetwas sagen oder mich um ein Date bitten können«, seufzte ich mit dem Wissen, dass ich ihn einige Tage nicht sehen würde. Mir graute jetzt schon vor der Zeit ohne ihn.

»Ich glaube, Gianni Callidori ist der Typ Mann, der sein Herz nur ein einziges Mal verschenkt. Er will es nicht überstürzen, bevor er sich ganz sicher ist.«

Mir gefiel ihre Theorie, und ich hoffte, sie möge recht behalten, denn als er mir das kleine weiße Kätzchen in die Arme gelegt hatte, hatte ich ihm im Stillen mein Herz bereits geschenkt.

»Ich hätte nie gedacht, dass ich das mal von ihm sagen würde, aber er ist ein feiner Mensch«, fuhr sie fort und lächelte über Schneeflöckchen, die unter dem Weihnachtsbaum herumflitzte und dabei die Schleifen um die hübsch verpackten Geschenke berührte.

Im darauffolgenden Jahr sprang Schneeflöckchen wieder unter dem Baum herum und spielte mit Lametta und Schleifen, nur dieses Mal im Beisein von Gianni und mir.

Wir lebten damals recht beengt in seiner kleinen Wohnung. Leider brachte sein »Callidori Weihnachtssortiment« nicht besonders viel Gewinn, dennoch sparten wir für ein eigenes Restaurant, von dem er immer geträumt hatte. Ich arbeitete Vollzeit bei Harrods, während er an seinem Traum arbeitete, aber wir achteten darauf, immer genügend Zeit füreinander zu haben. Gianni konnte aus nichts die wunderbarsten Gerichte zaubern: Seine Karottensuppe schmeckte wie Hummer Thermidor, billiges Fleisch verwandelte er in zarte Filetsteaks, die auf der Zunge zergingen. Und teilten wir uns eine Flasche Wein, schmeckte der Wein so köstlich wie Champagner.

»Dieser Mann kann Gemüse zum Singen bringen«, sagte ich einmal zu Cherry.

»Du kannst dich glücklich schätzen!«, lachte sie. »Möge dein Kohl immer wie Pavarotti klingen.«

Zu unserem ersten gemeinsamen Weihnachtsfest kauften wir einen kleinen Baum und schmückten ihn mit sehr viel Hilfe von Schneeflöckchen, die sich um alles kümmerte, was funkelte, raschelte und herunterhing. Zum Schluss knipste Gianni die bunte Lichterkette an, und dann standen wir alle drei ehrfürchtig vor unserem festlich geschmückten kleinen Baum. Er war für uns schöner als die fünfundzwanzig Meter hohe norwegische Tanne am Trafalgar Square.

Als wir danach zusammensaßen, ein Gläschen Sekt schlürften und Schneeflöckchen knuddelten, erspähte ich am Weihnachtsbaum eine Glaskugel, die vor wenigen Minuten noch nicht dort gehangen hatte. Neugierig ging ich näher und entdeckte im Inneren der Kugel einen glitzernden Gegenstand. Fragend drehte ich mich zu Gianni um, der mich schmunzelnd beobachtete, während er Schneeflöckchen streichelte.

»Was ist das?«, fragte ich atemlos und merkte, wie mein Herz einen kleinen Hüpfer machte.

»Sieh selbst nach«, antwortete er lächelnd.

Also nahm ich die Kugel ab, öffnete sie und entdeckte darin einen wunderschönen Diamantring.

»Heirate mich, Chloe. Du bist die einzige Frau für mich«, sagte er leise zu mir.

Ich war so überwältigt vor Liebe und Glück, dass ich kein Wort herausbrachte.

»Sag verdammt noch mal einfach Ja! Ja?«, drängte er etwas besorgt.

»Ja ... ja«, antwortete ich leise.

»Gott sei Dank!«, rief er und atmete erleichtert auf. »Einen Moment lang habe ich befürchtet, Mummy würde Nein sagen«, sagte er zu Schneeflöckchen, die laut schnurrend den Kopf an seiner Brust rieb. Es war scherzhaft gemeint; er wusste, dass ich mir ein Leben mit ihm genauso wünschte wie er. Und ich liebte es, das Wort »Mummy« aus seinem Mund zu hören. Selbst jetzt noch durchströmte mich ein warmes, weihnachtliches Gefühl bei der Erinnerung daran, wie er mir den Ring über den Finger streifte.

Damals wussten wir nicht, was das Schicksal noch alles für uns bereithielt. Das Leben folgt eigenen Gesetzen und ist niemals so einfach, wie man sich das erhofft.

Das letzte Weihnachten, das wir zusammen verbrachten, hatte keinerlei Zauber mehr in sich. Wir waren vierzehn Jahre verheiratet, und es war so viel in der Zwischenzeit passiert. Am Weihnachtstag kam Gianni mitten in der Nacht betrunken nach Hause, und ich weinte vor Zorn, Kummer und Enttäuschung. Die Auseinandersetzungen, die Kränkungen, die Beschuldigungen verquirlten sich zu einem Weihnachtscocktail, der jede Zuneigung ertränkte, die wir einst füreinander empfunden hatten. Ich hatte gehofft, wir würden für immer zusammenbleiben. Die Vorstellung, einen anderen Mann zu lieben, war für mich undenkbar, wie auch die Vorstellung, er könne mit einer anderen Frau glücklich sein.

Immer wieder hatte ich versucht, an ihn heranzukommen, doch in dieser Nacht wurde mir klar, dass wir nicht mehr miteinander reden konnten. Er stürmte ins Schlafzimmer, und als ich versuchte, ihn zu einer Aussprache zu bewegen, hörte er einfach nicht zu – wieder einmal. Also packte ich schweren Herzens eine Tasche mit den nötigsten Sachen zusammen und flüchtete in die Morgendämmerung. Schneeflocken wirbelten um meinen Kopf, und mein Herz zerbrach in tausend Scherben, als ich meinen Mann, meine Katze und mein altes Leben hinter mir zurückließ.

Die Trennung bot mir die Gelegenheit, in Ruhe über alles nachzudenken, und mir wurde bewusst, dass wir uns in den letzten Jahren unserer Ehe immer weiter voneinander entfernt hatten. Wir waren beide beruflich stark eingespannt gewesen, hatten unsere Karrieren als Ausrede benutzt und den Kopf in den Sand gesteckt. Gianni leitete sein großes Restaurant in London, und ich war eine international tätige Eventmanagerin. Nach außen hin wirkten wir wie der Inbegriff eines vom Leben verwöhnten Glamourpaares. Der leidenschaftliche italienische Koch und die um die Welt jettende Eventmanagerin, die Partys auf Jachten, königliche Gartenfeste und Feiern von Prominenten organisierte.

Während ich auf der anderen Seite der Welt Abendgesellschaften für saudische Prinzen veranstaltete, wurde Gianni in London zum gefeierten Starkoch. In Sonntagsbeilagen erschienen Fotos von ihm, die ihn mit Kochmütze und düsterer, grüblerischer Miene zeigten. Die Begleittexte spielten oft auf sein »schwieriges Naturell«, sein »Genie« und seine »innovative Küche« an. Ich erinnere mich, wie ich einmal während eines Fluges eine Reportage über ihn las und das Gefühl hatte, etwas über einen Fremden zu lesen.

Das diesjährige Weihnachten war mein erstes als Single. Es war mir nicht leichtgefallen, mich an diesen neuen Zustand zu gewöhnen. Ich war gerne verheiratet gewesen, hatte es genossen, mein Leben mit einem anderen Menschen zu teilen. Obwohl wir uns schon mehrere Jahre vor der Scheidung voneinander entfremdet hatten, war die Angst vor dem Alleinsein doch so groß gewesen, dass ich nicht loslassen wollte. Natürlich hatte ich versucht, mich mit meinem neuen Singledasein zu arrangieren und mich sogar halbherzig zu einigen Dates hinreißen lassen, aber nachdem diese allesamt mehr oder weniger katastrophal verlaufen waren, hatte ich beschlossen, lieber allein zu bleiben.

Und jetzt war ich wieder bei Harrods, um einen brandneuen Champagner zu promoten. Als ich an diesem Tag Mitte Dezember das Kaufhaus betrat, war ich ein wenig nervös. Mir gefiel zwar die Vorstellung, Teil der Kampagne zu sein, aber ich kehrte wieder an den Ort zurück, wo ich meinen Mann vor fünfzehn Jahren kennengelernt hatte. Obwohl es ein großartiger, sehr gut bezahlter Job war, war ich hin- und hergerissen zwischen Freude, Nostalgie und herzzerreißender Traurigkeit.

Allein das Durchschreiten des Portals erinnerte mich an Schneeflöckchen und an Giannis mit Knoblauch aufgepeppte Weihnachtspuddings. All die bittersüßen Erinnerungen an jene frühen Tage unserer Beziehung kehrten mit einem Mal wieder zurück, und ich trauerte um alles, was wir einst gehabt hatten. In unserer Verbindung hatte so viel Verheißung gelegen, so viel Zauber, und ich fragte mich zum Millionsten Mal, warum alles so entsetzlich schiefgelaufen war.

Aufgrund unserer Berufe waren wir sehr oft räumlich getrennt gewesen, was sicher auch zu unserer zunehmenden Entfremdung beigetragen hatte. Am Anfang unserer Ehe hatten Gianni und ich es uns zur Regel gemacht, nie länger als zwei Wochen voneinander getrennt zu sein und niemals an Weihnachten. Diese Regel ließ sich nicht immer mühelos mit unserem hektischen Berufsleben in Einklang bringen; manchmal musste ich mit dem Flugzeug um die halbe Welt reisen und dann im Restaurant auf Gianni warten, damit wir Weihnachten zusammen verbringen konnten. Aber als ich irgendwann wieder einmal eine lange Flugreise auf mich nahm, um rechtzeitig zu Weihnachten da zu sein, war ich vom Jetlag todmüde gewesen und hatte keine Lust gehabt, noch stundenlang in Giannis schickem Restaurant herumzusitzen und auf ihn zu warten. Also war ich vom Flughafen schnurstracks nach Hause gefahren, hatte ein Glas Wein getrunken und war ins Bett gegangen. Das war das erste Mal, dass einer von uns gegen die Regel verstoßen hatte, doch rückblickend betrachtet, war an jenem Abend auch der Zauber, der diesem Versprechen innewohnte, entkräftet worden. Gianni war von seinem anstrengenden Arbeitstag ebenfalls erschöpft gewesen und hatte vermutlich gar nicht gemerkt, dass ich nicht, wie sonst, im Restaurant vorbeigekommen war. Danach waren wir beide zu dem Schluss gelangt, dass es unmöglich sei, einander Versprechen zu geben, wo wir wann sein würden, doch inzwischen wusste ich, dass es in einer Ehe genau darum ging – da zu sein. Stattdessen gaben wir uns gegenseitig die Erlaubnis, unsere Termine so zu legen, wie es für uns am besten war, ohne dass dies irgendwelche Konsequenzen nach sich zog. Doch das Leben hatte mich gelehrt, dass es immer Konsequenzen gab. Es war eine Ironie des Schicksals, dass ich in diesem Jahr bereits von Mitte Dezember an in London sein würde und ausnahmsweise einmal genügend Zeit hätte, um Vorbereitungen für das Weihnachtsfest zu treffen. Doch für Gianni und mich gab es kein gemeinsames Weihnachten mehr; außerdem hatte ich gehört, er habe London verlassen und wolle an einem anderen Ort ein

Restaurant eröffnen. Wie es aussah, würde ich Weihnachten wohl allein verbringen – vermutlich mit einer Magnumflasche Jahrgangschampagner.

Seit ich Single war, bestimmte das Alleinsein mein Leben. Selbst in Hotelzimmern in Dubai und königlichen Palästen in Paris fühlte ich mich einsam. Da ich immer viel unterwegs gewesen war, vermisste ich Gianni im Alltag nicht und konnte erfolgreich verdrängen, dass sich mein Privatleben radikal verändert hatte. Doch mitten in einer Verkaufspräsentation oder zu Beginn eines wichtigen Events überfiel mich dann oft mit aller Wucht der Gedanke, dass kein Gianni mehr zu Hause auf mich wartete. Ich entsinne mich, wie ich einmal für eine königliche Hochzeit in Spanien arbeitete. Als die Braut zum Traualtar schritt, fiel mir ein, dass ich bald geschieden sein würde, und dieser Gedanke traf mich wie ein Schlag in die Magengrube. Ich täuschte einen Migräneanfall vor und verließ fluchtartig die Kirche.

Die ersten Monate nach der Trennung waren hart gewesen, aber laut Cherry befand ich mich inzwischen in einem späteren Stadium der Trauer, das Liebe, Angst, Tränen, Hass und alle Gefühle dazwischen beinhaltete. Wie auch das Überprüfen von Giannis Instagram-, Twitter- und Facebook-Accounts, das weit über die gesunde Neugierde hinausging und eher einem Stalking glich. Okay, ich war besessen. Und obwohl mir mein Spionieren nur noch mehr Kummer, Bitterkeit, Bedauern und Sehnsucht bereitete, suchte ich diese Seiten immer wieder auf wie ein Drogensüchtiger seinen Dealer. Ich checkte regelmäßig seine Facebook-Seite, da er dort auch persönliche Dinge postete. Einmal entdeckte ich sogar ein Foto von Schneeflöckchen (die bei Gianni geblieben war), und das warf mich in meiner Trauerbewältigung um Wochen zurück. Früher hätte er Fotos von uns beiden mit unserer Katze gepostet oder von unseren Urlauben in unserem kleinen Cottage in Devon. Aber jetzt erhaschte ich einen Einblick in das neue Leben meines Mannes, und das tat höllisch weh. Im Herbst tauchte dann ein Foto auf, das mir einen solchen Schock versetzte, dass ich mich in den Alkohol flüchtete – eine ganze Flasche Wein in weniger als einer Stunde. Gianni hatte mehrere Fotos von einer Preisverleihung gepostet, wo er einen Preis für kreative Gerichte mit Innereien vergab. Gianni hatte eine Schwäche für Innereien und ärgerte sich oft darüber, wie verächtlich solche Speisen in der Presse behandelt wurden. Ich teilte seine Leidenschaft für Mägen und Lungen nicht, tolerierte sie aber – manchmal kostete ich die Gerichte sogar, kam für mich jedoch zu dem Schluss, dass ich keine Frau war, die Organe goutierte. Gianni trug auf den Fotos Abendgarderobe, und ich stellte zu meinem Entsetzen und meinem Ärger fest, dass ich ihn nach wie vor ungeheuer attraktiv fand. Beim weiteren Stöbern (okay, Stalken) in seiner Chronik machte ich jedoch eine noch viel schrecklichere Entdeckung. Gianni hatte eine Freundin! Er hatte nicht einmal ein Jahr gebraucht, um mich zu ersetzen, und ich schäumte vor Eifersucht, Kränkung und dem irrationalen Verlangen, mit irgendeinem Mann zu schlafen, einfach nur, um es ihm heimzuzahlen.

Mir stockte der Atem, als ich besagtes Foto einer wirklich bildschönen Frau sah, die wie ein gottverdammter Pelzmantel über seinen Arm drapiert war. Sie war – wie könnte es anders sein – rothaarig. Er hatte immer eine

Schwäche für Ginger Spice gehabt, was mich in den Anfangsjahren unserer Ehe absurd eifersüchtig gemacht hatte. Und jetzt rief Jahre später diese namenlose Rothaarige dasselbe grünäugige Monster namens Eifersucht in mir wach. Energisch mahnte ich mich zur Vernunft. Wir waren getrennt. Ich war diejenige, die ihn verlassen hatte, also war diese Frau kein Verrat an mir. Ach, aber es fühlte sich genauso an, und während ich auf meinem Handydisplay fieberhaft nach weiteren Fotos suchte, versuchte ich mir einzureden, dass ich Gianni aus vollem Herzen hasste – obwohl mein Herz jedes Mal, wenn ich ihn in seiner eleganten Abendgarderobe betrachtete, weich wie Wackelpudding wurde.

Die Frau an seiner Seite, die er als »meine neue Freundin« bezeichnete, war über und über mit Diamanten behängt und lächelte wie eine Katze, die Sahne schleckte. Sie trug ein knallenges, schwarzes Kleid, in das ich mich nicht einmal annähernd hineinquetschen könnte. Natürlich hasste ich sie sofort abgrundtief.

Ich war überrascht, wie sehr mich das verletzte, aber Cherry brachte es auf den Punkt: »Du kannst es ihm nicht verübeln, dass er sein Leben weiterlebt. *Du* hast ihn verlassen, nicht umgekehrt.«

»Ja, aber er hat nicht um mich gekämpft. Und er ist immer noch mein Ehemann. Du bist doch diejenige, die gesagt hat, er sei der Typ Mann, der sein Herz nur ein einziges Mal verschenkt.«

»Jetzt gib bitte nicht mir die Schuld«, erwiderte sie. »Außerdem wissen wir gar nicht, ob er ihr sein Herz geschenkt hat. Vielleicht ist es ja nur sein Penis.«

»Da fühle ich mich ja gleich viel besser«, seufzte ich. Der

Schock über seine neue Freundin führte dazu, dass ich mich selbst hinterfragte. Ich war eifersüchtig auf etwas, das ich lange Zeit gehabt und aufgegeben hatte. Warum war ich nicht einfach dankbar für das großartige Leben gewesen, das so viel Schönes für uns bereitgehalten hatte?

Ungefähr eine Woche vor Weihnachten ging ich von Harrods nach Hause, fest entschlossen, den Abend nicht wieder damit zu verbringen, seine Facebook-Seite zu stalken. Und mit was könnte ich mich besser davon ablenken, dass mein Mann eine neue Liebe gefunden hatte, als meinen Christbaum zu schmücken? Als ich zu Hause ankam, klingelte mein Telefon.

»Spreche ich mit Chloe Callidori?«

»Ja.« Ich war noch nicht geschieden und trug immer noch Giannis Nachnamen. Ihn zu ändern würde sich ungünstig auf meinen Job auswirken, da ich unter diesem Namen bekannt war. Außerdem gefielen mir der Klang und die unterschwellige Anspielung, dass sich hinter meinem blonden Haar und der hellen Haut mehr verbarg, als es den Anschein hatte. Ich hoffte, der Nachname würde mir einen exotischen Hintergrund verleihen. Irgendwie glaubte ich fast selbst daran und konnte mir die Chloe, wie sie vor der Zeit mit Gianni war, kaum noch richtig vorstellen.

»Meine Name ist Fiona Langden«, sagte die Frau am Telefon. »Ich bin die Geschäftsführerin eines neuen Restaurants und wollte Sie fragen, ob Sie Interesse hätten, über Weihnachten für uns zu arbeiten?«

Instinktiv wollte ich ablehnen. Ich war in den letzten Jahren sehr beschäftigt gewesen, hatte kaum Urlaub genommen und war von einem Auftrag zum nächsten gehetzt. Außerdem benötigte ich eine Auszeit, um meinen

Kummer zu verarbeiten und zu überlegen, was ich mit meinem Leben als Single anfangen sollte.

»Tut mir leid, ich möchte mir Weihnachten und Neujahr frei halten«, sagte ich. »Vielleicht dehne ich meinen Urlaub sogar bis in den Februar aus, ich muss Ihr Angebot leider ablehnen.«

»Oh, wie schade«, sagte sie. »Der Besitzer hat ausdrücklich nach Ihnen verlangt.«

»Tja, bedaure«, sagte ich, aber meine Neugierde war entfacht. Hatte etwa Gordon Ramsay wieder nach mir gefragt?

»Wir würden Sie so gerne mit an Bord haben. Gibt es denn nichts, womit ich Sie zu einer Mitarbeit locken könnte? Es ist ein Strandrestaurant. Wir würden Ihnen eine Unterkunft besorgen und sämtliche Ausgaben erstatten.«

»Oh, das Geld ist nicht das Entscheidende«, sagte ich, obwohl ich in Gedanken bereits bei den roten Jimmy-Choo-Schuhen war, die ich so sehnsüchtig im Schaufenster von Harrods bewundert hatte. »Ich möchte mir eine Auszeit nehmen und will nicht schon wieder in ein Flugzeug steigen.« Ich nahm an, es ginge um ein Strandrestaurant in Monte Carlo oder ein temporäres Restaurant auf den Malediven, wo sich der französische Spitzenkoch Raymond Blanc meine Anwesenheit in Paris noch heute Abend um acht Uhr wünschte. Die Vorstellung war zugegebenermaßen reizvoll, aber ich hatte weder die Energie dafür noch das Verlangen danach, an Weihnachten zu arbeiten. Und brauchte ich wirklich ein Paar sündhaft teure Schuhe? Wer brauchte das überhaupt?

Doch Fiona Langden gab nicht so leicht auf. »Eine

Flugreise ist nicht erforderlich. Das Restaurant befindet sich in England, und in Anbetracht Ihrer Erfahrung wäre dieser Auftrag für Sie ein Kinderspiel. Sie könnten die Arbeit sogar mit einem Weihnachtsurlaub kombinieren, Mrs. Callidori.«

»Nennen Sie mich Chloe«, sagte ich. »Ich bin nicht …« Gerade noch rechtzeitig hielt ich inne. Ich hatte nicht die Absicht zuzusagen, war jedoch neugierig. In England? Mir war nicht bekannt, dass vor Kurzem ein Spitzenkoch ein Strandrestaurant eröffnet hätte, es sei denn, Jamie Oliver wollte ein weiteres Restaurant in Cornwall aufmachen. Als ich an Cornwalls felsige Strände und die wunderschöne Landschaft im Winter dachte, geriet ich in Versuchung. Ich hatte schon länger nicht mehr mit Jamie zusammengearbeitet, und es würde bestimmt lustig werden. »Können Sie mir nähere Einzelheiten nennen? Wo befindet sich das Restaurant? Und wie heißt es?«

»Es heißt Il Bacio und befindet sich in North Devon«, sagte sie rasch, beinahe nuschelnd, als hoffte sie, ich würde es nicht verstehen.

Mein Herz machte einen Sprung. Konnte das wirklich ein Zufall sein? »Ähm, Il Bacio?«

»Ja, es ist ein italienisches Restaurant mit einer neuen Interpretation der italienischen Küche. Der Ort heißt Appledore«, fügte sie hinzu. Sie hörte sich an, als würde sie ein Produkt in einer Fernsehwerbung anpreisen.

Mir wurde es flau im Magen.

»Hat das etwas mit meinem Mann zu tun? Mit Gianni Callidori?«, fragte ich.

»Ja, es ist sein neues Restaurant. Er hat London den Rücken gekehrt«, erwiderte sie ruhig.

»Tatsächlich?«, murmelte ich, während ich diese Information verdaute.

Gianni und ich hatten immer davon gesprochen, aus London wegzuziehen und ein Restaurant in dem kleinen Fischerdorf Appledore zu kaufen. Wir hatten dort so viele glückliche Urlaubstage verbracht, und sogar unsere Weihnachtsflitterwochen. Es war unser beider Traum gewesen, am Meer zu leben und zu arbeiten, dem hektischen Alltag zu entfliehen und mehr Zeit miteinander zu verbringen, nur wir beide. Jetzt hatte er unseren gemeinsamen Traum offenbar für sich selbst wahr werden lassen. Obwohl wir getrennt waren, bedauerte ich sehr, dass wir diesen Traum niemals zusammen verwirklicht hatten. Vielleicht wäre dann alles ganz anders gekommen. Wie viele Ehepaare malten wir uns unseren Traum oft in den schönsten Farben aus – das kleine Restaurant am Strand, romantische Sonnenuntergänge, lange Strandspaziergänge. Wir hatten dort sogar ein Cottage gekauft, um ab und an der Londoner Hektik zu entfliehen und Zeit für uns zu haben. Es war der Beginn eines größeren Plans gewesen, der erste Schritt in unser Aussteigerleben – und nun setzte er diesen Plan allein in die Tat um, oder vielleicht sogar mit einer anderen Frau. Sogleich stieg das Bild von Gianni mit der schönen Rothaarigen vor meinem inneren Auge auf, doch ich schob es energisch beiseite und rief mir wieder ins Gedächtnis, wie nervtötend die Zusammenarbeit mit Gianni war.

»Hat mein Mann Sie etwa gebeten, mich anzurufen?«, fragte ich befremdet, denn unser letztes Treffen, bei dem wir die Scheidungsformalitäten besprechen wollten, war nicht gerade freundschaftlich verlaufen. An irgendeinem Punkt hatte ich ein volles Glas Merlot über seinem Kopf ausgekippt und war aus dem Restaurant gestürmt, begleitet von heftigen Beschimpfungen.

»Gianni meinte, Sie hätten ihm bei seinem ersten Restaurant sehr geholfen.«

»Das ist richtig, aber damals waren wir verheiratet, und Ihnen ist sicher bekannt, dass die Situation inzwischen eine andere ist«, entgegnete ich, während ich mich fragte, ob Fiona tatsächlich nur die Geschäftsführerin war. O Gott, war sie etwa die Rothaarige auf dem Foto? Falls ja, was musste sie für eine knallharte Person sein, wenn sie mich dreist anrief und fragte, ob ich für ihren Lover arbeiten wollte? Hatte Gianni unseren gemeinsamen Traum schmählich verraten und ihn zum Traum von sich und dieser Rothaarigen gemacht?

»Wie können Sie es wagen, Ihren schäbigen kleinen Traum auf der Asche meines Lebens aufzubauen?«, rief ich melodramatisch.

»Verzeihung, Mrs. Callidori, ich rufe Sie im Auftrag meines Chefs an. Ich habe keine schäbigen kleinen Träume.«

»Sagen Sie mir eines, Fiona – haben Sie endlos lange Beine und eine lange rote Mähne?«

»Nein, damit kann ich leider nicht dienen. Ich bin eher klein und schwarzhaarig«, erwiderte sie etwas schnippisch.

»Oh, ich… ähm…«, stammelte ich. Das Angebot war echt; die Frau war kein Supermodel, das mich erniedrigen wollte. »Ähm… Entschuldigen Sie bitte, ich dachte nur… Ihre Stimme klingt, als hätten Sie lange Beine und eine lange rote Mähne. Wissen Sie, ich bin fasziniert von Stimmen«, versuchte ich mich herauszuwinden. Sie gab keine Antwort. Bestimmt hielt sie mich für völlig übergeschnappt.

Wer immer die Frau sein mochte, es war mal wieder typisch Gianni, dass Gianni mir mittels einer dritten Person einen Auftrag anbot. Er gebärdete sich zwar wie ein Macho, hatte aber eine Heidenangst davor, zurückgewiesen zu werden. Deshalb war er mir gegenüber auch so zugeknöpft gewesen, als wir uns vor vielen, vielen Jahren bei Harrods kennenlernten. Aber ich war nicht mehr die kleine PR-Assistentin von damals und auch nicht die hingebungsvolle Ehefrau, die ihre eigenen Träume aufgab, um ihm zu helfen, seinen Traum zu verwirklichen. Wie immer, wenn ich an Gianni dachte, stiegen Wut und Bitterkeit in mir auf. Wahrscheinlich dachte er, ich würde mich schuldig fühlen, weil ich ihn verlassen hatte, und ihm deshalb sofort zu Hilfe eilen. Oder vielleicht wollte er mit seiner neuen Rothaarigen vor mir protzen? Nein, ich würde da nicht mitspielen.

Fiona gab einen lauten Seufzer von sich. »Ehrlich gesagt, bin ich mit meinem Latein nun am Ende«, sagte sie. »Wir eröffnen in einer Woche, haben kein Personal, und Gianni hat sich im Büro eingeschlossen.«

»Typisch«, sagte ich und stellte mir das Drama vor, das sich in Appledore unweigerlich abspielen würde, während ich sicher und geborgen in meinem neuen Wohnzimmer saß. »Lassen Sie mich raten: Gianni hat jede Person, die Sie eingestellt haben, mit seinen Wutausbrüchen verscheucht, und es gibt niemanden mehr, der für ihn arbeiten will, richtig?«

»Er hatte, vorsichtig ausgedrückt, ein paar Probleme mit den Angestellten des neuen Restaurants.«

Sofort sah ich das Bild vor mir, wie die Angestellten auf dem Boden lagen und Gianni mit rauchendem Colt über ihnen aufragte.

»Sie haben ihn bei der Eröffnung seines ersten Londoner Restaurants unterstützt, das ungemein erfolgreich wurde. Wer wäre besser als Sie dafür geeignet, ihm auch bei dem neuen Restaurant Starthilfe zu geben?«, umschmeichelte sie mich. Es funktionierte nur leider nicht.

»Wie gesagt, damals habe ich für ihn gearbeitet, weil wir verheiratet waren. Danach habe ich selbst Karriere gemacht. Es stimmt, ich habe Gianni nach Kräften unterstützt, aber offen gestanden war das die einzige Möglichkeit, um ihn überhaupt zu Gesicht zu kriegen.« Ich lachte bitter. »In seinem zweiten Restaurant habe ich nicht mehr mitgearbeitet.« Ich dachte nicht gerne an diese Zeit zurück, an die langen Nächte, das leere Doppelbett und die tiefe Einsamkeit, die ich in meiner Ehe fühlte. Er war nicht für mich da gewesen, als ich ihn am meisten gebraucht hatte, warum sollte ich jetzt für ihn da sein? »Warum will Gianni ausgerechnet mich dabeihaben?«, fuhr ich fort. Bei unserem letzten Treffen hatte ich zu ihm gesagt, ich wolle ihn nie wieder sehen.

»Hm, nun, ich glaube, in der gegenwärtigen Situation wäre er froh, etwas Unterstützung zu haben. Er meinte, Sie seien für Il Bacio absolut perfekt.«

Ich war fest entschlossen, mich nicht erweichen zu lassen. Er hatte recht; natürlich wäre ich für sein Restaurant perfekt, und die Vorstellung eines hübschen kleinen italienischen Restaurants an der Küste von North Devon war ungemein verlockend. Nach den vielen großen Firmenevents, die ich dieses Jahr organisiert hatte, wäre das eine wunderbare Abwechslung. Ich könnte mich wieder auf meine Wurzeln besinnen und mit gutem Essen und normalen Menschen simple PR-Arbeit betreiben. Ja, ich war mehr als nur versucht. Abgesehen davon war ich wahrscheinlich der einzige Mensch im Universum, der mit diesem reizbaren, übellaunigen Größenwahnsinnigen, der mein Ehemann war, zusammenarbeiten konnte.

Da Cherry nicht da war, um mir die Flausen auszutreiben, verpasste ich mir selbst eine Standpauke. Sollte ich wirklich so bescheuert sein, einen Job bei meinem mit mir in Scheidung lebenden Mann anzunehmen, der mich nur herumkommandieren und schikanieren würde, um sich dafür zu rächen, dass ich ihn verlassen hatte? Und wollte ich mich wirklich einer Begegnung mit der verfluchten Rothaarigen aussetzen? Andererseits war ich sehr neugierig, was es mit diesem neuen Restaurant auf sich hatte. Also täuschte ich vages Interesse vor und fragte Fiona nach weiteren Einzelheiten. Sie erzählte, das Restaurant habe letzte Woche einen »offenen Abend« veranstaltet, zu dem auch ein ortsansässiger Restaurantkritiker gekommen sei, der sich wohl ziemlich aufgeregt habe. Der Plan sei, das Restaurant an Weihnachten zu eröffnen, aber die Zeit liefe ihnen davon, und sie würden dringend jemanden brauchen, der alle Details im Blick hätte – und vor allem Gianni beruhigen konnte.

»Ich bin wirklich verzweifelt«, seufzte Fiona. In einem Anfall von Übermut sagte ich zu, den Job zu machen, und forderte eine absurd hohe Summe, davon ausgehend, dass sie dankend ablehnen und auflegen würde. Doch zu meinem Entsetzen sagte sie nur lapidar: »Okay.«

Mir klappte der Unterkiefer herunter. Ich hätte nie gedacht, dass sie bei diesen Bedingungen einwilligen würde. Stattdessen erklärte sie mir, dass sich mein Job über zwei Wochen erstrecken würde und meine Aufgabe darin bestünde, die Eröffnung zu managen und PR für das Restaurant zu machen. Eigentlich hatte ich den Job noch gar nicht offiziell angenommen, aber da Fiona mir diese aberwitzig hohe Summe zahlen wollte, setzte sie das offenbar voraus. Jetzt musste ich nicht nur ein Restaurant eröffnen, sondern auch noch den Babysitter für meinen unzurechnungsfähigen Ehemann spielen.

»Gianni besitzt ein Cottage in Appledore. Er meinte, Sie könnten dort wohnen«, fügte sie hinzu.

»Seagull Cottage?«, fragte ich erstaunt. Das war das Haus, in dem Gianni und ich unsere glücklichsten Zeiten erlebt hatten. Das behagliche Kaminfeuer, der Sand von unseren nackten Füßen auf dem Holzboden, warme Scones frisch aus dem Ofen, entspannte Tage ohne Arbeit, einfach nur wir beide.

»Ja, es steht Ihnen zur Verfügung.«

»Mir allein? Ich will auf keinen Fall mit Gianni dort wohnen, und auch mit niemand anderem.«

»Kein Problem, solange Sie in Appledore sind, kann er in der Wohnung über dem Restaurant wohnen«, antwortete Fiona, ohne nähere Informationen über seine persönlichen Umstände zu verraten.

»Muss ich dafür Miete bezahlen?«, fragte ich hinterlistig nach, in der Hoffnung, dass das meine Hintertür für die Jobabsage sein könnte.

»Keine Miete, keine anderen Kosten«, bekam ich zur Antwort. Sie war so verzweifelt, dass sie mir wahrscheinlich auch noch eine Kiste Jahrgangschampagner pro Woche bewilligt hätte.

Wie man es drehte und wendete, es gab eine Menge guter Gründe, diesen Auftrag anzunehmen. Außerdem bot es die Chance, mit Gianni wieder ein normales Verhältnis aufzubauen. Unsere Liebe mochte zwar in Hass umgeschlagen sein, aber ich hatte immer die Paare bewundert, die auch nach der Scheidung noch Freunde blieben. Vielleicht würden Gianni und ich das auch eines Tages schaffen. Einen Mädelsabend mit der Rothaarigen konnte ich mir momentan nicht vorstellen, so abgeklärt war ich nun doch nicht. Aber wenn ich einige Zeit in Gesellschaft von Gianni verbrachte, würde es mir vielleicht eher gelingen, sein neues Leben zu akzeptieren und wieder hoffnungsvoll in die Zukunft zu schauen. Eine fundamentale Frage stellte sich jedoch: Konnten wir überhaupt unseren Groll überwinden, um sachlich zusammenzuarbeiten? Konnte ich dem Drang widerstehen, ihn mit Wein zu übergießen, und konnte er es sich verkneifen, mich als verdammte, krötenmistige Schlange zu beschimpfen? Würden wir es schaffen, uns wie erwachsene Menschen zu benehmen?

Ich versprach Fiona, ihr am nächsten Tag endgültig Bescheid zu geben, und beendete das Telefongespräch. Die unerwartete Konfrontation mit meiner Vergangenheit hatte mich innerlich aufgewühlt, und so ging ich in die Küche, schenkte mir ein Glas Merlot ein und dachte nach.

Er wollte also »unser« Restaurant eröffnen. Rasch googelte ich das Restaurant, um herauszufinden, ob eine Frau als Geschäftspartnerin eingetragen war, fand jedoch zu meiner Erleichterung nur Giannis Namen. Vielleicht war er mit der Rothaarigen gar nicht mehr zusammen. Außer mir gab es bestimmt nicht viele Frauen, die es mit ihm aushielten; man musste entweder dumm oder verliebt sein, besser gesagt beides. Ich war damals dumm und verliebt gewesen, als er mir an jenem Weihnachtsfest vor vielen

Jahren den Diamantring über den Finger gestreift und mir einen Heiratsantrag gemacht hatte. Seufzend stand ich auf, holte aus der Kammer den großen Karton mit dem Christbaumschmuck und schleifte ihn ins Wohnzimmer. Trotz aller guten Vorsätze ärgerte ich mich grün und blau darüber, dass er ein neues Leben begonnen hatte; vielleicht würde er sogar eine Familie gründen. Ich konnte das nicht, denn mit meinen 45 Jahren war der Zeitpunkt für eigene Kinder vorbei. Aber mein Leben war deshalb nicht weniger lebenswert. Ich hatte einen erfüllenden Beruf, eine eigene Wohnung, und mein Motto war immer gewesen, dass es, solange man gutes Essen, guten Wein und gute Freunde hatte, eine Menge gab, wofür es sich zu leben lohnte. Ich musste einfach nur umsetzen, was ich predigte, und aufhören, mir ein anderes Leben zu wünschen, das ich nie haben würde – ich musste jetzt an anderen Dingen Freude finden. Gianni gehörte der Vergangenheit an, und dort würde ich ihn auch lassen. Mein Plan war, jetzt meinen Baum zu schmücken, mich auf Weihnachten zu freuen und das dumme Jobangebot zu vergessen – es war töricht, auch nur eine Sekunde daran gedacht zu haben, es anzunehmen. Ich begann mit dem Schmücken des Baumes. Es machte mir Spaß, den Weihnachtsschmuck nach und nach aus den Kartons zu nehmen und ihn wie alte Freunde zu begrüßen, die man einmal im Jahr sieht. »Ah, da bist du ja, meine funkelnde Ballerina«, rief ich und ergriff eine ziemlich ramponierte, alte Glasfigur, die einst jung und strahlend gewesen war, aber schon vor einigen Jahren eines ihrer gläsernen Beine verloren hatte. »Ich weiß, wie du dich fühlst, Schätzchen, aber lass uns einfach weitertanzen, es sieht ja niemand zu«, sagte ich laut, während ich tapfer versuchte, das Ziehen in meinem Herzen zu ignorieren. Ich hatte die Ballerina vor vielen Jahren für die Tochter gekauft, die ich mir so gewünscht hatte. Ich weiß noch, wie ich an meinem dreißigsten Geburtstag die Kerzen auf dem Kuchen ausgeblasen und mir dabei von ganzem Herzen gewünscht hatte, ich möge bald eine Tochter bekommen. Natürlich wäre ich mit einem Sohn genauso glücklich gewesen, aber mir gefiel einfach die Vorstellung, irgendwann meine »Weisheit« an eine Tochter weiterzugeben, meine Schminke mit ihr zu teilen und mit ihr über ihre kleinen und großen Nöte und Freuden zu sprechen, wie ich es mit meiner Mutter getan hatte. Vor diesem dreißigsten Geburtstag war mir nie in den Sinn gekommen, dass ich womöglich kinderlos bleiben und nicht rechtzeitig einen passenden Mann kennenlernen würde. Als ich Gianni dann wenige Wochen nach diesem Geburtstag kennenlernte, hatte ich wirklich geglaubt, meine Träume würden wahr werden.

Ich schmückte den Baum fertig, knipste die hübsche Lichterkette an und wollte gerade den fast leeren Karton schließen, als ich bemerkte, dass das kleine grüne Glasschiff noch auf dem Grund des Kartons lag. Es war ein Andenken an unsere Flitterwochen in Appledore, und allein der Anblick der glitzernden blauen und grünen Segel stach mir wie ein Messer ins Herz.

Als ich an jene Flitterwochen zurückdachte, trauerte ich um die Menschen, die wir damals waren. Wir waren naiv, aber glücklich in diesem kleinen Cottage hinter der Promenade, wo die Zukunft sich vor uns erstreckte wie das weite, graue Meer und nur darauf wartete, dass Gianni und ich hineintauchten.

Wie hätten wir damals ahnen können, welche Enttäuschungen und welcher Kummer noch vor uns lagen? Zu Beginn unserer Ehe hatten wir nur wenig Geld, aber Gianni hatte einen Traum, und ich teilte diesen Traum mit ihm, und so floss alles, was wir verdienten, in unser eigenes italienisches Restaurant. Gianni wollte für unsere Kinder etwas aufbauen, ein »richtiges Familienunternehmen«, pflegte er zu sagen, »wo wir kochen wie zu Hause«.

Wir waren am Weihnachtsabend in die Flitterwochen aufgebrochen, um unsere Hochzeitsnacht in Appledore zu feiern. Es war ein kalter Tag, in der Luft hingen Nebelschwaden, und es schneite ein wenig. Vor dem gemieteten Cottage, das uns eines Tages gehören sollte, hielten wir an, stiegen aus, und ich hielt den Atem an, als mir die eisige Meeresbrise entgegenschlug. Lachend versuchten wir, in der Dunkelheit den Schlüssel in das Schloss zu stecken. Giannis Hände waren so kalt, dass seine Finger zitterten. Plötzlich hörte er auf, an dem Schloss herumzufummeln, und schob mich sanft gegen die Haustür. Der an der Tür hängende Stechginsterkranz drückte mir in den Rücken, aber das kümmerte mich nicht, als er mich dann in der Dunkelheit küsste. Schneeflocken wirbelten um uns herum, in der Ferne rauschte das Meer, und Giannis Lippen schmeckten nach Salz. Schließlich ließen wir voneinander ab und gingen ins Cottage, und obwohl es dort fast genauso kalt war wie draußen, rissen wir uns schon in der Diele gegenseitig die Kleider vom Leib. Er hob mich hoch, und ich schlang die Beine um seine Mitte und strich mit den Fingern durch sein dunkles lockiges Haar, während er mich nach oben trug. Ich konnte es kaum erwarten, ihn als seine Ehefrau zu lieben. Ich vergötterte Gianni, und jedes Mal, wenn ich ihn ansah, war ich von der Wucht meiner

Gefühle überrascht. Er war ungemein attraktiv, am meisten liebte ich ihn jedoch, wenn er am Ende eines langen Tages zerknautscht und verstrubbelt war. Und nach der langen Fahrt nach Appledore war er zerknautscht, sein Haar war verstrubbelt, und ich liebte ihn abgöttisch. Manchmal glaube ich, wir waren beide überrascht über die Tiefe unserer Gefühle. Einmal sagte er zu mir, er würde alles für mich tun, mein Glück sei auch sein Glück. Und ich empfand genauso.

Ich war damals zum ersten Mal in Appledore, und der Ort stellte sich als das perfekte romantische Winterurlaubsziel heraus. Als ich am Morgen nach unserer Hochzeitsnacht aus dem Schlafzimmerfenster blickte, stockte mir der Atem angesichts der Szenerie, die sich mir bot. Es schneite, und ein heller Winterhimmel spannte sich über dem wogenden bleichen Meer. Gianni besorgte zum Frühstück frische, noch warme Croissants und nannte mich Mrs. Callidori. Ich war noch nie so glücklich gewesen, und bei der Erinnerung daran stiegen mir die Tränen in die Augen.

Wir wollten sehr bald Kinder bekommen und konnten uns stundenlang darüber unterhalten, wie intelligent und wunderschön sie sein würden. Außerdem würden wir sie natürlich zweisprachig erziehen.

»Sie sollen meinen Humor und deine Größe haben«, sagte ich.

»Ah, aber ich bin auch witzig«, wandte er beleidigt ein.

Ich lachte. »Stimmt, Gianni, du bist witzig, aber manchmal merke nur ich das.«

»Wollen wir unsere *bambini* jetzt machen?«, hatte er halb scherzhaft in unserer Hochzeitsnacht gefragt, und als ich nickte, hatten wir uns erneut geliebt. Wir waren verheiratet, die Zukunft war voller Verheißungen, alles war so, wie es ein sollte. Wir waren bereit für Kinder. Keiner von uns beiden hatte auch nur einen Moment lang in Betracht gezogen, dass alles ganz anders kommen könnte.

Das kleine gläserne Schiff brachte die Erinnerungen an jene glückliche Zeit zurück, an die Hoffnung und den Optimismus, die alles durchdrangen. Unwillkürlich musste ich lächeln, als ich an den Gianni jener unbeschwerten Tage zurückdachte, an sein überschäumendes Temperament und seinen bezaubernden Akzent. Die Erinnerungen riefen Bilder von toskanischen Weinbergen und gleißend gelben Sonnenblumenfeldern in mir hervor. Abgesehen von seinen eigenwilligen Schimpfwörtern und Flüchen, sprach er manche Wörter immer wieder falsch aus.

»Wo siehst du uns in zehn Jahren?«, fragte ich ihn einmal zu Beginn unserer Beziehung.

»Ich liebe die Küsse«, antwortete er mir, was ich etwas deplatziert fand. Hatte er wirklich nur das eine im Sinn?

»Was hast du eben gesagt?«

»Ich will am Meer leben. An der Küsse.«

»Oh, an der Küste«, seufzte ich erleichtert.

»Habe ich doch gesagt«, entgegnete er ungeduldig, da ihm seine falsche Aussprache gar nicht bewusst war.

»Und jeden Tag frischen Fisch essen«, fuhr er verträumt fort. »Ja, ich liebe die Küsse sehr.«

Um nicht oberlehrerhaft zu wirken, verbesserte ich ihn nicht, sondern tat es ihm gleich: »Ich mag die *Küste* auch«. Leider ließ er sich nicht beirren, und gelegentlich geschah es, dass er vor Freunden oder Gästen von der »Wilden Schönheit der Küsse« schwärmte, worauf ich jedes Mal einschritt und »Küste« korrigierte.

Er arbeitete hart zu jener Zeit. Sein Weihnachtssortiment bei Harrods hatte einiges Interesse erregt, aber leider spiegelte sich das nicht in den Verkäufen wider. Harrods verlängerte die Zusammenarbeit mit Gianni nicht, aber als wir heirateten, hatte er bereits eine Stelle als Koch in einem großen Londoner Restaurant gefunden. Die ganze Zeit sprach er jedoch davon, irgendwann sein eigenes kleines Restaurant zu haben, bis ich schließlich nach einigen Monaten sagte: »Okay, lass uns unsere Jobs hinschmeißen und das Wagnis eingehen.« Sosehr ich meine Arbeit bei Harrods mochte: Es war mir wichtiger, mit ihm zusammen zu sein und ihm zu helfen, seinen Traum zu verwirklichen. Außerdem war mein Plan, bald schwanger zu sein. Wenn wir über dem Restaurant wohnten und ich dort mitarbeitete, könnten wir mehr Zeit mit unserem Baby verbringen.

Also nahmen wir einen beängstigend hohen Kredit auf, um in London ein Restaurant zu eröffnen. Unser Traum von Appledore rückte erst einmal in die Ferne; Gianni wollte es zuerst in London schaffen. Die Wochen vor der Eröffnung waren nervenaufreibend; wir zahlten eine hohe Miete und mussten eine Menge in den Ausbau und die Renovierung des Restaurants investieren. Ich arbeitete freiberuflich in einer kleinen PR-Agentur und half abends beim Renovieren des Restaurants mit. Gianni hatte überdies Freunde angepumpt, damit uns auf halber Strecke nicht das Geld ausging. Eigenhändig strichen wir die Innenräume und die Fassade in einem warmen Rot, und da uns das Geld für Dekoratives fehlte, gingen wir auf die Jagd nach alten Chiantiflaschen, die als Kerzenhalter dienen sollten. Das Restaurant war klein und dunkel und wirkte tagsüber völlig unscheinbar, doch wenn abends die

Kerzen brannten und der Ofen an war, war der Raum wie verwandelt und wirkte sehr einladend.

Gianni bot an, das Restaurant Chloe und Gianni zu nennen, aber ich winkte ab. »Das sind deine Gerichte, dein Traum, es muss Gianni's heißen«, sagte ich. Und so wurde an einem lauen Juliabend in einer kleinen Seitenstraße in Islington das Gianni's eröffnet. In der Luft lag der Duft von Knoblauch und Rotwein, die Kellner waren italienische und englische Studenten, deren geringer Verdienst durch kostenlose Pasta aufgewertet wurde. Wenn »echte« Italiener das Restaurant betraten, sagten sie, es sei hier genauso wie in Italien, und sie lobten die »Authentizität und Bodenständigkeit« von Giannis Küche. Binnen weniger Monate bildeten sich jeden Abend lange Schlangen vor dem Restaurant, und wir mussten die Öffnungszeiten verlängern. Es war eine glückliche Zeit, unsere Reise hatte begonnen, und eine Weile lang sah es so aus, als würde es immer so weitergehen. Aber das Leben verläuft selten geradlinig, und wir hätten uns damals nicht im Traum vorstellen können, wie anders sich alles entwickeln würde.

Kapitel Drei

Dr. Who, Mr. Spock und verliebte Selfies

Während ich meinen Rotwein genoss, überließ ich mich weiter meinen Erinnerungen an Gianni und an Appledore. Sooft es unsere Arbeit erlaubte, fuhren wir ins Seagull Cottage. Damals war der Traum, das Cottage zu kaufen, noch sehr weit entfernt. Im Ort gab es ein reizendes Café namens Caprioni's, in dem köstliches, selbst gemachtes Eis verkauft wurde, fruchtig und cremig wie kein anderes Eis, das ich jemals gekostet hatte. Es gehörte einer Italienerin namens Sophia, die einen ähnlich bezaubernden Akzent hatte wie Gianni. Ich liebte die Eisbecher, die mit heißer Schoko-Karamellsoße übergossen und mit Nüssen und Kirschen verziert waren, während Gianni die eher ungewöhnlichen Geschmackssorten wie Rhabarber, Zitronen-Sauerampfer oder Holunderblüten favorisierte. Wenn wir in Appledore weilten, gingen wir fast jeden Tag ins Café; im Winter tranken wir dort heiße Schokolade, und im Sommer aßen wir uns durch das himmlische Eissortiment. Wir waren beide sehr gerne dort, zumal sich Gianni mit Sophia in seiner Muttersprache unterhalten konnte. Sophia schwelgte dann oft in Erinnerungen an ihre Heimatstadt Sorrent, wo die Zitronen angeblich so groß wie Kinderköpfe waren, und

Gianni erzählte ihr von seinem Heimatdorf in der Toskana, von den sanften Hügeln, den malerischen Weinbergen und den endlosen Sonnenblumenfeldern. Beide bekamen feuchte Augen, wenn sie über Italien sprachen, und verfielen aus lauter Begeisterung über ihre Heimat immer wieder ins Italienische zurück. Ich liebte den melodischen Klang dieser Sprache, sodass ich Gianni während unserer Flitterwochen gebeten hatte, mir ein paar Wörter beizubringen. Wir lagen vor dem Kaminfeuer, neben uns blinkte der Weihnachtsbaum, als Gianni mich ansah und langsam das Wort »Bacio« aussprach. »Das bedeutet Kuss«, hatte er leise geflüstert und hüllte meinen Körper mit Tausenden von Küssen ein.

Als ich nun in meiner kleinen Wohnung vor dem Weihnachtsbaum saß und das kleine gläserne Schiff an die Brust presste, fragte ich mich, ob Gianni manchmal auch an die gemeinsame Zeit dachte, als unsere Liebe noch jung war. Oder waren alle seine Gefühle, die er jemals für mich empfunden hatte, schon vor Jahren erloschen?

In Appledore hatten wir unsere glücklichsten und traurigsten Zeiten erlebt, und als er das Gianni's verkaufte, um ein größeres Restaurant in London zu eröffnen, wurde zeitgleich Seagull Cottage zum Kauf angeboten. Es war ein wenig leichtsinnig, aber wir schlugen zu. Wir liebten dieses Cottage so sehr und hatten Angst, es nicht mehr mieten zu können, wenn ein anderer Käufer es erwarb. Wir hatten vor, fortan mehr Zeit in unserem Cottage zu verbringen, da Gianni in seinem neuen Restaurant eine ganze Armee an Angestellten beschäftigte. Wie sich allerdings bald herausstellte, war er als Küchenchef unersetzbar. Appledore war für uns wie eine andere Welt, ein anderes Leben, in das wir uns hineinfallen lassen konnten, ohne an das Morgen zu denken. In jenen Tagen leuchtete die ganze Welt vor Verheißung, bis dann die Wirklichkeit zuschlug und alles zerstörte. Wie hätten wir als Paar überleben können nach all dem Schmerz, den wir erlitten hatten? Seagull Cottage war unsere Zuflucht gewesen, der Ort, an dem wir eines Tages für immer leben wollten. Der Ort, an dem unsere Kinder groß werden sollten … Doch dieser Traum ist nie in Erfüllung gegangen.

Jetzt führte Gianni ein neues Leben in unserem Cottage, und gemessen an dem, was Fiona gesagt hatte, schien er sich nach wie vor mit Personal und Gästen anzulegen und stur sein eigenes Ding zu machen. Bei mir war er anders – auch stur, oft streitsüchtig, laut und theatralisch, aber auch freundlich, liebenswürdig und witzig, vor allem in den ersten Jahren unserer Ehe. Später dann, als vermehrt Probleme auftauchten, wurde er sehr distanziert. Selbst wenn wir hin und wieder zusammen waren, hatte ich das Gefühl, er sei emotional abwesend.

Plötzlich merkte ich, dass mir Tränen über die Wangen liefen. Nein, ich konnte den Job nicht annehmen, oder? Ich musste mir ein neues Leben ohne Gianni aufbauen, neue Bekanntschaften knüpfen. Vielleicht würde ich sogar eines Tages einen neuen Partner finden. Und wie sollte mir das in Appledore gelingen, jenem Ort, mit dem so viele schöne Erinnerungen verbunden waren? Nach der Trennung von Gianni war ich am Boden zerstört gewesen. In den ersten drei Monaten hatte ich mich nur verkrochen und gerade noch genügend Energie aufgebracht, um zur Arbeit zu gehen. Aber inzwischen hatte ich meine Wunden geleckt, und es wurde Zeit, in die Zukunft zu blicken. Wer weiß, was sie für mich noch bereithielt?

Obwohl Gianni mir fast die gesamte Summe aus dem Hausverkauf überlassen hatte, wollte er mir zusätzlich einen Zuschuss für die Miete meiner Wohnung geben. Er war ein stolzer Italiener und sah es trotz unserer Trennung als seine Pflicht an, sich um mich zu kümmern. Aber das wollte ich nicht. Auf dem Papier waren wir zwar immer noch verheiratet, aber wenn ich mir ein neues Leben aufbauen wollte, musste ich unabhängig sein. Nach dem Hausverkauf war die einzige Verbindung unsere Katze Schneeflöckchen gewesen. Ich musste in meinem Job viel herumreisen, und obwohl es mir das Herz brach, mein Kätzchen bei Gianni zurückzulassen, war es für Schneeflöckchens Wohl das Beste. Mit ihren sechzehn Jahren, was in Menschenjahren dem Alter einer Greisin entsprach, wollten wir sie nicht mehr entwurzeln.

Cherry sagte, Gianni habe nun das Sorgerecht für Schneeflöckchen und ich müsse eigentlich Unterhalt für sie zahlen, was mich zum Lachen brachte, aber auch zum Weinen – ich vermisste sie so sehr. Einige Monate nach unserer Trennung rief einer von Giannis Angestellten bei mir an, um mir mitzuteilen, dass Schneeflöckchen gestorben sei. Ich brach in Tränen aus und musste das Telefonat beenden. Neben meiner Trauer traf es mich zutiefst, dass Gianni sich nicht die Mühe gemacht hatte, persönlich bei mir anzurufen. Schneeflöckchen war ein Teil unseres gemeinsamen Lebens, er wusste, wie viel sie mir bedeutete. Ich musste ihm völlig egal sein, wenn er jemand anderen beauftragte, mir die traurige Nachricht zu überbringen. Genauso gefühllos hatte er sich auch verhalten, als es in unserer Ehe zu kriseln begann; er war nicht willens gewesen, sich den Tatsachen zu stellen, über unsere Probleme zu sprechen und sich meinen Kummer anzuhören. Alles wäre leichter gewesen, wenn er akzeptiert hätte, dass unsere Ehe gescheitert war, und wir den schmerzhaften Trennungsprozess gemeinsam durchgestanden hätten. Schlussendlich war ich diejenige gewesen, die den Mut aufgebracht hatte zu sagen: »Ich kann so nicht mehr weiterleben.« Sicher, ich hatte ihn damit tief verletzt, und er hatte jedes Recht, gekränkt und wütend zu sein. Aber lange bevor ich ihn letztes Jahr an Weihnachten verlassen hatte, hatte er bereits mich verlassen. So oft hatte ich versucht, mit ihm zu reden und über unsere Gefühle zu sprechen, um vielleicht doch noch einen Ausweg zu finden, doch er entzog sich jedem Gespräch. Wenn es ihm einmal gelang, mich zwischen seine dicht getakteten Termine hineinzuquetschen, machte er mir Vorwürfe wegen meiner niedergeschlagenen Stimmung, banalisierte meinen katastrophalen emotionalen Zustand, indem er ihn den »Hormonen« oder der »Erschöpfung« zuschrieb. Aber die Gründe gingen viel tiefer, und der Gram hatte uns beide jahrelang aufgefressen, bis ich mich stark genug fühlte, einen Schlussstrich zu ziehen. An dem Tag, als wir unser Haus verkauften, weinte ich; es fühlte sich so endgültig an, als wäre die Verbindung zwischen uns unwiderruflich gekappt. Nach der Trennung rief ich Gianni öfter an, aber er ging nie ans Telefon, und wenn ich eine Nachricht hinterließ, rief er nicht zurück. Ich wollte von ihm die Bestätigung haben, dass wir wirklich das Richtige taten, dass unsere Ehe tatsächlich ein hoffnungsloser Fall war. Aber Gianni war ganz eindeutig weder an einer Freundschaft noch an einem Neuversuch interessiert, und das musste ich akzeptieren.

Nach dem ersten schlimmen Trennungsschmerz beschloss ich, wieder am Leben teilzunehmen, und ließ mich auf ein paar Dates mit Freunden von Freunden ein, doch das fühlte sich nie richtig an. Es war niemals so, wie es bei Gianni gewesen war. Trotz seines aufbrausenden, schwierigen Charakters hatte er die Fähigkeit, mir das Gefühl zu geben, ich sei wundervoll und besonders. Er sagte, er habe vor mir noch nie eine Frau wirklich geliebt, und mir ging es umgekehrt genauso. Ich war nicht so naiv zu erwarten, ein anderer Mann könnte mir dasselbe geben wie Gianni. Als mich ein netter Typ namens Nigel um ein Date bat, wollte ich es zumindest auf einen Versuch ankommen lassen. Ich arbeitete in dieser Zeit für ein großes Hotel in Brighton und sah Nigel das erste Mal in der Bar, wo er an einem Treffen von Science-Fiction-Fans teilnahm. Er hatte sich Mr.-Spock-Ohren angeklebt, was ich ziemlich lustig fand, und so kamen wir ins Gespräch. Ich erzählte ihm von meinem Job im Bereich PR und Marketing, worauf er sagte, er betreibe das Lokal Nigel's Deli in den Lanes und würde jemanden brauchen, der ein Konzept für sein Lokal erarbeitete; und um mir ein Bild zu machen, müsse ich unbedingt seine luftgetrockneten Salamis probieren. Das war ein Angebot, das ich nicht ausschlagen konnte. Nigel war gut aussehend, nett und darüber hinaus intelligent. Nachdem ich für seine Herbstpräsentation einen Mischwald mit bunt verfärbten Blättern und Berghängen kreiert hatte, fragte er mich, ob er mich zu einem Drink einladen dürfe. Ich holte mir Rat bei Cherry, die meinte, so eine Sahneschnitte dürfe ich mir nicht entgehen lassen. Da mir seine Aufmerksamkeit offen gestanden auch schmeichelte, sagte ich zu und ging mit ihm aus. Er war ein netter Kerl, aber nicht gerade witzig. Als er mir beim dritten Date den Inhalt aller Staffeln von *Game of Thrones* mehr oder weniger detailliert erzählte, sagte ich zu ihm, es würde mir alles zu schnell gehen. Und damit meinte ich nicht seine Inhaltsangabe.

Cherry sagte, ich sei zu ungeduldig und zu wählerisch; nur weil er auf Serien abfahre, sei er noch lange kein Nerd.

»Nein, aber wenn ein Typ ungebeten mit einer *Star Trek*-DVD-Sammlung vor deiner Tür auftaucht, ist das verdammt aufdringlich«, sagte ich, auf Nigels »Geschenk« anspielend. Ich hatte den Fehler gemacht, ihm zu erzählen, dass Gianni irgendwann im Verlauf unserer Ehe aufgehört habe, mir Geschenke zu machen. Also sah Nigel es als seine Pflicht an, mir eine Box mit SECHZIG DVDs zu schenken, die ich mir unbedingt in der richtigen Reihenfolge ansehen sollte, um wirklich eintauchen zu können.

Meine entsetzte Miene angesichts der Vorstellung, über hundert Stunden *Star Trek* schauen zu müssen, missinterpretierte Nigel als Ausdruck ungläubiger Freude.

»Wir werden uns die Filme nicht alle auf einmal ansehen«, warnte er und sah mich aufmunternd an, als fürchtete er, ich werde vor Enttäuschung zusammenbrechen. »Wir werden sie uns einteilen, damit wir möglichst lange etwas davon haben.«

In Wahrheit war alles meine Schuld. Ich hatte auf Facebook ein paar Fotos von Nigel und mir gepostet, in der Hoffnung, Gianni würde sie sehen und glauben, ich hätte eine heiße Romanze. Es war meine Rache für die Rothaarige, nur hatte Nigel offenbar falsche Schlüsse daraus gezogen.

Cherry brüllte vor Lachen, als ich ihr erzählte, wie ich Nigel eine halbe Stunde lang auf der Türschwelle abgefertigt hatte.

»Ich habe ihm vorgeschwindelt, ich hätte einen Wasserschaden in der Wohnung und könne ihn nicht hereinlassen«, sagte ich und kam mir ein wenig gemein vor.

»Ist er dann gegangen?«, fragte sie.

»Nein, er bestand darauf, mich stattdessen in ein Restaurant auszuführen, damit wir über eine bestimmte Episode aus der siebten Staffel diskutieren könnten.«

»Und?«

»Na ja, Worf zieht seinen Phaser und zielt damit auf den Bildschirm, und Picard nutzt den Moment, um Worf die Gelegenheit zu geben, seine Gedanken, die mir ziemlich verworren vorkamen, in Worte zu fassen. Laut Nigel ist diese Szene fundamental, da sie zeigt, wie unterschiedlich die Rollen von Picard und Kirk angelegt sind.«

»Hey, dieses blöde *Star Trek* interessiert mich nicht. Ich wollte wissen, wie es im Restaurant war.«

»O Gott, siehst du? Nigel macht einen total meschugge. Tagsüber ist er ein harmloser Restaurantbesitzer, aber nachts verwandelt er sich in einen durchgeknallten Serienfreak, und das ist offenbar ansteckend. Und was das Restaurant anbelangt: Ich hatte Hunger, da war mir sein Gequatsche egal. Tja, bis er darauf bestand, mich mit Schokoladenmousse zu füttern«, fügte ich hinzu. »Vor allen Leuten! Krass!«

Cherry lachte. »Ich kann mir Schlimmeres vorstellen.«

»Du warst nicht dabei. Das Ganze eskalierte, als ich versuchte, ihn mit meinem eigenen Löffel abzuwehren«, erzählte ich. »Es war wie eine Art absurdes Löffelduell, Schokoladenmousse spritzte in der Gegend herum, ich schrie ihn an, er solle endlich aufhören. Dann kam der Kellner an den Tisch und fragte mich, ob er die Polizei rufen solle, und die anderen Gäste filmten uns mit ihren iPhones«, erzählte ich weiter, während ich das peinliche Drama in Gedanken erneut durchlebte. »Ich glaube, ich bin noch nicht bereit für irgendeine Art von Intimität, und für mein Empfinden kommt Füttern gleich nach Sex.«

»Schokoladenmousse und Sex im Restaurant. Klingt wie ein schlechter Porno – oder ein guter, je nachdem, was einen anmacht«, sagte Cherry. »Aber er sieht doch gut aus, nicht wahr?«

»Ja, sehr sogar. Solange er den Mund nicht aufmacht.«

»Dann hör nicht hin.«

»Er ist einfach nicht das, was ich suche.«

»Was für ein sentimentaler Quatsch!«, rief sie und klatschte in die Hände. »Verabrede dich mit Leidenschaft, lass deinen inneren Pornostar frei, und du wirst jede Menge Spaß haben. Vertrau mir.«

»Danke, Dr. Cherry, aber das werde ich schön bleiben lassen«, sagte ich. »Sein Schlafzimmer ist bestimmt mit Bildern von Mr. Spock und Dr. Who tapeziert, da geht jede Erotik flöten. Man wäre sozusagen unter ständiger Beobachtung. Meiner Meinung nach sollte sich Nigel lieber mit einem Psychiater verabreden.«

»Schau, Chloe, du musst lockerer werden, dir auch mal ein wenig Oberflächlichkeit gönnen. Betrachte ihn einfach nur als attraktiven Kerl, mit dem du ins Bett gehen kannst, und vergiss den ganzen anderen Blödsinn.«

»Wie seine ausgeprägte Persönlichkeitsstörung?«

»Ja, auch das. Zieh sexy Dessous an, trink eine halbe Flasche Wodka und stell dir vor, er sei Brad Pitt vor Angelina und dem ganzen Ärger in dem Privatflugzeug. Lass dich darauf ein! Du wirst es mir am nächsten Morgen danken.«

Im Grunde hatte sie recht. Wenn mein Ehemann sich mit einer Rothaarigen vergnügte, konnte ich mir auch eine kleine Affäre gönnen. Vielleicht war Sex mit einem Mann, den ich nicht liebte und der mich nicht verletzen konnte, für den Anfang gar nicht mal so verkehrt. Was hatte ich schon groß zu verlieren?

Cherrys aufmunternde Worte im Ohr, verabredete ich mich also mit Nigel zu unserem vierten und, wie sich herausstellen sollte, letzten Date. Er hatte mich zu sich nach Hause zum Essen eingeladen, und als ich mit dem Taxi zu ihm fuhr, hatte ich bereits eine halbe Flasche Wodka intus.

Er öffnete die Tür, freute sich wie immer, mich zu sehen, und ich trat leicht schwankend ein, begrüßt von leiser Musik und umfangen von weichem Licht. So weit, so gut. Ich benahm mich kokett, stützte mich in der Küche auf seine Arbeitsplatte, klimperte mit den Wimpern und versuchte, mir einzureden, eine Nacht voller ungezügelter Leidenschaft mit Nigel wäre gut für mein emotionales und körperliches Wohl, ganz zu schweigen von meinem Selbstvertrauen. Je mehr Wirkung der Wodka zeigte, desto weniger schreckte mich die Vorstellung, Sex mit Nigel zu haben. Aber dann bat er mich in sein gut ausgestattetes Wohnzimmer mit DVD-Stapeln von *Dr. Who* und *Game of Thrones* auf dem Couchtisch. Obwohl er sich sofort über Jon Snow ausließ, klammerte ich mich weiterhin an die Hoffnung, doch noch einen »normalen« Abend verbringen zu können, und ignorierte stoisch die Tatsache, dass wir aus Kelchen im *Thrones*-Stil tranken. Ich versuchte, nicht an die DVDs zu denken, die im anderen Zimmer warteten, übersah geflissentlich die *Dr. Who*-Poster an den Wänden und ertrug geduldig, wie er über alles, was ich sagte, hysterisch lachte, selbst wenn es gar nicht lustig gemeint war. Es war schrecklich, aber wenn alle Stricke reißen würden, könnte ich aus dem Abend wenigstens ein paar verliebte Selfies von uns beiden herausholen, die ich auf Facebook posten würde, um Gianni eifersüchtig zu machen (sofern er die Fotos überhaupt bemerkte, weil er nur Augen für seine Rothaarige hatte). Und als ich dachte, ich könne es keine Sekunde länger ertragen und müsse mir literweise Wodka einflößen, um das überhaupt durchzustehen, sagte er: »Hab sos Liquch.«

Ich sah ihn an. »Alles in Ordnung, Nigel?«, fragte ich mit sanfter Stimme, da ich überzeugt war, er sei nun endgültig durchgedreht. Jetzt wäre ein Arzt vonnöten oder von mir aus auch ein Exorzist. Ich erwägte, um Hilfe zu rufen.

»Ja, ich spreche Klingonisch, Chloe.« Er lachte, als wäre ich die Verrückte. »Ich sagte nur: ›Deine Mutter hat eine glatte Stirn.‹«

»Oh.« Was zum Teufel machte ich hier eigentlich? Nigel war ein Spinner, das wusste ich, aber jetzt redete er auch noch in einer erfundenen Sprache über die glatte Stirn meiner Mutter! Tapfer bewahrte ich jedoch Haltung und konzentrierte mich auf sein hübsches Gesicht. Ich ignorierte auch, dass er mich auf Klingonisch »meine Königin« nannte, und stellte mir stattdessen Giannis Miene vor, wenn er das Foto von mir und dem attraktiven Typen sehen würde. Nur gut, dass Nigels ausgeprägter Knall auf einem Foto nicht zu erkennen wäre, aber da hatte ich die Rechnung ohne den Wirt gemacht. Als hätte er meine Gedanken gelesen, sprang Nigel wie von der Tarantel gestochen auf und jagte nach oben, um gleich darauf in einer *Dr. Who*-Hose und angeklebten *Mr. Spock*-Ohren zurückzukehren. Es war zwar schade, aber ich wusste, es würde nicht funktionieren. Also erzählte ich ihm, es gebe einen familiären Notfall, gab ihm einen Kuss auf die Wange und verschwand für immer aus seinem Leben.

Mein Bedarf an neuen Romanzen war seitdem gedeckt. Vielleicht hatte Cherry ja recht, und ich war tatsächlich zu wählerisch.

Das Problem war: Solange Gianni noch ständig in meinen Gedanken herumschwirrte, würde ich jeden Mann, den ich kennenlernte, mit ihm vergleichen. Ich sah Gianni immer noch durch eine rosarote Brille, und vielleicht wäre es für mich tatsächlich heilsam, wenn ich nach Appledore ginge, zwei Wochen für ihn arbeiten und ihn dann für immer vergessen würde. Dann wären wir endlich in der Lage, einen ordentlichen Schlussstrich unter unsere Ehe zu ziehen, und jeder könnte seiner Wege gehen.

Kapitel Vier

Ein klingonisches Weihnachtsfest

Einen Tag nach Fionas Anruf hatte ich meinen letzten Arbeitstag bei Harrods. Trotz meiner anfänglichen Skepsis freundete ich mich allmählich immer mehr mit der Idee an, nach Appledore zu fahren. In der Mittagspause rief ich Cherry über Skype an. Ich brauchte ihre ehrliche Meinung – und erhielt sie. »Nein, nein, nein!«, kreischte sie von ihrem Bett in Sydney aus. Sie hatte einen Vertrag in Australien ergattert, und ich vermisste sie tierisch, aber dank der modernen Technologie war sie nur einen Klick weit von mir entfernt – selbst wenn es für sie mitten in der Nacht war.

»Ach, ich dachte, das wäre gut für mich. Ich war immer so gern in Appledore und …«, begann ich.

»Herrgott, Appledore ist ein bezaubernder Ort, aber überleg doch mal, was das schon rein psychisch für dich bedeuten würde, wenn du wieder mit Gianni zusammenarbeitest. Warum willst du dir das antun, Chloe?«

»Ich weiß, er hat mir das Herz gebrochen und mein Leben zerstört.«

»Ähm … und er ist ein totaler Idiot?«

»Das auch«, stimmte ich zu. »Ich weiß gar nicht, wie ich überhaupt mit ihm reden soll.«

»Dann geh nicht.«

»Aber ich liebe Appledore, und ich bin dieses Jahr an Weihnachten allein, weil meine beste Freundin sich aus dem Staub gemacht hat«, scherzte ich. »Außerdem würde ich gern die Feindseligkeit zwischen Gianni und mir beenden. Wir müssen uns endlich aussprechen und reinen Tisch machen. Vielleicht können wir danach wieder Freunde sein.«

Ich war über mich selbst überrascht. Je vehementer Cherry mir von dem Vorhaben abriet, desto mehr hatte ich das Gefühl, ich sollte den Auftrag annehmen. Als wir das Gespräch beendeten, war ich mental bereits beim Kofferpacken. Manchmal ist ein Rat nicht nur hilfreich, wenn man ihn befolgt, sondern auch wenn man sich dagegen entscheidet, weil man erkannt hat, was man wirklich will. Gianni und ich hatten uns einst geliebt, eine Menge miteinander durchgestanden, glückliche wie schwere Zeiten. Ich wollte ihm beweisen, dass ich über ihn hinweg war. Oder wollte ich mir das nur selbst beweisen? Wie auch immer, er hatte sein Leben weitergelebt, und ich wollte ihm beweisen, dass das auch für mich galt – selbst wenn das vorerst kaum mehr als ein frommer Wunsch war. Nüchtern betrachtet könnte man sagen, dass ich über Weihnachten ans Meer fahren würde, um einem alten Freund auszuhelfen. Als etwas anderes durfte ich ihn nicht sehen, sonst würde ich die Bitterkeit und den Zorn mein Leben lang mit mir herumschleppen. Ehe ich Angst vor der eigenen Courage bekam, rief ich Fiona an.

»Meine Antwort lautet ja, falls Sie mich immer noch haben wollen«, sagte ich.

»Gott sei Dank!«, seufzte sie erleichtert.

Nach dem Telefongespräch mit Fiona schrieb ich Gianni eine E-Mail mit einer Liste an Dingen, die ich benötigte, unter anderem seine voraussichtliche Gästeliste sowie die Namen lokaler Restaurantkritiker und Unternehmen.

Er reagierte nicht darauf, was ich mir eigentlich hätte denken können. Es war typisch Gianni, und ich fragte mich, ob er sich jemals ändern würde. Ich hoffte inständig, meine Entscheidung, nach Appledore zu gehen, würde sich nicht als ein Riesenfehler erweisen.

Auf der Heimfahrt an meinem letzten Arbeitstag stand ich in der vollen U-Bahn und versuchte, mich festzuhalten und aufrecht stehen zu bleiben, um nicht auf den Knien irgendwelcher Leute zu landen. Cherry behauptete, das sei eine billige Masche von mir, um mir einen erotischen Kitzel zu verschaffen, aber ganz ehrlich: Das verschaffte mir in keinster Weise einen Kick.

An diesem Abend war die U-Bahn voll mit angetrunkenen Angestellten, die von ihren Weihnachtsfeiern kamen. Fasziniert beobachtete ich eine Gruppe junger Frauen in Kriegsbemalung, die laut über nahezu alles lachten und sich permanent für ihre Selfies in Pose warfen. Wenn ich eine Tochter hätte, würde sie sich vielleicht ähnlich benehmen. Oder wäre sie eher still und ernsthaft wie ich? Ich malte mir des Öfteren aus, was alles hätte passieren können, wenn mein Leben anders verlaufen wäre, beispielsweise wenn ich Gianni kennengelernt hätte, als ich noch jünger war.

Plötzlich rief jemand meinen Namen und riss mich aus meinen Träumereien. Ich drehte mich um und sah meinen Datingpartner Nigel vor mir, den Helden des Klingonischen Reiches.

»Chloe! Wie schön, dich zu sehen!« Er stürzte sich auf mich und umarmte mich einen Tick zu fest und zu lange. Um uns herum ertönten einige anfeuernde Rufe, die ich jedoch geflissentlich ignorierte.

Lächelnd begrüßte ich Nigel und hielt ihn auf Armeslänge Abstand, sobald ich mich aus seiner Umarmung gewunden hatte.

»Frohe Weihnachten«, sagte ich und bemühte mich, auf keinen Fall kokett oder verführerisch zu wirken – was nach einem zwölfstündigen Arbeitstag nicht verwunderlich war.

»Chloe, echt super, dass wir uns hier zufällig treffen. Oh, du fehlst mir so.« Er ergriff meine Hand, lehnte sich leicht zurück und begutachtete mich, als wäre ich eine erlesene Skulptur.

»Ach wirklich«, murmelte ich, ohne ihn anzusehen.

»Was machst du an Weihnachten?«

Er wusste, dass meine Eltern gestorben waren und ich keine Geschwister hatte.

»Ich fahre weg«, sagte ich rasch, ehe er mir womöglich ein gemeinsames klingonisches Weihnachtsfest vorschlagen würde.

»Wie schade«, rief er und machte ein übertrieben trauriges Gesicht. »Ich wollte dich nämlich fragen, ob du nicht an Weihnachten mit mir zum Mittagessen gehen willst?«

Ich kam mir schäbig vor; er freute sich so, mich zu sehen, und hatte offenbar niemanden, mit dem er das Fest verbringen konnte. Doch selbst wenn ich in London bleiben würde, stünde Weihnachten mit Nigel nicht auf meiner Agenda. Plötzlich hatte ich eine Vision von uns beiden, wie wir Masken mit eingedellten Stirnen und langen struppigen Haaren trugen und Nigel Kauderwelsch vor sich hin brabbelte, während ich mir Rosenkohl in den Mund stopfte.

»Mm, das ist wirklich ein netter Vorschlag, Nigel, aber ich bin über Weihnachten in Appledore, in Devon. Ich helfe im neuen Restaurant meines Mannes aus.«

Er sackte in sich zusammen, und ich fürchtete schon, er würde in Tränen ausbrechen. Mit dieser Information hatte er nicht gerechnet. »Oh, mir war nicht klar ...«

»Wir sind nicht mehr zusammen«, sagte ich. Ich wollte nicht lügen und vor allem Nigel nicht noch mehr verletzen. »Ich werde dort arbeiten, und das wird nicht einfach werden«, sagte ich aufrichtig. »Aber es wird mir guttun, eine Weile weg zu sein. Ich werde in unserem alten Domizil, dem Seagull Cottage, wohnen.«

»Klingt gut«, antwortete er deprimiert.

Ich wollte nicht länger bleiben, weil ich spürte, dass er mich gleich um ein neues Date bitten würde. Also griff ich zu einer Notlüge, verabschiedete mich und drängelte mich zur Tür durch. Er stürmte mir nach, um mich zu umarmen, aber diesmal war ich vorbereitet, wich jedem Körperkontakt mit ihm aus und stürzte mich nach draußen in die Menschentraube, die darauf wartete, einsteigen zu können.

Während ich mir Freiraum verschaffte, wurde mir bewusst, dass ich es kaum erwarten konnte, London zu entfliehen. Ich stieg die Treppen nach oben, machte mich zu Fuß auf den Heimweg und dachte unterwegs an kalte, erfrischende Seeluft, sturmzerzauste Wolken, lange Spaziergänge und Tassen mit heißer Schokolade, gekrönt von schmelzenden Marshmallows.

Sobald ich zu Hause war, begann ich zu packen. Vor Aufregung und Nervosität hatte ich fast vergessen, dass Weihnachten kurz bevorstand. Normalerweise liebte ich diese Zeit im Jahr. Wenn im Adventskalender das erste Fenster geöffnet wurde, sich mit dem Kauf von Geschenken und dem Planen des Festmenüs die Spannung aufbaute, bis schließlich der romantische Höhepunkt mit dem Hochzeitstag am 24. Dezember da war. Zu Beginn unserer Beziehung war ich an Weihnachten immer total aufgeregt gewesen, wie ein fünfjähriges Kind, das es kaum erwarten konnte, seine Geschenke auszupacken. In all den Ehejahren überließ Gianni mir an Weihnachten das Kochen, um wenigstens einmal im Jahr nicht am Herd stehen zu müssen. Ich übernahm gerne diese Aufgabe, beträufelte den Truthahn mit Bratensoße, schnippelte Gemüse und trank zwischendurch hin und wieder einen Schluck Sherry. In den letzten Jahren war das Weihnachtsfest nicht mehr so harmonisch gewesen, und dieses Jahr würde alles völlig anders sein, obwohl ich bei Gianni in Devon sein würde. Im Vorfeld hatte ich mir alle möglichen Szenarien vorgestellt, aber dass ich durch dichtes Schneetreiben Hunderte von Kilometern zu unserem alten Cottage fahren würde, war mir nicht in den Sinn gekommen.

Nach einer langen anstrengenden Fahrt, bei der sich wegen des Schnees immer wieder Staus bildeten, kam ich am frühen Abend in Appledore an. Es schneite immer noch, als ich vorsichtig durch die schmale Straße entlang der Strandpromenade fuhr. Das Meer konnte ich in der Dunkelheit nicht sehen, nur erahnen.

Die weibliche Stimme meines Navigationsgeräts dirigierte mich zu meinem Ziel. Es war die einzige Stimme, die ich auf der ganzen Fahrt gehört hatte, und ich empfand ein Gefühl von Dankbarkeit, weil sie mich in der Dunkelheit so zuverlässig durch die tückischen winterlichen Straßen geleitet hatte. Ich wünschte, es gäbe auch ein Navi, das mich durch das Leben führt und davor bewahrt, falsche Abzweigungen zu nehmen. Okay, ich gebe es zu: Da im Autoradio außer Weihnachtsliedern nichts Interessantes lief, hatte ich meiner Navi-Stimme Sarah ausführlich über mein Leben erzählt, und sie hatte geduldig zugehört.

»Danke fürs Zuhören, Sarah«, sagte ich nun, schaltete den Motor aus und zog die Handbremse an.

Ein jähes Zittern durchlief mich, als das Motorengeräusch verstummte und tiefe Stille eintrat. Ich fragte mich, ob es wirklich die richtige Entscheidung gewesen war, hierherzukommen. Wollte ich Gianni wirklich wiedersehen? Und wenn ja, warum? Das Geld war nicht das Entscheidende, obwohl der fette Batzen Geld, den er mir bezahlte, nicht zu verachten war. Nein, im Grunde ging es mir um etwas ganz anderes. Ich hoffte, wir könnten uns aussprechen und endlich mit allem, was vorgefallen war, ins Reine kommen. All den Kummer, den wir zusammen erlitten hatten, die zerplatzten Träume von unseren schönen Babys hinter uns lassen. Die Trauer darüber, nie die ersten Worte unserer Kinder zu hören, ihren ersten Schultag zu erleben, mit ihnen am Strand Sandburgen zu bauen – und gemeinsam Weihnachten zu feiern. Oh, was hätten wir für wundervolle Weihnachtsfeste gehabt, Karotten vor der Tür für Rudolph, das Rentier, Mince Pie für Santa im Kamin, leuchtende Kinderaugen und die Vorfreude auf die Geschenke. Vielleicht musste ich nach Appledore kommen, um endlich loslassen zu können.

Ich stieg aus dem Auto und ging zu dem kleinen Cottage, in dem mein Mann und ich vor vierzehn Jahren unseren Bund der Ehe besiegelt hatten. Das Wetter war genauso wie damals in unserer Hochzeitsnacht; verschneit und kalt, mit eisigen Windböen, die einem die Schneeflocken wie Nadelspitzen ins Gesicht trieben. Das weiche Licht des Vollmonds, der ab und zu hinter den dichten Schneewolken auftauchte, fiel auf das Cottage, das mit seinen vier Fenstern und der kleinen Tür wie ein Haus auf einer Kinderzeichnung aussah. Mit Schnee bedeckt und vom Mondschein umhüllt, wirkte es wie verzaubert, ein silbrig leuchtendes Geisterhaus, das darauf wartete, dass jemand es zu neuem Leben erweckte. Doch ich würde diese Person nicht sein, denn ich war hier, um Abschied zu nehmen.

Ich ging zum Nachbarhaus, wo die Schlüssel für mich hinterlegt worden waren. Als ich anklopfte und die Nachbarin die Tür öffnete, schlug mir eine warme, familiäre Atmosphäre entgegen. Irgendwo lief ein Fernseher, und ich stellte mir vor, wie die ganze Familie gemütlich auf dem Sofa und in Sesseln lümmelte und Salzstangen knabberte. Aus dem Inneren des Hauses drang weiches Lachen, und aus der Küche wehte der Geruch von Braten und Alkohol herüber. Ich kam mir wie ein Eindringling vor und fühlte mich auf einmal unendlich einsam. Am liebsten hätte ich die Nachbarin gefragt, ob ich nicht ins Gästezimmer ziehen und Teil der Familie werden konnte. Aber vermutlich hätte sie mich dann für eine gemeingefährliche Irre gehalten und die Polizei gerufen, also ging ich auf Nummer sicher und bat sie lediglich um die Schlüssel. Sie ließ mich in der Tür stehen und ging zu einer kleinen Dielenkommode, während ich mich zum wiederholten Male fragte, was zum Teufel ich hier überhaupt machte. Meine Füße waren eiskalt, der scharfe Wind biss mir ins Gesicht. Ich sehnte mich verzweifelt nach jemandem, der mich in die Arme nahm und mir versicherte, dass alles gut werden würde. Binnen weniger Sekunden war ich von einer starken, unabhängigen Frau zu einem Häufchen Elend geworden.

Mit einem freundlichen Lächeln überreichte mir die Nachbarin die Schlüssel, und ich musste an mich halten, um ihr nicht schluchzend um den Hals zu fallen. Offenbar spürte sie, dass mit mir etwas nicht stimmte, denn sie fragte mich sanft, ob ich nicht hereinkommen wolle. Ich konnte ihr auf keinen Fall zumuten, dass ich heulend auf ihrem Sofa saß und den gemütlichen Fernsehabend zerstörte, also lehnte ich dankend ab und erklärte, ich wolle erst einmal meine Koffer auspacken. Dann eilte ich zum Seagull Cottage zurück, das im Vergleich zum heimelig erleuchteten Nachbarhaus abweisend und unheimlich wirkte.

Ich schloss auf, trat zögernd ein und tastete nach einem Lichtschalter. Als das Licht anging, fiel mein erster Blick auf eine Reihe Gummistiefel, die an einer mit Blümchentapete tapezierten Wandseite standen. Der Anblick stach mir wie ein Messer ins Herz; Dads und Mums Gummistiefel, daneben zwei Paar Kindergummistiefel, die alle vergeblich darauf warteten, am Strand spazieren zu gehen, in Gezeitentümpeln Krebse zu jagen, im Matsch herumzuhüpfen. Ich hatte die Gummistiefel vor vielen Jahren im Winterschlussverkauf erstanden, zwei Paar Erwachsenen- und zwei Paar Kinderstiefel – wie töricht von mir, anzunehmen, dass eines Tages kleine Füße mit diesen Stiefeln herumlaufen würden. Ich war genauso hochmütig wie Gianni gewesen, weil ich geglaubt hatte, ich könne alles haben, was ich mir wünschte. Wehmütig dachte ich an unsere Träume von einer Familie mit Kindern zurück, Träume, die an der felsigen Küste der Wirklichkeit zerschellt waren. Ich hatte mir immer ausgemalt, wie ich unseren Kindern Schwimmen beibrachte, mit ihnen am Strand nach Schätzen und sagenhaften Meereswesen suchte, ihnen nach einem langen abenteuerlichen Tag am Strand ein Eis kaufte und sie abends vor dem Zubettgehen küsste. War ich nach Appledore gekommen, um mich all diesen Erinnerungen wieder zu stellen?

Ich zog meine warme Jacke aus und hängte sie an den Garderobenhaken in der Diele. Fröstelnd schlang ich die Arme um mich und beschloss, zunächst einen kleinen Rundgang durch das Cottage zu machen. Als Erstes ging ich in die Küche, die wir vor sechs Jahren mit rustikalen olivgrünen Landhausmöbeln eingerichtet hatten, dann weiter ins Wohnzimmer mit den Blumentapeten, den Laura-Ashley-Sofas und den dicken, flauschigen Teppichen. Auf den Sofas lagen Überwürfe, die ich eigens in einem bestimmten Salbeigrün hatte anfertigen lassen. Die dazu passenden Kissen waren ein Geschenk von Cherry. Das Cottage war noch genauso behaglich wie früher; Gianni hatte nichts verändert. Aber sicher nicht aus Respekt vor meiner Inneneinrichtung, sondern weil es ihm egal war, getreu seinem Motto: Wenn etwas nicht essbar ist, warum soll man sich überhaupt damit abgeben?

Zurück in der Küche entdeckte ich einen Korb, gefüllt mit knusprigem Brot, französischem Camembert, selbst gemachter Marmelade und einer Flasche Wein. Sogleich stieg meine Stimmung, denn erst jetzt merkte ich, wie hungrig ich war. Wie aufmerksam von Gianni, dachte ich gerührt, doch als ich das beiliegende Briefchen aus dem Korb nahm, wurde ich eines Besseren belehrt.

Viel Glück, Sie werden es brauchen! Fiona

Das war sehr nett von Fiona, aber sie hätte mich nicht zu warnen brauchen. Ich wusste, worauf ich mich einließ. Ich hoffte nur, dass ich der Aufgabe gewachsen war.

Dieses Jahr würde es für mich jedenfalls kein heimeliges Weihnachtsfest geben. Keine Geschenke, kein geselliges Miteinander, nur Arbeit und einsame Strandspaziergänge. Aber es sprach nichts dagegen, dass ich es mir im Cottage gemütlich machte. Kurz entschlossen ging ich ins Wohnzimmer und zündete im Kamin ein Feuer an. Als es im Kamin prasselte und sich wohlige Wärme ausbreitete, ging ich rasch nach oben, um mir mein Schlafzimmer auszusuchen.

Das große Schlafzimmer hatte hellgraue Wände und einen weichen, rauchgrauen Teppich, in dem meine Füße einsanken, aber hier konnte ich unmöglich schlafen. Ich hatte dieses Zimmer für Gianni und mich eingerichtet, mit ihm zusammen die möwengraue Wandtapete ausgesucht, und wir hatten in diesem Zimmer glückliche Stunden verbracht. Lächelnd legte ich mich aufs Bett, atmete den Duft der frisch gewaschenen Bettwäsche ein, aber auf einmal tauchte das Bild der Rothaarigen vor meinem geistigen Auge auf. Hatte Gianni sie jemals hierhergebracht? Hatten sie zusammen in diesem Bett geschlafen? Abrupt sprang ich auf und ging schnurstracks ins andere Schlafzimmer mit den hellen skandinavischen Möbeln und der Bettwäsche mit den rosaroten Rosen. In diesem Zimmer hatte noch niemand geschlafen, es war für die Kinder gedacht gewesen. Ich bezweifelte, dass Gianni seit unserer Trennung überhaupt wieder hier gewesen war. Ihm genügte eine Campingliege in seiner Restaurantküche – in den letzten Jahren hatte er seine Nächte oft auf diese Weise verbracht. Ich stellte mein Gepäck auf dem Bett ab, verstaute meine Sachen, legte mich dann auf die rosaroten Rosen und fiel sofort in einen erschöpften Schlaf.

Als ich wenige Stunden später wieder erwachte, war ich völlig ausgehungert. Schnurstracks ging ich in die Küche, ließ mir das knusprige Brot mit dem cremig weichen Camembert schmecken und trank dazu ein Glas samtigen Rotwein. Das war fast so tröstlich, wie in den Armen eines Mannes zu liegen ... nun ja, fast.

Kapitel Fünf

Innereien und Jade-Eier

Trotz der eisigen Außentemperatur fühlte ich mich am nächsten Morgen hellwach und ausgeruht, schob die mit Rosen übersäte Bettdecke zurück und stand auf. Barfuß tappte ich ins große Schlafzimmer und ging zum Fenster hinüber. In einiger Entfernung konnte ich das Meer sehen, grau und neblig verschwommen, aber wunderschön, wie eine Kohlezeichnung. Schon seltsam: Jahrelang hatten Gianni und ich gemeinsam diesen Ausblick genossen, und obwohl wir uns beide verändert hatten, war der Blick noch der gleiche wie beim ersten Mal. Das Meer brandete schäumend gegen die Küste, und der Himmel spannte sich darüber, weit und wintergrau, aber trotzdem wunderschön.

Da ich erst am nächsten Tag für Gianni arbeiten sollte, beschloss ich, ein paar Vorräte einzukaufen. Das Cottage befand sich nur wenige Hundert Meter von der Seepromenade mit Cafés, Pubs und Souvenirläden entfernt. Es schneite zwar immer noch unablässig, aber ich schlüpfte beherzt in meine Gummistiefel – und in gewisser Weise auch in mein altes Leben – und ging nach draußen. Als ich um die Ecke bog, entdeckte ich, dass sich seit meinem letzten Aufenthalt vor einigen Jahren doch ein paar Dinge verändert hatten. Es gab nun einen hübschen Delikatessenladen, der vorher nicht da gewesen war, und ein neu renoviertes Hotel, doch das alte Eiscafé war zu meiner Freude immer noch da. Als ich das letzte Mal mit Gianni dort war, hatte es ein wenig heruntergekommen und trostlos gewirkt, doch nun war alles frisch gestrichen und sah aus der Ferne wie ein hellrosa Märchenschlösschen aus.

Zuerst ging ich in den Lebensmittelladen und kaufte etwas Wintergemüse für einen herzhaften Eintopf. Da ich das knusprige Brot aus dem Korb fast zur Hälfte verspeist hatte, erstand ich noch einen Laib Brot und ein paar Flaschen Rotwein. Weihnachten stand schließlich kurz vor der Tür, da brauchte eine einsame Frau etwas Aufmunterndes.

Nach dem Verlassen des Geschäfts rief ich Gianni an, doch als auf dem Display sein Name aufleuchtete, überfiel mich eine jähe Panik. Rasch legte ich wieder auf und überlegte, ob ich stattdessen nicht lieber Fiona anrufen sollte. Aber ich konnte mich nicht auf Dauer vor der Konfrontation mit Gianni drücken; ich musste mich meinen Ängsten stellen, sonst könnte ich genauso gut sofort wieder nach London zurückfahren. Gianni und ich hatten schon länger nicht mehr miteinander gesprochen. Das letzte Mal hatte ich ihn kurz vor Schneeflöckchens Tod angerufen, um mich nach dem Befinden unserer alten Katze zu erkundigen. Um das Gespräch etwas aufzulockern, hatte ich angeboten, Schneeflöckchen abzuholen und mit ihr erst in den Park und danach zu McDonald's zu gehen, wie es all die anderen Wochenendmütter und -väter tun, aber Gianni hatte nicht gelacht. Es war, als hätte er durch unsere Trennung seinen Humor gänzlich verloren. Gianni hatte nie verstanden, warum ich gegangen war, zumal kein anderer Mann mit im Spiel war. »Man geht nicht einfach so. Du musst dich in einen anderen Mann verliebt haben!«, hatte er gesagt. »Man verlässt seinen Partner nur wegen einer neuen Liebe.«

Fast hätte ich gelogen und gesagt, es gäbe tatsächlich einen anderen Mann. Das wäre für ihn als Macho leichter zu verkraften gewesen, als die Schuld bei sich selbst zu suchen. Es war nicht leicht, ihn davon zu überzeugen, dass ich einfach nur allein sein wollte. Damals wollte ich noch alle Türen offen lassen, um unsere Ehe vielleicht doch noch irgendwie zu retten. Ich wusste, er hätte es mir nie verziehen, wenn ich ihm untreu gewesen wäre. Aber wir waren beide so stur, keiner wollte auf den anderen zugehen. Als dann Monate ins Land gezogen waren und ich die Fotos mit der Rothaarigen gesehen hatte, fühlte ich mich in dem Gefühl bestätigt, er sei an einem Neubeginn nicht mehr interessiert.

Also nahm ich meinen ganzen Mut zusammen und rief ihn erneut an, fest entschlossen, ihm zumindest eine Nachricht auf der Mailbox zu hinterlassen. Doch er hob ab und sagte auf seine typisch abwesende Art: »Chloe?«

»Ja … Ich bin es.«

»Ich bin sehr beschäftigt. Wie du weißt, werde ich sehr bald ein Restaurant eröffnen.«

»Ja, deine Mitarbeiterin hat mich ja eingestellt, um dir zu helfen.«

»Ach wirklich, davon hatte ich keine Ahnung«, rief er, als hätte er das nicht selbst veranlasst, aber Fiona würde mich ja wohl kaum anlügen. Lieber spielte er mit verdeckten Karten, als eine Ablehnung zu riskieren. Er brachte mich mal wieder zur Raserei, und jedes nostalgische Gefühl, das ich empfunden hatte, geriet dank seiner Arroganz sofort in Vergessenheit.

»Fiona sagte, du würdest mich um Unterstützung bitten«, fuhr ich fort, fest entschlossen, mich nicht abschrecken zu lassen und die Dinge beim Namen zu nennen.

»Fiona?«

»Deine Assistentin.« So langsam wurde ich sauer, denn er wusste verdammt genau, wer Fiona war.

»Ah, *Fiona* ... Sie ist nicht mehr da. Sie hat ständig über die Küchendämpfe gejammert, also habe ich sie gefeuert.«

Na großartig, meine einzige potenzielle Verbündete war rausgeflogen! Trotz aller guten Vorsätze hasste ich Gianni schon wieder aus vollem Herzen. Das ging ja gut los!

»Hm, soll das heißen, dass du meine Mitarbeit jetzt nicht mehr benötigst?«, fragte ich und wünschte mir beinahe, er würde das bejahen, da mein Enthusiasmus allmählich erlahmte.

»Hat sie einen Vertrag mit dir gemacht, Chloe?«

»Ja. Mit einem sehr guten Gehalt.«

»Oh ... darüber müssen wir womöglich noch sprechen.«

»Na gut, dann lass uns auf ein Gehalt einigen, das für uns beide akzeptabel ist«, sagte ich sachlich. Ich war nicht wegen des Geldes hier, aber billig würde er mich auch nicht bekommen, denn gemessen an seiner gegenwärtigen Laune würde ich jeden Penny verdienen.

Am anderen Ende der Leitung trat Schweigen ein. Das war ich von Gianni gewohnt, aber jetzt war er in der Rolle des Arbeitgebers, und ich war nicht gewillt, mich damit abzufinden.

»Bevor wir etwas vereinbaren, müssen wir reden«, sagte ich bestimmt. »Es ist nicht nötig, dass wir eng zusammenarbeiten. Aber falls ich für dich arbeite und wir erfolgreich sein wollen, müssen wir uns wie erwachsene Menschen benehmen und uns nicht gegenseitig das Leben zur Hölle machen.«

»Das ist schwierig. Ich weiß nicht, ob ich mit meiner Frau, die mich verlassen hat, zusammenarbeiten kann.«

»Und ich will nicht irgendwo arbeiten, wo ich nicht erwünscht bin. Apropos verlassen – wie es aussieht, nehmen alle Leute vor dir Reißaus.« Ich schwankte zwischen Wut und Mitleid. Er hatte nach mir verlangt und benötigte meine Hilfe, doch sein Stolz verbot es ihm, dies offen auszusprechen.

»Einschließlich dir. Auch du hast mich im Stich gelassen, Chloe.« Sein anklagender Ton verriet mir, dass er von seinem Versagen ablenken wollte, indem er mir Schuldgefühle machte.

»Es geht hier ums Geschäftliche, nur deshalb bin ich hier«, betonte ich. »Wie ich Fiona verstanden habe, hast du alle Mitarbeiter vergrault. Und jetzt auch sie.«

»Es ist mein Restaurant. Mir hat niemand gesagt, dass du hier bist ...«

»Hör zu, brauchst du meine Hilfe, ja oder nein?«

Sein Schweigen sprach Bände.

»Gianni, so funktioniert das nicht«, sagte ich in das Schweigen hinein. »Wenn du dein Restaurant bald eröffnen willst, brauchst du jede Hilfe, die du bekommen kannst.«

»Okay, okay«, knurrte er.

»Gut, willst du, dass ich bleibe?«

Schweigen.

»Gianni, wenn du nicht einmal imstande bist, Ja zu

sagen, macht es für mich keinen Sinn, noch länger hier zu sein.«

»Herrgott, ja, verdammte Hühnerkacke!«, rief er auf seine unvergleichliche Art, und ich klopfte mir mental auf die Schulter, weil es mir gelungen war, ihm dieses Zugeständnis abzuluchsen.

»Gut. Wann können wir uns treffen, um alles Nötige zu besprechen?«, fragte ich, fest entschlossen, auf der sachlichen Ebene zu bleiben und sein Schmollen zu ignorieren.

»Ich bin im Restaurant. Wenn du vorbeikommen willst, kannst du das tun.«

»Nein, das halte ich für keine gute Idee.« Ich fand es besser, wenn dieses erste Treffen auf neutralem Boden stattfand. Sollte er sich wie ein Hornochse verhalten, würde ich auf der Stelle nach London zurückfahren, auf das Geld pfeifen, auf das verdammte Il Bacio pfeifen – und auf Gianni Callidori sowieso. Ich sah mich um, und das Erste, was mir ins Auge stach, war das Eiscafé. »Lass uns im Caprioni's treffen«, schlug ich vor, wohl wissend, dass er sich genauso wie ich daran erinnern würde, welch glückliche Zeiten wir dort erlebt hatten. Vielleicht würde das seine Laune ja etwas aufhellen. Nun ja, das war natürlich reines Wunschdenken.

»Ich werde gleich da sein«, sagte er.

»Wann?«

»Wenn ich hier fertig bin.«

Ich war nicht gewillt, sein divenhaftes Verhalten hinzunehmen. Auch in London hatte er seine Launen nach Herzenslust ausgelebt, den temperamentvollen italienischen Koch gespielt, der absolute Perfektion verlangte und sofort losbrüllte, wenn ihm etwas nicht passte. Als seine

Frau wusste ich, dass man nicht kuschen durfte, da er sonst noch mehr ausrastete. Ich hatte mich von seinen Wutausbrüchen nie beeindrucken lassen und immer gesagt, er solle nicht so albern sein, worauf er sich dann meist wieder etwas beruhigte. Auch jetzt ließ ich mich von der schroffen Art dieses Mannes nicht einschüchtern, der als das *enfant terrible* der Kochkunst bezeichnet wurde, aber in Wahrheit ein mittelalter Choleriker war.

»Ich werde genau zehn Minuten im Café warten. Wenn du bis dahin nicht auftauchst, fahre ich nach London zurück«, sagte ich und beendete das Gespräch, ehe er etwas erwidern konnte. Ich hatte keine Lust mehr auf seine dummen Spielchen.

Energisch stapfte ich durch die eisige Kälte und die Schneeverwehungen zum Eiscafé zurück, blieb dann jedoch, von Erinnerungen überwältigt, wie erstarrt auf der Schwelle stehen. Meine heftige Reaktion überraschte mich selbst. Vielleicht war das Café doch kein so guter Treffpunkt. Während ich durch die Scheiben ins Innere des Cafés spähte, dachte ich an unsere gemeinsamen Eisbecher, unsere gebräunten Hände mit den schimmernden goldenen Eheringen, an sandige Füße, heiße Schokolade mit fluffiger Sahne und schmelzenden Marshmallows. Jetzt würde ich Gianni nach fast einem Jahr zum ersten Mal wiedersehen, und bei dem Gedanken sank mir das Herz in die Magengrube. Ich fürchtete, dass ich trotz dieser hübschen, heimeligen Umgebung schon nach wenigen Minuten wieder Mordgelüste ihm gegenüber verspüren würde. Aber es gab nur eine Möglichkeit, dies herauszufinden.

Einen Moment lang fragte ich mich, ob das Caprioni's mitten im Winter überhaupt geöffnet hatte. Aber die Lichter waren an, und hinter der Theke stand eine Frau. Erinnerungen hin oder her, an diesem klirrend kalten Tag war das Café ein perfekter Treffpunkt, und heiße Schokolade war jetzt genau das Richtige, um mich aufzuwärmen und meine flatternden Nerven zu beruhigen.

Als ich eintrat, sah ich, dass das Café auch innen rosa gestrichen worden war. Die Einrichtung war neu, aber so ähnlich wie damals, als wir das erste Mal hier gewesen waren, alles in Rosa- und Pfefferminztönen gehalten mit flauschigen bonbonfarbenen Kissen auf den Stühlen. Ich genoss es, wieder hier zu sein, und fragte mich, ob Gianni das genauso empfinden würde. Würde er wie Eiscreme dahinschmelzen, wenn er mich in »unserem« Café wiedersah? Tja, wahrscheinlich nicht, aber wenn er noch genauso brummig war wie vorhin am Telefon, könnte ich versucht sein, ihm einen Eisbecher über den Kopf zu kippen. In Ermangelung eines großen Glases Merlot würde sich statt eines Eisbechers vielleicht sogar ein Milchshake eignen. Zum Glück waren keine anderen Gäste im Café, denn wenn Gianni und ich zusammen waren, flogen oft die Fetzen! Doch heute wollte ich das vermeiden und eine zivilisierte Unterhaltung führen. Flüchtig schoss mir der Gedanke durch den Kopf, ob er nach unserer letzten »zivilisierten Unterhaltung« den Rotwein aus seinem weißen Hemd herausbekommen hatte.

Die Frau hinter der Theke war eine andere als bei meinem letzten Besuch. Sie war jünger, trug ein glitzerndes rot-grünes Paillettenkleid und Ohrringe in denselben Farben. In ein Kreuzworträtsel vertieft, beugte sie sich über die Theke und sagte, als sie zu mir aufblickte: »Borstenvieh!«

»Verzeihung?«, erwiderte ich etwas konsterniert.

»Ach, Schätzchen, entschuldigen Sie«, rief sie lachend und winkte mir zu. »Es geht um mein Kreuzworträtsel. Ein Borstenvieh mit sieben Buchstaben.« Sie deutete auf ihr Rätsel. »Was kann ich für Sie tun?«, fragte sie dann geschäftsmäßig.

»Schwein!«, erwiderte ich als Antwort auf ihre Rätselfrage.

Sie runzelte die Stirn. »Schweinefleisch führen wir nicht. Wie wäre es mit einer frischen Brioche?«

»Nein, Schwein ist ein Borstenvieh mit sieben Buchstaben«, erklärte ich, worauf sie schallend zu lachen begann, ehe sie das Wort mit ihrem kleinen Bleistift einsetzte. Zufrieden setzte sie sich wieder und betrachtete ihr Werk.

»Sie können gerne öfter kommen«, sagte sie lächelnd.

»Ach, das wäre Ihnen sicher noch eingefallen.«

»Ich bin einfach zu konfus«, seufzte sie. Ich bestellte eine heiße Schokolade und setzte mich an einen Fenstertisch. Nach wenigen Minuten kam sie mit der dampfenden Tasse Schokolade und stellte sie sorgfältig auf das Platzdeckchen. »So, die haben Sie sich wirklich verdient«, sagte sie.

Während ich wartete, bis die heiße Schokolade etwas abgekühlt war, löffelte ich die schmelzenden Marshmallows und die Schlagsahne heraus. Dann legte ich beide Hände um die heiße Tasse und dachte bei mir, dass sich mein Besuch in Appledore allein schon wegen dieses köstlichen Getränks gelohnt hatte.

Versonnen blickte ich aus dem Fenster. Die Brandungswellen schlugen schäumend gegen den Strand, der Wind peitschte über die Promenade, zerrte an Regenschirmen und riss einem Mann, der seinen Hund ausführte, die Kapuze herunter. Ich war froh, im Warmen zu sitzen und dem kalten, stürmischen Wetter eine Zeit lang zu entfliehen. Die heiße Schokolade war Balsam für meine Seele, und ich versuchte, nicht an das Wiedersehen mit Gianni zu denken, sondern diesen ruhigen Moment zu genießen. Vielleicht war ich vorhin am Telefon zu streng mit ihm gewesen, doch er schaffte es jedes Mal, mich zur Weißglut zu bringen. Er war der Funke, der mich sofort in Brand setzen konnte. Dieses explosive Gemisch war für unsere Ehe nicht unbedingt förderlich gewesen, warum also sollte es jetzt besser mit uns klappen? Vielleicht würde er ja gar nicht kommen? Ich überlegte, ob ich dann wieder nach Hause fahren sollte. Aber ich wollte Weihnachten nicht in dem hektischen, lauten London verbringen. Viel lieber würde ich in diesem idyllischen Küstenort bleiben, wo ich immer so glücklich gewesen war.

In Gedanken versunken blickte ich auf das aufgewühlte Meer hinaus und trank die wohltuende heiße Schokolade, bis die Frau hinter der Theke meine Träumereien unterbrach.

»Sind Sie über Weihnachten hier, Schätzchen?«, fragte sie, den Bleistift über dem Kreuzworträtsel gezückt und den Kopf zur Seite geneigt, was den Eindruck erweckte, als sei einer ihrer großen Ohrringe schwerer als der andere und würde ihren Kopf zur Seite ziehen.

»Ja. Ich bin freiberufliche Eventmanagerin und aus London angereist, um zwei Wochen hier zu arbeiten. Es wird mir guttun, mich mal aus allem auszuklinken.«

»Ich liebe Weihnachten, aber ich weiß, dass manche Leute damit nichts am Hut haben.«

»Früher habe ich Weihnachten auch geliebt, aber ... Na ja, letztes Jahr ist meine Ehe in die Brüche gegangen ...«

Sie sprang vom Stuhl auf und eilte zu mir. »Was Sie nicht sagen! Ist er etwa mit einer ... einer Nutte durchgebrannt?«

»Nein, nein.« Ich schüttelte den Kopf. Ihr freundliches Gesicht war jetzt dicht vor meinem, und ich war mir unschlüssig, ob ich auf Distanz gehen oder ob ich ihr meine Lebensgeschichte erzählen sollte.

»Meine Ehe ist auch zerbrochen. Er hat mich für ein Flittchen verlassen. Ich wünschte, ich hätte eine Folterkammer, dann würde ich alle Männer da hineinschmeißen und den Strom anstellen«, zischte sie und zog sich einen Stuhl heran. Ihre Worte waren extrem, aber welche enttäuschte Ehefrau kennt solche Rachefantasien nicht? »Ich heiße Sue«, sagte sie, worauf ich mich ebenfalls vorstellte. Ehe ich noch etwas hinzufügen konnte, erzählte sie mir auch schon in allen Details ihre Geschichte. Darin kam ein betrügerischer Ehemann vor, der mit ihrer Nachbarin durchgebrannt war, ein jugendlicher Liebhaber, den sie über Tinder kennengelernt hatte und der mit ihrem Geld durchgebrannt war, sowie eine Reihe ehrloser Typen, die ihr das Herz gebrochen hatten.

Am liebsten hätte ich ihr vorgeschlagen, um Männer in Zukunft einen Bogen zu machen und lieber den ganzen Tag Eis zu essen, aber sie schien nicht die Absicht zu haben, ihren Traum vom Märchenprinzen aufzugeben.

»Irgendwo da draußen ist der Richtige für mich«, sagte sie lächelnd. »Aber bis er auftaucht, bin ich ganz zufrieden hier, in Appledore. Ein bezaubernder Ort, nette Leute ... Ich habe hier sogar ein paar tolle Freunde gefunden.«

»Ja, ich kenne den Ort von früher und kann Ihnen nur

beipflichten«, sagte ich. »Gianni und ich waren hier sehr glücklich, doch dann ist alles den Bach hinuntergegangen, und ich frage mich, was überhaupt passiert ist.«

»*Was passiert ist?* Sein Penis ist passiert!«, quietschte sie, da sie offenbar nach wie vor überzeugt war, er habe mich wegen einer anderen Frau verlassen. In diesem Moment wurde die Tür aufgerissen, und auf der Schwelle tauchte wie eine Erscheinung eine riesige Gestalt in einem Kapuzenmantel auf. Gianni.

Sue schlug kreischend die Hand vor den Mund, ich zuckte erschrocken zusammen. Durch die offene Tür strömte ein Schwall eisiger Luft herein, aber er blieb reglos stehen, die Brauen grimmig gefurcht, und starrte mich an. Er sah aus wie der Fürst der Finsternis, furchterregend und faszinierend zugleich, und mein Herz begann ein paar Takte schneller zu klopfen. Er war so atemberaubend wie eh und je.

»Hey, Schätzchen, kommen Sie herein und schließen Sie die Tür, wir holen uns sonst noch den Tod«, rief Sue. Sie hatte sich schnell wieder erholt und strich kokett über ihr kurzes gewelltes Haar.

Er schloss die Tür, nickte mir kaum merklich zu und ging zu mir herüber. Innerlich musste ich über Sues vertrauliche Anrede schmunzeln – wenn Gianni eines nicht war, dann ein »Schätzchen«.

»Hi, Gianni«, sagte ich.

Entgeistert sah Sue mich an und flüsterte: »Ist das etwa Ihr Ex? Der niederträchtige, widerliche Mistkerl?«

»Ja«, flüsterte ich zurück. »Das ist mein … das ist Gianni«, verbesserte ich mich rasch und fragte mich, was genau er jetzt eigentlich für mich war.

»Kenne ich Sie?«, wandte sich Sue an Gianni. »Sie kommen mir irgendwie bekannt vor. Vielleicht vom Fernsehen?« Nachdenklich musterte sie ihn.

»Mein Bild war schon öfter in der Zeitung«, sagte er sichtlich geschmeichelt.

»Ach, nein, jetzt weiß ich, warum Sie mir so bekannt vorkommen. Nicht aus dem Fernsehen, Unsinn. Sie sehen diesem Typen ähnlich, der seit Kurzem in der Tankstelle arbeitet.«

Gianni wirkte leicht enttäuscht, und er tat mir beinahe leid. Er war seit Jahren nicht mehr in der Zeitung gewesen. Außerhalb von London kannte ihn heutzutage niemand mehr.

»Dann sind Sie sicher hier, um sich zu entschuldigen, nicht wahr?«, fuhr Sue ungerührt fort, während Gianni auf dem Stuhl mir gegenüber Platz nahm.

Das ging mir nun doch zu weit. Sue versuchte, freundlich zu sein, aber ich kannte Gianni gut genug, um zu wissen, dass ihm nichts ferner lag als eine Entschuldigung, und das verübelte ich ihm auch nicht. Sue ließ einfach ihre Frustration an jedem Mann aus, den sie sah, und diesmal traf es eben Gianni. Mir war die ganze Sache ziemlich peinlich, weil es für Gianni so aussehen musste, als hätte ich mit einer fremden Frau über ihn gelästert. Wahrscheinlich würde er ihr gleich sagen, sie solle sich zum Kuckuck scheren, und um Sue die Kränkung zu ersparen, sagte ich rasch: »Gianni ist mein Ehemann, wir haben uns nur auseinander gelebt. Er hat nichts getan, wofür er sich entschuldigen müsste. Er ist ein großartiger italienischer Koch.«

Sichtlich verdutzt über meine Unterstützung, sah er mich an.

»Oh, dann können Sie all diese tollen Pastagerichte kochen! Ich liebe Pasta!«, rief Sue begeistert, als hätte sie aufgrund der Tatsache, dass er Pasta zubereiten konnte, alle Vorbehalte gegen ihn vergessen. Vertraulich beugte sie sich zu ihm. »Diesen Partisan-Käse mag ich allerdings nicht besonders. Ich hoffe, Sie verwenden nicht so viel davon«, sagte sie. Er gab keine Antwort, da er ganz offensichtlich keine Ahnung hatte, worüber sie da redete. Er würde nie auf die Idee kommen, dass jemand etwas so Großartiges wie Parmesankäse derart verhunzen könnte.

»Und, was hätten Sie gern?«, fragte sie lächelnd und zückte ihren Block und den Stift.

»Kaffee. Schwarz«, brummte er mürrisch.

Abwartend blieb Sue am Tisch stehen, falls Gianni noch ein Stück Kuchen oder ein Eis bestellen oder ihr ein Lächeln oder gar ein freundliches Wort schenken wollte. Aber eher würde die Hölle gefrieren, als dass Gianni irgendein freundliches Wort fand, und nach einigen angespannten Sekunden gab sie es auf und stöckelte zur Theke.

»Also, Chloe, warum zum Teufel bist du hier?«, fragte er mich allen Ernstes.

Fassungslos sah ich ihn an. »Darüber haben wir doch bereits gesprochen. Fiona hat mich in deinem Auftrag angerufen, damit ich dir bei der Eröffnung deines Restaurants helfe.«

»Ja, aber ich hätte nie gedacht, dass du kommst. Warum bist du wirklich hier? Vermisst du mich, willst du bei mir sein?«

Was hatte dieser Mann nur für ein Ego! »O Gott, ist das so offensichtlich?«, säuselte ich und klimperte mit den Wimpern. »Ja, ich bin dir im dicksten Schneetreiben von

London bis hierher gefolgt, weil ich es nicht ertragen konnte, getrennt von dir zu sein.«

Streng sah er mich an. »Du stalkst mich?«

»Nein! Das war ironisch gemeint, du arroganter Idiot! Ich bin hier, um zu arbeiten.«

»Ich gebe dir Arbeit, weil du Geldsorgen hast. Also benimm dich mir gegenüber nicht wie ein freches Kotelett.«

»Hey, ich bin kein freches ...« Ich brach ab, es war zu albern. »Außerdem habe ich keine Geldsorgen. Wie du weißt, habe ich immer genug verdient, um mich selbst ernähren zu können«, sagte ich, wohl wissend, dass ihm das sauer aufstoßen würde. Er wollte immer der große Versorger sein und hatte nie verstanden, dass ich finanziell unabhängig sein wollte. Wenn wir Kinder gehabt hätten, wäre das für mich ein Grund gewesen, meinen Job aufzugeben, aber da sich dieser Wunsch nicht erfüllt hatte, war das für mich keine Option gewesen.

Die Art, wie er mich nun ansah, zeigte mir, dass er keineswegs so selbstsicher war, wie er tat. Jedenfalls würde ich hier nicht das unterwürfige Weibchen spielen, das zutiefst dankbar für sein großmütiges Jobangebot war. Hey, ich brauchte diesen blöden Job sowieso nicht.

»Ich bin gut in meinem Job, und wir wissen beide, dass ich nur aus diesem Grund hier bin. Also tu bitte nicht so, als würdest *du* mir einen Gefallen tun!«

Grimmig funkelten wir uns an, und einen Moment lang dachte ich an die Zeit zurück, als wir das letzte Mal zusammen in Appledore waren. Schon damals war es zwischen uns nicht gut gelaufen, aber anders als jetzt war da immer ein kleiner Hoffnungsschimmer gewesen, und wir hatten uns beide aufrichtig bemüht, unsere Liebe noch irgendwie zu retten. Aus diesem Grund versuchte ich eine neue Taktik.

»Ich war sehr traurig wegen Schneeflöckchen«, sagte ich.

»Es ging ihr bis zuletzt gut, der Tod kam ganz plötzlich. Sie hat nicht gelitten«, sagte er sachlich, aber ich sah ihm an, wie sehr ihm der Verlust zu schaffen machte.

»Hat sie mich vermisst?«, fragte ich und merkte, wie mir ein Kloß in die Kehle stieg.

»Nein«, antwortete er auf seine unverblümte Art. Er meinte das nicht abfällig, aber er beherrschte einfach nicht die Kunst der Unterhaltung und hatte manchmal Schwierigkeiten, Empathie zu zeigen. Früher hatte ich gedacht, das läge an der Sprachbarriere, jetzt wusste ich jedoch, dass es die Gianni-Barriere war.

»Schneeflöckchen hat diese Jahreszeit geliebt. In der Weihnachtszeit war sie immer total aufgeregt«, sagte ich, um Gianni aus der Reserve zu locken. Als wir verliebt waren, hatten solche kleinen Bemerkungen Wunder gewirkt. Mit wenigen lustigen Worten oder einer niedlichen Geschichte hatte ich die dunklen Wolken vertreiben können, die ihn umgaben. Aber jetzt funktionierte das nicht mehr.

»Katzen fressen, schlafen und putzen sich. Eine Katze kennt keine Gefühle wie Aufregung oder Glück.«

»Du auch nicht!«, entgegnete ich scharf, während ich meine Tasse hin und her schwenkte, um den Schokoladensatz vom Boden zu lösen. Seine Zurückweisung machte mich wütend, traf mich wie ein Schlag ins Gesicht.

Das Schweigen zwischen uns dehnte sich, und mir wurde bewusst, dass ich alles Persönliche ausklammern und mich ausschließlich auf das Geschäftliche konzentrieren sollte. Es ging um einen Job, mehr nicht. Trotzdem fand ich es schwierig, und wann immer ich ihn ansah, spürte ich ein nervöses Flattern im Magen. Während er aus dem Fenster blickte, musterte ich ihn verstohlen. Er hatte immer noch ein schönes Gesicht mit fein gemeißelten Zügen und sanften braunen Augen, die verrieten, dass er trotz seiner aufbrausenden, herrischen Art innerlich so weich wie geschmolzene Marshmallows war. Als unsere Blicke sich trafen und um seine schmalen Lippen jenes seltene, aber ungemein anziehende Lächeln spielte, loderte ich innerlich. War da noch ein Rest von Liebe in mir, wie der schokoladene Bodensatz auf dem Grund meiner Tasse? O Gott, ich hoffte, dies sei nur ein kurzes Aufflackern, eine kleine Gefühlsirritation, weil ich ihn so lange nicht gesehen hatte. Wenn ich meinen Job gut machen wollte, konnte ich solche emotionalen Einbrüche weiß Gott nicht brauchen. Ich hatte nicht damit gerechnet, dass ich immer noch etwas für ihn empfand. Vielmehr war ich davon ausgegangen, dass einige Minuten in seiner Gegenwart genügen würden, um jegliche Gefühle außer Bitterkeit und Enttäuschung in mir auszulöschen. Dies kam für mich völlig überraschend und war gewiss nicht Teil des Plans. Ich durfte mich nicht von trügerischen Bildern der Vergangenheit verführen lassen, sondern sollte mich lieber an die schlimmen Zeiten erinnern, an die Einsamkeit und die vielen trüben Tage.

»Tja, du hast es also geschafft. Du hast London verlassen und lebst jetzt deinen Traum«, sagte ich und versuchte, nicht bitter zu klingen.

»Meinen Traum?«, wiederholte er und sah mich an, als hätte ich den Verstand verloren. »Ich bin mitten im eiskalten Winter ans Meer gezogen.« Er blickte auf das graue, aufgewühlte Meer hinaus. »Pah, auf diese Küsse kann ich gerne verzichten. Sieh sie dir doch an!«, fügte er genau in dem Moment hinzu, als Sue mit seinem Kaffee an den Tisch kam.

»Verzeihung?«, sagte sie und blieb verwirrt stehen.

»Oh, verstehen Sie das nicht falsch«, warf ich rasch ein. »Gianni ist Italiener, mit Küsse meint er die Küste.« Auffordernd sah ich ihn an, doch der Mistkerl zuckte nur mit den Schultern.

Sue war nicht ganz überzeugt; mit bösem Gesicht knallte sie ihm seinen Kaffee hin und stapfte davon.

Peinlich berührt sah ich ihr nach. Ich wollte mir gar nicht ausmalen, was geschehen wäre, wenn ich Giannis Worte nicht übersetzt hätte.

»Du musst wirklich an deiner Aussprache arbeiten, Gianni«, sagte ich leise. Manchmal hatte ich den Verdacht, dass er Wörter absichtlich falsch aussprach, um sein Gegenüber zu verwirren. Immerhin lebte er bereits seit über zwanzig Jahren in England.

Er hob die Brauen. »Ich spreche sehr gut Englisch, die Leute wollen mich nur nicht verstehen. Sie sind verdammte Pferdemistgurken.«

Sein eigenwilliger Gebrauch von Schimpfwörtern machte mich wie immer sprachlos. Aber ich hatte keine Lust, mich mit ihm herumzustreiten. Sollte er sich mit seiner patzigen Art doch zum Narren machen; ich würde ihn jedenfalls nicht mehr decken.

Genüsslich löffelte ich den Bodensatz der heißen Schokolade aus. »So, reden wir über das Geschäftliche. Wie läuft es bisher?«

»Es läuft gar nicht.« Theatralisch zerraufte er sich das

Haar. »Die Eröffnung steht kurz bevor, aber ich habe keine Reservierungen, das Personal ist weg, die Kritiker hassen mich, und die Zeitungen in Devon sind ja bekannt dafür, dass sie nur gemeine Lügen verbreiten.«

»Ach?« Ich fand diese Behauptung sehr fragwürdig, wollte jedoch nicht darauf eingehen. »Was ist passiert?«, fragte ich, obwohl ich mir nicht sicher war, ob ich den ganzen Horror überhaupt erfahren wollte. Gianni war in den Monaten seit unserer Trennung offenbar kein bisschen milder geworden.

»Meine Küche und mein Speisesaal sind absolut perfekt. Ich schufte wie ein Stier, stecke mein ganzes Können hinein. Aber die Leute beschweren sich trotzdem. Ich habe einen offenen Abend für die Presse veranstaltet, damit die Leute mein Restaurant kennenlernen, aber sie haben sich beschwert, weil meine Portionen angeblich zu klein sind. Pah, sie sind dumme Schweine, die alles fressen, Hauptsache, es ist viel!«

»Das ... Das hast du ihnen doch nicht gesagt, oder?«, stammelte ich entsetzt.

»Doch«, erklärte er munter. »Und jetzt sind die Zeitungen gegen mich«, fuhr er fort. »Die Kritiker hassen mich, meine Gäste stornieren ihre Reservierungen, weil sie bei den paar Schneeflocken angeblich nicht Auto fahren können. Sie sind verdammte Idioten. Also habe ich ihnen gesagt, sie sollen sich zum Teufel scheren.«

»Hast du das wirklich so gesagt ... mit den verdammten Idioten und zum Teufel scheren?«, fragte ich, fassungslos über seinen sorglosen Umgang mit Gästen. Er war zu seinen Gästen nie übermäßig freundlich gewesen, oft sogar ausgesprochen unhöflich, doch in London hatte ihm das eine gewisse Originalität verliehen. In Appledore hingegen kam so ein Verhalten weder bei der Presse noch bei den Gästen gut an. Aber Beleidigungen und Rüpelhaftigkeit waren die Zutaten, mit denen Gianni seine Speisen würzte.

»Gianni, wie oft habe ich dich ermahnt, dass man die Leute nicht so beleidigen darf. Du bist nicht in London. Dort haben sie dir alles verziehen, haben deine Unhöflichkeit als Teil deiner Rolle angesehen.«

»Rolle? Welche Rolle? Ich spiele den Leuten nichts vor.«

»Nein, leider nicht. Aber weißt du, hin und wieder kann ein Lächeln nicht schaden«, sagte ich. »In London hast du es geschafft, dass dich die Gäste als Kochgenie à la Gordon Ramsay betrachten, der flucht und ...«

»Gordon Ramsay? Jetzt beleidigst *du* mich! Er ist ein stinkender Volltrottel.«

»Nein, ist er nicht, und ich habe dich nicht mit ihm verglichen, und wenn, nur ein bisschen. Aber ich will auf etwas anderes hinaus: In London erwarten die Leute zu ihren kleinen, übertreuerten Portionen einen exzentrischen Koch, der aus dem Rahmen fällt. Sie haben deine eigenwillige Art und deine schlechten Manieren genauso konsumiert wie dein Essen. Aber hier bist du einfach nur ein Koch, der ein neues Restaurant eröffnet. Die Leute müssen erst dich mögen, bevor sie deinen Kochkünsten verfallen – und das machst du ihnen nicht gerade leicht«, fügte ich hinzu. »Erinnerst du dich an das Gianni's? Da war nichts abgehoben oder übertrieben. Es war traditionelle italienische Küche, schlicht und wohlschmeckend. Und du warst glücklich.«

»Jetzt bin ich nicht glücklich.«

Seine Ehrlichkeit überraschte mich; er redete nicht gerne über Gefühle, vor allem nicht über seine eigenen.

»Damals warst du glücklich«, sagte ich, um ihn aus seiner deprimierten Stimmung zu reißen und an die guten Zeiten zu erinnern. »Du hast im Gianni's solide Hausmannskost zubereitet. Die Soßen deiner Mutter, das Knoblauchbrot deiner Großmutter ...«

Seine Fassade begann leicht zu bröckeln, und ein Schimmer des früheren Gianni wurde sichtbar.

»Ich vermisse das Gianni's auch«, seufzte er. »Alles schien damals so einfach zu sein, aber das zweite Restaurant ...«

»Das ohne Namen, weil die Gerichte für sich selbst sprechen sollten?«, bemerkte ich sarkastisch.

»Genau. Aber ich habe es aufgegeben, um in Appledore ein neues Restaurant zu eröffnen. Ich dachte, es würde so einfach sein wie damals bei Gianni's, aber jetzt bin ich am Ende meiner Weisheit angelangt.« Er erzählte, dass sich die Eröffnung von Il Bacio aufgrund schlechten Wetters und Umbauproblemen verzögert habe. Die nicht unerheblichen Probleme, die er selbst verursacht hatte, verschwieg er wohlweislich.

Wie auch immer, laut Gianni waren die Bauarbeiter »faule Maulesel«, die ständig Pausen gemacht hatten, statt zu arbeiten. Als endlich alles fertig war, hatte Fiona in der vergangenen Woche einen kleinen Presseempfang mit einer Auswahl an Gerichten organisiert, um den Journalisten eine Kostprobe vor der offiziellen Eröffnung in dieser Woche zu geben. Leider endete dieser Abend in einer Katastrophe, das Personal erschien nicht, Gianni brüllte nur herum, und Fiona stürmte irgendwann entnervt davon, sodass niemand mehr da war, um die »verfluchten Gäste« zu beruhigen. Milde nickend hörte ich ihm zu, obwohl ich kaum glauben konnte, was ich zu hören bekam.

Aber es war noch nicht alles. Gianni tauchte aus der Küche auf und wedelte mit einem Messer in Richtung des »Schweinewurms« im Lokal, worauf alle Gäste geschlossen das Restaurant verließen.

»O mein Gott, was für ein Horror!«, seufzte ich. »Ich weiß nicht, warum du dich so benimmst. Im ›Gianni's‹ bist du nie so ausfallend geworden.«

»Stimmt, aber damals warst du da …« Er hielt inne und sah mich an. In seinem Blick lag etwas, das mich an den Gianni von damals erinnerte, doch er fasste sich sofort wieder und fuhr damit fort, allen möglichen Leuten die Schuld für seine gegenwärtige Misere zu geben. »Diese Fiona … sie war völlig unfähig. Ich brauche Perfektion, Chloe. Das weißt du.«

»Wann genau ist die offizielle Eröffnung?«, fragte ich, ohne auf seine Bemerkung einzugehen.

»Heute Abend. Das Restaurant ist heute und morgen geöffnet, danach sehen wir weiter. Keine Ahnung, was an Weihnachten sein wird.«

»Heute Abend? Fiona sagte mir, dass mein Job erst morgen beginnt.«

»Fiona hat keine Ahnung. Sie ist eine dumme Mistgurke.«

Es war mir schleierhaft, woher er diese Ausdrücke hatte, aber als junger Mann hatte er mithilfe des Fernsehens Englisch gelernt. Er liebte die alten Filme, vor allem jene mit italienischen Schauspielern wie Robert de Niro, Al Pacino und Roberto Riviera. Außerdem liebte er Fernsehshows, in denen verbal aufeinander eingedroschen wurde. Wahrscheinlich hatte er sich dort die Grundlage für seine selbst gebastelten Schimpfwörter geholt.

»Du erzählst mir gerade allen Ernstes, dass du heute Abend eröffnest und keine Reservierungen hast?«

Er nickte feierlich.

»Hm, eigentlich solltest du jetzt rotieren«, sagte ich. »Am Telefon hängen, E-Mails verschicken.«

»An wen soll ich eine E-Mail schicken? An den Kaiser von China?«

»Nein, der mag die italienische Küche nicht.«

Er zuckte die Achseln, wie er es oft machte. Ich war mir nicht sicher, ob das eine typische italienische Eigenart oder ein Tick von Gianni war. So oder so, es war frustrierend. Ich war eine »Macherin«, wenn es ein Problem gibt, versuche ich es zu lösen und sitze nicht untätig herum, rühre in meinem Kaffee und zucke die Achseln. Himmel noch mal, es war genauso wie früher. Dieser Mann war extrem anstrengend; kein Wunder, dass ich gegangen war.

»Nachdem ich alles gehört habe, überrascht es mich, dass du heute überhaupt gekommen bist, statt in deinem Restaurant herumzuwuseln und dein Personal anzubrüllen«, bemerkte ich.

»Ich brülle jeden Morgen vor acht Uhr, aber trotzdem trinken diese Idioten in aller Seelenruhe ihren Kaffee und starren auf ihre Handys... Jetzt sind sie zum Glück alle weg.«

»Du hast tatsächlich keinen einzigen Angestellten mehr?« Es war alles noch viel schlimmer, als ich befürchtet hatte.

»Richtig.«

»Wow«, stieß ich hervor. Seit unserer Trennung hatte Gianni sich keinen Deut verändert; er war so egozentrisch wie eh und je. Während er ins Leere starrte und in seinem

Kaffee rührte, fragte ich mich, wo der Mann geblieben war, in den ich mich einst verliebt hatte. In seinem hippen Londoner Restaurant hatten die Kellner und die ehrgeizigen jungen Köche Giannis Wutausbrüche klaglos hingenommen, weil es ihrer Karriere förderlich war, für einen prominenten Koch zu arbeiten. Doch hier in Devon war er ein Nichts, niemand kannte ihn. Seine Angestellten wollten einfach nur ihren Job machen, der große Gianni Callidori war für sie kein Begriff. In diesem kleinen Küstenort war Gianni irgendein zugereister Koch, der sich nicht unter Kontrolle hatte, und das würde man sich nicht gefallen lassen. »Ohne Personal bist du aufgeschmissen und ...«, begann ich.

»Oh, danke für deinen eselsblöden Hinweis, Chloe. Da wäre ich selbst nie draufgekommen.«

»Mach nicht einen auf Sarkasmus, Gianni, dafür reichen deine Sprachkenntnisse nicht aus. Bis vor einem Jahr bist du noch in die falschen Toiletten gegangen, weil du offenbar den Unterschied zwischen Herren und Damen nicht kanntest.«

»Ich bin Italiener und kann mit dummen Bildern an der Tür nichts anfangen. Zwei Kühe! Wer soll die bitte schön auseinanderhalten können?«

»An der Tür für Herren war ein Bulle, an der für Damen eine Kuh. Man braucht keine Sprachkenntnisse, um den Unterschied zwischen einer Kuh mit Euter und einem Bullen ohne Euter zu erkennen«, sagte ich gereizt. Bei der Erinnerung daran, wie er von der Security aus der Damentoilette geworfen worden war, während die Frauen laut kreischten und ihre Taschen an sich pressten, als wäre er ein perverser Spanner, stieg mir immer noch die Schamesröte in die Wangen. »Zurück zum Personal«, sagte ich dann, um das Gespräch wieder auf eine sachliche Ebene zu lenken. »Welchen Anreiz könntest du den Leuten bieten, damit sie für dich arbeiten?«

»Ich zahle sehr gut, gebe Rabatt auf mein Sortiment...«

Ich hatte gehört, dass er sein Weihnachtssortiment erneut auf den Markt gebracht hatte. Meiner Meinung nach ein großer Fehler. »Mm, Rabatt?«, brummte ich und zog die Braue hoch. »Ich bezweifle, dass sich schlecht bezahltes Küchenpersonal von der Aussicht auf ein sündhaft teures Töpfchen mit Schnecken in Aspik zu langen Arbeitsstunden in einer dampfend heißen Küche verlocken lässt. Trotz Rabatt.«

»Die Schnecken sind köstlich, aber diese Leute sind verfressene Schweine und würdigen gutes Essen nicht.«

Ich hoffte, er habe diese Einsicht für sich behalten, aber sehr wahrscheinlich hatte er das nicht, was erklären würde, warum er jetzt kein Personal hatte. Und keine Gäste.

»Fiona hat mir keine Speisekarte geschickt, aber vielleicht kannst du mir eine mailen.«

»Nein.«

»Hast du noch keine Speisekarte?«

»Nein, das ist nicht nötig. Ich sage den Leuten, was sie essen sollen«, erwiderte er mürrisch. »Die Briten sind nicht in der Lage, ihr Essen selbst zu wählen, weil sie sich ihren Geschmackssinn mit dem Dreckszeug aus dem Supermarkt verhunzt haben.«

»Ah, verstehe. Zum Glück gibt es den großen Gianni Callidori, der ihren Geschmackssinn mit Schnecken in Aspik wieder auf Vordermann bringt!«

Rückblickend betrachtet, kann ich ziemlich genau den

Moment bestimmen, als Gianni sich selbst zu demontieren begann. Ich hatte meine eigene Karriere aufgegeben, um mit Gianni in unserem ersten Restaurant zu arbeiten. Drei Jahre lang lief alles wunderbar, doch dann wurden Investoren auf ihn aufmerksam und boten ihm an, in größere Räumlichkeiten umzuziehen. Damals war Gianni auf dem besten Weg, ein gefeierter Starkoch zu werden, und das neue namenlose Restaurant wurde mit viel Tamtam eröffnet. Ich glaube, er war von den Lobeshymnen geschmeichelt, geblendet von der Aussicht auf den ganz großen Erfolg, und hatte nicht bedacht, welchen Stress es bedeutete, nicht nur für sich selbst, sondern auch für das Investment anderer Leute verantwortlich zu sein. Ich beobachtete, wie er sich langsam vom entspannten, liebenden Gatten zu einem Mann veränderte, der immer hektischer wurde und nachts nicht mehr schlafen konnte, weil er ständig Angst hatte zu versagen. Im Gianni's war er glücklich gewesen, hatte voller Hingabe seine italienische Hausmannskost zubereitet, doch sein Ego war durch die überschwänglichen Kritiken und den ganzen Hype, der um ihn veranstaltet wurde, so aufgeblasen, dass er allmählich selbst von seiner Genialität überzeugt war. Er erlag dem Trugschluss, ein größeres Restaurant ohne Namen und mit exaltierten Gerichten würde uns ans Ziel unserer Wünsche bringen. Da wir keine Familie gründen konnten, konzentrierte er sich stattdessen auf einen Gourmettempel.

Nach und nach zog ich mich aus dem Restaurant zurück und widmete mich meiner eigenen Karriere. Natürlich bemühte ich mich weiterhin, ihn nach Kräften zu unterstützen, merkte jedoch, dass ich nicht länger gebraucht wurde. Ich werde nie vergessen, wie ich eines Tages spätabends in dem großen, schicken Restaurant vorbeischaute, um Gianni zu fragen, ob er schon fertig sei und mit mir nach Hause komme. Ich öffnete die Tür zur Küche und fand ihn im Gespräch mit Bianca vor, seiner neuen Agentin (ja, er hatte eine Agentin). Die Köpfe zusammengesteckt, lehnten die beiden nebeneinander an der Küchentheke, und sie erzählte ihm gerade, er müsse »zu neuen Ufern aufbrechen« und »noch mehr Restaurants eröffnen«. Es mag sich vielleicht dramatisch anhören, aber für mich fühlte es sich wie ein Verrat an. Sie wollte ihn zu etwas verleiten, das er nicht tun sollte und das gegen alles verstieß, was er jemals gewollt hatte. Diese Leute kannten den wahren Gianni nicht, sie sahen nur den Koch, der auf den Titelseiten von Zeitschriften war. Aber ich kannte ihn und wusste auch, dass er unsere Ehe vernachlässigen würde, wenn er sich von dieser neuen, glamourösen Welt einlullen ließ.

Ohne mich bemerkbar zu machen, schloss ich leise die Küchentür hinter mir und ging nach Hause. Am nächsten Morgen stellte ich Gianni zur Rede. Er meinte, ihm sei es einfach wichtig, möglichst viel Geld zu verdienen. »Ich möchte dir schöne Dinge kaufen«, sagte er. Doch das Geld war mir egal, ich wollte meinen Mann zurückhaben und wieder so unbeschwert mit ihm zusammen sein wie damals in unserem ersten kleinen Restaurant mit den Kerzen in den alten Chiantiflaschen.

Statt der traditionellen italienischen Gerichte, die Gianni so liebte, konzentrierte er sich nun auf extravagante, überkandidelte Kreationen, weil er glaubte, dass man das von ihm erwartete. Einmal fragte ich ihn, warum er keine schlichten Pastagerichte mehr anbiete und nur mit ausgefallenen Zutaten wie Wachteleiern und japanischen

Kräutern koche. Daraufhin erwiderte er: »Wenn ich mir nicht ständig etwas Neues einfallen lasse, könnte der Erfolg sehr schnell vorbei sein.« Ich wusste jedoch, dass kein Mensch über einen längeren Zeitraum hinweg einen so immensen Druck aushalten konnte. Außerdem hatte ich den Verdacht, dass er nicht wirklich an die aus getrockneten Tomaten extrahierten Tröpfchen oder an die in ihre Einzelteile zerlegte und neu zusammengesetzte Zuckerwatte glaubte, die er für sein Publikum kreierte. Er war in einer Welt gelandet, die Spektakel erwartete und sein »wildes, ungezähmtes« Genie feierte. Doch ich wusste, wirklich glücklich machte es ihn, wenn er in einem gemütlichen, kleinen italienischen Restaurant die Pastasoßen seiner Mama kochen konnte. Und die Geschichte gab mir recht – das Londoner Restaurant war verkauft worden, und er hatte die Stadt verlassen, um an der Küste einen Neuanfang zu wagen. Wenn er jedoch so weitermachte wie bisher, würde er mit seinem Projekt grandios scheitern.

Da Gianni ein Typ war, der oft aneckte, hatte ich in unserem ersten Restaurant die Betreuung der Gäste übernommen und für eine entspannte Atmosphäre gesorgt. Gianni war zu launisch und konnte, wie ich aus eigener Erfahrung wusste, ausgesprochen unhöflich sein. Also kümmerte ich mich um das Wohl der Gäste und Angestellten, während er sich auf das Kochen konzentrierte, was ihm auch am besten lag. War er schlecht gelaunt, ignorierten wir ihn einfach. Aber als er später in London für seine rüde Art gefeiert wurde und die Presse ihn oft als »eigenwillig« beschrieb, wurden seine Launen noch schlimmer, mitunter auch aus purer Effekthascherei. »Das ist es doch, was die

Leute wollen, Chloe«, hatte er einmal nach einem besonders heftigen Abend im neuen Restaurant gesagt, als er Simon Cowell hinauswarf, weil dieser zu sagen gewagt hatte, das Mousse aus pürierten Auberginen, Eukalyptus, Paprika und Zucker sei doch »ziemlich überspannt«.

Als ich ihm jetzt im Eiscafé gegenübersaß, sah ich nicht das Genie vor mir, das die Küche revolutionieren wollte, sondern einen unglücklichen Mann. Er ließ gerade einen Schwall an Schimpfwörtern vom Stapel und schimpfte über »Gäste, die keine Ahnung von gutem Essen haben, weil sie sich nur mit Dreck vollstopfen«. Anscheinend hatte er erfolgreich verdrängt, dass er selbst bei dem Presseempfang alle auch nur annähernd wichtigen Leute in Devon vor den Kopf gestoßen und vergrault hatte. Selbst in dem kleinen Café hatte er die Kellnerin mit seiner barschen Art gegen sich aufgebracht – ohne sich dessen überhaupt bewusst zu sein.

Ich unterbrach seinen Redeschwall. »Gianni, dir mangelt es total an Empathie. Du scheinst gar nicht wahrzunehmen, wie sehr du andere Menschen kränkst und verärgerst.«

»Ich habe niemanden gekränkt und verärgert. Worüber zum Teufel redest du eigentlich?«

»Ach, werde endlich erwachsen und lerne, dich zu benehmen. Ich weiß, du kannst sehr charmant sein, aber die meiste Zeit bist du, ehrlich gesagt, ein totaler Rüpel.«

Zum ersten Mal sah er mich nun richtig an, als würde er tatsächlich zuhören.

»Du findest mich charmant?«, fragte er, beinahe flirtend.

»Nein, nicht wirklich. Okay, manchmal bist du charmant, aber im Moment nicht.«

»Ja, ich habe viel Stress. Wie soll ich charmant sein, wenn ich nicht weiß, was zum Teufel ich jetzt tun soll?«, sagte er. »Ich habe eine wunderschöne Küche, ganz aus Edelstahl und in Weiß gehalten. Und es gibt weiße Tische und Stühle, schlicht und einfach. Klare Linien, Edelstahl...«

»Klingt gut«, schwindelte ich, denn ich hatte sofort das Bild eines kalten, abweisenden Raums vor mir mit hygienisch blanken Oberflächen und viel Metall. Und Gianni, der in der Tür zur Küche stand und ein großes Messer wetzte wie ein perverser Killer aus einem drittklassigen Horrorfilm. »Und welche Gerichte willst du anbieten?«, hakte ich vorsichtig nach.

»Ha, natürlich mein berühmtes Tintenfisch-Shortbread mit Kaninchenpastete. Innereien-Lutscher mit pikantem Wiesenkräuterschaum«, legte er los, und mir wurde angst und bange. »Für die Nachkommen der Affen, die keine Tiere essen, gibt es pürierte Schneckeneier auf einem Spinatbett mit fermentiertem Kohl, gerösteten Pinienkernen und Fava-Bohnen.« Genießerisch leckte er sich die Lippen, was mich fatal an Hannibal Lecter erinnerte.

»Fava-Bohnen?«, fragte ich kleinlaut, doch er war jetzt in Fahrt gekommen und schwärmte davon, wie seine Innereien-Lutscher den Sänger Sting und seine Frau Trudie einmal zum Weinen gebracht hatten.

»Kann ich mir vorstellen«, bemerkte ich trocken.

Während er begeistert über die verschiedenen Arten von Innereien erzählte, schweiften meine Gedanken ab. Ich dachte an den Tag zurück, als wir zu unserer großen Freude entdeckten, dass ich schwanger war. Wir hatten es schon einige Jahre lang vergeblich versucht, und mir war klar geworden, dass es für mich mit Mitte dreißig keineswegs so einfach war, wie ich gedacht hatte. Als ich die rosa Linie auf dem Teststreifen sah, war ich überglücklich. Mein größter Wunsch hatte sich erfüllt, und obwohl ich nicht religiös bin, schickte ich ein kleines Dankgebet an alle himmlischen Mächte, denn dies war wahrhaftig ein Himmelsgeschenk. Ich entsinne mich noch an Giannis Gesicht; er weinte und umarmte mich, erzählte es überall herum, rief seine Familie in Italien an, backte meinen Lieblingskuchen mit Glasur, spendierte allen Gästen im Restaurant Champagner und kam jeden Abend früh nach Hause, um bei mir zu sein. Ich kam mir unendlich geliebt vor, wie ein wertvolles, zerbrechliches Fabergé-Ei, das man bewunderte, bestaunte und auf einen Sockel stellte. Als dann eine Blutung einsetzte, wollte ich es Gianni zunächst verschweigen. Ich wollte nicht mit ansehen müssen, wie sein Glück wie ein Soufflé in sich zusammenfiel. Ich dachte, wenn ich nichts sagte, würde es vielleicht nicht wahr sein, doch als er am Abend mit einem rosa Plüschhasen für das Baby nach Hause kam und mich auf dem Badezimmerboden vorfand, erübrigten sich alle Worte. Er wusste es. Es kam mir vor, als läge dieser Tag eine halbe Ewigkeit zurück. Damals war sein Blick voller Sanftheit gewesen, doch als ich ihn nun forschend ansah, war von dieser Sanftheit nichts mehr übrig.

»Ich habe auch ein neues Weihnachtsgericht kreiert«, fuhr er fort.

Resolut schob ich die Erinnerungen beiseite und kehrte in die Gegenwart zurück.

»Ja?«, sagte ich, von der vagen Hoffnung erfüllt, es sei ausnahmsweise einmal etwas Festliches und Genießbares.

»Knusprig gebratenes Kalbsbries mit Hühnerfüßen und

Rotweinschaum.« Fragend sah er mich an, dann schien es ihm zu dämmern. »Ah, ich weiß, was du denkst...«

Ich hatte da meine Zweifel.

»Ach ja? Es tut mir leid, aber ich muss gestehen, dass...«

»Dir das Wasser im Mund zusammenläuft und du das Bries sofort probieren würdest, wenn das Restaurant offen wäre?«

»Ähm... so ungefähr«, erwiderte ich mit schiefem Grinsen. Manchmal schaffte ich es einfach nicht, ihm seine Illusionen zu zerstören, vor allem, wenn er so euphorisch war und seine Augen vor Begeisterung blitzten.

»Heute ist dein Glückstag! Es ist alles vorbereitet.«

»Was ist vorbereitet?«

»Die Zutaten für das Gericht. Sie warten in der Küche. Heute Abend werde ich für dich kochen.«

»Oh... Pass auf, ich glaube, das ist keine gute Idee«, sagte ich. Mir wurde allein beim Gedanken an dieses Gericht schon übel. Zu Hause hatten wir immer simple Speisen gekocht, seine »speziellen Gerichte« hatte er sich für die Arbeit aufgehoben. Doch da ich jetzt für ihn arbeitete, würde ich mich seinen abenteuerlichen Kreationen nur schwer entziehen können.

»Sollte heute Abend nicht die Eröffnung stattfinden?«, fragte ich.

»Ja, und du musst dabei sein. Du wirst mein Versuchskaninchen sein.«

Die Aussicht, in diese Rolle zu schlüpfen, war alles andere als verlockend. Auf gar keinen Fall würde ich mich von ihm mit Bries oder anderen Widerlichkeiten füttern lassen. »Offiziell beginnt mein Job bei dir erst morgen«, wandte ich ein.

»Ah, du hast ein Date, nicht wahr?«, sagte er enttäuscht. Ich hatte seit Ewigkeiten keine Fotos mehr von Nigel auf Facebook gepostet, deshalb sollte er eigentlich wissen, dass ich im Moment solo war. Das war nur wieder einer seiner Tricks, um mir Schuldgefühle wegen der Trennung einzuflößen, damit ich aus schlechtem Gewissen heraus sein blödes Bries und die Hühnerfüße probierte. »Ja, mein Geliebter und ich wollen noch eine leidenschaftliche Nacht im Seagull Cottage verbringen, bevor ich morgen mit der Arbeit beginne.«

Verwirrt starrte er mich an und stellte seine Kaffeetasse auf den Tisch.

»Das war ein Scherz«, seufzte ich.

Er ergriff die Tasse wieder, trank den letzten Schluck Kaffee aus und wirkte dabei wie ein Mann, auf dessen Schultern das Gewicht der Welt lastete. Er war ein paar Jahre älter als ich, sah aber trotz der enormen Mengen, die er vertilgte, der langen Arbeitsstunden im Restaurant und seiner gegenwärtigen Misere mit dem neuen Restaurant immer noch gut aus. Durch die schwere Arbeit in den diversen Küchen hatte er extrem muskulöse Arme und Schultern, als würde er ständig ins Fitnessstudio rennen. Sein Gesichtsausdruck war etwas müder als früher, und er hatte neue Falten, aber er wirkte dadurch nur noch markanter, als sei er zumindest äußerlich erwachsen geworden.

»Wo befindet sich das Restaurant eigentlich?«, fragte ich, denn auf der Promenade hatte ich es bisher noch nicht entdeckt.

»Ein Stück weiter die Straße hinunter, hinter dem Hotel. Ein super Ausblick auf Küsse und Meer«, sagte er, sichtlich zufrieden über die Lage.

»Klingt gut«, murmelte ich.

»Komm heute Abend einfach vorbei und sieh es dir an«, sagte er und stand auf.

Ich wollte schon erneut ablehnen, aber der beinahe flehende Ausdruck in seinen Augen ließ mich innehalten. Immerhin würde ich ab morgen in seinem Restaurant arbeiten, und da wäre es sinnvoll, mir vorher ein Bild davon zu machen.

»Okay, ich komme. Dann kann ich gleich meinen neuen Arbeitsplatz begutachten. Wenn nötig, kann ich dir ja auch ein wenig zur Hand gehen. Aber du musst nicht für mich kochen«, fügte ich rasch hinzu, obwohl ich wusste, dass das bei ihm auf taube Ohren stieß. Ob ich nun wollte oder nicht, heute Abend würde für mich ein dampfender Teller mit Tierfüßen und Innereien bereitstehen.

»Gut, dann bis später.« Er ging zur Tür, rief mir aber über die Schulter hinweg noch zu: »Das Dinner wird um acht Uhr serviert. Also sei pünktlich.« Mit diesen Worten ging er hinaus und verschwand im dichten Schneegestöber.

Während ich allein am Tisch saß und meinen Gedanken nachhing, ertönte aus der Jukebox in der Ecke plötzlich Shakin' Stevens und zerriss die friedliche Stille. Ich nahm das als Signal zum Aufbruch, schnappte mir meine Handtasche und die Einkaufstüten und zog mir den Mantel über.

»Wollen Sie schon gehen, Schätzchen?«, fragte Sue von ihrem Platz hinter der Theke aus. »Haben Sie ein Date mit Mr. Griesgram ausgemacht?«

Ich schmunzelte in mich hinein, auch wenn die Beschreibung etwas despektierlich war.

»Kein Date, wir sind ja verheiratet. Ihm gehört das Restaurant ein paar Häuser weiter«, erklärte ich und nickte in die Richtung.

»Ah, davon habe ich gehört … und über ihn. Mir war nicht klar, dass er der Restaurantbesitzer ist. Er hat einige Leute hier ganz schön verärgert.«

»So richtig verärgert?«, fragte ich in der Hoffnung, sie habe übertrieben. Ich kannte nur seine Version der Geschichte – die nicht unbedingt zu seinen Gunsten war.

»Ja, er war sehr unhöflich zu unserem Obst- und Gemüselieferanten. Anscheinend sagte er zu ihm, seine Pflaumen seien unreif und seine Avocados der letzte Dreck. Und dann schmiss er alles auf die Straße hinaus und stieß wütende Beschimpfungen aus. Hat geflucht wie ein Bierkutscher!«

Während sie sprach, füllte sie Strohhalme in ein Gefäß und sah mich auffordernd an, als würde sie auf eine entsetzte Reaktion warten, aber ich verdrehte nur die Augen.

»Gianni wirft gerne mit Sachen um sich und flucht ständig, es strömt einfach aus ihm heraus.«

»Trotzdem ist er ein verdammt attraktiver Kerl«, bemerkte sie, als wäre das eine Rechtfertigung für sein unsoziales Verhalten. »Ist er ein guter Koch?«

»O ja, er ist ein fantastischer Koch. Als Ehemann ist er leider nicht so begnadet.« Ich lachte bitter.

»Stimmt es, dass er ziemlich seltsame Gerichte kocht, so wie dieser Blumen Hestonthal?«

Ich grinste in mich hinein; Heston Blumenthal hätte diese Verdrehung seines Namens bestimmt ebenfalls amüsiert. »Giannis italienische Hausmannskost ist unschlagbar, aber in den letzten Jahren ist er ziemlich … modern geworden«, sagte ich in Ermangelung eines besseren Worts. »Ich fürchte, die Leute hier werden seine Küche etwas hochgestochen finden.« Ich hatte keine Ahnung, warum ich dieser Frau meine Sorgen anvertraute, aber sie war eine gute Zuhörerin. Trotz allem, was zwischen Gianni und mir vorgefallen war, fühlte ich mich verpflichtet, seinen Ruf zu verteidigen. Die Leute sollten erfahren, dass er eine Menge zu bieten hatte. Er konnte nervtötend, unhöflich und beleidigend sein – aber er war auch sehr talentiert, und sein Kuchen mit Schokoladenglasur war einfach göttlich. Zum ersten Mal hatte er ihn für mich an meinem Geburtstag gebacken, und wir hatten ihn in unserer Wohnung über dem Restaurant gegessen. Wir hatten gerade erst geöffnet und waren knapp bei Kasse, doch er hatte einige Zutaten beiseitegelegt, damit ich meinen Geburtstagskuchen bekam.

Chloe-Kuchen nannten wir ihn, und bei jedem wichtigen Ereignis – an Geburtstagen, Weihnachten oder wenn es eine gute Nachricht gab – gab es einen glasierten Chloe-Kuchen.

»Kocht er so abgefahrenes Zeug wie Schäumchen und Tröpfchen?«

Ich lächelte. »Ja, seine Gerichte sind sehr speziell.«

Sie lehnte sich zurück und musterte mich, als sähe sie mich gerade zum ersten Mal. »Ooh, Sie haben immer noch Gefühle für ihn, stimmt's?«

Plötzlich fühlte ich mich befangen. Hatte ich tatsächlich noch Gefühle für ihn? Hatte eine fremde Frau etwas erkannt, was ich mir selbst niemals eingestehen würde?

»Nein, ich mag ihn, aber mehr ist da nicht«, sagte ich bestimmt, als wollte ich mir selbst etwas beweisen. Nachdem ich meinen Mann zum ersten Mal seit fast einem Jahr wiedergesehen hatte, war ich natürlich verwirrt und von einer Vielzahl an Emotionen erfüllt, aber das war alles.

»Ich wette, Sie würden gern etwas Zeit mit ihm verbringen, vielleicht bei einem gemeinsamen Abendessen? Dann könnten Sie sich aussprechen, und ehe Sie wüssten, wie Ihnen geschieht, würden Sie ihm die Kleider vom Leib reißen und dann ...« Verschwörerisch blinzelte sie mir zu, doch ehe sie weitersprechen und mein Leben in einen Schnulzenroman verwandeln konnte, sprach ich ein Machtwort.

»Unsinn!«, sagte ich ein wenig zu streng. »Unsere Beziehung ist rein geschäftlicher Natur.«

Sie nickte. »Nehmen Sie es mir nicht krumm, Schätzchen. Das war nur Spaß. Ich liebe romantische Geschichten. Sind wir nicht alle auf der Suche nach dem einen? Warten Sie, bis Sie Gina kennenlernen, sie ist eine der Besitzerinnen des Cafés. Was Romanzen betrifft, macht ihr keiner was vor; sie hat mit Filmstars und Präsidenten geschlafen und ihr Leben ordentlich ausgekostet.« Sie hielt inne, als hinter der Theke plötzlich eine Frau ihren Kopf hochreckte. Sie hatte Kopfhörer auf, war sicher schon um die siebzig, aber sehr gepflegt und mit den gefärbten Haaren und dem Make-up deutlich jünger aussehend. Ich hatte sie vorher gar nicht bemerkt, sie musste die ganze Zeit hinter der Theke gewesen sein, ohne sich zu zeigen.

»Oh, hallo, Liebes, tut mir leid, ich hatte Sie gar nicht gesehen«, sagte sie, während sie ihre Kopfhörer abnahm. »Ich habe die ganze Zeit Beyoncé gehört, die Frau ist ein musikalisches Genie. *Lemonade* – ooh, die herrliche Wut einer betrogenen Frau«, seufzte sie. »Endlich erzählt sie, wie es wirklich mit Jay-Z war. Ich habe ihr jahrelang gesagt, sie solle ihn rausschmeißen, und als wäre ein Kind nicht genug, hat sie jetzt auch noch Zwillinge bekommen. DREI Kinder!« Sie hielt drei Finger hoch. »Wie kann man nur so dumm sein!«

»Das ist Roberta«, erklärte Sue, nachdem sie mich vorgestellt hatte. »Ihrer Tochter und ihrer Nichte gehört das Café. Roberta ist auf Twitter sehr aktiv und gibt Stars Beziehungsratschläge, nicht wahr, Roberta? Sie ist wie eine Kummerkastentante für Promis.«

»Ja, aber man kriegt keinen Dank dafür«, sagte Roberta kopfschüttelnd. »Mit meinen neunundsiebzig Jahren habe ich eine Menge erlebt und könnte die Leute an meiner Lebenserfahrung teilhaben lassen. Aber hören sie auf mich? Zum Teufel, nein!«

»Sie hat versucht, Chris Martin und Gwyneth Paltrow zu helfen, nicht wahr, Liebes?«, sagte Sue teilnahmsvoll und schürzte die Lippen.

»Ja, aber Gwyneth ist ein hoffnungsloser Fall. Sie macht den lieben langen Tag nichts anderes, als probiotische Smoothies zu trinken und Jade-Eier in sich hineinzuschieben. Dann lässt sie sich darüber aus, wie schwer es arbeitende Mütter haben. Was weiß sie schon darüber?«

»Tja, arbeitende Mütter hätten es tatsächlich schwer, wenn sie Jade-Eier in sich drin hätten«, sagte Sue und verschränkte empört die Arme. »Ich wette, die klappern die ganze Zeit wie verrückt.«

Roberta nickte. »Genau. Ich sagte zu ihr auf Twitter: ›Gwyneth‹, sagte ich, ›kein Wunder, dass du und Chris Eheprobleme habt, wenn du solche Sachen machst.‹ Der arme Kerl muss sich gefragt haben, was zum Teufel da oben ist.«

Mir schwirrte der Kopf von all den Prominenten und ihren Jade-Eiern. Um das absurde Gespräch wieder auf eine normale Ebene zu bringen, erkundigte ich mich nach Sophia, der früheren Inhaberin des Cafés.

»Sophia war meine Schwester«, erzählte Roberta. »Sie ist Anfang diesen Jahres gestorben.«

»Oh, mein Beileid!«

»Danke. Sophias Tochter Gina und meine Tochter Ella sind jetzt die neuen Besitzerinnen des Cafés.«

»Wie schön. Dann bleibt es in der Familie«, sagte ich.

Sie nickte. »Wie auch immer, es hat mich gefreut, Sie kennenzulernen, Chloe. Ich werde jetzt mal lieber in mein Büro gehen, Tokio ist gerade aufgewacht«, sagte sie, als müsste ich wissen, was damit gemeint war.

Nachdem sie gegangen war, erklärte mir Sue, was es mit Robertas Bemerkung auf sich hatte.

»Roberta spekuliert an der Börse«, teilte sie mir mit. »Sie sagt, ihre Fußballaktien sind um dreiunddreißig Prozent gefallen, und die Märkte sind seit Trump und dem Brexit extrem angespannt. Das macht sie nervös«, fügte sie mit verschwörerisch gesenkter Stimme hinzu. »Sie ist unglaublich. Wenn sie nicht gerade in Schweinebäuche oder andere seltsame Dinge investiert, hat sie auf irgendwelchen Partnerbörsen mit attraktiven fremden Männern Cybersex. Wir sind ja alle auf der Suche nach dem Traummann, nicht wahr?«

»Hm«, erwiderte ich vage, immer noch schockiert darüber, dass eine 79-jährige Cybersex hatte und Gwyneth Paltrow offenbar eine sehr intime Beziehung zu Jade-Eiern pflegte.

»Werden Sie klarkommen, Schätzchen?«, fragte Sue, als

ich meine heiße Schokolade und Giannis Kaffee bezahlte, denn Gianni war wie üblich einfach gegangen, ohne zu bezahlen.

»Ja, ich wohne gleich um die Ecke, im Seagull Cottage.«

»Nein, das meinte ich nicht. Ich wollte nur wissen, ob Sie das heute Abend mit Ihrem Mann hinkriegen werden. Lassen Sie sich von ihm auf keinen Fall so ein komisches Schäumchen andrehen. Hallo, er könnte ein Serienmörder sein!«

Ich lachte. »Es wird schon gut gehen, aber trotzdem vielen Dank. Okay, er wirkt leicht wahnsinnig, aber das liegt an seinen wilden Haaren und dem Akzent. Er ist ziemlich schwierig, ich glaube jedoch nicht, dass er wieder morden wird«, fügte ich mit todernster Miene hinzu.

Erschrocken starrte sie mich an, bis ihr klar wurde, dass ich nur Spaß gemacht hatte. »Was immer der Abend bringen wird, Hauptsache, Sie amüsieren sich gut«, sagte sie lächelnd. »Und falls wir uns vorher nicht mehr sehen, frohe Weihnachten!«

Draußen wehte ein eisiger Wind, und ich schlug meinen Mantelkragen hoch. Im Cottage angekommen, entfachte ich das Kaminfeuer und verbrachte den Nachmittag mit einem Buch und etlichen Tassen Earl Grey, um mich für den bevorstehenden Abend im Restaurant zu stärken. Irgendwann ließ ich das Buch auf den Schoß sinken und stellte mir vor, Gianni wäre hier und würde wie früher in dem bequemen Sessel neben mir sitzen, Tee trinken und lesen.

Das Cottage war unsere Zuflucht gewesen; wir waren uns hier wie die einzigen Menschen auf der Welt vorgekommen – nur der weite graue Himmel, die wogenden

Wellen und wir beide. An Winterabenden hatten wir das Kaminfeuer angezündet, Pasta gegessen und Scones gebacken, die wir mit dicker Sahne und Marmelade bestrichen und mit Glühwein hinunterspülten.

Trotz der guten Zeiten waren da auch die Enttäuschung und die Tränen gewesen, diese unsagbare Verzweiflung darüber, etwas verloren zu haben, das wir nie besessen hatten. Aber ich wollte diesen Gedanken nicht länger nachhängen, sonst würde ich in einem Meer aus Tränen ertrinken.

Nach einigen Stunden blickte ich von meinem Buch auf, sah auf die Uhr und bemerkte, dass ich mich schleunigst nach oben begeben musste, um ein Bad zu nehmen und mich für die Restauranteröffnung fertig zu machen. In dem kleinen Cottage war es mollig warm und gemütlich, und die Vorstellung, mich nach draußen in die Kälte begeben zu müssen, war nicht gerade einladend. Inzwischen tobte ein richtiger Schneesturm, und ich spielte ernsthaft mit dem Gedanken, Gianni anzurufen und ihm wegen des schlechten Wetters abzusagen. Aber was, wenn niemand anderer auftauchte? Irgendjemand musste doch von Gianni Callidori gehört haben. So arrogant er sich auch gab, hatte ich dennoch den leisen Verdacht, dass er mich heute Abend in Wahrheit als Unterstützung dabeihaben wollte. Es würden gewiss nicht viele Leute da sein, aber hoffentlich eine Truppe neugieriger Hausfrauen, um Giannis Ego zu streicheln.

Frauen liebten Gianni mit seinem unverschämt guten Aussehen, seinen genialen Kochkünsten und seiner düsteren, grüblerischen Art. Eine Restaurantkritikerin, die bereits viel bekanntere und bessere Küchenchefs als Gianni auf dem Gewissen hatte, schrieb über ihn, »der rüpelhafte Gianni ist in der Küche das, was George Clooney im Bett ist«. (Das war in der Zeit, als Gianni ein gefeierter Koch und George noch begehrter Single gewesen war.)

Die Leute besuchten sein Restaurant, weil es in der Szene total angesagt war, und Kritiker und Fußballerfrauen posteten auf Instagram Fotos von ihren Gerichten, um der ganzen Welt zu zeigen, in welcher hipper Location sie speisten. Einmal habe ich Cherry ins Restaurant mitgenommen und versucht, ihr die Philosophie der ganz in Weiß gehaltenen Inneneinrichtung zu erklären, obwohl ich selbst nicht so recht an den Erfolg des Restaurants glaubte.

»Gianni möchte, dass die Gerichte für sich selbst sprechen. Er lehnt jeglichen Firlefanz ab, damit nichts und niemand von seinen Kreationen ablenkt. Er betrachtet sogar Speisekarten als Ablenkung, die Gäste sollen den Abend bei ihm wie eine Theatervorführung genießen«, sagte ich. Cherry meinte hingegen, sie käme sich vor wie in einer Zahnarztpraxis, steril und absurd teuer, worauf ich in lautes Gelächter ausbrach. Cherry schaffte es immer, mich auf den Boden der Tatsachen zurückzuholen – Gianni hätte das damals auch nicht geschadet, nur war er gegen jede Art von Kritik immun.

Jetzt wollte er in Appledore ein neues Wagnis eingehen, und trotz allem, was zwischen uns vorgefallen war, hatte ich wie früher das Gefühl, ich müsste ihn beschützen. Er konnte mit Enttäuschungen nicht gut umgehen, und wenn nicht alles nach seinen Vorstellungen lief, wurde er unausstehlich. Und jetzt war er wieder in so einer Situation. Ich fragte mich, ob er dieses Abenteuer überleben oder einfach aufgeben und weggehen würde.

Und so eilte ich nun mit schwerem, aber hoffnungsvollem Herzen in die bitterkalte, stürmische Nacht hinaus. Das Tosen der Brandung war ohrenbetäubend, und als ich mich dem Meer näherte, blies mir der Wind eisige Spritzer ins Gesicht. Nicht zum ersten Mal fragte ich mich, was ich hier überhaupt machte, aber ich ging beherzt weiter. Schon seltsam, welche Kapriolen das Leben oft schlägt und wie man sich plötzlich in einer Situation wiederfindet, die man nie für möglich gehalten hätte.

Kapitel Sechs

Wurstattacken und Schneckengrieß

Durch Nebel und dichtes Schneetreiben machte ich mich auf den Weg ins Restaurant. Das Auto hatte ich stehen lassen, da ich heute Abend etwas trinken wollte, vor allem meinen geliebten Champagner. Und ich liebte Restauranteröffnungen, von denen ich im Laufe der Jahre etliche betreut hatte, einschließlich Giannis Eröffnungen. Er bezeichnete mich als sein Maskottchen, das ihm bei einer Eröffnung Glück bringe. Vielleicht hatte er mich nur deshalb nach Appledore eingeladen. Er war extrem abergläubisch, auch was das Kochen anbelangte; so begann er jede Pastasoße mit Olivenöl, Knoblauch und gehackter Petersilie. Die Petersilie schmeckte ich nicht heraus, es blieb wenig von ihr übrig, und sie verlor ihre grüne Farbe. Als ich ihn fragte, warum er sie überhaupt verwendete, sagte er nur: »So hat es mich meine Mama gelehrt, und ich habe es nie anders gemacht, weil ich glaube, dass sonst alles ganz fürchterlich schiefgeht.«

Zu unserer Hochzeit schenkte uns seine Mutter nicht etwa edles Porzellan oder Designerküchengeräte, die auf der Wunschliste standen, sondern einen Besen. Er sollte »das Böse wegfegen«. In unserer kleinen Wohnung in Balham konnte ich nichts Böses entdecken, dennoch hatte Gianni zur Sicherheit in alle Ecken Salz gestreut – man konnte ja nie wissen. Ich fand das Ganze ziemlich verrückt, aber diese Marotten waren ein Teil von Gianni, und ich liebte ihn dafür, selbst als ich einmal eine Ladung Salz ins Gesicht bekam, da er die Angewohnheit hatte, während des Kochens Salz über seine linke Schulter zu werfen.

Während meiner Ehe mit Gianni lernte ich, dass es Unglück bringt, wenn man Olivenöl verschüttete, sich beim Zuprosten nicht anschaute, mit nicht alkoholischen Getränken oder – Gott bewahre! – mit Plastikbechern anstieß oder das Besteck übereinander gekreuzt auf den Teller legte. Jeglicher Verstoß gegen diese Regeln war eine Katastrophe, und kein noch so inständiges Beten könnte die Plagen und Seuchen verhindern, die das Zuhause heimsuchen würden – obwohl wir uns in einer Wohnung in Balham befanden, das nicht gerade für teuflische Umtriebe oder Seuchen bekannt war.

Als nach einigen Jahren der Ehealltag einkehrte und ich mich öfter mal über Gianni ärgerte, hatte ich großen Spaß daran, absichtlich gegen diese abergläubischen Regeln zu verstoßen, indem ich kochte, ohne mir Salz über die Schulter zu werfen. Als im Laufe der Jahre die Streitigkeiten immer bitterer und böser würden, kippte ich auch mal eine halbe Flasche Olivenöl auf dem Küchenboden aus und lud den Teufel zu uns ein. Ich trank zu viel Wein aus Plastikbechern, prostete mir selbst zu, und meinen absoluten Tiefpunkt erreichte ich dann eines Abends, als ich meinen Plastikbecher umklammerte und betrunken brüllte: »Komm nur her, Luzifer, zeig, was du draufhast!« Danach konnte ich meinen Nachbarn nie wieder ins Gesicht sehen.

Während ich nun durch die kalte Nacht ging, schüttelte ich lächelnd den Kopf über diesen ganzen Irrsinn. Zum Glück hatte ich Gummistiefel an, sonst wäre ich auf der glatten Straße unweigerlich ausgerutscht. Jetzt konnte ich darüber lachen, dass ich absichtlich gegen Giannis abergläubische Regeln verstoßen hatte. Im Grunde war es nur der Versuch gewesen, seine Aufmerksamkeit zu erlangen. Doch er schien weder das Öl auf dem Boden noch die Salzhäufchen oder die Plastikbecher im Ausguss zu bemerken. Wahrscheinlich hatten wir damals schon beide resigniert.

Die Fehlgeburt hatte ihren Tribut gefordert, hatte sich in unser beider Leben gefressen und Narben sowie viel Schmerz hinterlassen. Die Ärztin versuchte, mich aufzumuntern, und sagte nach einer gründlichen Untersuchung, bei mir sei alles in Ordnung. »Solche Dinge geschehen nun mal«, erklärte sie freundlich. »Sie sollten mit Ihrem Mann in Urlaub fahren, sich entspannen und es noch einmal versuchen.«

Doch auch die zweite Schwangerschaft endete in einer schrecklichen Fehlgeburt. Es kam mir vor, als könne kein verstreutes Salz der Welt, kein noch so emsiges Fegen das Böse von unserem Heim fernhalten.

Wir hatten uns immer Kinder gewünscht und nie damit gerechnet, dass dieser Wunsch uns versagt bleiben könnte. Ich war förmlich besessen davon, schwanger zu werden, und das stellte unsere Beziehung auf eine harte Probe. Gianni empfand es als belastend, »auf Kommando bereit« sein zu müssen, und ich war wie getrieben, wartete jeden Monat auf ein Anzeichen, saß mit Teststreifen auf dem Toilettensitz, nur um jedes Mal aufs Neue enttäuscht zu werden. Mir war klar, dass ich vor die Hunde gehen würde, wenn ich mich nur auf die Schwangerschaft konzentrierte, und als Gianni das zweite Restaurant eröffnete, bot ich ihm an, als Teil des neuen Teams für ihn zu arbeiten.

Kurz nachdem wir die neuen Räumlichkeiten übernommen hatten, wurde mir morgens häufig übel. Ich hatte eine Erkältung, und meine Periode war ausgeblieben, aber ich wagte es nicht, wieder zu hoffen. Erst als Gianni eine beiläufige Bemerkung über meine volleren Brüste machte und ich auch nach zwei Wochen noch keine Periode hatte, machte ich einen Schwangerschaftstest. Also saß ich mal wieder auf dem Toilettensitz, wartete einige Minuten und schluchzte dann vor Glück, als der Test positiv war. Ich rief Gianni erst nach mehreren Stunden im Restaurant an, weil ich Angst hatte, ich könne das Kind wieder verlieren. »Kannst du jetzt gleich nach Hause kommen?«, fragte ich ihn, aber er meinte, er habe zu viel zu tun.

»Es ist nur ... Ich muss dir etwas erzählen«, sagte ich, denn ich wollte ihm die freudige Botschaft nicht am Telefon mitteilen. Damals war ich von tiefer Hoffnung beseelt; dies war unsere dritte Schwangerschaft, und aller guten Dinge sind drei. Ich wollte daran glauben, selbst wenn ich kein abergläubischer Mensch war.

Gianni nahm die Aufregung in meiner Stimme jedoch nicht wahr und wimmelte mich ab, indem er erklärte, er sei zu beschäftigt, weil jede Minute einer der Investoren vorbeikommen würde. Seit der zweiten Fehlgeburt war ich psychisch angeschlagen, und oft genug war Gianni auf mein Flehen hin nach Hause gekommen, um mich schluchzend oder teilnahmslos vorzufinden. Also platzte ich nun mit der Neuigkeit heraus, und binnen weniger

Minuten war er zu Hause. Ich war überglücklich und glaubte fest daran, dass dieses Baby alle Probleme zwischen uns beseitigen würde. Ich wurde wieder wie ein kostbares Fabergé-Ei behandelt, Gianni massierte mir die Füße, wischte mir den Schweiß von der Stirn, kochte für mich und ließ mich nichts im Haushalt tun. Ich schwebte auf Wolken, die nur an den Rändern von heimlicher Sorge ausgefranst waren.

Aufgrund unserer Geschichte warteten wir diesmal einige Wochen, bevor er seine Mutter und seine Brüder in der Toskana anrief, und als ich über dem vierten Monat war, fühlten wir uns sicher genug, um es allen zu erzählen. Wir begannen Pläne zu schmieden, er teilte seinem Personal mit, dass er in einigen Monaten zusätzliche Rückendeckung benötigen werde, weil er sich einen Monat freinehmen wolle (er hatte nie länger als eine Woche Urlaub genommen, und selbst dann hatte er jeden Tag im Restaurant angerufen). Selig vor Glück beschlossen wir, das Gästezimmer in ein Kinderzimmer umzuwandeln. Wir kauften Farbe – Hellgelb, weil wir nicht wussten, ob es ein Junge oder Mädchen sein würde –, und ich erinnere mich an die Dame im Einrichtungshaus, die uns gratulierte, als wir die Farbe zusammen mit den passenden Vorhängen und einer Borte kauften. Gianni strich den Raum noch am selben Tag, und obwohl ich damals erst im fünften Monat war, kam es mir gut und richtig vor. Ich fühlte mich gesund und glücklich; der einzige Wermutstropfen war, dass meine verstorbenen Eltern ihr Enkelkind nicht mehr kennenlernen würden.

Bis heute denke ich oft an meine nicht geborenen Kinder. Mir gefällt der Ausdruck »meine Kinder«; ich spreche das niemals laut aus, nur im Stillen, aber ich habe sie nicht vergessen.

Als ich durch den peitschenden Wind und den dichten Schnee zum Restaurant stapfte, dachte ich ein-, zweimal ernsthaft daran, wieder umzukehren. Aber ich hatte schon über die Hälfte der Strecke hinter mir und könnte mich im Restaurant zumindest ein wenig aufwärmen. Außerdem wollte ich natürlich wissen, wie es dort aussah und welche Gerichte Gianni seinen Gästen anbieten würde. Ich hoffte, er hatte sich meine Bedenken zu Herzen genommen, rechnete jedoch nicht wirklich damit.

Gegen Ende unserer Ehe kam es mir vor, als würden Giannis Gerichte immer bizarrer werden. Er schien seine ganzen Emotionen beim Kochen abzureagieren und ersann die aberwitzigsten Kreationen, die mehr über seinen Gemütszustand als über seine Kochkünste aussagten. Ich erinnere mich, wie er einmal bei der aufwendigen Zubereitung einer Pastete mit Meeresfenchel und Meeresschnecken sagte, ich gäbe unserer Ehe keine Chance, doch das Gleiche hätte ich ihm sagen können, denn wie sollten wir unsere Beziehung retten, wenn er achtzehn Stunden am Tag in diesem verfluchten Restaurant schuftete. Als in dem Restaurant ohne Namen ein Heer an neuen Mitarbeitern und Beratern anrückte, fühlte ich mich ins Abseits gedrängt, zog mich zurück und widmete mich wieder meiner eigenen Karriere. Rückblickend betrachtet, war das die richtige Entscheidung gewesen, denn es war Giannis Restaurant und seine Welt.

Er versuchte jedoch weiterhin, mich in das Restaurant mit einzubinden, weil er glaubte, wir könnten dadurch wieder zusammenfinden. Doch so einfach war das nicht, denn unsere Entfremdung hatte kaum etwas mit Arbeit, dafür umso mehr mit Verlust zu tun. Ich war unglücklich, und Gianni konnte das nicht ertragen, weil er glaubte, es sei seine Aufgabe, mich glücklich zu machen. Wenn ich weinte, fühlte er sich wie ein Versager, weil er mir das ersehnte Kind nicht schenken konnte, und zum anderen hielt er sich für einen schlechten Ehemann.

Kurz nach unserer Trennung lud ich Cherry an ihrem Geburtstag in Giannis Restaurant ein. Ich vermisste Gianni und wollte ihn unbedingt sehen, in der Hoffnung, wir könnten weiterhin Kontakt haben und Freunde bleiben. Aber Gianni konnte immer noch nicht akzeptieren, dass ich ihn verlassen hatte, und reagierte äußerst unfreundlich, als ich unerwartet in seiner Küche auftauchte. Anfangs beachtete er mich gar nicht, sondern fuhr mit seiner Arbeit fort, indem er mit einem großen Messer aggressiv einen rohen Fleischklumpen in Stücke hackte, was mich ziemlich nervös machte.

»Wie geht's dir so?«, fragte ich unbeholfen.

Er hielt inne und sah mich an. »Wie soll es mir schon gehen?«, erwiderte er, und in seine Augen traten Tränen, was mich erschreckte. Gianni hatte sich immer in der Rolle des starken Mannes gefallen, was sicher an seiner Erziehung lag. Ein richtiger Mann musste seine Frau beschützen, stark sein und durfte keine Gefühle zeigen. Rückblickend betrachtet, war dies wohl das größte Problem zwischen uns. Als ich ihn gebraucht hätte, um mit mir zu weinen und den Schmerz mit mir zu teilen, war er dazu nicht imstande gewesen, was ich damals als unempathisch und unsensibel empfunden hatte. Doch an jenem Abend in der dampfend heißen Küche fragte ich mich, ob ich ihn vielleicht missverstanden hatte.

»Gianni«, sagte ich und strich über seinen Arm.

»Zwiebeln«, knurrte er, auf seine Augen deutend. Doch ich wusste, es waren nicht die Zwiebeln, die ihn zum Weinen gebracht hatten. Er zog sich wieder einmal von mir zurück, weigerte sich, seine Gefühle anzuerkennen.

Ich war unendlich traurig, aber später an diesem Abend kam er in den Speisesaal und stolzierte herum wie ein verdammter Rockstar. Es war reines Theater, eine Show für sein Publikum. Ich erkannte, dass der wahre, liebevolle Gianni, den ich geheiratet hatte, zwar immer noch existierte, mir jedoch keinen Zugang mehr zu diesem Teil von sich gewährte. Alles, was blieb, war seine arrogante Fassade.

Begleitet vom Klatschen der Wellen gegen die Kaimauern, kämpfte ich mich weiter voran. Endlich erspähte ich in der Ferne einige Lichter, die im Wind schaukelten und die zum Il Bacio gehören mussten.

Am Restaurant angekommen, öffnete ich die Tür, trat ein und wurde sofort von einem Gefühl überwältigender Leere übermannt. Über den Raum verteilt saßen ein paar Gäste, manche mit Wein vor sich, andere an gänzlich leeren Tischen. Es gab keine Musik, kein Gelächter, keine Atmosphäre – es war ein krasser Gegensatz zu Giannis erstem Restaurant mit den gemütlichen kleinen Tischen und den Kerzen in Chiantiflaschen. Der Boden war glänzend weiß, die Tische waren weiß gedeckt, und an der Decke hingen an silbernen Kordeln riesige Ballonlampen, deren kaltes Licht das weiße Nichts noch mehr betonte. Ich fühlte mich wie in einem sehr modernen Museum, gefüllt mit dichter, weißer Stille, ähnlich wie in Giannis Londoner

Restaurant ohne Namen, dem Cherry das Ambiente einer Zahnarztpraxis bescheinigt hatte. Die Inneneinrichtung hatte sich vom Ambiente einer Zahnarztpraxis zu der eines sterilen Operationssaals weiterentwickelt, nichts als Stahl und harte Linien. Es hätte mich nicht gewundert, wenn Gianni im OP-Kittel in der Küche stehen und den Beikoch bitten würde, ihm ein Skalpell zu reichen.

Einige Gäste an den leeren Tischen blickten hoffnungsvoll zu mir auf, als könnte ich ihnen sagen, wo zum Teufel ihr Essen blieb. Stoisch vermied ich jeden Blickkontakt, während ich den Speisesaal durchquerte und weitere Details registrierte – keine Blumen, keine Bilder an den Wänden und keine einzige Weihnachtsdekoration. Hier fehlte nicht nur jegliche weihnachtliche Stimmung, man kam sich vor wie in der verdammten Antarktis. Weihnachten stand kurz vor der Tür, da würden sich die Gäste über ein wenig Weihnachtsdeko freuen. Es musste ja nicht der traditionelle, bunt geschmückte Baum sein, sondern vielleicht ein schlanker Baum mit einfarbigen Kugeln und silbern funkelndem Lametta. Doch anscheinend fiel Weihnachten in diesem Jahr für Gianni aus.

Ich entdeckte nirgendwo eine Tür zur Küche, dafür jedoch eine Kamera an der Wand. Was zum Teufel sollte das denn sein? Big Brother im Restaurant?

Ich blickte in die Kamera und zuckte zusammen, als plötzlich Giannis Stimme ertönte, die sagte: »Schau nach links!« Die Stimme kam aus einem Sender an der Wand und hörte sich an, als sei Gianni in einem Schrank eingesperrt. Überwachungskamera, geisterhafte Stimmen – ich wusste, Gianni verschanzte sich gern, aber das ging nun wirklich zu weit! Dennoch blickte ich nach links, sah jedoch nur eine leere weiße Wand. Die blecherne Stimme ertönte abermals: »Die Tür ist in der Wand!« Ich fühlte mich wie in einem Spionagethriller und war kurz davor, in bester Geheimdienstmanier zu antworten: »Um diese Jahreszeit ist es kalt in Sibirien.« Und ich war auch kurz davor, auf schnellstem Weg ins Cottage zurückzukehren und Gianni mitsamt seinen albernen technischen Spielereien sich selbst zu überlassen. Die Katastrophe begann sich bereits jetzt abzuzeichnen, und ich wollte nicht Zeuge von Giannis Begräbnis werden – denn genauso fühlte es sich an. Heute war der Eröffnungsabend – wo bitte waren die lächelnden Angestellten und die Tabletts mit Kanapees? Wo waren die Champagnerflöten, das beruhigende Scheppern von Töpfen und Pfannen aus der Küche und der Duft nach köstlichen Speisen? Auf der Suche nach der verfluchten Tür strich ich unter den Augen der verdutzten Gäste mit der Handfläche über die Wand, wohl wissend, dass ich wie eine Geisteskranke wirken musste. Was hatte Gianni gegen eine normale Tür einzuwenden?

Ich fuchtelte mit der Hand in Richtung Kamera. »Das ist bescheuert, Gianni! Gib mir einen Hinweis! Wärmer? Kälter?«, zischte ich.

Ich wollte schon »Ich gebe auf!« schreien und mich vor dem spärlich gesäten Publikum verneigen, das mit angehaltenem Atem an den Tischen saß, als ich spürte, wie sich an der Wand etwas bewegte. Ich drückte dagegen, und die Tür gab nach, glitt viel zu leicht auf, sodass ich förmlich in die Küche hineinstolperte. Es kam mir vor, als würde ich eine andere Welt betreten, nur war dies kein verwunschenes Märchenland, sondern ein Raumschiff, nichts als Stahl und Minimalismus, klare Linien und glänzendes Metall.

Die einzige Ausnahme bildete ein alter Lederarmstuhl, auf dem Gianni saß. Ich fand es ein wenig befremdlich, ihn untätig auf dem Stuhl sitzen zu sehen, während draußen die Gäste auf ihr Essen warteten. Doch es war nicht mein Job, seine Arbeitsmoral zu kritisieren, und ich wollte auch nicht sofort zum Angriff blasen. Ich konnte mitunter ziemlich herrschsüchtig sein, was in unserer Ehe oft zu Streit geführt hatte. Also mahnte ich mich nun, dass ich hier war, um zu arbeiten, und nicht, um meinen Ehemann zu erziehen. Giannis Marotten waren nicht mehr mein Problem.

»Sieht gut aus«, sagte ich und deutete auf die hohen Regale mit den silbernen Töpfen und Küchenutensilien.

»Ich weiß«, antwortete er ernst. »Ich sehe schweinemäßig gut in diesem Sessel aus.«

»Nicht du! Diese Küche ist fantastisch, wie von der NASA entwickelt. Aber warum die Geheimdiensttür und die CIA-Technologie?«

»Ich benötige Sicherheit, Privatsphäre, damit nicht jeder einfach in meine Küche spazieren kann.«

»Okay, aber wäre es nicht nett für die Kellner und das Küchenpersonal, wenn sie hereinspazieren *können*?«, bemerkte ich sarkastisch.

Er zuckte die Achseln.

»Sind sie noch da?«, fragte er plötzlich, als stünde eine feindliche Invasion bevor.

»Die Gäste? Ja, einige Paare und ein einzelner Mann. Nicht gerade Hochbetrieb.«

»O nein! Ein einzelner Mann? Das muss der Kritiker sein. Er hasst mich.«

»Warum?«

»Weil ich ihn hasse.«

»Gut, fang einfach an, ihn zu mögen, dann wird er dich vielleicht auch mögen.«

»Du hast gut reden, Chloe, für dich ist das alles kein Problem. Die lächelnde Frau mit den blonden Locken, die von allen gemocht wird.«

»O nein, so einfach ist das nicht, Gianni«, fuhr ich ihn wütend an. »Auch wenn es dir schwerfällt zu glauben, aber manchmal mag ich Menschen überhaupt nicht. Aber wenn sie Gäste oder Kunden sind, beiße ich die Zähne zusammen, lächle und bin freundlich zu ihnen, bis sie mir aus der Hand fressen, denn im Geschäft geht es um deren Wohlbefinden, nicht um meines. Das ist keine große Sache; es ist wissenschaftlich erwiesen, dass Menschen, wenn du sie anlächelst, dein Lächeln automatisch erwidern. Du solltest es irgendwann mal versuchen.« Trotz meiner Vorsätze, professionell zu bleiben, war die alte Dynamik schon wieder in Gang gekommen. Ich als meckernde Ehefrau und Gianni als Genie, das nie meinen Rat annahm und mich als herrschsüchtig bezeichnete, wenn ich auf meiner Meinung beharrte. Sein Ego war unerschütterlich, und seine Bemerkung, für mich sei alles so leicht, ärgerte mich maßlos. Wie oft hatte ich mir ein Lächeln ins Gesicht kleben müssen, obwohl ich todtraurig gewesen war – und das wusste er. Er wusste, was ich durchgemacht hatte. Wie konnte er nur ein so triviales Bild von mir zeichnen und mein Leid einfach abtun, als wäre es völlig unbedeutend? Ja, ich hatte die heitere, freundliche Gastwirtin gespielt, aber nur, weil ich klug genug war, die unglückliche, kinderlose Ehefrau vor der Welt zu verbergen.

Energisch schob ich die Erinnerungen beiseite. Jetzt war

nicht der richtige Zeitpunkt, um zu streiten und ihn als selbstverliebten Idioten zu beschimpfen. Ich funkelte ihn lediglich wütend an und bemerkte erst jetzt, dass er ein Glas Whisky in den Händen hielt. Er machte auch keinerlei Anstalten, sich aus seinem bequemen Armlehnstuhl zu erheben. Er wirkte ziemlich apathisch und uninteressiert.

»Haben die Gäste schon bestellt?«, fragte ich leicht panisch.

»Nein. Ich schufte mich hier alleine ab, und die dummen Bauern sagen, es sei nicht genug. Sie wollen eine verdammte *Speisekarte*!«

Er sprach das Wort aus, als handelte es sich um einen eitrigen Abszess. Angesichts des OP-Charmes der Umgebung war das nicht komplett ausgeschlossen.

»Was wirst du tun?«

»Trinken.«

»Ich meine mit den Gästen?«

»Trinken.«

»Nein, das ist keine Lösung, sieh das endlich ein. Du brauchst eine Speisekarte«, sagte ich. »Du musst ihnen eine Wahlmöglichkeit anbieten.«

»Das biete ich ihnen doch an. Sie können mein knuspriges Kalbsbries essen. Oder nach Hause gehen.«

»Gianni, komm doch zur Vernunft!«

»Sie sollen keine Wahl haben, ich wähle für sie aus.«

»Warum?«

»Weil diese hirnlosen Makrelen gutes Essen nicht würdigen können.«

»Warst du unhöflich zu ihnen, als sie sich beschwert haben?«, fragte ich, ohne auf eine Antwort zu warten – natürlich war er unhöflich gewesen. »Du kannst die Leute hier nicht anschreien und sie als Bauernlümmel, Makrelen oder was immer du sonst an Beleidigungen draufhast beschimpfen. Das ist sehr unhöflich. Du bist hier nicht in London«, fügte ich in ruhigerem Ton hinzu, weil ich ihn selten so niedergeschlagen gesehen hatte. Es war, als hätte ihm die Ablehnung seiner Gerichte den Wind aus den Segeln genommen. »Und wer ist dieser Kritiker, Gianni?«

»Keine Ahnung, Kritiker sind allesamt Hornbullen ...«

»Hornochsen«, verbesserte ich ihn automatisch, eine Angewohnheit, die ich mir während unserer Ehe angewöhnt hatte, leider ohne Erfolg. »Wie heißt die Zeitung?«, fragte ich sachlich.

»Was weiß ich? Fiona hatte die Zeitung in ihrem Handy gespeichert. *Devon Idiots*, glaube ich.«

Ich hatte eine Liste der regionalen Zeitungen angefertigt, und *Devon Idiots* war ganz sicher nicht dabei gewesen. Gianni war einfach nur sauer, trotzig und machte das, was er immer machte, wenn es schwierig wurde – er blockte ab.

»Kleine, poplige Spießbürger«, murmelte er.

»Nein, das sind Menschen, die hier leben und von denen du leben willst. Du musst nett zu ihnen sein, zuvorkommend. Gianni, dieses Restaurant war immer dein Traum. Mach nicht alles kaputt, bevor es überhaupt begonnen hat.«

»Es war ein Traum, der Traum ist gestorben.«

»Unsinn. Gib nicht auf. Wenn man etwas wirklich will, muss man dafür kämpfen«, sagte ich und fragte mich, ob ich mir das insgeheim nicht auch für unsere Ehe gewünscht hatte. Als ich in jener Nacht unser Heim verließ, hatte ich da unbewusst gehofft, er würde mir hinterherrennen und mich anflehen, zu ihm zurückzukehren? Damals hätte ich das weit von mir gewiesen, aber jetzt war ich mir da nicht mehr so sicher.

»Ich muss meine Kunst verteidigen«, trumpfte er nun auf.

»Ach, krieg dich wieder ein, Gianni. Du sollst nicht in der Modern Tate ausstellen, sondern einfach nur kochen.«

»Du hast keinen Sinn für Kunst.«

»Und du keinen Sinn fürs Geschäft. Da draußen sind echte Menschen, die echtes Essen wollen. Was hast du ihnen angeboten?«

»Bries und Hühnerfüße. Du hast hoffentlich ordentlich Hunger, weil viel zu viel übrig geblieben ist.«

»Das ist mal wieder ein typisches Gianni-Gericht! Hey, nicht jeder mag Innereien. Hast du deinen Gästen nicht noch etwas anderes angeboten?«

»Doch, auf dem Vorspeiseteller befand sich alles Mögliche.«

»Aha. Was denn noch?«

»Mit Schnecken gefüllter Grieß, Lammleber und Tintenfischtintenchips auf einem Linsenbett.«

O Gott, das war noch schlimmer, als ich befürchtet hatte. Mehr Dschungelcamp als Gourmetküche.

»Und das Hauptgericht? War das etwas Weihnachtliches?«, fragte ich hoffnungsvoll.

»Selbstverständlich. Ein gottverdammter Truthahn!«

Ich wollte mir gar nicht vorstellen, wie er das arme Tier ausgeweidet hatte. Ab Januar würde ich vegetarisch leben. »Mein Truthahn ist mit Mandarinen-Sorbet und Mistel-Tröpfchen gefüllt«, erläuterte er selbstgefällig.

Das war kein Weihnachtsessen, sondern eine Weihnachtskatastrophe! Was war mit dem Mann geschehen, der hausgemachte Pasta mit Pinienkernen, Basilikum und Liebe serviert hatte? Dem genialen Koch, der einst für Sting und Trudie Biohühnchen und für David und Victoria Beckham Pizza Rusticana zubereitet hatte? Dieser Mann vergeudete nun sein Talent mit kulinarischem Blödsinn. Ja, Truthahn, Mandarinen und Mistel waren definitiv weihnachtlich, aber zusammen ergaben sie ein Gericht, das einfach nur ungenießbar war. Und obendrein sehr teuer.

»Das ist für einen kleinen Küstenort ein sehr ... experimentelles Menü«, bemerkte ich diplomatisch. »Ich glaube, die Einheimischen wissen eine gute Küche durchaus zu schätzen, aber was ist mit regionalem Schweinefleisch, dem wunderbaren Devon-Käse und der Sahne? Der Gianni, den ich kannte, hat immer gerne mit regionalen und saisonalen Produkten gearbeitet und daraus etwas ganz Neues kreiert.«

»Der Lieferant ist eine Pappnase. Er hat die bestellten Sachen nicht vorbeigebracht.«

»Er ist einfach nicht gekommen? Wie das Personal?« Chloe fiel Sues Geschichte über die Avocados und Pflaumen, die unter Flüchen auf die Straße geworfen worden waren, wieder ein und wunderte sich nicht, dass der Lieferant Gianni mied.

»Das Personal ist abgehauen, die Kritiker hassen mein Essen. Ich bin für diese Dummbeutel einfach zu genial.«

»Meinst du nicht, dass du die Leute manchmal auch durch dein Verhalten verschreckst?« Es war eine Frage, doch ich kannte die Antwort bereits. Er konnte Kritikern und Gästen gegenüber sehr unsensibel und überheblich sein; seine Gerichte standen an erster Stelle, und wenn jemand es wagte, etwas nicht zu mögen, war er untendurch.

Er war wie Heinrich VIII. im Reich des Kochens – in der Tat hätte er sehr gut an Heinrichs Hof gepasst, wo man gegrillte Biberschwänze und gebratene Pfauen aufgetischt hatte.

»Du verletzt Menschen, Gianni«, sagte ich.

»Weil ich diesem Mann die Kobe-Rinderwurst um die Ohren gehauen habe?«

»Nein, davon weiß ich gar nichts. Und eigentlich will ich es auch gar nicht wissen.«

»Er ist ein mieser kleiner Schreiberling bei einem der lokalen Schmierblätter, nichts als gottverdammte Fake News«, wetterte er. Ich musste langsam die Reißleine ziehen, er hörte sich schon wie ein geifernder Donald Trump an – als Nächstes würde er jede Verbindung mit Russland leugnen.

»Okay, okay, beruhig dich. Also, was genau hat es mit dem Kritiker und der Wurst auf sich?«, fragte ich und schüttelte innerlich den Kopf über mich. Ich klang eher wie seine Ehefrau oder Mutter statt wie seine neue Angestellte. Aber alte Gewohnheiten lassen sich nur schwer ablegen. Zumindest wusste ich, wie man ihn beruhigte.

»Es war auf diesem Presseempfang. Er hat meine Wurst nicht gemocht, deshalb habe ich sie ihm in seine blöde Fresse geschmissen.«

»Ach, seltsam, an diese Regel im Handbuch über den Umgang mit Gästen kann ich mich gar nicht erinnern«, frotzelte ich.

»Ich kenne dieses Buch nicht«, erwiderte er ernsthaft.

»Ja, sieht ganz so aus.« Ich war entsetzt (obwohl das wahre Verbrechen darin lag, dass er sündhaft teures Fleisch von Kobe-Rindern in eine verdammte Wurst gestopft hatte, aber das war typisch Gianni Callidori). »Gianni, du kannst die Leute nicht permanent beleidigen und hoffen, dass das keine Folgen für dein Geschäft haben wird«, fügte ich hinzu. Es stand mir nicht zu, ihn zu maßregeln, aber wenn er dieses Restaurant in den Sand setzte, hatte er alles verloren. Wie zum Teufel konnte ich diesen Sturkopf nur zur Besinnung bringen?

»Ich werde einfach wahnsinnig wütend. In mir kocht und brodelt es, und dann gehe ich an die Decke.«

»Ja, ich weiß. Trotzdem kann ich es nicht fassen, dass du jemanden mit einer Wurst attackiert hast. Im Grunde ist das Körperverletzung und somit strafbar.«

»Ich fühle mich schuldig wegen dieser Wurst«, seufzte er und trank einen Schluck Whisky.

»Gut.« Ich war erleichtert, dass er zumindest etwas Reue verspürte.

»Ja, das Rind war aus der Tajima-Rasse der Wagyu-Rinder, aufgewachsen in Japan in der Hyogo-Präfektur – allerbeste Abstammung! Und verschwendet an diesen dummen Dreckskübel.«

Hm, so viel zur Reue. Er war so uneinsichtig und selbstgefällig wie eh und je.

»Man kann mir daraus keinen Strick ziehen, ich bin kreativ. Ich habe die hiesigen Zeitungen anrufen und ihnen gesagt, dass ich Künstler bin und sie mir als Kritiker gefälligst keine Bauerntölpel schicken sollen.«

»Großartig, eine richtig tolle Werbung für dein Restaurant!«, sagte ich zynisch. Ich war stocksauer über seine eigenmächtige Aktion, weil mein Job dadurch nicht gerade leichter werden würde. Wie zum Teufel sollte ich sein Restaurant in Schwung bringen, wenn er ständig querschoss?

»Ich musste es tun. Fiona ist einfach weggelaufen.«

»Das überrascht mich nicht. Du kannst von Glück sagen, wenn ich es zwei Wochen lang hier aushalte«, zischte ich. »Gianni, du kannst die lokale und regionale Presse nicht so brüskieren. Wenn einer ihrer Kritiker kommt, geht es um Schadensbegrenzung. Du hättest den Mann wie eine Geliebte hofieren, ihn mit Köstlichkeiten verwöhnen sollen. Stattdessen knallst du ihm eine Wurst ins Gesicht – super! Dieses Restaurant wird keine fünf Minuten überleben, wenn du dich weiterhin so benimmst, als wärst du Gott.« Ich hielt inne, um nach Luft zu schnappen. Als Gianni den Mund zu einer Erwiderung öffnen wollte, gebot ich ihm mit einer Handbewegung Einhalt.

»Hör zu. Mit deiner Art magst du bei den gelangweilten, überdrüssigen Neureichen ankommen, aber hier funktioniert das nicht. In London halten sie dich für ein durchgeknalltes Genie, hier halten sie dich für einen Psycho – verstehst du, was ich meine? Es ist eine Frage der Interpretation.«

»Ich will nicht, dass jeder hergelaufene Trottel hier isst. Hast du meinen Speisesaal gesehen? Das ist beste italienische Handarbeit, einzigartig und ästhetisch.«

»Ach, mach mal halblang. Einzigartig und ästhetisch? Was du brauchst, sind Gäste mit einem guten Appetit und einer dicken Brieftasche.«

»Vulgär, aber da stehe ich drüber. Ich kreiere Kunst.«

»Ja, ja, das weiß ich inzwischen. Schön für dich, aber nicht jeder achtet bei seinem Essen auf Kunst.«

»Wenn nicht auf Kunst, worauf dann?«

»Hm, mal überlegen. Qualität und …« Ich zögerte kurz, ehe ich das nächste Wort aussprach. »Quantität?«

»Quantität?« Er sah mich an, als hätte ich gerade gestanden, sein Lieblingskätzchen erwürgt zu haben.

»Ja, und schau mich nicht so an. Auch auf die Gefahr hin, vulgär zu klingen – deine Portionen sind zu klein, lächerlich winzige Kleckse, die du als Dinner verkaufst«, sagte ich. »Du bezahlst mich für meine Beratung und mein Fachwissen. Ich habe viele Restauranteröffnungen betreut und schon brenzligere Situationen geklärt als diese, aber nur dann, wenn die Leute auf mich hörten. So, hier sind spontan einige Vorschläge. Es ist kein Hexenwerk, alles, was du brauchst, sind solide Grundmenüs und normal große Portionen, die wohlschmeckend sind und den Gast zufriedenstellen. Ach ja, und den Schnecken-Grieß kannst du streichen.«

»Ich bezahle dich dafür, dass du mir hilfst und nicht dafür, dass du Blödsinn redest.«

»Tja, wenn du das so siehst, gibt es für mich keinen Grund, noch länger hierzubleiben«, sagte ich und griff nach meinem Mantel.

»Nein, du musst bleiben!«, rief er und sprang auf.

»Ich muss gar nichts, Gianni. Wir sind nicht mehr zusammen, ich arbeite nur für dich. Wenn du dich weiterhin so aufführst, werde ich dir den heutigen Tag in Rechnung stellen und wieder nach Hause fahren.«

»Nein, Chloe, bitte, bleib …«

Ich sah ihn an und fragte mich, warum ich nicht schon längst gegangen war. Aber da war wieder dieses Gefühl, ihn beschützen zu müssen. Wie gesagt, alte Gewohnheiten lassen sich nur schwer ablegen. Ich hatte mich von Giannis Machoallüren nie täuschen lassen und wusste, wie verletzlich er in Wahrheit war. Außerdem fühlte ich instinktiv, dass er mich brauchte. Es war mir einfach nicht möglich, ihn jetzt im Stich zu lassen.

»Okay, aber das war die letzte Verwarnung. Und wenn ich schon so gut bezahlt werde, gebe ich dir noch einen Rat – gib dieses Projekt auf und steck dein Geld und deine Energie lieber in dein namenloses Londoner Restaurant, wo die Menschen dich kennen und lieben – okay, vielleicht nicht gerade lieben, aber doch schätzen.«

Er sackte in sich zusammen. »Mein Londoner Restaurant ohne Namen ist geschlossen, es hat nicht genügend Geld eingebracht. Die Leute mögen meine Kunst nicht mehr. Und die Investoren sagen, ich sei verrückt geworden, und wollen nicht länger in mich investieren. Deshalb bin ich hierhergezogen.«

Verdutzt sah ich ihn an. Ich hatte keine Ahnung gehabt, dass er in finanziellen Schwierigkeiten war. Jähe Schuldgefühle übermannten mich. Ich war mir seiner Probleme überhaupt nicht bewusst gewesen, und unsere Ehestreitigkeiten waren da sicher keine Hilfe gewesen.

»Das tut mir leid. Ist es wegen des Brexits?«, fragte ich hoffnungsvoll. Der Brexit hatte viele Leute in den finanziellen Abgrund gerissen, und mir wäre wohler, wenn ich die Politik für Giannis Misere verantwortlich machen könnte. Ich wollte mir nicht eingestehen, dass auch ich womöglich eine Mitschuld trug, weil ich ihn verlassen hatte.

»Ja, unter anderem.«

Gianni hatte immer zu viel Geld ausgegeben, aber in unserem ersten Restaurant war ich in der Lage gewesen, mäßigend auf ihn einzuwirken. Im zweiten Restaurant hatte er dann kistenweise Champagner gekauft, um Tröpfchen oder Schäumchen daraus zu machen, mal ganz zu schweigen von der exquisiten Küche aus Stahl und teurem Eichenholz, die er in Deutschland hatte anfertigen lassen. Neben unserer unglücklichen Ehe war Giannis Verschwendungssucht sicher einer der Hauptgründe für seinen Misserfolg. Außerdem waren da noch seine verwöhnten, launischen Gäste, die immer nur das Neueste haben wollten.

»Chloe, kannst du die Leute bitte auffordern zu gehen?«, fragte er plötzlich. »Ich schaffe das nicht.«

»Bedaure, Gianni, aber das ist nicht meine Aufgabe.«

»Bitte!« Erneut diese Verletzlichkeit, dieser flehende Ausdruck in den großen braunen Augen, und trotz meines Ärgers über ihn tat er mir leid. Er war ein gebrochener Mann und absolut nicht dazu imstande, das Restaurant heute Abend zu eröffnen. Ich hatte keine Ahnung, wie lange die Gäste schon warteten, aber es war nur eine Frage der Zeit, bis sie die unsichtbare Tür finden und uns vor Hunger in Stücke reißen würden. Mein Credo lautete, dass man handeln musste, bevor ein Problem eskalierte. Und der Gedanke an die hungrigen Leute da draußen – einschließlich des einzigen Kritikers in der Gegend, den Gianni noch nicht beleidigt hatte – stresste mich ungemein. Also zog ich die Gummistiefel aus und die High Heels, die ich mir für den Abend mitgenommen hatte, an und ging durch die unsichtbare Tür in den Speisesaal. Ein Paar war bereits gegangen, somit waren noch fünf Gäste anwesend. Ich war mir nicht sicher, ob ich dankbar sein sollte, dass nur noch fünf Leute zugegen waren, oder ob ich mir Sorgen machen musste, weil nur fünf Leute zur großen Eröffnungsfeier gekommen waren.

»Es tut mir sehr leid«, begann ich, »aber unser Koch ist krank geworden ...«

»Das wundert mich nicht«, bemerkte ein Mann. »Er hat uns einen Teller mit einem widerlichen Grießklumpen, komischen Chips, einem Fischbrocken und Hühnerfüßen serviert. Und das bei den Preisen hier!«

»Oh, ich bitte um Verzeihung, man hat Ihnen das offenbar nicht erklärt. Die Appetithäppchen waren ein Gruß aus der Küche«, schwindelte ich. »Nur eine kleine Aufmerksamkeit, um Ihre Geschmacksknospen anzuregen. Bei der Zubereitung des Hauptgerichtes wurde der Koch plötzlich krank. Ich möchte mich vielmals bei Ihnen allen entschuldigen und biete Ihnen als Ausgleich für Ihre Unannehmlichkeiten ein Gratismenü an einem Abend Ihrer Wahl an.«

Ihre ausdruckslosen Mienen verrieten, dass sie mir meine Lüge nicht abkauften. Sie hatten für heute Abend reserviert und sich auf ein besonderes kulinarisches Erlebnis gefreut. Sie wollten keinen anderen Termin. Der Kritiker begann eifrig Notizen zu machen, und ich war kurz davor, meinen Mantel zu holen und zu gehen. Aber Gianni wurde ständig von seinen Angestellten im Stich gelassen, und er brauchte meine Hilfe. Auf der Suche nach einer zündenden Idee sah ich mich fieberhaft um und erspähte hinter der Bar eine Kiste Champagner. Sofort eilte ich hinüber und nahm aus der Kiste zwei Flaschen Champagner heraus.

»Als Entschuldigung möchte Gianni Callidori Ihnen ein Glas Champagner aus seinem privaten Weinkeller anbieten.« Mit angehaltenem Atem wartete ich auf eine Reaktion. Wenn dies nicht funktionierte, hatte ich keinen weiteren Trumpf mehr im Ärmel, und alle Gäste würden sich binnen einer Stunde bei TripAdvisor über das grauenhafte Essen beschweren.

»Ich würde gerne an einem anderen Abend wiederkommen«, sagte eine Frau, und ich hätte sie am liebsten geküsst.

»Ist bei dem Gratisdinner auch der Wein enthalten?«, fragte sie.

Da dies ein Vermögen kosten würde, konnte ich mich nicht dazu durchringen, das Wort »Ja« laut auszusprechen. Also nickte ich nur heftig, während ich den Champagner ausschenkte. Ich ging mit den Flaschen herum, lächelte strahlend, plauderte mit dem Kritiker über das Wetter und erzählte ihm, wie sehr sich der Koch darauf freue, ihm beim nächsten Mal seine Gerichte zu präsentieren. Fröhlich schwatzend brachen alle fünf schließlich auf – vermutlich, um in ein chinesisches Restaurant in Westward Ho! zu gehen – und bedankten sich schon einmal im Voraus bei mir für das Gratismenü, das sie in den nächsten Tagen in Anspruch nehmen wollten. Von der Tür aus winkte ich ihnen zu, als sie sich in ein Taxi quetschten, und eilte in der Hoffnung, dass es nun keine negativen Rückmeldungen gebe, in die Küche zurück. Den heutigen Abend mochte ich gerettet haben, doch ich war mir nicht sicher, ob ich das Restaurant retten konnte.

»Deine Gäste sind jetzt weg«, sagte ich.

»Das hat ganz schön lange gedauert. Waren sie sehr traurig, dass sie nicht in den vollen Genuss meines Könnens gekommen sind?«

»Traurig? Nein, nicht wirklich. Sie fanden deine Portionen klein und die Hühnerfüße ekelhaft. Denk bitte mal darüber nach, denn sie werden in den nächsten Tagen wegen einer neuen Reservierung anrufen.«

»Sie können nicht anders! Diese Erfahrung wollen sie sich einfach nicht entgehen lassen!«

»So kann man es auch nennen.«

»Sogar diese Bauerntölpel erkennen mein Talent an.«

»Ähm ... ja. Und sie erkennen auch ein Gratismenü an.«

»Gratismenü? Ich gebe ihnen ein Gratismenü?«

»Ja«, sagte ich. »Und gern geschehen.«

Er zuckte die Achseln und schenkte sich ein neues Glas Whisky ein.

»Gern geschehen«, wiederholte ich.

»Was ist denn?«, fragte er verständnislos.

»Hey, wie wäre es mit einem ›Danke, liebe Chloe‹? Ich habe deine Haut gerettet. Die Gäste waren außer sich!«

»Bauerntrottel.«

»Verdammt, Gianni, so läuft das nicht! Sie waren drauf und dran, eine Szene zu machen, schreckliche Kritiken zu schreiben, all ihren Freunden zu erzählen, was für ein grottenschlechtes Restaurant das ist. Hättest du das etwa gewollt?«

»Natürlich nicht. Du heiliges Hammelbein.«

»Gianni, bitte nenn mich nicht Hammelbein«, sagte ich. Ich hatte Sorge, er könnte diesen Ausdruck gegenüber einem Gast benutzen, wenn ich nicht in der Nähe wäre, um die Situation zu retten. Sein Gefluche war noch exzessiver geworden und wurde umso bizarrer, je gestresster er war.

»Du hast innerhalb kürzester Zeit so viel Chaos in diesem Restaurant angerichtet, dass ich die Wogen nur glätten konnte, indem ich deinen Gästen ein Gratismenü inklusive Wein angeboten habe.«

»Bist du verrückt? Du hast nicht das Recht, meine Speisen umsonst anzubieten!« Er wurde nun wütend, aber ich auch.

»Wie kannst du es wagen, so mit mir zu sprechen? Du hast mich in den Speisesaal geschickt, weil du zu feige warst, dich selbst deinen Gästen zu stellen!«, fauchte ich in der Absicht, ihn so richtig zu verletzen. Gianni war ein waschechter Macho, niemand stellte seinen Mut infrage, nicht einmal ich.

»Du bist so verdammt dumm. Du wirst mich ruinieren.«

»Was fällt dir ein?«, schrie ich. Ich duldete es nicht, dass man so mit mir redete, und war zutiefst gekränkt über seine Undankbarkeit. Er wusste überhaupt nicht zu schätzen, was ich heute Abend für ihn getan hatte. Aber ich hatte keine Lust auf Streit, diese Zeiten waren vorbei, und mir fehlte die Kraft dazu. Also nahm ich meinen Mantel von der Stuhllehne und machte mich bereit, den Kriegsschauplatz zu verlassen.

Er brüllte weiter, während er mit Töpfen, Pfannen und Besteck herumschepperte und einen Höllenlärm veranstaltete.

»Ein Gianni Callidori verschenkt nichts!«, schrie er.

»Heute Abend schon. Und er hat noch etwas verschenkt«, sagte ich, während ich zur Tür ging. »Und zwar *mich*. Ich bezweifle, dass jemand anderer bereit und willens ist, einzuspringen und dir zu helfen. Mach's gut, Gianni.«

»Nein!«, brüllte er, rannte zu mir, schloss die unsichtbare Tür und versuchte, mich wieder in die Küche zu drängen, aber ich blieb eisern vor der Tür stehen. Ich kochte vor Zorn und wollte nur noch weg. Statt mir dafür zu danken, dass ich ihm aus der Patsche geholfen hatte, beschwerte er sich nur.

Als er mich nun ansah, lag in seinem Blick blanke Panik. Er wusste, dass ich seine letzte Chance war, und hackte trotzdem die ganze Zeit auf mir herum. Ich hatte mich getäuscht: Er war immer noch nicht erwachsen geworden.

»Gianni, ich schaffe das nicht!«, rief ich. »Nur für dich bin ich heute Abend da hinausgegangen und habe mich den wütenden, schimpfenden Gästen gestellt! Und als sie gingen, waren sie ruhig, sogar zufrieden. Das lag einzig an mir, denn ich habe ihnen Respekt entgegengebracht. Für dich ist Respekt leider ein Fremdwort, und ich weigere mich, dich wie ein rohes Ei zu behandeln, wie andere Leute es jahrelang getan haben. Ich bin nicht dein Blitzableiter, Gianni. Ich bin es gewohnt, in einer Umgebung zu arbeiten, wo Menschen einander wertschätzen, sich bedanken und sogar anlächeln.«

Er stand vor mir, wirkte zutiefst verwirrt. Plötzlich krümmte sich einer seiner Mundwinkel nach unten.

»Was hast du? Geht's dir nicht gut?«, fragte ich erschrocken. Er war Ende vierzig, stand unter großem Stress. Vielleicht bekam er einen Schlaganfall. Das würde mir heute Abend gerade noch fehlen.

»Mir geht es gut. Ich lächle«, sagte er verlegen. Seine Gesichtsmuskeln waren an Lächeln nicht mehr gewöhnt, und das merkte man. Beinahe hätte ich gelacht, aber ich wollte ihn nicht noch mehr verunsichern. Wichtig war nur eines: Ich hatte ihm bewiesen, dass ich es ernst meinte.

»Das ist kein Lächeln«, sagte ich seufzend. »Das ist eine Fratze und sieht nicht sehr nett aus.«

Er schluckte. »Chloe, es ... es tut mir leid. Ich bin wie ein verdammter Dampfkochtopf. Bevor Fiona ging, sagte sie: ›Gianni, Sie setzen sich selbst ständig unter Druck.‹

»Da kann ich Fiona nur recht geben. Auch sie ist einer der vielen Menschen, die du ohne Grund gekränkt und verärgert hast. Mich behandelst du auch nicht besser, und ich frage mich ernsthaft, warum ich überhaupt nach Appledore gekommen bin.« Der Grund war mir selbst nicht ganz klar. War es wegen meiner Schuldgefühle, weil ich ihn verlassen hatte? Oder um der guten Zeiten willen? Oder war es ein Rest von Liebe, der mich zu diesem Schritt bewogen hatte? Geld war jedenfalls nicht der Grund gewesen. In Anbetracht seiner katastrophalen finanziellen Situation bezweifelte ich, ob ich überhaupt bezahlt werden würde.

»Ich bin ein schrecklicher Mensch, alle hassen mich ... nur du nicht. Bitte, bitte, Chloe, ich werde mich ändern. Ich respektiere dich sehr und bin dir für alles dankbar, was du heute Abend getan hast. Du kennst mich – es fällt mir manchmal verdammt schwer, Danke zu sagen.«

Seine Reaktion überraschte mich. Gianni gestand nie etwas ein, weil er fürchtete, man könne ihm das als Schwäche auslegen.

»Auch wenn einem etwas schwerfällt, muss man sich gelegentlich überwinden. Ich fand diesen Abend auch nicht einfach, aber ich habe es geschafft!«

Ich rechnete mit einer Schimpfkanonade, Flüchen, einem Wutausbruch, doch Giannis Reaktion traf mich völlig unvorbereitet.

Langsam hob er die Hand zu meinem Gesicht, strich mit den Fingerspitzen über meine Wange, und diese zarte Berührung traf mich direkt ins Herz.

»Danke«, sagte er leise, zog die Hand weg, sah mir jedoch weiterhin tief in die Augen.

Draußen wirbelte der Schnee, der Wind heulte, und die Brandungswellen donnerten, doch hier drinnen schien die Zeit stillzustehen.

Kapitel Sieben

Vulgärer Kitsch und Flitterkram

Er hatte meine Wange nur flüchtig berührt, aber es genügte, um mich wieder an den Mann zu erinnern, in den ich mich einst verliebt hatte. Ich wusste, ich konnte ihn nicht im Stich lassen, was immer dieser verrückte, bockige Esel auch sagen oder tun würde. »Ich bin am Ende meiner Weisheit«, gab Gianni frustriert von sich. »Ich kann nicht nach London zurück. Alle hassen mich dort, all diese bösartigen Affenmäuler.«

»Nein, sie hassen dich nicht«, sagte ich bestimmt. »Sie haben einfach ein anderes Restaurant gefunden, das gerade angesagt ist. Jetzt ist es auch für dich an der Zeit, etwas Neues zu beginnen«, betonte ich lautstark und dachte bei mir, dass das auch für mich galt. Ich liebte meinen Job, aber nach der Trennung hatte ich erkannt, dass ich mehr brauchte als meine Arbeit und eine Wohnung, die sich eher wie ein Hotelzimmer anfühlte, wenn ich zwischen meinen Aufträgen kurz Station dort machte. Ich schob den Gedanken beiseite und fuhr fort, Gianni aufzubauen. »Das ist deine Zeit. Es hat keinen Sinn, zurückzuschauen und darüber nachzugrübeln, was alles schiefgelaufen ist. Die Londoner Promis brauchen immer eine Bühne, auf der sie sich darstellen können, und einige Jahre lang hast du den Leuten diese Bühne geboten«, erklärte ich.

»Wieso? Was für eine Bühne?«

»Egal«, wehrte ich ab, damit meine kleine Ansprache nicht ins Uferlose ausartete. »Ich finde einfach, du solltest dieses Restaurant als neue Chance sehen. Packen wir es an. Ich möchte dir dabei helfen.«

»Danke«, sagte er wahrscheinlich zum zweiten Mal in seinem Leben. Dennoch durchströmte mich ein warmes Gefühl, und ich fragte mich, ob sich Gianni nicht doch ein klein wenig geändert hatte.

»Ich habe mir überlegt, ob du dem Kritiker nicht eine Kiste deines besten Jahrgangschampagners schicken solltest, mit einer offiziellen Einladung in dein Restaurant.«

»Jahrgangschampagner für einen Dreck spuckenden Schweinekopf?«

»Gianni, bitte rede nicht so. Er ist ein sehr anerkannter Restaurantkritiker«, sagte ich, obwohl ich keine Ahnung hatte, wer er war. In Lokalblättern war der Restaurantkritiker oft derselbe Typ, der über Bagatellunfälle und Gemeindeveranstaltungen schrieb, aber das brauchte Gianni ja nicht zu wissen. »Du darfst nicht mehr so unhöflich sein und solltest lieber darauf achten, dich gut zu präsentieren. Schlagzeilen wie ›Kritiker mit Wurst aus Kobe-Rindfleisch mundtot gemacht‹ sind da eher kontraproduktiv.«

Er beugte sich vor und vergrub den Kopf in den Händen. Als Ehefrau hätte ich ihn trösten müssen, doch als PR-Frau und Eventmanagerin war es meine Aufgabe, Klartext zu sprechen. Es war nicht leicht, aber ziemlich befreiend.

»Ein weiterer Punkt ist die Innenausstattung. Wenn man in der Weihnachtszeit hier hereinkommt, wird einem jegliche festliche Stimmung sofort ausgetrieben – die helle Beleuchtung, das sterile Weiß, die kahlen Wände. Wir sind nicht in London, Gianni, sondern in einem idyllischen, kleinen Küstenort; da erwartet man ein offenes Kaminfeuer, ein wenig Weihnachtsdeko und eine kuschelige Atmosphäre.«

»Kuschelig? Ein Gianni Callidori ist für so einen sentimentalen Bockmist nicht zuständig.«

»Das war mal anders, Gianni«, sagte ich und beugte mich zu ihm. »Unser erstes Restaurant war warm und gemütlich, mit rot-weiß karierten Tischdecken, Kerzen, wunderbarem italienischem Essen. Es hatte Seele – was man von deinem Londoner Restaurant und von diesem Restaurant nicht behaupten kann.«

Er machte ein finsteres Gesicht, fletschte dann jedoch seine Zähne zu einem Grinsen, da ihm offenbar eingefallen war, dass er mich bei Laune halten sollte.

»Du siehst aus, als hättest du Bauchweh«, bemerkte ich belustigt. Er würde noch viel üben müssen, bis er das Lächeln einigermaßen glaubhaft hinbekam.

Seine aufbrausende Art und seine Arroganz hatten mich nie eingeschüchtert, und nach der Trennung sah ich ihn neutraler. Insgeheim musste ich über ihn schmunzeln, wie er wie ein gestrandeter Gutsherr in einer superteuren Küche ohne Essen und Personal saß. Er hatte alles und gleichzeitig nichts. Und in meinem Leben war es genauso, ich hatte diesen großartigen, glamourösen Job, zu Hause erwartete mich jedoch eine leere Wohnung. Schon seltsam, wie sehr sich unsere Situationen ähnelten, obwohl wir getrennt waren.

»Man kann ein Restaurant elegant und modern, aber

trotzdem romantisch gestalten – sogar gemütlich«, fuhr ich fort.

»Gemütlichkeit ist ein Klischee und Romantik ein Konzept«, knurrte er angewidert.

»Ach, tu doch nicht so«, bemerkte ich lächelnd, da ich wusste, dass das nur Show war. Ich erinnerte mich noch sehr gut daran, wie romantisch er um mich geworben hatte – rote Rosen, Spaziergänge am Strand, Sonnenuntergänge und die Christbaumkugel mit dem Verlobungsring. Ja, Gianni war ein Romantiker, er hatte es nur vergessen.

Er stand auf, ging zu der unsichtbaren Tür und hielt sie mir auf. Ich nahm an, er wolle mich hinauskomplimentieren, doch er deutete auf den Tisch am Fenster.

»Schau dir diesen Tisch an«, sagte er. »Keine Dekoration, kein Firlefanz, keine Speisekarte, nur der herrliche Blick auf das Meer. Das ist der beste Tisch im Restaurant.«

Ich folgte ihm zur Vorderseite des Restaurants, wo deckenhohe Fenster auf die Küste hinauszeigten. Bei meiner Ankunft war mir das gar nicht aufgefallen, ich war viel zu geblendet von dem sterilen Weiß gewesen.

»An einem schönen Sommerabend ist das sicher eine fantastische Aussicht«, bemerkte ich lapidar, weil ein begeistertes »Wow!« nur sein Ego gefüttert hätte.

»Heute *ist* ein schöner Abend«, erwiderte er leicht gekränkt.

Er zog mir am Fenstertisch einen Stuhl zurück. So knurrig und unhöflich er meistens war, in diesen Dingen blieb er immer Gentleman – und schaffte es jedes Mal, dass ich dahinschmolz.

»Trotzdem könntest du noch vieles verbessern«, sagte ich beharrlich, während ich mich setzte. »Im Sommer wird der

Blick gigantisch sein, aber im Moment ist draußen alles dunkel. Deshalb sollte es hier drinnen warm und gemütlich sein – weiches Kerzenlicht, als Dekoration einige erlesene, handgearbeitete Schneeflocken, ein wenig Flitter ...«

»Kitsch! Schon wieder kommt sie mir mit diesem vulgären Kitsch. Immer dieser Flitterkram, pah!«

Wütend sah ich ihn an, doch in seinen Augen stand jenes vertraute Funkeln. Er neckte mich, was er schon sehr lange nicht mehr getan hatte. Erst jetzt merkte ich, wie sehr ich das vermisst hatte. Hinter der abweisenden Maske des gefeierten Kochs blitzte wieder der Gianni von früher hervor.

Wie ein frecher Junge zog er mich auf, und ich ging auf das Spiel ein. »Dann bist du ja sicher froh, dass wir uns getrennt haben. Jetzt musst du dich nicht mehr über meine grässliche Weihnachtsdekoration ärgern ... meinen Flitterkram.«

Er zuckte die Achseln, doch seine Augen blitzten amüsiert. Ich gestand es mir nur ungern ein, doch ich hatte die gespielten Provokationen und Scheingefechte mit ihm vermisst. Er mochte fluchen und mit absurden Schimpfwörtern um sich schmeißen, aber ich konnte mit ihm umgehen. Und er brachte mich immer noch zum Lächeln.

»Ich habe einen weiteren Vorschlag – noch mehr vulgären Kitsch«, sagte ich. »Was hältst du davon, wenn wir die natürlich sehr geschmackvollen Dekorationen mit einer bestimmten Farbe akzentuieren – mit einem hellen Blau, das mit dem Meer harmoniert«, sagte ich eifrig.

»Warum nicht?«, erwiderte er achselzuckend. »Ich könnte auch alles in blödsinniges Weihnachtsgold tauchen, das mit dem verdammten Fest harmoniert.«

»Gianni, ich biete dir meinen professionellen Rat an.« In Wahrheit ging ich ein wenig zu weit, denn ich sollte lieber das große Ganze im Blick haben statt dekorativer Details. »Aber du willst mir offenbar nicht zuhören. ›Blödsinnige‹ Weihnachtsdekorationen mögen dir egal sein, aber deinen Gästen sind sie nicht egal.«

»Lass mich in Ruhe mit deinem verdammten Weihnachten. Ich will diesen Kitsch nicht haben, und meine Gäste werden sich damit abfinden müssen.«

»Okay, das Problem ist nur: Du hast keine Gäste.«

»Das ist deren verfluchtes Problem, sie sind dumme Vielfraße. Du redest totalen Schwachsinn.«

»Danke, dein Charme und dein Einfühlungsvermögen sind immer wieder herzerwärmend«, sagte ich seufzend. »Aber hör endlich auf, dich wie ein verbohrter Idiot zu benehmen. Du musst dich anstrengen, damit dieses Projekt funktioniert. Überleg doch, du hast alles dafür aufgegeben! Es darf nicht schiefgehen.«

»Es ist schon schiefgegangen. Du hast fünf Gästen ein Gratismenü versprochen – du hast mich ruiniert.«

Grimmig funkelte ich ihn an. Grr, er hatte nach wie vor die Gabe, mich in Rage zu versetzen. Ständig ließ er Beleidigungen in die Unterhaltung einsickern und zündete kleine Bomben. Meinte er, was er sagte, oder wollte er mich nur provozieren? Es war mir egal, ich war zu wütend, um mir darüber Gedanken zu machen.

»Was fällt dir ein?«, zischte ich zum zweiten Mal an diesem Abend. »Du hast dich selbst ruiniert, also gib nicht mir die Schuld. Ich glaube, ich sollte jetzt wirklich gehen. Noch einmal zum Mitschreiben: Ich bin nicht mehr deine Ehefrau und nicht für dein Wohl verantwortlich. Ich arbeite für dich, und kein Arbeitgeber hat das Recht, so mit mir zu sprechen.«

Gut, es war vielleicht etwas dramatisch, einfach so abzurauschen, aber mein Vertrag beinhaltete nicht, dass ich mich Giannis Launen unterwerfen musste. Ich war hier, um zu arbeiten, und der Reiz, in diesem Chaos Ordnung zu schaffen, war definitiv abgeklungen. Niemand konnte behaupten, ich hätte es nicht versucht. Giannis ersten Wutausbruch hatte ich noch hingenommen, doch jetzt hatte ich die Nase gestrichen voll von diesem Zirkus. Nein, es würde nicht funktionieren.

Ich schnappte mir meinen Mantel und meine Tasche, marschierte zum Ausgang und knallte die Tür hinter mir zu. Mein Zorn verlieh mir Flügel, als ich in meinen High Heels durch den Schnee und die Nacht stöckelte. Vor lauter Ärger über diesen Kerl hatte ich meine Gummistiefel vergessen, doch ich würde auf keinen Fall zurückgehen, um sie zu holen. Ich stakste herum wie ein Reh auf dem Eis und gab sicher einen komischen Anblick ab. Zum Glück kam Gianni mir nicht hinterher und bekam dieses entwürdigende Schauspiel mit – aber im tiefsten Innersten wünschte ich mir, er würde mir hinterherlaufen. Ich fühlte mich wieder an das letzte Jahr erinnert, als ich nach einem heftigen Streit unser gemeinsames Heim verlassen hatte. Ich hatte ihm gesagt, ich würde gehen, und er hatte mich einfach ziehen lassen, genauso wie jetzt. Hätte er damals versucht, mich aufzuhalten, oder wäre er mir hinterhergerannt und hätte gesagt, er liebe mich und wir sollten es noch einmal versuchen, wer weiß, wie sich dann alles entwickelt hätte. Doch er war genauso stur wie ich, und in einer Pattsituation war keiner von uns bereit nachzugeben.

Hatten wir uns jetzt endgültig verrannt? Könnten wir jemals zusammenarbeiten oder gar Freunde sein? Nach dem heutigen Abend konnte ich es kaum nachvollziehen, dass ich es überhaupt so lange mit ihm ausgehalten hatte. Und trotzdem tat es mir unendlich weh, dass er mich nach wie vor einfach gehen ließ.

Kapitel Acht

Twitter, Lametta und Kaminfeuer

Als ich am nächsten Morgen erwachte, fiel mir sofort der gestrige Abend wieder ein, und eine Mischung aus Schuldgefühlen und Trauer durchströmte mich. Gianni war wie ein abgestorbener Zahn, den man eigentlich herausreißen wollte. Doch wenn man ein bisschen daran ruckelte, stellte man fest, dass der Zahn noch lebendig war. Das Wiedersehen mit Gianni hatte mich mehr durcheinandergebracht, als dass es mir bei meiner Vergangenheitsbewältigung geholfen hatte. Vielleicht wäre es tatsächlich besser, meinen Koffer zu packen und nach Hause zurückzufahren, ehe wir uns noch mehr verletzten.

Draußen war alles von einer dichten Schneedecke überzogen, und als ich das Radio anmachte, trällerte ein Chor »Stille Nacht«. Resigniert schaltete ich das Radio aus, aber Weihnachten ließ sich nicht einfach abstellen, denn sofort überfiel mich die Erinnerung an all die vergangenen Weihnachtsfeste, die wir so glücklich miteinander verbracht hatten.

Unser Restaurant hatte gerade erst eröffnet, und obwohl ich oft auswärts arbeitete und Gianni bis in die Nacht hinein schuftete, war die wenige Zeit, die wir miteinander verbrachten, immer sehr besonders gewesen. Manchmal half ich abends nach der Arbeit im Restaurant aus, nur um bei Gianni zu sein. Damals war ich ungeheuer fasziniert davon, wie er in der Küche das Regiment führte, beste Leistung verlangte und diese auch bekam. Er war kein einfacher Chef, doch seine Angestellten respektierten, ihn und einige erzählten mir, er sei seit der Heirat mit mir um einiges weicher geworden.

»Früher war das hier der reinste Eiertanz, und wir waren alle ziemlich nervös«, erzählte mir ein junger Beikoch. »Aber seit er mit Ihnen zusammen ist, hat er immer ein Lächeln im Gesicht.«

Ich wusste, wie schwierig er sein konnte, aber wenn er bei mir war, war er ein anderer Mensch. Er ließ mir Badewasser mit frischem Lavendel ein, damit ich gut schlafen konnte, massierte mir die Füße, wenn ich erschöpft war. Und manchmal kochte er abends sogar noch Pasta für mich mit der speziellen Soße seiner Mama, obwohl er den ganzen Tag in der Küche gestanden hatte. »Die Soße ist mit Liebe, Olivenöl, Tomaten und Sonne zubereitet«, sagte er dann, wenn ich gemütlich auf dem Sofa saß und mir den Bauch vollschlug.

Nichts währt ewig, und irgendwann begann die Idylle langsam zu bröckeln. In der Presse erschienen begeisterte Artikel über den genialen italienischen Koch, der aus den Rezepten seiner Mama brillante Gerichte zauberte, indem er ihnen einen modernen Touch verlieh. Die positiven Kritiken lockten noch mehr Gäste an, die Kritiker überschlugen sich vor Begeisterung. Gianni stieg diese Lobhudelei irgendwann zu Kopf. Er war ein einfacher Junge aus der Toskana, seine Familie lebte seit Jahrhunderten von der

Landwirtschaft, und dieser Erfolg war jenseits von allem, was er sich vorgestellt hatte, als er mit neunzehn Jahren sein kleines italienisches Dorf verließ, um in London sein Glück zu suchen. Er hatte immer geglaubt, ein kleines italienisches Restaurant sei das Ziel seiner Träume, doch als Investoren auftauchten, die ihm mehr Erfolg und eine Menge Geld in Aussicht stellten, ließ er sich davon verlocken. Eine Zeit lang fand ich die Vorstellung auch verführerisch, und wir redeten über ein größeres Restaurant, eine glorreiche Zukunft für unsere Familie. Da ich im vierten Monat schwanger war, träumten wir bereits von einer Callidori-Dynastie.

Ich fühlte mich rundum wohl, war glücklich und voller Zuversicht. Während der ersten Monate war mir nicht mehr die ganze Zeit schlecht, und alle sagten, ich würde geradezu aufblühen. Ich hörte auf zu arbeiten, las obsessiv Babyzeitschriften, dachte über geeignete Namen nach, über sanfte Geburt und ob ich Wegwerfwindeln oder »richtige« Windeln kaufen sollte. Es war eine völlig neue Welt, und ich liebte sie, aber nach einer Weile wurde mir tatsächlich langweilig. Als Gianni für ein paar Tage nach Italien reisen musste, um Trüffel einzukaufen, nahm ich die Gelegenheit beim Schopf und sprang im Restaurant ohne Namen für ihn ein.

Das neue Restaurant war nicht so heimelig wie das erste, das ich schmerzhaft vermisste. Durch die Schwangerschaft war mein Interesse am Restaurant wieder erwacht. Es sollte ein Familienbetrieb werden, und ich wollte mich für unsere Kinder dort einbringen. Während Gianni in Italien weilte, berief ich eine Besprechung ein, um über das Weihnachtsmenü zu diskutieren, und obwohl mir klar war, dass die

Angestellten meinen Vorschlägen nur lauschten, weil ich die Frau des Chefs war, hoffte ich, ich könne sie von mir überzeugen und einige Veränderungen bewirken. Als ich an dem großen runden Tisch saß und mit den Angestellten diskutierte, die meinen Ideen gegenüber erfreulich aufgeschlossen zu sein schienen, spürte ich im Unterleib plötzlich einen vertrauten, dumpfen, pochenden Schmerz. Ich trank ein Glas Wasser, redete mir ein, es sei nichts, und fuhr mit der Besprechung fort. Ich weigerte mich, die Schmerzen ernst zu nehmen. So grausam konnte das Leben einfach nicht sein, es war nur eine Verdauungsstörung, ein Bauchgrimmen, und wenn ich es ignorierte, würde es von selbst wieder verschwinden. Aber als das Pochen zu einem unmissverständlichen Krampf wurde, konnte ich den Kopf nicht länger in den Sand stecken.

Ich erinnere mich, wie ich auf dem Toilettensitz aus Plüsch in dem neuen Restaurant saß. Die Wände waren weiß, der Boden war weiß, bis auf die rote Blutspur, die über die weißen Fliesen tröpfelte. Trauer und Selbstvorwürfe erfüllten mich, es war alles meine Schuld. Ich hatte unser Baby nicht beschützen können. Ich war eine schreckliche werdende Mutter, und Gianni würde sich eine andere Frau suchen müssen, mit der er Babys haben konnte, eine Frau, der er vertrauen konnte. Es mag sich jetzt vielleicht irrational anhören, doch nach drei Fehlgeburten war ich außerstande, einen klaren Gedanken zu fassen.

Natürlich kam Gianni sofort aus Italien zurück und blieb in den nächsten Tagen bei mir, aber er konnte mir nichts recht machen. Alles, was er sagte, wies ich barsch zurück, und wenn er versuchte, mir zu helfen, lehnte ich es ab. Der Tee, den er für mich aufbrühte, war zu stark; seine

Pasta mit der speziellen Soße war zu salzig. Er versuchte mich zu trösten, indem er sagte, es sei nicht schlimm, wir würden das schaffen, worauf ich scharf erwiderte, er täusche sich, das sei das Schlimmste, was mir passieren konnte, und mein Leben sei nun vorbei.

Schlussendlich sagte ich einfach: »Geh wieder ins Restaurant. Ich komme gut alleine zurecht.« Ich hasste mich selbst für mein Verhalten, denn Gianni konnte ja nichts dafür, dass es mir schlecht ging. Aber das Restaurant bot ihm Ablenkung und Trost, und binnen kurzer Zeit war er wieder mitten in dem ganzen Stress und der Hektik, die die Leitung eines großen Restaurants mit sich brachte. Ich hatte Sorge, ihn zu verlieren. Jedes Mal, wenn wir ein Baby verloren hatten, hatte ich seine Hoffnungen zerstört, und in meinen dunkelsten Stunden flehte ich ihn an, er solle sich eine jüngere, gesündere Frau suchen, die sein ersehntes Kind austragen könnte.

»An so etwas denke ich nicht einmal im Traum!«, rief er empört. »Du bist die Liebe meines Lebens, ich will nur mit dir Kinder haben. Wir werden es weiter versuchen, und ich verspreche dir, du wirst dein Baby bekommen.« Doch auch Giannis Versprechen konnte kein Wunder bewirken, obwohl er nach wie vor Salz über seine Schulter warf und seine Mutter, wie nach jeder Fehlgeburt, in der Dorfkirche in Italien eine Messe für mich lesen ließ. Bis heute finde ich den Gedanken tröstlich, dass die Verwandten für meine verlorenen Babys gebetet und Kerzen angezündet haben.

Der Schmerz war jedes Mal noch schlimmer als beim letzten Mal, aber ich wollte nicht aufgeben. Sobald ich körperlich und seelisch wieder stabil war, versuchten wir es erneut. Wir schöpften wieder Hoffnung, sahen wieder

Licht am Ende des Tunnels. Wenn es klappte, würde all der Schmerz, den wir erlitten hatten, sicherlich ausgelöscht sein. Ich konnte unmöglich akzeptieren, dass das ganze Leid umsonst gewesen sein sollte. Doch nachdem ich zwei weitere Jahre damit zugebracht hatte, mit negativen Teststreifen weinend auf Toilettensitzen zu hocken und von einem Arzt zum anderen zu rennen, war ich am Ende. Ich war dabei, mich zu verlieren. Jahrelang hatte ich vergeblich versucht, schwanger zu werden, und meine biologische Uhr tickte immer schneller. Wir suchten verschiedene Spezialisten auf, aber die Untersuchungen ergaben nichts, bis auf die Tatsache, dass in meinem Alter die Chance, schwanger zu werden und das Kind bis zum Ende auszutragen, eher gering war. Ich war mittlerweile fast vierzig Jahre alt, und die Zeit lief mir davon. Da Gianni viel arbeitete und immer unerreichbarer wurde, suchte ich in meiner Not oft bei Cherry Trost. Sie war der Ansicht, der Druck, unbedingt schwanger werden zu wollen, mache mich kaputt; ich hätte mich sehr verändert, und sie habe Sorge, ich könnte in eine Depression abrutschen.

»Aber Gianni und ich wollen unbedingt Kinder haben«, sagte ich. »Das war immer unser Plan gewesen.«

»Kinder sind nicht alles. Mach doch einfach mal etwas nur für dich, irgendetwas, das nichts mit Schwangerwerden zu tun hat«, schlug sie vor. »Ich glaube, dieser ganze Psychostress macht dich krank. Du musst dich der Tatsache stellen, dass du vielleicht kinderlos bleiben wirst.«

Erst durch Cherry erkannte ich, wie sehr dieser verzweifelte Wunsch nach einem Baby mich zerstörte. Gianni hatte dieses Auf und Ab zwar mitbekommen, war aber so sehr mit seinem Restaurant beschäftigt, dass er nicht merkte, was zu Hause los war. Oder vielleicht wusste er es auch, wollte es aber nicht wahrhaben, weil er es nicht aushielt.

Das Restaurant lief sehr gut, und da es dort für mich keine richtige Aufgabe mehr gab, nahm ich bei einer kleinen Firma einen Job als freiberufliche Eventmanagerin an. Das führte in den darauffolgenden Jahren zu immer größeren und interessanteren Aufträgen, und ich stürzte mich in die Arbeit. Natürlich sehnte ich mich weiterhin nach einem Baby und machte regelmäßig mit klopfendem Herzen und trockenem Mund Schwangerschaftstests, doch es klappte einfach nicht, und irgendwann war es zu spät.

Gianni litt wahrscheinlich genauso unter unserer Kinderlosigkeit, denn durch meine Schwangerschaften hatte er eine kleine Kostprobe davon bekommen, wie es wäre, Vater zu sein. Wenn im Fernsehen eine Familie mit einem Baby gezeigt wurde, trat ein trauriger Ausdruck in sein Gesicht, der besagte: »Warum ist uns das nicht vergönnt?« Ich wollte seinem Glück nicht im Weg stehen und bot ihm immer wieder an, er solle sich von mir trennen und eine andere Frau suchen, die ihm ein Kind gebären könnte. Aber jedes Mal erwiderte er, ich solle keinen Unsinn reden, es gebe für ihn nur mich. Ich war ganz schön verrückt, denn sogar mit 43 Jahren machte ich mir vor, ich könne immer noch schwanger werden – schließlich kam es oft genug vor, dass Frauen in den Vierzigern ihr erstes Kind bekamen. Doch an meinem 44. Geburtstag beschloss ich schweren Herzens, den Tatsachen ins Auge zu sehen: Gianni und ich würden keine Kinder haben. Gianni behielt seine Gefühle für sich, und ich machte es genauso. Ich neigte manchmal dazu, Probleme nicht wahrhaben zu wollen, in der Hoffnung, sie würden sich von selbst lösen. Ich hatte mich mit meinem Schmerz und dem Verlust nicht auseinandergesetzt, weil ich mich verzweifelt an die Vorstellung einer Familie klammerte. Statt darüber zu reden, das Trauma aufzulösen und mich in mein Schicksal zu fügen, stürzte ich mich in die Arbeit, nahm immer größere Aufträge an und reiste in der Welt herum. Genauso wie sich Gianni in seiner Küche versteckte, rannte ich vor meinem Schmerz weg, indem ich in ein Flugzeug stieg. Jetzt weiß ich, dass man Kummer nicht hinter sich lassen kann, denn er begleitet einen überall hin, die Narben nisten sich in deinem Herzen ein und werden ein Teil von dir. Es gab für Gianni und mich nur eine Möglichkeit: Wir mussten mit der Vergangenheit abschließen und nach vorne schauen, ohne zu vergessen, was wir verloren hatten.

Ich hatte den Job in Appledore angenommen in der Hoffnung, Gianni und ich könnten zumindest Freunde bleiben, aber stattdessen war all der Schmerz, all die leidvollen Erinnerungen wieder in mir hochgekommen. Ich hatte ernsthaft gedacht, wir könnten unsere Arbeitsbeziehung rein sachlich gestalten, aber inzwischen war ich eines Besseren belehrt.

Nach dem missglückten »Eröffnungsabend« war mir nicht nach einem Wiedersehen mit Gianni zumute, und so beschloss ich, von zu Hause aus ein paar Dinge zu organisieren. Ich hatte hin und her überlegt, ob ich alles hinschmeißen sollte, mich dann aber dazu durchgerungen, Gianni noch eine Chance zu geben.

Ich ging in die Küche, kochte mir Kaffee, backte ein Croissant auf, schnappte mir meinen Laptop und kroch mit meinem Frühstück und dem Laptop wieder ins Bett zurück. Da ich bei meinen Aufträgen sonst immer mit

Menschen zu tun hatte und ständig auf Achse sein musste, genoss ich es ungemein, ausnahmsweise einmal vom Bett aus zu arbeiten. Die Einsamkeit tat mir gut, und in mir kam der Gedanke auf, dass ich bislang nur selten Zeit gefunden hatte, etwas für mich zu tun. Vielleicht sollte ich tatsächlich einen Gang zurückschalten, statt ständig mit Vollgas durchs Leben zu preschen.

Während ich mir den Kaffee und das warme, buttrige Croissant schmecken ließ, schrieb ich ein paar E-Mails, erstellte einige Pläne und machte danach etwas wirklich Außergewöhnliches – ich las ein Buch über den Sommer in Paris. Es fühlte sich herrlich faul an, über Blüten, Sonne und romantische Spaziergänge an der Seine zu lesen, aber wo stand geschrieben, dass man das nicht am helllichten Tag tun dürfe? Ich hatte mich jahrelang von der Arbeit auffressen lassen, statt auf mein seelisches Wohl zu achten. Es war höchste Zeit, endlich innezuhalten und herauszufinden, was ich wirklich wollte.

Schließlich klappte ich das Buch zu, zog mich an und beschloss, einen kleinen Spaziergang zu machen. Ehe ich aufbrach, schnippelte ich noch rasch Wurzelgemüse und eine Scheibe Rindfleisch in kleine Stücke und stellte alles mit genügend Wasser auf kleiner Flamme auf den Herd, damit mein Eintopf bei meiner Rückkehr fertig war.

Mein erster Weg führte zu dem schneebedeckten Strand hinunter; der Wind peitschte mir ins Gesicht, zerrte an meinem Schal, und ich fühlte mich auf einmal unglaublich frei und glücklich. Natürlich ärgerte ich mich immer noch über Giannis Sturheit, doch ich hatte mir vorgenommen, in Zukunft entspannter damit umzugehen. Ich musste aufhören, mich für Gianni verantwortlich zu fühlen, und lieber darauf achten, dass ich meinen Teil des Vertrags erfüllte und seinem Restaurant zu einem guten Start verhalf.

Ich hatte noch nie zuvor einen schneebedeckten Strand gesehen und genoss es unendlich, durch den Schnee zu laufen und die frische, salzige Luft einzuatmen. Die Kälte kroch mir in die Glieder, als ich mit hochgezogenen Schultern zur Promenade weiterstapfte. Dort blieb ich stehen und beobachtete, wie die meterhohen Wellen gegen die Mauern donnerten und die weihnachtlichen Lichterketten im Wind schaukelten.

Vorsichtig bahnte ich mir meinen Weg um die vereisten Stellen herum. Die Ladenbesitzer hatten vor ihren Geschäften Schnee geschippt, um den Kunden den Eintritt zu erleichtern. Gianni hatte heute Morgen bestimmt nicht Schnee geschippt – vermutlich saß er immer noch in seinem Restaurant und raufte sich die Haare. Nach der missglückten Eröffnung würde er wahrscheinlich noch mehr in die Defensive gehen und alles nur noch schlimmer machen. So reagierte er immer, wenn er unter Druck war. Vielleicht hatte das etwas mit seiner Erziehung zu tun. Ich kannte seine Mutter zwar nicht sehr gut, aber er war der einzige Sohn und eindeutig ihr Prinz. Mama Callidori hatte ihn sicher maßlos verhätschelt.

Gemächlich bummelte ich an der Promenade entlang und landete schließlich im Feinkostladen. Es roch herrlich nach geräuchertem Fleisch, Sägespänen, Gewürzen und frisch gebackenem Brot. Ich kaufte etwas Schinken, ein Glas selbst gemachtes Weihnachts-Chutney und eine Feigenmarmelade, die man in der Weihnachtszeit statt Sahne zu Scones reichen konnte. Es war, als hätte ich Weihnachten in meine Küche eingeladen, und es fühlte sich gut an.

Nach meiner kleinen Shoppingtour ging ich weiter zum Eiscafé. Beim Eintreten empfingen mich die Klänge von »It's Beginning to Look a Lot Like Chrismas« von Michael Bublé, und als ich die Tür schloss und mich umdrehte, sah ich, dass das ganze Café weihnachtlich dekoriert war. Es glich nun einem Zuckerhaus in Rosa und Pfefferminzgrün, mit silbernen Zuckerwürfeln, Lametta und einem großen Christbaum in der Ecke, der mit rosa und grünen Kugeln geschmückt war. Genauso sollte Weihnachten am Meer aussehen: hohe Wellen, verschneite Strände und Christbäume mit Eiskugeln.

Hinter der Theke stand Roberta mit einer Frau, die sie als ihre Tochter Ella vorstellte. Sie war ungefähr in meinem Alter, hatte kurzes blondes Haar und war sehr attraktiv. Sie begrüßte mich freundlich, und als ich fragte, ob es sehr verrückt sei, ein paar Tage vor Weihnachten nach einem Eisbecher zu fragen, lachte sie hell auf.

»Von wegen«, rief sie. »Wir bieten diese Woche spezielle weihnachtliche Eisbecher an. Plumpudding, gewürzte Feige, Eierlikör, Baileys, Pflaume, Pflaumen-Gin«, zählte sie auf, und mir lief das Wasser im Mund zusammen.

»Das waren meine Lieblingssorten«, fuhr sie fort, »aber es gibt auch Apfelpastete, Tiramisu, Weihnachtskuchen, Weihnachts-Trifle mit Sherry, Nüssen und Winterfrüchten.«

»Aufhören!«, rief ich. »Ich will alle haben.«

»Hm, wie wäre es mit einer ›Weihnachtsorgie‹?«, schlug Roberta vor.

Ich lächelte hilflos, da ich nicht wusste, was genau sie damit meinte.

»Das ist Mums Name für den Eisbecher«, sagte Ella kichernd. »Der offizielle Name ist ›Twitter, Lametta und

Kaminfeuer‹. Mum ist unsere Marketingchefin, und sie möchte, dass jeder, der diesen Eisbecher isst, ein Foto davon twittert. Wer die meisten Retweets erhält, gewinnt eine Woche lang jeden Tag einen Eisbecher. Aber wir hatten einige Anfangsschwierigkeiten, nicht wahr, Mum?«

Seufzend stützte Roberta die Ellbogen auf die Theke. »Ach, Chloe, da habe ich wirklich Mist gebaut. Ich habe meinen privaten Twitter-Account mit dem des Cafés verwechselt und Fred aus der Pommesbude eingeladen, auf eine Weihnachtsorgie vorbeizukommen und Fotos davon zu machen. Seine Antwort werde ich Ihnen lieber verschweigen, aber ich spiele mit dem Gedanken an eine einstweilige Verfügung. Der Mann ist ein Unhold!«

Ella lachte. »Was erwartest du, Mum? Wenn du einen heißblütigen Mann zu einer Orgie einlädst, kriegst du natürlich eine entsprechende Antwort.«

»Schon klar, Liebes, aber er ist ein alter Mann. Ich suche einen jüngeren.«

»Verstehe. Freds Rollator und sein Sauerstoffzelt könnten sich bei diversen Schlafzimmeraktivitäten als durchaus störend erweisen«, bemerkte Ella grinsend. An mich gewandt, fuhr sie fort: »Sie müssen sich unseren orgiastischen Eisbecher so vorstellen: drei Kugeln Weihnachtseiscreme auf einem Bett aus mit Zimt gewürzten Feigen, dazu ein Tropfen Sherry, ein Weihnachtsmannbart aus geschlagener Sahne, eine Wunderkerze und drei weise Affen aus Schokolade. Leider mussten es Affen sein, wir hatten keine Förmchen für die drei Weisen aus dem Morgenland«, fügte sie hinzu.

»Wie auch?«, warf Roberta augenzwinkernd ein. »Es gibt keine weisen Männer.«

»Das können Sie laut sagen«, erwiderte ich lachend. »Dann nehme ich jetzt einen Eisbecher mit weisen Affen.«

Während Ella das Eis in einem kugelförmigen Glas anrichtete, zog ich mir einen Stuhl an die Theke und ließ mich von Michael Bublé und der hübschen Weihnachtsdekoration verzaubern. Automatisch wanderten meine Gedanken zu dem ersten Weihnachtsfest zurück, das Gianni und ich hier verbracht hatten, und zu all den Weihnachtsfesten danach. Wenn man fünfzehn Jahre lang mit einem Partner zusammen ist, wird er ein Teil von einem selbst, und es tut höllisch weh, einen Teil von sich selbst zu verlieren. Giannis Wohl lag mir nach wie vor am Herzen, deshalb wollte ich den Job durchziehen und zu einem guten Ende führen. Und wenn es zwischendurch emotional zu belastend werden sollte, könnte ich meine Batterien in diesem Café jederzeit wieder auftanken.

»Sie arbeiten also in dem neuen Restaurant Ihres Ex?«, fragte Ella, als sie mir den riesigen Eisbecher servierte. Er sah großartig aus, und die Vorfreude darauf rückte alle trüben Gedanken an die Vergangenheit vorerst in den Hintergrund.

»Ja, ich arbeite für ihn.«

»Hui, ganz schön mutig! Ich könnte niemals mit meinem Ex zusammenarbeiten. Er lebt seit Jahren in Spanien, und ich habe immer noch Fantasien, wie ich ihn und seine neue Tussi in deren riesigem Pool ertränke.«

»Zwischen uns fliegen oft die Fetzen«, sagte ich und schob mir genießerisch einen Löffel Sahne in den Mund. »Und das wird wohl immer so bleiben. Aber wir haben nach wie vor eine enge Verbindung, die lässt sich nicht so leicht kappen. Es war immer sein Traum, am Meer zu leben und dort ein Restaurant zu eröffnen, und als wir vor einigen Jahren das Seagull Cottage kauften, hoffte ich, wir würden irgendwann ganz nach Appledore ziehen. Doch dann trennten wir uns, und er zog allein hierher, um sein Restaurant zu eröffnen. Aber ich freue mich für ihn. Er hat den Mut, seinen Traum zu verwirklichen, und dabei will ich ihn unterstützen.«

»Finde ich gut. Nur sollten Sie, während Sie ihm bei der Verwirklichung seines Traums helfen, Ihre eigenen Träume nicht vergessen«, sagte Ella ernst.

»Das wird nicht passieren«, antwortete ich. Doch was waren meine Träume? Hatte ich überhaupt noch einen? Nachdem ich mich damit abgefunden hatte, dass ich keine Kinder bekommen würde, hatte ich keine Träume mehr. Stattdessen hatte ich wie besessen gearbeitet, um nicht über mich selbst nachdenken zu müssen.

»Und, was ist Ihr Traum?«, fragte Ella nun, als hätte sie meine Gedanken gelesen.

»Offen gestanden, weiß ich das gar nicht. Ich habe so viele Jahre damit verbracht, mir etwas zu wünschen, das nie eingetreten ist, dass ich nun ein wenig Angst davor habe, neue Pläne zu machen.«

»Dann lassen Sie es«, sagte sie. »Gehen Sie einfach mit dem Flow, und nehmen Sie jeden Tag so, wie er ist. Wer sagt, dass man Pläne haben muss?«

»Sie haben ja so recht.« Zufrieden löffelte ich meinen Eisbecher, ließ mir die würzigen Geschmacksrichtungen auf der Zunge zergehen und lauschte den weihnachtlichen Klängen aus der Jukebox. Währenddessen betrachtete ich die bezaubernde Dekoration, den Flitter, die Schneeflocken und den großen Weihnachtsbaum.

»Hübsch, nicht wahr?«, sagte Ella. »Das hat Dani gemacht, unsere stellvertretende Geschäftsführerin.«

»Sie muss die ganze Nacht durchgearbeitet haben«, sagte ich. »Gestern war das alles noch nicht da.«

»Ja, sie hat mehr Energie als wir alle zusammen«, lachte Ella. »Ich hatte noch nicht einmal Zeit, bei mir zu Hause ein paar Weihnachtsdekorationen anzubringen. Ich hoffe, meine Kinder werden ihre Smartphones für ein paar Minuten weglegen, um wenigstens den Baum zu schmücken. Wir waren alle so mit unserem neuen Sortiment beschäftigt, dass ich kaum zum Luftholen kam, geschweige denn zum Dekorieren. Bis Weihnachten sind es nur noch wenige Tage, und ich habe noch keine Einkäufe gemacht, weder Geschenke noch weihnachtliche Delikatessen.«

Roberta wischte gerade die Tische ab und tanzte zu Johnny Mathis, während Ella erzählte, dass sie ihre selbst gemachte Eiscreme auch an umliegende Restaurants verkaufe. Sogleich wurde ich hellhörig.

»Gianni ist womöglich auch an Ihrem Eis interessiert«, sagte ich, obwohl in Wahrheit *ich* daran interessiert war. Gianni würde nur angewidert die Augen verdrehen, wenn ich ihm Baileys-Eis oder Plumpudding-Eis vorschlagen würde. Doch wollte er mit seinem Restaurant keinen Schiffbruch erleiden, musste er von seinem hohen Ross absteigen und offener werden. Denn eines wusste ich gewiss: Original italienisches Eis mit einer raffinierten Note würde bei seinen Gästen sehr gut ankommen.

»Ich bin gestern an dem Restaurant vorbeigegangen. Drinnen ist es sehr ... weiß, nicht wahr?«, sagte Ella vorsichtig.

»Ja, man kommt sich vor wie in einem OP-Saal.«

»Tja, wer hält sich schon gerne in einem OP-Saal auf?«, bemerkte Roberta und kam an die Theke zurück. »Auf Twitter habe ich gelesen, dass der Küchenchef versucht hat, einen Restaurantkritiker aus Exeter mit einer Wurst zu ersticken und ihn danach mit einem Messer zu erstechen.« Sie nickte heftig, als wollte sie ihre Worte bekräftigen.

Das war genau so ein Fall, vor dem ich Gianni gewarnt hatte. Gerüchte in den sozialen Medien wurden sehr schnell zu Fakten, und Appledore war nicht London, wo exzentrisches Verhalten als originell gefeiert wurde. Hier sah man so ein Verhalten als das an, was es war – ein Angriff mit einer gefährlichen (und teuren) Waffe.

Ich bemühte mich, den Vorfall herunterzuspielen (obwohl ich fürchtete, er könne ein Präzedenzfall werden, denn diese Straftat war vorher sicher noch nie verübt worden), und erzählte lieber, dass das Restaurant nun eröffnet sei.

»Ich kann es nur empfehlen«, fügte ich hinzu, ohne freilich zu erwähnen, dass sich alle Gäste beschwert hatten und ich gezwungen gewesen war, sie mit Gratismenüs zu bestechen.

»Das wäre eine gute Idee für unsere Weihnachtsfeier«, sagte Ella. »Ich hatte bisher noch keine Zeit, etwas zu reservieren. Wir sind allerdings eine Menge Leute – Mum und ich, dann Sue, Dani, wahrscheinlich meine beiden Kinder plus deren Freunde. Das könnten an die zehn Leute werden.«

Eine Reservierung für zehn Gäste wäre wunderbar für Gianni. Außerdem waren alle so nett und würden sicher nachsichtig mit ihm sein.

»Tja, das ließe sich bewerkstelligen. Wenn Sie möchten,

reserviere ich für Sie«, sagte ich, während ich mich gleichzeitig fragte, warum ich mir für diesen undankbaren Kerl überhaupt solche Mühe machte. Die meisten frischgebackenen Restaurantbesitzer wären begeistert, wenn ich ihnen sagen würde, ich hätte in der Weihnachtswoche eine Reservierung für eine zehnköpfige Gruppe, aber bei Gianni war ich mir da keineswegs sicher. Ich wusste ja noch nicht einmal, ob wir nach meinem dramatischen Abgang gestern Abend noch miteinander redeten. Außerdem war es ziemlich waghalsig von mir, Gäste zu rekrutieren, obwohl Gianni bislang weder Beiköche noch Kellner hatte. »Ach, übrigens, kennen Sie vielleicht jemanden, der an der Arbeit in der Gastronomie interessiert wäre? In der stressigen Weihnachtszeit könnte Gianni gut noch ein paar mehr Leute gebrauchen«, improvisierte ich munter.

Ella dachte einen Moment nach und erzählte von einem ihrer Angestellten namens Marco, der noch einen Nebenjob suche und vielleicht interessiert sei. »Er ist recht jung und nicht sehr gesprächig, aber er ist ein begnadeter Bäcker und backt die köstlichsten Brote und Kuchen, die Sie sich vorstellen können. Ich glaube, ein richtiges Restaurant wäre gut für ihn, ein weiterer Schritt auf der Karriereleiter.«

»Hm, Gianni ist leider ein schwieriger Chef, der auf junge, verletzliche Menschen sehr einschüchternd wirken kann.« Ich fand es nur fair, sie zu warnen. Sie sollte es sich wirklich gut überlegen, ob sie Marco Giannis finsteren Launen aussetzen wollte.

»Mum, würdest du Marco als verletzlich oder leicht einzuschüchtern beschreiben?«, fragte Ella.

Roberta begann schallend zu lachen. »Eher als Furcht einflößend«, sagte sie, worauf Ella nickte.

»Seine Schicht beginnt in zehn Minuten, er wird gleich hier sein«, sagte sie. »Am besten, Sie machen sich selbst ein Bild von ihm.« Sie wechselte mit Roberta einen Blick. Mir war nicht klar, was dieser Blick besagte, aber beide lächelten. Offenbar freuten sie sich, für diesen ehrgeizigen jungen Mann eine Stelle in einem Restaurant gefunden zu haben.

Ich widmete mich wieder meinem Eisbecher, und wenige Minuten später tauchte tatsächlich der begnadete Bäcker Marco auf.

»Hey, Marco, darf ich Ihnen Chloe vorstellen? Sie hat erzählt, dass in dem neuen Restaurant ein paar Häuser weiter Personal gesucht wird«, sagte Ella zu ihm, der gleich hinter die Theke ging.

»Yippie yeah«, antwortete er ausdruckslos und ohne dabei eine Miene zu verziehen.

»Ella meinte, Sie suchen einen Nebenjob«, sagte ich.

»Ich will vor allem Geld verdienen«, brummte er mürrisch, und einen Moment lang fragte ich mich, ob er womöglich ein außerehelicher Sohn von Gianni war.

»Ähm ... Ich weiß nicht, wie viel Gianni bezahlt«, sagte ich, leicht geschockt über Marcos Unhöflichkeit.

»Umsonst arbeite ich jedenfalls nicht«, sagte er, ehe er sich umwandte, um Eiscremegläser in den Geschirrspüler zu stellen.

»Dann müssen Sie Gianni sagen, was Sie verlangen«, beharrte Ella. »Also, Marco, was wollen Sie?«

»Meine Ruhe«, knurrte er.

Ella grinste und verdrehte die Augen. »Ich habe es Ihnen ja gesagt«, formte sie lautlos mit den Lippen.

»Er ist perfekt«, antwortete ich ebenso lautlos. Dieser

Marco schien sich durch nichts erschüttern zu lassen, da hätte selbst ein Gianni Callidori keine Chance.

Kurz entschlossen teilte ich Gianni per SMS mit, ich hätte eine ausgezeichnete Küchenkraft für ihn gefunden, aber natürlich machte Gianni sich nicht die Mühe zu antworten. Als ich meinen köstlichen, würzigen, fruchtigen, cremigen, mit Sherry beträufelten Eisbecher aufgegessen hatte, verabschiedete ich mich und versprach Marco, ihn anzurufen, um ihm die näheren Einzelheiten mitzuteilen.

»Könnte ich bitte Ihre Telefonnummer haben?«, fragte ich ihn.

»Nein, ich bin den ganzen Tag hier. Rufen Sie mich auf dem Festnetz an«, erwiderte er ziemlich ruppig. Offenbar hasste er die ganze Welt. O Gott, er war wirklich perfekt als neuer Mitarbeiter für Gianni.

Kapitel Neun

Japanische Wurst und Schäumchen aus Blumenkohl

Die schmiedeeisernen Stühle vor dem Café, auf denen im Sommer die Urlauber saßen und den Sonnenuntergang über dem Meer genossen, waren ganz in Weiß gehüllt. Eine Weile blieb ich stehen und blickte auf die wunderschöne, schneebedeckte Landschaft hinaus. Es war herrlich, endlich einmal Zeit für Muße zu haben, fernab von Stress und Hektik, die sonst meinen Alltag begleiteten. Appledore schenkte mir weit mehr, als ich erwartet hatte. Ich hatte gerade eine lustige Unterhaltung mit zwei bezaubernden Frauen geführt, hatte traumhaft leckeres Eis gegessen und obendrein noch eine Küchenhilfe für Gianni gefunden. Wenn er nun noch einsehen würde, dass seine überspannten Gerichte in Devon nicht ankamen und er stattdessen eine bodenständige Küche anbieten sollte, stand dem Erfolg seines neuen Restaurants nichts mehr im Wege.

Und was mich betraf, so hatte Ella recht: Ich sollte im Hier und Jetzt leben und mir überlegen, was ich mir vom Leben erwartete. Vor zehn Jahren wollte ich nur Ehefrau und Mutter sein, mit zwei Autos in der Einfahrt, einer Hypothek, einem Restaurant, einem Ferienhaus in Devon und ein paar Rücklagen auf der Bank. Doch jetzt hatte ich nichts von alledem, weil das Leben meistens andere Pläne für einen bereithält, ungeachtet dessen, was wir uns wünschen. Ich musste positiv denken, durfte mich nicht von Sorgen oder der Angst vor Einsamkeit leiten lassen. Und Stress sollte ich ebenfalls vermeiden. Deshalb wollte ich Gianni heute auch nicht treffen, denn das wäre wieder in Streit ausgeartet. Ich hatte ihm ein paar E-Mails geschickt, einen Schlachtplan entworfen, und jetzt blieb mir nichts übrig, als auf seine Antwort zu warten. Ich beschloss, ins Cottage zurückzugehen und vor dem Kaminfeuer meinen leckeren Eintopf zu verspeisen.

In diesem Jahr hatte ich immer bis spät in die Nacht hinein gearbeitet und mir danach nur rasch irgendwelche Fertiggerichte aufgewärmt. Als ich nun mit meinen Einkaufstüten durch die schneebedeckten Gassen stapfte, voller Vorfreude auf einen ruhigen Abend, ein gutes Essen und meine Bücher, fühlte ich mich wie befreit, als stünde ich kurz davor, neu durchzustarten. Es war eine wunderbare Abwechslung für mich, denn normalerweise verbrachte ich meine Abende auf irgendwelchen Events, und wenn ich zu Hause war, brütete ich über Plänen und Rechnungen, erledigte dringende Telefonate und verschickte E-Mails. Dieser Job hier bot mir die Gelegenheit und die Zeit, eine innere Bestandsaufnahme zu machen.

Im Cottage angekommen, empfing mich der heimelige Geruch nach Eintopf, und ich eilte sofort in die Küche und hob den Deckel vom Topf. Der heiße, aromatische Dampf, der mir entgegenschlug, war wie eine Droge und versetzte mich augenblicklich in Hochstimmung. Ich gab je eine Handvoll Thymian und Petersilie in den Eintopf, und während ich umrührte, lief mir das Wasser im Mund zusammen. Ich mochte als Köchin vielleicht nicht Giannis Kreativität haben, doch wenn es um herzhafte Hausmannskost ging, konnte ich durchaus punkten. In den ersten Jahren unserer Beziehung hatten Gianni und ich uns nur auf diese Art ernährt, bis er dann beschloss, Hausmannskost sei zu banal und ein Gericht tauge nichts, wenn nicht wenigstens Schnecken oder Hühnerfüße darin enthalten wären. Ich hingegen könnte jeden Tag Eintopf essen. Während das Gericht vor sich hin köchelte, ging ich ins Wohnzimmer, um das Kaminfeuer zu entfachen. Dann nahm ich mir aus dem Bücherregal eine Spukgeschichte, blickte aus dem Fenster auf die verschneite Landschaft hinaus, die in allen Schattierungen von Hellgrau bis Weiß schimmerte, und sah zu, wie der Nachmittag langsam in den Abend überging. Appledore übte eine seltsam beruhigende Wirkung auf mich aus; trotz aller Schwierigkeiten, die vor mir lagen, fühlte ich mich entspannt, beinahe glücklich. Ich liebte das Cottage, das ungeachtet der Trennung von Gianni glückliche Erinnerungen für mich barg, die in allen Räumen verteilt waren wie das Glück bringende Salz, das Gianni vor vielen Jahren in sämtliche Ecken gestreut hatte.

Für eine Frau wie mich, die weltweit bei großen, internationalen Events gearbeitet hatte, sollte es eine Kleinigkeit sein, einem Restaurant in einem kleinen Fischerdorf zum Start zu verhelfen – es hatte nur einen winzigen Haken, denn ich arbeitete für meinen störrischen Exmann.

Wehmütig dachte ich an den Kauf unseres ersten echten Christbaums in einem nahe gelegenen Gartencenter. Wir hatten ihn aus dem Kofferraum gezogen und gemeinsam ins Cottage geschleppt, Gianni vorne und ich hinten, und ich hatte gescherzt, ich käme mir wie das Hinterteil eines Pferdekostüms vor. Daraufhin hatte Gianni den ganzen Weg bis ins Cottage laut gewiehert, bis wir schließlich hysterisch lachend in der Diele zusammenbrachen und uns die Bäuche hielten. Damals hatten wir so viel Spaß miteinander gehabt. Wann hatte das aufgehört?

Das Klingeln des Telefons riss mich aus meinen Gedanken. Ein Blick auf das Display verriet mir, dass der Anrufer Gianni war. Er machte sich also tatsächlich die Mühe, auf meine E-Mails zu antworten. Das war ein absolutes Novum.

»Hi«, sagte ich und nahm vor dem Kamin Platz. »Hast du gelesen, was ich dir über Marco geschrieben habe? Er möchte noch genauere Infos bezüglich Gehalt, Arbeitszeit und so weiter von dir haben.« Ich blickte in die tanzenden Flammen, die in meiner Fantasie alle möglichen Gestalten annahmen und mich zu Ideen für das Restaurant inspirierten – Dekorationen in Orange, Rot und Glitzer, ein Weihnachtsbaum neben einem offenen Kaminfeuer, eine winterliche Küstenlandschaft ...

»Ich habe Marco im Café angerufen und gesagt, er soll morgen vorbeikommen, aber wenn er für mich arbeiten will, muss er exzellente Fähigkeiten vorweisen.«

»Oh, das kam bestimmt gut an«, sagte ich grinsend. Ich war schon gespannt, wie die beiden sich verstehen würden.

»Ich habe ihm gesagt, dass ich Blödmänner nicht ertrage.«

O Gott, er war wirklich unbelehrbar! »Ich habe dir auch eine Mail geschickt wegen einer Reservierung für zehn Personen, aber keine Antwort erhalten.«

»Ich hatte zu tun.«

»Zu tun? Willst du damit sagen, du hast schon wieder Leute mit Würsten attackiert oder dich in deiner Küche versteckt und deine Gäste sich selbst überlassen?«, giftete ich zurück.

Er gab keine Antwort.

»Du glaubst, du musst dir keine Mühe geben, Gianni? Dir ist bisher ja alles zugeflogen. Du bist attraktiv, talentiert, selbstbewusst – und du warst in allem immer sehr erfolgreich. Aber jetzt musst du Dampf machen und freundlich zu Menschen sein – und ich glaube nicht, dass du das kannst. Herrgott, du kannst ja nicht einmal Personal einstellen. Wahrscheinlich hast du deinen ersten Angestellten sofort wieder verloren, bevor er überhaupt zum Vorstellungsgespräch angetanzt ist. Und einen Angestellten schon im Vorfeld zu verlieren wäre selbst für dich ein Rekord!«

»Warum sagst du solche Sachen, Chloe? Ich gebe mir Mühe, und ich mache Dampf. Ich beiße die Zähne zusammen und lächle, wie du es mir geraten hast, aber sie sind trotzdem Blödmänner. Ich bin der Beste, und ich brauche die Besten.«

»Tja, im Moment hast du nur mich, also arbeite mit mir zusammen oder lass es bleiben. Ich habe bessere Dinge zu tun, als mir dein Gejammer anzuhören.« Ohne auf seine Antwort zu warten, beendete ich das Gespräch.

Ich hatte Freizeit und somit jedes Recht, ein Gespräch mit einem dummen Chef zu verweigern, der sich für einen verdammten Küchengott hielt, weil er etwas so Banales wie Blumenkohl in Schäumchen verwandelte.

Verärgert marschierte ich in die Küche, streute braunen

Zucker, Zimt und Honig auf die Pflaumen, die ich gekauft hatte, und schob sie in die Backröhre. Dann knetete ich mit den Händen einen Streuselteig aus Mehl, Zucker, Haferflocken und Butter. Die Finger in den Teig zu graben war zutiefst befriedigend, und auch der süße, zimtige Geruch, der aus dem Herd strömte, trug dazu bei, dass ich langsam wieder ruhiger wurde. Ich nahm die Pflaumen aus der Röhre, füllte sie in ein feuerfestes Gefäß, bedeckte sie mit den Streuseln und schob das Gefäß wieder in den Backofen. Ein herrlicher Nachtisch, den ich nach meinem Eintopf verspeisen würde. Und außerdem wollte ich keinen Gedanken mehr an Gianni Callidori verschwenden.

Meine Mum hatte mich gelehrt, wie man Crumble zubereitete, aber ich hatte ihn seit Jahren nicht mehr gemacht. »Das ist unser Familiennachtisch«, sagte sie oft. »Eines Tages wirst du ihn für deine Kinder backen, und alle werden vergnügt an einem großen runden Tisch sitzen und diskutieren, lachen und sich die Bäuche vollschlagen.«

Dieses Bild hatte mich immer begleitet, und ich hatte mich sogar noch daran festgehalten, als ich wusste, dass ich wahrscheinlich nie eine Familie haben würde. Dennoch fragte ich mich insgeheim, warum ich überhaupt einen Pflaumen-Crumble gemacht hatte, wenn außer mir niemand da war, der ihn aß. Doch gleich darauf ermahnte ich mich, nicht undankbar zu sein. In Anbetracht der Millionen von Hungernden auf der Welt konnte ich mich glücklich schätzen, etwas so Leckeres zu essen zu haben. Ich wollte mir gerade einen Teller Eintopf nehmen, als mein Telefon erneut klingelte.

Es war wieder Gianni. Obwohl ich nicht in der Stimmung war, mit ihm zu reden, nahm ich das Gespräch an.

»Gianni«, begann ich, »solltest du jetzt nicht in der Küche stehen und für deine Gäste kochen?«

»Es gibt keine Reservierungen, deshalb werde ich zwei Tage schließen, um mir ein Konzept zu überlegen.«

»Heißt das, du willst vorausplanen?«

»Genau. Ich stehe ständig unter Strom, aber du hast gesagt, ich soll ruhiger werden. Und das versuche ich.«

Nach dem katastrophalen gestrigen Abend war das auch bitter nötig. Dennoch freute ich mich, dass er sich meinen Rat zu Herzen nahm.

»Super. Zwei freie Tage sind perfekt. Dann können wir in Ruhe alles ausarbeiten, ehe du endgültig eröffnest«, sagte ich lächelnd.

»Chloe... Ich möchte mich bei dir entschuldigen«, platzte er heraus.

»Gianni Callidori entschuldigt sich?«, fragte ich erstaunt.

»Ja. Du bist so freundlich zu mir und kümmerst dich so toll um das Restaurant. Du bist der einzige Freund, den ich habe«, sagte er leise.

Sein trauriger Ton erschreckte mich. War ich tatsächlich sein einziger Freund? Bei dem Gedanken stiegen mir Tränen in die Augen.

Als Gianni sich auf dem Gipfel seines Ruhms befand, war er sehr beliebt gewesen und hatte zahlreiche Freunde gehabt. Doch im Grunde war er nur der Tanzbär für andere gewesen, die sich an seinem Talent und seinem Erfolg bereichern wollten. Nachdem alles zusammengebrochen und das Geld versiegt war, hatten sich offenbar auch seine sogenannten Freunde verflüchtigt. Trotz allem fühlte ich mich für ihn verantwortlich. Ich war es ihm schuldig, ihn bei seinem Herzensprojekt zu unterstützen.

»Gut, lass mich dir helfen«, sagte ich. »Ich bin kein herausragender Restaurantmanager oder ein millionenschwerer Investor, wie du es bisher gewohnt warst. Aber im Lauf der Jahre habe ich gelernt, was funktioniert, was Menschen mögen. Ich weiß, was sich verkauft, aber entscheidend ist, dass du auf mich hörst und kooperativ bist. Als Erstes solltest du dich bemühen, Verständnis für deine Gäste und deine Angestellten aufzubringen, okay? Hier in der Gegend leben bodenständige Menschen, die eine bodenständige Küche schätzen«, sagte ich, begeistert von meinem soeben erfundenen Slogan. Ich machte mir mental eine Notiz, ihn in der Pressemitteilung zu verwenden.

»Okay, das werde ich tun«, sagte er, artig wie ein kleines Kind, das gerade von seinem Lehrer geschimpft worden war.

»Und ich werde dich unterstützen, wo immer ich kann, Gianni, aber eines solltest du wissen: Wenn du zu mir oder den Gästen unhöflich bist, werde ich sofort gehen.«

»Ich bin verständnisvoll. Sehr verständnisvoll.«

»Nein, bist du nicht, und genau das ist das Problem«, seufzte ich.

»Chloe, du kannst mir helfen.«

Ich wurde weicher; endlich einmal zeigte er Schwäche.

»Ich hoffe nur, es ist noch nicht zu spät.«

»Nein! Ich werde ganz, ganz viel Dampf machen.«

»Nicht übertreiben«, ermahnte ich ihn lächelnd. »Mit ›Dampf machen‹ meinte ich eigentlich, dass du loslegst, dich einbringst«, erklärte ich.

»Aber wie soll ich das tun?«

Ich merkte, dass er nicht wirklich verstand, was ich sagte. Außerdem würde er im Moment sowieso allem zustimmen, was ich vorschlug, also konnte ich mir eine weitere Erklärung sparen. Das Einzige, was ihm wirklich etwas sagte, war Essen. »Hast du nicht Lust, heute Abend zum Essen vorbeizukommen, Gianni?«

»Ich erinnere mich noch gut daran, wie du am Anfang unserer Ehe für mich gekocht hast«, sagte er und lachte leise.

»Ich auch«, erwiderte ich seufzend, als ich daran dachte, wie er mich freundlich darauf hingewiesen hatte, wenn ich nicht genügend Salz benutzt oder die Nudeln zu weich gekocht hatte. Ich würde niemals ein so genialer Koch wie er werden, dazu fehlte mir das Talent, doch manchmal hätte ich mir gewünscht, er würde das Essen, das ich mit viel Liebe für ihn zubereitet hatte, einfach genießen.

»Es wird nichts Besonderes zu essen geben, also verwandle den Abend nicht in eine Kochshow mit dir als Kritiker«, warnte ich ihn lächelnd.

»Schade«, erwiderte er. »Ich hätte dir zehn Punkte gegeben.«

Ich lachte. »Gut. Wir können dann beim Essen ein paar Ideen besprechen, und wer weiß, vielleicht gelingt es mir sogar, dich davon zu überzeugen, dass nicht jeder Schneckengrieß mag. Oder dass Fleisch nicht in der ersten Klasse um die halbe Welt fliegen muss, ehe es auf dem Teller landet.«

»Das stimmt nicht«, knurrte er.

»Bei den Preisen, die du dafür verlangst, würde man das aber vermuten«, sagte ich freundlich. »Aber egal. Wenn du heute Abend Lust auf ein Essen und ein nettes Gespräch hast, bist du herzlich eingeladen.«

Er murmelte irgendetwas und legte dann auf. Ich war

mir nicht sicher, ob er bei der Aussicht auf ein schlichtes Essen entsetzt oder gerührt war, deckte den Tisch aber sicherheitshalber schon mal für zwei.

Obwohl ich nicht wusste, ob er überhaupt kommen würde, wartete ich mit dem Essen und schminkte mich ein wenig. Da ich den ganzen Tag im Schneegestöber unterwegs gewesen war, waren meine Haare gekräuselt, also steckte ich sie hoch und zog mir dann ein Wollkleid an, das ich für die Reise mitgenommen hatte. Unbewusst hatte ich es vielleicht sogar mit dem Gedanken an Gianni gekauft, denn es war marineblau, eine Farbe, die Gianni immer gerne an mir gesehen hatte. »Es betont deine schönen Augen«, pflegte er mit seiner schönen, melodischen Stimme zu sagen. Das war der Gianni, in den ich mich verliebt hatte, der Gianni, der mir in die Augen sah und meine Wange streichelte, nicht derjenige, der mich später ignorierte und sich nicht dazu überwinden konnte, mit mir zu reden. Gegen Ende unserer Beziehung hatten wir dann getrennte Schlafzimmer und getrennte Leben. Keiner von uns beiden konnte mit der Enttäuschung und unseren gescheiterten Lebensentwürfen umgehen. Und wir waren beide zu stur gewesen, um einen anderen Lebensweg einzuschlagen. Doch jetzt hatten wir die Chance, uns wieder näher zu kommen und vielleicht Freunde zu bleiben.

Als ich in meine hochhackigen Schuhe schlüpfte, dachte ich daran, wie sehr Gianni es geliebt hatte, wenn ich High Heels trug. Am Ende eines langen Tages hatte er sie mir oft langsam abgestreift, um meine Füße zu liebkosen. Doch hier ging es nicht um ein romantisches Candle-Light-Dinner, sondern um eine Art Geschäftsessen, also sollte ich mich besser zusammenreißen. Aber sogleich kehrte die Erinnerung an den gestrigen Abend zurück, als er mir den Stuhl zurückgeschoben und zärtlich meinen Namen gesagt hatte.

Ich überprüfte den leise vor sich hin blubbernden Crumble und nahm ihn aus dem Ofen. Der gedeckte Tisch sah mit der roten Tischdecke gemütlich und einladend aus, aber irgendetwas fehlte noch. Rasch ging ich durch die Hintertür nach draußen, sammelte ein paar immergrüne Zweige auf und stellte sie in einer Glasvase auf den Tisch. Dann entkorkte ich den Wein, damit er atmen konnte, stellte die Flasche ebenfalls auf den Tisch, suchte eine Kerze, steckte sie in eine leere Weinflasche und zündete sie an. Der Tisch sah einladend aus, erweckte jedoch sofort die Vorstellung von einem romantischen Dinner für zwei. Das war total unpassend, schließlich waren wir nur Geschäftspartner, also blies ich die Kerze wieder aus. Doch ohne Kerzenlicht war der Zauber dahin, und so zündete ich die Kerze wieder an. Ich überlegte hin und her, ob ich die Kerze nicht doch lieber ausmachen sollte, als mir plötzlich der Eintopf einfiel. Ich eilte in die Küche und stellte gerade noch rechtzeitig den Herd ab, ehe alles verkocht war. Nach einer Weile blickte ich auf die Uhr. Seit seinem Anruf war bereits eine Stunde vergangen. Gianni würde nicht kommen.

Kapitel Zehn

Chloes Weihnachts-Crumble

Ich hob den Deckel des Schmortopfes an, und würzig riechender Dampf schlug mir entgegen, der nun jedoch von Traurigkeit und Enttäuschung getränkt war. Warum war Gianni nicht gekommen? Ich hatte ihn nicht eingeladen, um ihn zu verführen, das hatten wir schon längst hinter uns. Das Schrillen der Türklingel riss mich aus meinen düsteren Gedanken. Ich senkte den Deckel wieder auf den Topf, eilte zur Tür, öffnete sie und zuckte bei Giannis Anblick erschrocken zusammen, als hätte ich überhaupt nicht mit ihm gerechnet. Doch da stand er groß und imposant auf der Türschwelle, mit dampfendem Atem und Schneeflocken in den zerzausten Haaren, kurzum – ein Bild von einem Mann. Ich spürte das Verlangen, ihn zu umarmen, beherrschte mich jedoch, so schwer es mir auch fiel. Ich hatte gedacht, ich könnte meinen zukünftigen Exmann ganz unverfänglich zum Essen einladen, um mit ihm über geschäftliche Dinge zu sprechen, doch das war keineswegs so einfach, wie ich es mir vorgestellt hatte. Seit ich ihn gestern gesehen hatte, waren meine Gefühle in Aufruhr. Allein seine Nähe löste den instinktiven Wunsch in mir aus, ihn zu umarmen, auf das Sofa zu ziehen und mich auf seinen Schoß zu setzen. Wahrscheinlich war es der Geruch nach Rasierwasser und Knoblauch, der mich an die guten Zeiten erinnerte, die wir einst gehabt hatten, und mir wurde bewusst, wie sehr ich ihn tatsächlich vermisst hatte. Doch ich musste mich zusammenreißen, denn er wäre sicher irritiert, wenn ich mich nach dieser langen Zeit der Trennung einfach auf ihn stürzen würde. Wir sollten lieber nach vorne schauen, statt die Vergangenheit wieder aufleben zu lassen, und versuchen, ein freundschaftliches Verhältnis aufzubauen.

»Komm rein. Ich dachte schon, du hättest es dir anders überlegt.«

»Diese Idioten im Weinladen sind totale Banausen«, polterte er los und überreichte mir eine Flasche Rotwein.

»Das hast du ihnen aber nicht so gesagt, oder?« Diese Frage hatte ich während unserer Ehe ständig gestellt. Ich war immer in Sorge gewesen, er würde die Menschen, mit denen er zu tun hatte, vor den Kopf stoßen. Und das war leider oft geschehen.

»Ich habe ihnen gesagt, dass sie unfähig sind, italienischen Wein von chilenischem zu unterscheiden. Und glaub mir, da gibt es eine Menge Unterschiede. Die Chilenen haben keine Ahnung, wie man guten Wein herstellt.«

»Wenn du meinst«, sagte ich rasch, da ich keine Lust auf eine Lektion über die Vorzüge von europäischen gegenüber nicht-europäischen Weinen hatte, zumal ich ihm zum Essen den australischen Merlot kredenzen wollte, den ich im Feinkostladen erstanden hatte. Mit einer Handbewegung bedeutete ich ihm, mir zu folgen.

»Chilenen sind einfallslose Köche und trinken vorwiegend Traubenschnaps«, wetterte er weiter. Er neigte dazu, sich derart in Rage zu reden, dass man kaum eine Chance hatte, ihn zu stoppen. »Was zum Teufel wissen die über Wein?«, fügte er hinzu. Es war eine rhetorische Frage, die keiner Antwort bedurfte. Zum Glück verurteilte er diesmal niemanden persönlich, sondern ein ganzes Land, was natürlich ein schwacher Trost war.

»Hier hat sich kaum etwas verändert«, sagte er, während er sich in der Diele umsah. Ich spürte einen Stich im Herzen, als ich sah, wie sein Blick auf die Kindergummistiefel fiel. Es war nur ein kurzer Moment, aber ich wusste, dass eine ganze Welt der Trauer darin lag.

»Stimmt. Hier hat sich nichts verändert«, antwortete ich lächelnd in dem Versuch, unseren Kummer zu überspielen. »Nur wir beide haben uns verändert.«

Ich nahm ihm den Mantel ab, und er setzte sich auf das Sofa und wärmte sich die Hände am Kaminfeuer. Ich schenkte ihm ein Glas Wein ein und nahm ihm gegenüber auf dem Sessel Platz. Es wäre zu intim, mich neben ihn auf das Sofa zu setzen. Die Vergangenheit war vorbei, wir waren jetzt andere Menschen, die in anderer Beziehung zueinander standen.

»Bist du zwischendurch nie hier gewesen?«, fragte ich und trank einen Schluck Wein.

»Nein, nein … Zu traurig«, stieß er heiser hervor, und in seiner Miene spiegelte sich wieder jene Verletzlichkeit, die ich auch gestern an ihm wahrgenommen hatte.

»Es ist nicht leicht, sich den Geistern der Vergangenheit zu stellen, nicht wahr?«, sagte ich in das Schweigen hinein. Es war, als wären wir auf einen Planeten zurückbefördert worden, auf dem wir einst gelebt hatten, doch nun waren wir Fremde und selbst in diesem kleinen Zimmer durch einen ganzen Ozean voneinander getrennt.

Er schüttelte den Kopf und starrte weiter schweigend ins Feuer. Offenbar war ihm nicht daran gelegen, Erinnerungen auszutauschen, also starrte ich ebenfalls ins Feuer, bis ich das Schweigen nicht länger aushielt.

»Ich habe einen Eintopf vorbereitet«, sagte ich heiter. »Etwas ganz Simples«, fügte ich unnötigerweise hinzu, um die Stille zu durchbrechen. Es war eine seltsame Situation, mit Gianni wie früher bei einem Glas Wein in diesem Wohnzimmer zu sitzen. Im Restaurant, wo die Arbeit im Vordergrund stand, fiel es mir leichter, Abstand zu wahren. Aber hier war alles zu intim, alte Gefühle wurden wieder wach, und allmählich fragte ich mich, ob ich tatsächlich nur wegen der Arbeit nach Appledore zurückgekehrt war.

Nervös trank ich ein paar Schlucke Wein, sagte dann zu Gianni, er solle am Tisch Platz nehmen, und eilte in die Küche. Ich war froh, ein paar Minuten für mich allein zu haben, um meine Fassung wiederzugewinnen. Rasch holte ich die beiden Teller aus dem Herd, die ich zum Wärmen hineingestellt hatte, und nahm den Deckel des Schmortopfes ab – der aromatische Geruch nach Fleisch, Gemüse und Kräutern war schlicht überwältigend. Ich hatte Hunger und fürchtete gleichzeitig, aus Nervosität nichts herunterzubekommen, weil Giannis Gegenwart in diesem Cottage mich total aus der Bahn warf. Er war so dominant, füllte den Raum gänzlich aus. Er kam mir seltsam fremd vor, wie ein flüchtiger Bekannter, den man jahrelang nicht gesehen hatte. Doch als ich ins Wohnzimmer zurückkehrte und ihn am Tisch sitzen sah, durchströmte mich ein Gefühl von Wärme. Es war schön, wenn man es schaffte, mit einem Menschen, den man einmal geliebt hatte, ganz zivilisiert zu Abend zu essen.

Als ich den Teller mit Eintopf vor ihn hinstellte, beugte er sich darüber und schnupperte wie ein Tier, das irgendwo im Wald Witterung aufgenommen hatte. Sofort fiel mir wieder ein, warum ich so selten für ihn gekocht hatte: Er war Perfektionist, und ich hatte Angst vor seiner Kritik.

»Eintopf«, sagte ich.

»Eintopf«, wiederholte er, den Blick auf den Teller geheftet.

Wahrscheinlich hatte er noch nie im Leben etwas so Langweiliges vorgesetzt bekommen, und ich wartete gespannt ab, dass er den Löffel in das dampfende Gericht senkte und sein Urteil fällte. Rasch schenkte ich Wein nach, während er langsam zu essen begann.

»Und? Schmeckt's?«, fragte ich, bevor ich den ersten Bissen kostete.

»*Bellissimo!*«, rief er und aß weiter.

Vor Erleichterung hätte ich fast geweint. Gianni kritisierte mein Essen nicht oder machte Änderungsvorschläge, wie er das oft zu tun pflegte, wenn ich für ihn gekocht hatte. Entweder schmeckte ihm mein Eintopf tatsächlich, oder er nahm einfach nur Rücksicht auf meine Gefühle. So oder so, es fühlte sich gut an.

Während des Essens plauderten wir über dies und das, und als ich ihn anschließend fragte, ob er eine Nachspeise haben wolle, überraschte er mich abermals, indem er sagte: »Ja, ich würde gern das Chloe-Dessert probieren.«

Mir gefiel die Vorstellung von einem »Chloe-Dessert«, und als ich das Tablett mit zwei Schüsseln voll mit heißem Crumble und einer Schüssel Schlagsahne auf den Tisch stellte, strahlte er mich an. »Das ist Chloes Weihnachts-Crumble«, verkündete ich fröhlich. »Pflaumen in Glühwein, gewürzt mit Zimt, Nelken und etwas Orangenschale, um dem Ganzen eine leichte Frische zu verleihen.«

Schweigend kostete er, während ich ihn aufgeregt beobachtete. Irgendwie schaffte er es, dass ich mir nun doch wie die Teilnehmerin einer Kochsendung vorkam, die ängstlich auf ihre Punktewertung wartete.

Es ist egal, was er denkt, sagte ich mir dann und machte mich über meinen eigenen Nachtisch her. Doch die Tatsache, dass er den Crumble binnen Sekunden aufgegessen hatte, sprach Bände.

»So, ich schlage vor, wir setzen uns wieder an den Kamin«, sagte ich zur Auflockerung. Das Kerzenlicht spiegelte sich in seinen Augen, und ich war wie gebannt, als unsere Blicke sich trafen und ineinandertauchten. Nach dem etwas holprigen Anfang waren wir verblüffend leicht wieder in die alte Vertrautheit zurückverfallen. Wir genossen die Gesellschaft des anderen, ohne das ganze Gepäck, das wir mit uns herumgeschleppt hatten.

Das Kaminfeuer war so heimelig, und die knisternden Scheite und die flackernden Flammen luden förmlich dazu ein, enger zusammenzurücken. Draußen schneite es, und eine weihnachtliche Stimmung machte sich breit, auch ohne Dekorationen oder Weihnachtsmusik. Während wir schweigend dasaßen, musterte ich ihn immer wieder verstohlen aus den Augenwinkeln, weil er einfach so unglaublich gut aussah. Nicht zuletzt deshalb hatte ich mich damals in ihn verliebt. Plötzlich kam mir die Rothaarige in den Sinn. Sein Liebesleben ging mich nichts an, aber der Gedanke an sie machte mich unglücklich, sehr unglücklich.

Um nicht länger an die schöne Frau zu denken, die auf

dem Facebook-Foto den Arm um ihn geschlungen hatte, begann ich über Pläne für das Restaurant zu reden und über den Umgang mit Gästen und Angestellten. Im Zimmer war es mollig warm, der Wein floss in Strömen, und ich merkte, wie ich mich zunehmend entspannte.

Und so entspannt, wie ich war, traute ich mich nun tatsächlich zu fragen: »Hast du eine Freundin, Gianni?« Ich schlug einen neutralen Ton an, als wäre es mir egal, aber ich starrte ihn dabei an, als hinge mein Leben von seiner Antwort ab. Dieser Rotwein hatte es wahrlich in sich!

»Nein.« Er blickte wieder in das Kaminfeuer.

So konnte ich das nicht stehen lassen. Ich wollte Bescheid wissen, und wenn er es mir jetzt nicht erzählte, würde er es nie tun. »Ich wette, seit unserer Trennung laufen dir die Frauen in Scharen hinterher«, bohrte ich weiter. Aber plötzlich war ich mir gar nicht mehr so sicher, ob ich die Wahrheit überhaupt hören wollte. Wenn er es bejahte, würde ich womöglich zu weinen beginnen und die Kontrolle über mich verlieren. Vielleicht würde ich auf seinen Schoß kriechen und mich dort wie eine große Katze zusammenrollen. Für ein Geschäftsessen wäre das höchst unangemessen!

»Es hat keine andere Frau gegeben«, sagte er, als könnte er meine Gedanken lesen.

Nach über einer halben Flasche Wein war ich sentimental geworden und hätte nun vor Freude die ganze Welt umarmen können. Meine Gedanken rasten. Hatte er immer noch Gefühle für mich? Ich wusste es nicht. Und wie sah es bei mir aus? Bis vor Kurzem hätte ich gesagt, ich würde keine tieferen Gefühle mehr für ihn empfinden, doch mein Herz sagte etwas gänzlich anderes. Auf Gianni hatte der

Wein offenbar nicht denselben Effekt, denn er wirkte ziemlich angespannt.

»Ich weiß, dass *du* einen Freund hast«, sagte er plötzlich. Er starrte in die Flammen, sah mich nicht an.

»Nein. Das stimmt nicht.«

»Du warst mit einem anderen Mann aus. Das habe ich auf Facebook gesehen.«

»Ach, *der*. Er war ganz nett, aber das war nichts Ernstes.« Er brauchte nicht zu erfahren, dass meine Facebook-Fotos größtenteils nur Bluff waren, um ihm vorzugaukeln, ich hätte mein Leben im Griff und würde mich köstlich amüsieren. Es schadete ihm nicht, zu erfahren, dass auch andere Männer mich attraktiv fanden. Ich musste ihm ja nicht auf die Nase binden, dass der gut aussehende Mann, der mich auf diesen Fotos umarmte, mehr an *Star Trek* als an mir interessiert war.

»Hast du mich wegen ihm verlassen?«

»Gianni, das haben wir bereits unzählige Male durchgekaut«, seufzte ich. »Der Typ auf dem Foto ist nur … ein Typ. Wir sind lange nach unserer Trennung ein paar Mal miteinander ausgegangen. Ich habe dich verlassen, weil ich unglücklich war. Weil *wir* unglücklich waren.«

»Aber es muss einen anderen Mann gegeben haben.«

»Nein. Ich musste einfach weg. Ich hatte das Gefühl, wir würden uns gegenseitig die Luft zum Atmen nehmen. Wir hatten uns auseinandergelebt, und ich musste mein Leben neu definieren. Ich war immer fest davon ausgegangen, dass ich irgendwann Mutter sein würde, und als das nicht klappte, musste ich mir eine Auszeit nehmen, um in Ruhe nachzudenken. Jahrelang habe ich schwangere Freundinnen, Spielzeugläden und Babybekleidungsgeschäfte gemieden. Herrgott, es gab eine Zeit, als ich mir nicht einmal eine Reklamesendung für Windeln ansehen konnte, ohne in tiefe Verzweiflung zu verfallen. Selbst jetzt fällt es mir manchmal noch schwer, in einen Kinderwagen zu blicken oder werdenden Eltern zu gratulieren oder durch einen Park zu spazieren, weil ich da womöglich ein kleines Kind sehen könnte, das so aussieht, wie unseres vielleicht ausgesehen hätte.«

»Ach, Chloe, das weiß ich. Ich fühle deinen Schmerz wie einen Messerstich im Herzen. Ich habe beobachtet, wie du mit Tränen in den Augen gegangen bist, wenn du ein Baby im Restaurant gesehen hast. Mir hat das auch wehgetan.«

»Ich weiß, aber ich war diejenige, die das Problem hatte, die nicht in der Lage war, unsere Babys auszutragen. Ich schaffte es nicht, unseren Babys Schutz und Geborgenheit zu schenken, bis sie für die Welt bereit wären. Ich habe versagt. Aber ich habe dir immer gesagt, du sollst dir eine andere Frau suchen, mit der du eine Familie gründen kannst. Es ist noch nicht zu spät für dich.«

»Nein, es war *unser* Problem, nicht deines. Du hast es immer zu deinem Problem gemacht und mich ausgeschlossen. Du hast mir nicht zugehört und ständig gesagt, ich solle mir eine andere Frau suchen, als wäre ich eine Katze oder ein Hund. Verstehst du denn nicht? Ich wollte nicht einfach nur Kinder haben – ich wollte mit *dir* Kinder haben.«

Wie der Blitz traf mich nun die Erkenntnis, dass Gianni sich nicht zurückgezogen, sondern ich ihn ausgeschlossen hatte. Das war mir bis heute nicht bewusst gewesen. Es musste sich grausam für ihn angehört haben, als ich ihm unentwegt in den Ohren lag, er solle sich eine neue Frau suchen, mit der er Kinder haben könne. Wenn man ein Kind haben möchte, steht nicht der bloße Kinderwunsch im Vordergrund, sondern das Verlangen, mit einem geliebten Partner ein gemeinsames Kind zu haben. Gianni hatte recht, es war nicht nur mein Problem gewesen, sondern auch seines. Wäre Gianni unfruchtbar gewesen, hätte ich auch keine Kinder bekommen. Er wiederum wollte nur mit mir Kinder haben, und als das nicht funktionierte, war das Thema Kinder für ihn erledigt.

»Entschuldige, Gianni«, sagte ich leise. »Ich war egoistisch und habe alles nur aus meinem Blickwinkel gesehen. Vor lauter Enttäuschung, Zorn und Trauer habe ich gar nicht mitbekommen, wie sehr auch du unter dem Verlust gelitten hast.«

Wir blickten in die Flammen, hingen jeder unseren eigenen Gedanken nach. Es fiel uns immer noch schwer, über diese Zeit zu reden. Wir hatten beide Angst, in alten Wunden zu rühren und den ganzen Schmerz wieder aufleben zu lassen.

»Ich muss jetzt gehen«, sagte er abrupt, und als er aufstand, hatte er Tränen in den Augen.

Ich folgte ihm in die Diele und nahm seinen Mantel von der Garderobe. Als ich ihm den Mantel reichte, streiften sich unsere Hände. Schweigend zog er den Mantel an.

»Ich wünschte, wir würden öfter so miteinander reden«, sagte ich, während ich die Tür öffnete und zur Seite trat, um Gianni vorbeizulassen.

Er blieb vor mir stehen, strich mir sanft über die Wange, zog mich dann an sich und umarmte mich.

»Das kann ich nicht, Chloe. Ich muss der Starke sein«,

sagte er, und mir schossen Tränen in die Augen. Mein Herz krampfte sich vor Mitgefühl zusammen, weil ich nun wusste, wie sehr er selbst gelitten hatte, doch ehe ich etwas sagen konnte, murmelte er irgendetwas, das sich entfernt wie »Danke« anhörte, und ging über den Pfad zur Gartentür. Zitternd vor Kälte und innerem Aufruhr, blieb ich auf der Türschwelle stehen und sah ihm nach, bis er von der Dunkelheit verschluckt wurde.

Kapitel Elf

Schokoladenherzen und Sauerkirschen

Der Abend war nicht so verlaufen, wie ich es geplant hatte. Das freundschaftliche Treffen, bei dem auch Geschäftliches besprochen werden sollte, hatte sich zu etwas gänzlich anderem entwickelt. Als ich am Morgen danach den Abend noch einmal Revue passieren ließ, fragte ich mich, ob ich damals nicht mehr auf Gianni hätte zugehen sollen. Nach dem gestrigen Gespräch, als wir endlich über unsere Gefühle sprachen, sah ich alles in einem neuen Licht. »Ich muss der Starke sein«, hatte er gesagt, und das war während unserer ganzen Ehe so gewesen. Ich hatte angenommen, er würde nicht so leiden wie ich, aber vielleicht hatte er seinen Schmerz einfach nur unterdrückt? Er hatte sich danach gesehnt, Vater zu werden, doch ich war so in meiner eigenen Welt gefangen gewesen, dass ich gar nicht gemerkt hatte, dass er genauso trauerte wie ich. Es war hart für mich gewesen, alles ganz allein durchzustehen. Außerdem war ich sehr wütend auf Gianni gewesen, weil ich das Gefühl gehabt hatte, er sei nicht für mich da. Doch in Wahrheit hatte ich ihm nicht erlaubt, mit mir zu trauern. Mein Schmerz hatte allein mir gehört, und ich hatte ihn nicht daran teilhaben lassen.

Da ich mir Sorgen um Gianni machte, rief ich ihn an und sprach ihm ein paar aufmunternde Worte auf die Mailbox. Um die trüben Gedanken zu verscheuchen, stürzte ich mich in die Arbeit, verschickte E-Mails und schrieb eine Pressemitteilung.

Dann packte ich mich warm ein, machte einen langen Strandspaziergang und anschließend einen Schaufensterbummel auf der Promenade. Die meisten der kleinen Läden waren weihnachtlich dekoriert: schlichte Schneeflocken, bizarr geformtes Treibholz, türkisfarbene Glasschwimmer an Angeln und weiße, glitzernde Seesterne. Ich ging in einen Laden und kaufte eine ganze Tüte mit Dekorationsmaterial, alles in Weiß und Silber, mit Glitzer und türkisfarbenen Elementen. Ich hatte noch nie ein Restaurant am Meer weihnachtlich dekoriert und hoffte, Gianni würde mir freie Hand lassen. Ich könnte diesen weißen sterilen Raum zum Leben erwecken und eine weihnachtliche Atmosphäre kreieren, die gleichzeitig von der Küstenlandschaft inspiriert sein würde. Als ich die Sachen bezahlte, juckte es mir schon in den Fingern.

Zurück im Cottage, stellte ich die Tüte mit dem Dekorationsmaterial in der Diele ab, zog meine vom Schnee durchnässte Kleidung aus und ließ mir ein schönes, warmes Bad ein.

Es war schon seltsam: Nach meiner dritten Fehlgeburt hatte ich geglaubt, ich könnte nie wieder glücklich sein, und war überzeugt davon, dass ich alles Alte hinter mir lassen musste. Doch der Schmerz begleitet dich ein Leben lang, denn er ist ein Teil von dir; er verändert dich, hinterlässt eine lebenslange Narbe in deinem Herzen. Die täglichen, manchmal sogar stündlichen kleinen Messerstiche waren seltener geworden, aber sie würden niemals ganz verschwinden, und das wollte ich auch nicht, denn sie waren im Grunde schöne Erinnerungen an die kleinen Wesen, die ich für kurze Zeit in mir getragen hatte. Ich hatte keine kleinen Hände, die ich festhalten konnte, keine Schuhbänder, die ich zuschnüren, und keine aufgeschürften Kinderknie, die ich mit Pflaster verarzten konnte – ich hatte nur meinen Schmerz; ab und zu zerrte er an mir wie eine Kinderhand, und dafür war ich dankbar.

Ich schenkte mir ein Glas Wein ein, ging damit ins Bad, zündete ein paar Kerzen an, und während ich in mein duftendes Schaumbad stieg, fragte ich mich, warum alle Welt unbedingt eine Beziehung haben wollte, wenn das Alleinsein doch so herrlich sein konnte. Plötzlich klingelte im Wohnzimmer das Telefon, doch ich ignorierte es, wollte mir meine Entspannung nicht nehmen lassen. Doch als das Telefon nach kurzer Zeit abermals klingelte, stieg ich schweren Herzens aus der Wanne. Gianni war den ganzen Tag allein im Restaurant gewesen, da konnte alles Mögliche passiert sein.

Ein Badetuch um mich gewickelt, eilte ich ins Wohnzimmer, ergriff das Telefon und sah auf dem Display Giannis Namen.

»Hi, alles in Ordnung bei dir?«, fragte ich besorgt. Ich war noch sehr bewegt von seinem gestrigen Gefühlsausbruch und war mir bewusst, dass wir uns nach wie vor auf sehr dünnem Eis bewegten.

»Ja, mir geht's gut. Wo bist du?«

»Im Cottage.«

»Ich bin an der Reihe, für dich zu kochen«, sagte er.

Ich schmolz dahin. »Das ist sehr lieb, Gianni, aber das

brauchst du wirklich nicht. Du hast mit dem Restaurant schon genug Arbeit. Ich habe mir Sorgen um dich gemacht.«

»Um mich musst du dich nicht sorgen. Ich bin stark.«

»Ich weiß, aber auch starke Männer dürfen sich manchmal gehen lassen.«

»Ich koche, das ist meine Entspannung.«

Das sah ich etwas anders, denn seine »Entspannung« bestand darin, dass er hektisch in der Küche herumwuselte und sich selbst und alle anderen verrückt machte.

»Ich werde dir etwas ganz Besonderes aus meiner neuen Weihnachtsspeisekarte kochen. Ja, du hast richtig gehört: Ich habe jetzt eine Speisekarte!«

Ich lächelte. Er war also doch nicht gänzlich unbelehrbar.

»Also, was ist? Kommst du ins Restaurant und lässt dich von mir bekochen?«

»Schneckengrieß?«, erkundigte ich mich misstrauisch.

»Nein.«

»Kalbsbries?«, fragte ich streng nach. »Und es liegen doch sicher noch ein paar Hühnerfüße herum, oder?«

»Nein.«

»Okay, dann komme ich«, kicherte ich. Ich war erleichtert, dass er so gut gelaunt und vergnügt war. Meine Sorge, er könnte nach dem gestrigen Gespräch in ein tiefes Loch fallen, war unbegründet gewesen. Er hatte sich offensichtlich wieder gefangen und strahlte selbst durch das Telefon wieder die alte Energie aus.

»Wann wirst du da sein?«

»Ich komme gerade aus dem Bad und bin nur in ein Handtuch gewickelt. Eine gute halbe Stunde wird es wohl dauern.«

»Aber ich friere mir hier draußen den Hintern ab!«

»Was?«, rief ich entgeistert. »Wo draußen?«

Statt einer Antwort klopfte er an die Haustür. »Ich bin hier, um dich abzuholen. Bei diesem Wetter lasse ich dich doch nicht zu Fuß in mein Restaurant gehen.«

»O Gott, Gianni!«, lachte ich, rannte in die Diele und riss die Tür auf.

»Das Handtuch steht dir«, sagte er und marschierte an mir vorbei in die Diele.

Ich eilte ins Schlafzimmer, zog mich rasch an, warf mir in der Diele meinen Mantel über, schnappte mir im Hinausgehen die Tüte mit dem Dekorationsmaterial und stieg in Giannis Wagen.

Als wir im Restaurant ankamen, empfing uns gähnende Leere.

»Heute bist du der Gast«, sagte Gianni.

»Ach herrje, bin ich zum Probeessen hier?«

»Nein, du sollst das Essen probieren.«

Ich wies ihn nicht darauf hin, dass das dasselbe sei, sondern nutzte die Gunst der Stunde, um Gianni meine Tüte mit dem Dekorationsmaterial zu präsentieren. »Schau, diese Sachen sehen hier drinnen sicher sehr hübsch aus«, sagte ich und machte dazu eine ausschweifende Armbewegung.

»Was ist das?«

»Weihnachtsdekorationen.«

»Chloe, sieht es hier aus wie in einem verdammten Fast-Food-Laden?«

»Nein, es sieht aus wie in einem verdammten Krankenhaus.«

Statt einer Antwort nickte er nur leicht, doch um seine

Mundwinkel spielte ein Schmunzeln, als er zur Wand ging und mir die unsichtbare Tür aufhielt. Diese Konstruktion war völlig absurd, und bei Gelegenheit würde ich Gianni das auch sagen. Manchmal musste man ihn einfach daran erinnern, dass er nicht unfehlbar war. Er neigte zu Überheblichkeit und brauchte hin und wieder jemanden, der ihn auf den Boden zurückholte. Ich war dafür gut geeignet, weil ich ihm nichts Böses wollte.

Als er nun in der riesigen Küche stand, wirkte er völlig verloren. Hier befand sich alles, was er brauchte, nur konnte er nicht richtig loslegen, weil er weder Personal noch Gäste hatte.

»Nimm Platz. Ich möchte dir meine Auswahl an Gerichten zeigen«, sagte er und reichte mir eine Liste. Ich war beeindruckt und gleichzeitig gespannt, was er sich überlegt hatte.

Während Gianni große Säcke mit Gemüse aus der Kühlkammer holte, las ich mir leicht beklommen die Liste durch, entdeckte wider Erwarten jedoch nichts Abgehobenes oder Kurioses. Vielmehr stieß ich zu meiner Freude auf ein Gericht namens »Marys Wintereintopf«.

»Ah, du hast das Gericht nach meiner Mum benannt«, sagte ich ergriffen.

Er schleppte gerade einen Sack mit Süßkartoffeln in die Küche, seine Ärmel waren hochgerollt und gaben den Blick auf seine muskulösen Unterarme frei. Ein jähes Verlangen stieg in mir auf, und ich wandte rasch den Blick ab. Ein Wirrwarr an Gefühlen tobte in mir, und ich fühlte mich sehr verletzlich. Aber für Gefühle war jetzt nicht der richtige Zeitpunkt.

»Ich habe deine Mama nie kennengelernt, aber ich weiß,

dass du von ihr gelernt hast, wie man Eintopf zubereitet. Indirekt habe ich es also auch von deiner Mama gelernt«, sagte er lächelnd.

Ich war zu Tränen gerührt. Mum hätte es geliebt, wenn sie ihren Eintopf auf einer Speisekarte entdeckt hätte. Und als ich nun Gianni beobachtete, wie er lächelnd und zufrieden in seiner Küche herumhantierte, war ich mir sicher, dass Mum auch Gianni geliebt hätte.

»Du bietest traditionelle italienische Gerichte an, sehr schön! Du kehrst wieder zu deinen Wurzeln zurück, als du dich mit deinen Rezepten à la Mama in die Herzen der Menschen gekocht hast«, sagte ich hoffnungsvoll und auch ein bisschen stolz auf ihn.

»Findest du, dass ich mich verändert habe?«, fragte er überrascht.

»Ja. Der wahre Gianni ist im Jahr 2008 irgendwo zwischen rustikaler Küche und experimenteller Molekulargastronomie verloren gegangen. Damals, in dem kleinen Restaurant in Islington, hast du richtig leckeres Essen gekocht, aber dann hast du in Hockney dieses verdammte Raumschiff gekauft, alle möglichen Promis und Jetsetter eingeladen – und bist unter viel Rauch und Brimborium wie eine Rakete abgegangen. Aber mit dieser guten italienischen Hausmannskost kannst du neu durchstarten und wieder zu dir selbst zurückfinden.«

»Mag sein, aber ich biete neben italienischen auch englische Gerichte an. Der Eintopf deiner Mama mit englischem Wurzelgemüse, die Pasta meiner Mama mit frischen Tomaten, Knoblauch und exzellentem italienischen Olivenöl. Köstlich!«

Ich freute mich, bei diesem Projekt mitarbeiten zu dürfen, fragte mich jedoch gleichzeitig, ob Gianni nicht auch Hintergedanken hatte und mich mit seinem neuen Speiseplan dazu verlocken wollte, länger zu bleiben. Falls ja, war ich mir nicht sicher, ob ich das wirklich wollte. Meine Rolle in dem ganzen Szenario wurde immer verschwommener. War ich die in Trennung lebende Nochehefrau, die PR-Frau für das Restaurant, eine Freundin oder alles drei zusammen? Wie naiv war ich gewesen, zu glauben, ich könnte einfach hierherkommen und mit Gianni arbeiten, als wären wir nur Freunde oder Kollegen. Schließlich waren wir einmal ein Liebespaar gewesen und hatten eine gemeinsame Geschichte, die sich nicht einfach ignorieren ließ. Ich hatte ihn seit langer Zeit nicht mehr so glücklich gesehen; er kehrte zu seinen Wurzeln zurück, und genau da lag seine Bestimmung, aber ich fragte mich, wo meine Bestimmung lag. Karriere machen und weite Reisen unternehmen machten mich nicht glücklich, übten keinen Reiz mehr auf mich aus. Vielleicht hatten sie mich auch nie wirklich interessiert, sondern waren lediglich eine Flucht vor mir selbst gewesen. Jetzt war ich müde geworden und bereit, mich niederzulassen, wusste aber nicht, wo das sein sollte.

Als Gianni nun mit flinken Bewegungen die Süßkartoffeln schnitt, röteten sich seine Wangen vor Eifer. Er wirkte enthusiastisch, fast schon aufgeregt, und so erfüllt, wie ich ihn schon sehr lange nicht mehr erlebt hatte. Ganz eindeutig hatte er endlich das gefunden, wonach er gesucht hatte.

»Du bist zufrieden mit deinem neuen Konzept, nicht wahr?«, fragte ich.

»Ja. Dieses Projekt muss ein Erfolg werden, und ich vertraue auf deinen Rat«, antwortete er lächelnd. »Und ich vertraue auch auf das leckere Knoblauchbrot meiner Nonna mit den geheimen Zutaten.«

»In deiner Speisekarte sind so viele Familienmitglieder verewigt«, bemerkte ich lachend. Mein Blick fiel auf ein weiteres Gericht, das ganz unten auf der Liste stand. »Oh, Chloes Weihnachts-Crumble!«, rief ich. »Nimmst du meinen Nachtisch auch mit auf?«

»Mit ein paar winzig kleinen Änderungen«, erwiderte er augenzwinkernd, öffnete dann einen Hängeschrank und holte verschiedene Glasgefäße mit Nelken und anderen Gewürzen heraus. »Die Pflaumen lege ich auch in den Glühwein ein, aber zu dem Streuselteig gebe ich Ingwer hinzu – die leichte Schärfe gibt dem Ganzen eine besondere Note.« Er holte aus dem Kühlschrank ein paar Handvoll frisches Gemüse sowie Fleisch und Fisch heraus und begann dann zu schnippeln und zu braten.

Während ich ihm zuschaute, fühlte ich mich wieder in unser erstes Restaurant zurückversetzt, als wir arm, aber glücklich waren und die Luft von Knoblauchschwaden getränkt war. Die Vergangenheit war nicht nur traurig und hoffnungslos gewesen, sondern auch voller Lebensfreude und unbändiger Tatkraft.

»Was kann ich tun?«, fragte ich. »Ich würde gerne helfen.«

»Du kannst das Gemüse schälen«, sagte er. »Aber die erste und wichtigste Zutat ist der Rotwein.« Er deutete auf die Flasche neben sich. »Es ist der Chianti aus dem Gianni's, unserem ersten Restaurant. Als wir umzogen, waren noch ein paar Flaschen übrig.«

»Oh, du hast sie aufgehoben!«, sagte ich, überwältigt von den Erinnerungen an jene glücklichen Tage, als wir diesen Chianti literweise in unserem Restaurant getrunken hatten. Ich hatte ganz vergessen, wie sentimental er sein konnte. Vielleicht hatte er unser gemütliches, kleines Restaurant mehr vermisst, als mir bewusst gewesen war.

»Das ist Dreckswein. Chianti wird aus Abfällen hergestellt ... Aber er ist voller Erinnerungen«, sagte er auf seine unnachahmliche Art, die meinen romantischen Höhenflug jäh beendete. Ich schenkte zwei Gläser Wein ein, stellte Giannis Glas neben ihn auf die Arbeitsfläche und zog mir einen Stuhl an die Theke, damit ich Gianni Gesellschaft leisten konnte. »Erinnerst du dich an das erste Weihnachten im Restaurant? Wir haben am Weihnachtsabend eröffnet und waren beide so nervös, dass wir beschlossen, erst einmal ein Glas Wein zu trinken«, sagte ich.

Er hielt im Schnippeln inne, und ein weicher Ausdruck trat in sein Gesicht, als er das Glas hob und einen Schluck trank. »Und dann beschlossen wir, noch eines zu trinken ...«

»Und noch eines ...«, fügte ich lachend hinzu.

»Ich war so glücklich, habe mit den Gästen getanzt, und alle hielten mich für den charmantesten Wirt der Welt«, erzählte er, in Erinnerungen schwelgend.

»Ja, das war ein wunderbarer Abend«, sagte ich. »Und du warst der charmanteste Wirt, den man sich vorstellen kann.« Lächelnd sah ich ihn an, und er lächelte dankbar zurück. »Und nachdem alle gegangen waren, sperrten wir das Restaurant zu und tranken und tanzten noch eine Weile lang weiter.« Wehmütig seufzte ich, als ich an das romantische Ende dieses turbulenten Abends zurückdachte, die plötzliche Stille, das flackernde Kerzenlicht, das Wachs, das an den Flaschen herunterlief. Obwohl uns die Füße nach dem langen Arbeitstag wehtaten, hatten wir eng umschlungen um die leeren Tische herumgetanzt. »Wir waren damals jung und unbesiegbar«, sagte ich. Unsere Blicke trafen sich; wir sahen uns tief in die Augen, und mein Herz machte einen Sprung. »Auf die wilden Jahre!«, rief ich dann, hob mein Glas und stieß mit Gianni an.

Zufrieden schälte ich Karotten, trank zwischendurch einen Schluck Wein und schüttelte innerlich immer wieder den Kopf über diese verrückte Situation. Bei seiner Speisekarte hatte er sich von meinen Gerichten inspirieren lassen; er hatte auf meinen Rat gehört wie damals, als wir das Gianni's eröffneten. Es war schon eine Ironie des Schicksals, dass wir kurz vor der Scheidung wieder ein Team waren.

Gianni flitzte geschäftig zwischen seinen Töpfen hin und her, während ich Wein trank und entspannt vor mich hin sinnierte. Plötzlich ertönte aus dem Speisesaal ein Rumpeln.

»Wer ist das denn?«, knurrte Gianni, wütend über die Störung.

»Ich sehe mal nach. Entweder sind es Gäste oder Einbrecher«, rief ich und eilte aus der Küche.

Sollten tatsächlich Gäste gekommen sein, wollte ich sie angemessen empfangen. Gianni war es gewohnt, Personal zu haben, das Gäste willkommen hieß, und er schien auch nicht gewillt zu sein, seinen Herd zu verlassen.

Verdutzt blieb ich stehen, als ich im Speisesaal Marco entdeckte, dunkel gekleidet und mit Schnee bedeckt. Mir war völlig entfallen, dass er am Vormittag sein Vorstellungsgespräch gehabt hatte, aber da er heute Abend auftauchte, konnte es für ihn nicht allzu schlecht gelaufen sein – obwohl seine Miene nichts verriet.

Er war genauso mürrisch und unkommunikativ wie im Café, zeigte nicht die winzigste Spur eines Lächelns oder Wiedererkennens.

»Sie haben den Job also bekommen«, sagte ich, als ich ihn zur Küche führte. Er gab einen Grunzlaut von sich, offenbar das Äußerste an Begeisterung, wozu er sich durchringen konnte. Ich freute mich jedenfalls sehr, dass Gianni endlich einen Angestellten hatte. In der Küche angekommen, blickte ich strahlend von Gianni zu Marco und wieder zurück. Die Männer sahen weder mich noch einander an, und als Marco schweigend seinen Mantel ablegte und sich seine Schürze umband, wusste ich, dass ich den richtigen Riecher gehabt hatte. Die beiden ergänzten sich wie Tod und Teufel, passten also perfekt zusammen. »Was hast du dir denn Leckeres für mich ausgedacht?«, fragte ich Gianni. Er sah mich an; um seine Mundwinkel kräuselte sich ein Lächeln.

»Simple Hausmannskost für simple Ansprüche«, sagte er augenzwinkernd.

»Oh, dein Charme ist einfach umwerfend! Ich fühle mich so geschmeichelt«, gab ich scherzhaft zurück. Es war wie früher, wenn wir uns liebevoll neckten.

Gianni und Marco machten sich nun zusammen am Herd zu schaffen. Sie sagten kein Wort, schienen auch nicht anderweitig zu kommunizieren, arbeiteten aber trotzdem Hand in Hand. Marco war ein echter Glücksfall.

Zufrieden über meine gelungene Vermittlung, spazierte ich durch die Küche und bewunderte die erlesene Inneneinrichtung. »Das ist wunderschön«, sagte ich und strich mit den Händen über den dicken italienischen Marmor, die strahlend weißen Wandfliesen. In der Küche war es jetzt warm, auf den Herden standen Töpfe, aus denen ein berauschender Duft nach Gewürzen und Knoblauch entstieg. Mir lief das Wasser im Mund zusammen, und mein Magen knurrte vor Hunger. »Ich hoffe, diese Miniportion Pasta ist nicht für mich gedacht«, sagte ich.

Gianni wollte die Nudeln gerade ins kochende Wasser geben, hielt aber nun inne und sah mich fragend an.

»Nimm doppelt so viele«, forderte ich ihn auf. »Erinnerst du dich an diese großen tiefen Teller, in denen deine Mama ihre Pasta servierte? ›Iss, iss!‹, sagte sie immer. Sie wäre entsetzt, wenn sie so eine winzige Portion sehen würde. Vergiss deine abgehobene Londoner Gourmetküche und kehr wieder zu Mamas Küche zurück«, sagte ich.

Er runzelte die Stirn, ergriff dann achselzuckend eine weitere Handvoll Pasta und warf sie in den Topf. Dann griff er nach einem Bund Basilikum und begann die Blätter abzurupfen.

Interessiert sah ich ihm zu, doch plötzlich hielt er inne und sagte: »Ich zupfe den Basilikum, weil er kein Metall mag. Wenn ich ihn mit dem Messer schneide, würde das den Geschmack beeinflussen.«

»Du wusstest, dass ich dich fragen würde«, sagte ich lächelnd und spürte für einen Moment wieder jene alte Vertrautheit.

Während er Steaks anbriet und dabei über die richtige Temperatur dozierte, machte ich mir Notizen für die Speisekarte und für Pressemitteilungen. Dann zauberte er aus Sahne, zermahlenen Pfefferkörnern, Knoblauch und verschiedenen anderen Gewürzen, die er dramatisch aus großer Höhe in die Pfanne streute, eine pikante Pfeffersoße.

Ein herrlich aromatischer Duft stieg aus der Pfanne auf und erfüllte die ganze Küche.

Ich nahm mein Smartphone und knipste ein Bild von ihm, wie er mit zerzaustem Haar vor der dampfenden Pfanne stand und in seiner Soße rührte.

»Das sieht super aus«, sagte ich und beobachtete schmunzelnd, wie er Salz über die Schulter warf, um böse Mächte abzuwehren.

»Es ist ein Klischee, aber Bauern mögen Pfeffersoße zu ihrem Steak«, sagte er mit einem Augenzwinkern.

»Gianni«, rief ich warnend. »Denk an dein Versprechen, dass du anderen Menschen höflich und respektvoll begegnen wirst!«

Er zuckte die Achseln und bot mir einen Löffel seiner Soße an, was sich sehr vertraut und intim anfühlte.

»Köstlich!« Beinahe hätte ich »Schatz« hinzugefügt, hielt mich aber noch rechtzeitig zurück. Es war schon seltsam, wie leicht man in alte Rollen zurückschlüpfte. »Das ist genau die Art von simplen Gerichten, die deine Gäste lieben werden.«

»Es gibt auch noch Tintenfischtintenchips mit Seeschlangenpastete«, begann er.

Mir stockte der Atem. »Ach, ich glaube, das brauchen wir gar nicht.« Ich wartete auf ein Wettern gegen die ganze Welt, doch stattdessen lachte er nur.

»Das war ein Scherz«, sagte er, immer noch lachend.

»Ach so. Du musst es mir sagen, wenn du scherzt«, bemerkte ich. »Ich bin das nicht mehr gewohnt.« Er begann eindeutig ein wenig aufzutauen. Vielleicht lag das an unserem gestrigen Gespräch, als er endlich über seine Gefühle gesprochen und reinen Tisch gemacht hatte. Seitdem gingen wir entspannter miteinander um, als wären die anstehende Scheidung und all die damit verbundenen Probleme in den Hintergrund gerückt. Wir gingen wieder aufeinander zu und verstanden uns.

Es mochte an der Hitze liegen, aber Gianni glühte förmlich. Das Kochen belebte ihn, seine Wangen waren rosig von der Herdwärme, und in seinen Augen glomm wieder jenes bernsteinfarbene Feuer wie früher, als seine Begeisterung von innen heraus zu leuchten schien. In Gesellschaft wirkte er oft verloren, aber in einer Küche fühlte er sich immer wohl. Und diese Küche war der Traum eines jeden Kochs.

Ehrfürchtig beobachtete ich, wie Gianni verschiedene Anweisungen knurrte und Marco tat, wie ihm geheißen wurde, auch wenn er oft wahrscheinlich gar nicht verstand, warum er etwas tun sollte. Sie waren wie zwei Tänzer, die geschmeidig aneinander vorbeiglitten, ohne jemals zusammenzustoßen. Der eine beugte sich mit der Pfeffermühle über den Herd, während der andere gleichzeitig nach einer Pfanne griff, ohne dass der eine dem anderen dabei in die Quere kam. Der eine trug einen Topf mit kochendem Wasser zum Spülbecken, der andere kam ihm entgegen, und beide wichen sich im letzten Moment mit einer leichten Seitwärtsdrehung aus. Es war Küchenchoreografie vom Feinsten, die auf großen Servierplatten mit dampfenden Speisen ihren Höhepunkt fand.

Marco begann sogleich mit Geschirrspülen, als sei das das Normalste der Welt. Ich schnappte mir eine Gabel, um schon einmal zu naschen, doch Gianni sagte: »Nein, wir essen im Speisesaal. Wir sind jetzt nicht zu Hause.« Er spielte wohl auf den gestrigen Abend an, als wir wie früher in trauter Zweisamkeit in der Küche gegessen und uns unterhalten hatten.

»Ich möchte, dass du das Essen an meinem schönsten Tisch probierst«, sagte er, während wir, jeder ein Tablett in den Händen, in den Speisesaal gingen. Er führte mich an den Fenstertisch und nahm mir gegenüber Platz. So fröhlich und umgänglich war er lange nicht mehr gewesen.

Gianni und Marco hatten eine Auswahl kleiner Gerichte zubereitet, allesamt mit Winterzutaten und sehr appetitlich angerichtet. Nachdem ich noch einmal streng darauf hingewiesen hatte, dass die Portionen für die Gäste größer sein müssten, ließ ich mich nicht lange bitten und langte zu. Gianni beobachtete mich gespannt, wartete auf mein Urteil. Schon der erste Bissen war eine Sensation für meine Geschmacksknospen. Das Essen war so köstlich wie die Speisen, die Gianni früher für mich gekocht hatte, nur noch einen Tick besser.

»Mm, der Eintopf schmeckt großartig, vollmundiger und interessanter als meiner. Was ist dein Geheimnis?« Mein Ton war eindeutig flirtend, aber ich konnte nicht anders. Dieses Essen hatte etwas an sich, das mir Lust auf Flirten machte.

»Ein Geheimnis muss geheim bleiben«, antwortete er mit einem vergnügten Funkeln in den Augen. Er war wie ausgewechselt, ein ganz neuer Mensch. Es kam mir vor, als hätten wir unser erstes Date und würden uns gerade kennenlernen.

»Aber mir kannst du dein Geheimnis doch verraten, Gianni«, sagte ich schmeichelnd.

»Gut, aber du musst es für dich behalten«, sagte er leise und beugte sich über den Tisch, bis unsere Gesichter sich beinahe berührten. Ich hielt den Atem an und fühlte ein Kribbeln im Bauch, das nichts mit geheimen Zutaten zu tun hatte. Sie waren mir in Wahrheit egal, denn im Moment sehnte ich mich nur danach, dass er mich küsste, mich auf den Tisch legte und mit mir Liebe machte – was Marco vielleicht ausnahmsweise einmal zu einer Reaktion provoziert hätte.

Eine Weile sahen wir uns tief in die Augen, sein Atem lag warm auf meinem Gesicht. Ich konnte beinahe seine Bartstoppeln spüren, die Wärme seiner Lippen. Erneut änderte sich die Dynamik zwischen uns, die Wunden der Vergangenheit waren fast verheilt, all die Bitterkeit, die Kränkungen und Missverständnisse lagen hinter uns und tangierten uns nicht länger. Ich fühlte mich wieder zu Gianni hingezogen wie damals, an jenem ersten Weihnachten, als er mir im Eingang von Harrods das kleine Schneeflöckchen überreicht hatte.

»Kaffee«, flüsterte er mir nun ins Ohr, und sein heißer Atem umspielte mein Ohrläppchen. Ich erbebte innerlich und hatte das Gefühl, ich würde mich auflösen. »Meine Geheimzutat ist kalter, übrig gebliebener Kaffee.«

»Das hätte ich nie gedacht«, flüsterte ich, ohne den Blick von ihm zu nehmen. Was ging hier vor? Flirteten wir nach dem Scheitern unserer Ehe jetzt tatsächlich wie Teenager?

»Das verleiht dem Eintopf die vollmundige, interessante Note«, sagte er, mir tief in die Augen blickend. Und während ich mich in seinen Augen verlor, redete er weiter. »Nicht zu viel«, raunte er, und in seiner rauen, tiefen Stimme schwang die Verheißung von langen Nächten, Rotwein und verrauchten italienischen Bars. Zwischen Finger und

Daumen deutete er eine kleine Prise an. »Kaffee darf nur betonen, nicht dominieren.« Ich entsann mich, wie diese Finger meine Lippen, meine Brüste berührt hatten, langsam über meinen Körper gewandert waren und ... Energisch schob ich das Bild beiseite und konzentrierte mich wieder auf seine Worte.

»Nicht dominieren«, wiederholte ich und versuchte, mich nicht daran zu erinnern, dass seine Augen im Kerzenlicht wie Lametta glitzerten.

Zufrieden über seine Darbietung, lehnte er sich nun zurück, während ich ihn mit zweifellos leuchtenden Augen anstarrte. Gott, er war einfach fantastisch. Wäre ich Raucherin, würde ich jetzt zur »Zigarette danach« greifen.

Während wir an dem Fenstertisch saßen, dessen strahlend weiße Tischdecke die Farben und Textur der Speisen wunderbar hervorhob, sah ich mir gegenüber einen Mann, der ganz anders war als der, den ich glaubte zu kennen. Vielleicht war er gar nicht mehr der arrogante, herrschsüchtige, aufbrausende Mann von früher. Der weiche Wesenskern war immer noch da und vielleicht nur unter all den traurigen Dingen, die wir erlebt hatten, verborgen gewesen.

»Hm, welche Geheimnisse hast du denn noch auf Lager?«, fragte ich weiter, von dem Wunsch beseelt, mehr über diesen neuen Gianni zu erfahren.

»Keine. Vor dir habe ich keine Geheimnisse, Chloe.«

Mein Herz wurde von etwas Köstlichem und Berauschendem erfüllt – es fühlte sich an wie Hoffnung.

»Bei dir ist immer viel Show, stimmt's?« Zum Glück hatte ich die Fassung wiedererlangt. »Du hast so viel mehr in dir, als du nach außen hin zeigst.«

»Gilt das nicht für jeden Menschen?«

»Ja, aber alles, was du tust, dient der Show, und gestern Abend habe ich seit langer Zeit wieder den wahren Gianni gesehen. Ich sah den verletzlichen, freundlichen, liebevollen Mann, den ich geheiratet habe.«

»Du schmeichelst mir«, antwortete er, und seine Miene verriet, wie sehr er sich über mein Kompliment freute. »Ich sollte Schauspieler sein«, fügte er hinzu. »Das Talent habe jedenfalls.«

»Ah, schon wieder spielst du Theater«, sagte ich lächelnd.

»Das tue ich immer, um meine Traurigkeit zu überspielen«, seufzte er.

»Ja, ich weiß. Allmählich beginne ich zu verstehen, was uns entfremdet hat. Nicht die Babys waren entscheidend, sondern unser Umgang mit dem Verlust.«

»Du hast recht. Dein Schmerz war so tief, dass ich dich nicht mehr erreichen konnte. Ich konnte dich nicht in den Arm nehmen und trösten. Das hat mich total fertiggemacht.«

»Und ich dachte, du würdest dich von mir zurückziehen, weil ich dir nicht geben konnte, was du dir so sehr gewünscht hast – eine Familie.«

»Wir beide waren unsere Familie, und ich hätte mit keiner anderen Frau eine Familie haben wollen. Ich wollte immer nur mit dir zusammen sein, in guten wie in schlechten Zeiten.«

Eine tiefe Traurigkeit überfiel mich, wie immer, wenn ich an unsere gemeinsame Vergangenheit dachte, doch diesmal flackerte in der Dunkelheit auch ein Fünkchen Hoffnung. Gianni war meine große Liebe, er hatte mich nicht verlassen oder mich gegen eine andere Frau ausgetauscht. Er war damals einfach nicht in der Lage gewesen, seine Gefühle zu artikulieren und mir zu zeigen, wie sehr er mit mir litt. Gianni hatte mich nach all den leidvollen Erfahrungen immer noch geliebt, und ich hatte ihn trotzdem verlassen. Jetzt bedauerte ich diesen Schritt, aber die Zeit ließ sich nicht zurückdrehen.

Er nahm seinen Dessertteller und ritzte mit dem Löffel das Schokoladenherz auf. Eiscreme quoll aus dem Inneren heraus, und dunkelroter Kirschlikör tropfte auf den weißen Teller.

»So sah mein Herz aus, als du mich verlassen hast«, sagte er melancholisch.

»Warum hast du nichts gesagt? Warum hast du mich nicht gebeten, zu dir zurückzukommen? Oder mich angerufen und mir erzählt, wie du dich fühlst?«

»Weil ich überzeugt war, dass du einen anderen Mann hast, mit dem du leben möchtest.«

»Gianni, ich bin gegangen, weil wir beide unglücklich waren. Du wolltest das nicht wahrhaben und hast dir lieber eingeredet, dass ein anderer Mann dahinterstecken muss.«

»Mag sein, aber ich hätte dich niemals verlassen können, und ich verstehe einfach nicht, wie du das tun konntest.«

»Das war unser Problem. Wir haben uns auseinandergelebt, haben uns irgendwie verloren, und als wir uns umdrehten, um den anderen zu suchen, konnten wir uns nicht mehr finden.«

Versonnen betrachtete ich ihn. Wir hatten so viel durchgemacht, aber unser Kummer hatte uns nicht näher zusammengebracht, sondern mehr voneinander entfernt. Ich wusste, dass es Gianni schwerfiel, über die Vergangenheit zu reden und seine Gefühle zu offenbaren. Die Tatsache, dass wir nun über die Gründe für das Scheitern unserer Ehe sprechen konnten, war ein echter Durchbruch. Ich hatte gedacht, das Thema sei ein für alle Mal durch, doch jetzt war ich mir dessen nicht mehr so sicher. Und sollte es tatsächlich noch eine Chance für uns geben, war ich wirklich bereit, mir das überhaupt noch einmal anzutun?

Ich kostete einen Löffel meines Schokodesserts. Der Geschmack war exquisit; die warme Schokolade, das kalte Eis und die sauren Sauerkirschen ergänzten sich vortrefflich.

»Chloe, verstehst du jetzt, warum ich es hell haben will? Meine Gerichte brauchen Licht«, sagte er und deutete auf den dunkelroten Kirschlikör und die Sauerkirschen auf meinem weißen Teller. Offenbar wollte er nun ein etwas unverfänglicheres Thema anschlagen – Essen. Mir war das nur recht.

»Da stimme ich dir zu. Wir brauchen helles Licht, damit man die Speisen sehen kann, aber zum Essen sollte es dann ein gedämpfteres Licht sein. Ich habe eine Idee.« Rasch schob ich mir einen Löffel des köstlichen Desserts in den Mund, ehe ich fortfuhr. »Wir werden der Presse eine kleine Lügengeschichte servieren. Jahrelang hat die Presse dich benutzt, um Skandalgeschichten über herumfliegende Teller und angegriffene Gäste zu schreiben, und jetzt werden wir die Presse benutzen. Wir werden erzählen, dass du aus einer Schauspielerdynastie kommst«, sagte ich und machte mit den Armen eine theatralische Geste. Gianni grinste mich an; der Vorschlag schien ihm zu gefallen. »Hör zu: Deine Mutter war eine hervorragende Köchin, aber auch eine begnadete Schauspielerin, und du bist ein Kochgenie mit einer Liebe für die Schauspielerei«, fuhr ich begeistert fort. »Wenn du der Lokalzeitung ein Interview gibst, dann ...«

»Was? Ich soll mit dem krötenmistigen Volltrottel reden, der mein Essen runtergemacht hat?«

»Ganz genau. Und im Restaurant schaltest du am Anfang eines jeden Gangs alle Lichter an, wie Bühnenscheinwerfer. Und wie im Theater können die Gäste dabei zuschauen, was ihnen kredenzt wird, ehe dann das Licht gedämpft wird und die Vorstellung beginnt.«

Wie erwartet fand Gianni den Vorschlag großartig und klatschte in die Hände. Er feierte sein Comeback, sein Talent und meine Ideen befruchteten sich wieder gegenseitig.

»Ich habe noch nie gesehen, dass du in die Hände klatschst«, bemerkte ich. »Eine angenehme Abwechslung zu dem Gianni, der nur mit den Achseln zuckt.«

»Ich bitte um Entschuldigung, aber ich bin nun mal nicht der lustigste Mensch.«

»Das stimmt nicht. Du führst dich oft auf wie eine Dramaqueen, und das ist ziemlich lustig.«

Während er einen Schluck Wein trank, sah er mir tief in die Augen. »Ich bin sehr glücklich ... Das Essen ist gut, ich habe ein eigenes Restaurant«, sagte er.

»Ich freue mich, dass du dein Leben wieder in den Griff bekommst«, erwiderte ich. Einen Moment fragte ich mich, wie es um sein Privatleben bestellt war und ob er das ebenfalls im Griff hatte. War er wieder Single? Oder gab es immer noch die Rothaarige mit ihren endlos langen Beinen und ihren zweifellos akrobatischen Künsten im Schlafzimmer? Sofort ermahnte ich mich, dass mich das nichts mehr anginge, konnte aber der Versuchung nicht widerstehen, ein wenig nachzubohren.

»Bist du auch in deinem Privatleben glücklich?«, platzte ich heraus.

»Ja, und ich habe einen sehr guten Grund dafür.«

Meine gute Laune sackte in den Keller, und mir wurde ein wenig übel. Spielte er auf die Rothaarige an?

»Ja, ich bin in jeder Beziehung sehr glücklich, weil ich eine Namensliste der Leute angefertigt habe, die mir auf TripAdvisor nur einen Punkt gegeben haben. Ich werde sie jagen und ihnen die Kehlen durchschneiden«, knurrte er.

Schockiert starrte ich ihn an, doch zu meiner Erleichterung begann er zu lachen.

»Ich habe dir einen Schreck eingejagt, was? Gianni Callidori ist nicht nur traurig und langweilig, er kann auch Spaß machen.«

Ich trank einen großen Schluck Wein und strahlte ihn an, weil ich mich freute, dass sein Glück nichts mit einer anderen Frau zu tun hatte. Dann widmete ich mich wieder meinem Schokoladenherz, das ein wenig meinem eigenen Herzen glich – zerbrochen und aufgewühlt. Würde es je wieder heil werden?

Gianni lief an jenem Abend zu seiner alten Form auf. Jeder Gang schmeckte einzigartig, das Gemüse war knackig und frisch, der Eintopf herzhaft und aromatisch, die Steaks saftig, die Soßen fein. Die Salate waren mit frischen Kräutern und leckeren Dressings angemacht, die nach Sonne und gleichzeitig nach Weihnachten schmeckten.

Gianni brauchte jemanden, der ihm sagte, wie gut sein Essen war, denn obwohl er es nie zugeben würde, war sein Ego ziemlich angeschlagen. Erst hatte ich ihn verlassen, was er als persönliches Versagen empfunden hatte, und danach war es mit seinem Restaurant den Bach hinuntergegangen.

»Ich habe Dampf gemacht, was?«

»O ja, du hast definitiv Dampf gemacht.« Lächelnd aß ich einen Bissen Steak, das perfekt gebraten war und zusammen mit der herzhaften Soße förmlich im Mund zerging.

»O mein Gott, so einen köstlichen Bratapfel habe ich noch nie gegessen«, seufzte ich wohlig und schob das Schokoladenherz zur Seite, um in den warmen, süßen Apfel zu beißen, der in Feigensirup getränkt und mit Zimt-Schlagsahne garniert war. »Das ist Weihnachten auf einem Teller«, sagte ich, als ich den Brot-und-Butter-Auflauf und das »Eton Winter Mess« aus Cranberry-Marmelade, Zitronenjoghurt und Ingwer kostete. »Das schmeckt wirklich himmlisch, und solange die Portionen groß genug für Erwachsene sind, wird das wie eine Bombe einschlagen.«

Nachdem ich fertig gegessen hatte, besprachen wir jedes Gericht noch einmal im Detail, erörterten die Vor- und Nachteile, den Geschmack und die finanzielle Gewinnspanne. Entspannt lehnte ich mich zurück. Ich fühlte mich in Giannis Gesellschaft so gelöst wie schon lange nicht mehr. Irgendwann verfiel er in Schweigen, und nach einer Weile sagte ich: »Du bist immer sehr verschwiegen, Gianni, gibst nur wenig von dir preis.«

»Ich gebe viel zu viel preis«, antwortete er, und ich fragte mich, was er damit wohl meinte. Deswegen hakte ich nach, in der Hoffnung, mehr aus ihm herauszubekommen.

»Redest du über uns?«

Er nickte. »Ich habe dir alles gegeben, Chloe, aber du bist trotzdem gegangen. Das macht mich traurig, vor allem jetzt, wo wir uns so gut verstehen.«

»Mich macht es auch traurig«, sagte ich leise und senkte den Blick. »Es tut mir leid, dass ich dich verletzt habe,

Gianni. Ich war so mit meinen eigenen Gefühlen beschäftigt, meine Hormone haben verrücktgespielt und ...«

»Meine Hormone auch«, sagte er mit schiefem Grinsen.

Lächelnd strich ich ihm über die Hand. »Ich wünschte, wir hätten damals miteinander geredet, bevor ich gegangen bin. Glaubst du, es ist zu spät für uns, Gianni?«

»Ich weiß es nicht, Chloe«, sagte er, und ich spürte einen Stich im Herzen. Ich war überrascht, wie enttäuscht ich über seine halbherzige Reaktion war. Hatte ich gehofft, er würde von Gefühlen überwältigt sein, mir ewige Liebe schwören und wir würden glücklich bis ans Ende unserer Tage weiterleben? Hatte ich die vagen Signale falsch gedeutet?

Er schien noch etwas sagen zu wollen, wirkte jedoch sichtlich betreten, und erneut fragte ich mich, ob eine andere Frau im Spiel war. Plötzlich wurde die unsichtbare Tür aufgerissen, und Marco stürmte herein. Ich hatte ihn völlig vergessen und hielt erschrocken die Luft an, als er schweigend an uns vorbeimarschierte, die Eingangstür hinter sich zuknallte und in der Dunkelheit verschwand.

»Ist er jetzt gegangen?«, fragte ich panisch, da ich fürchtete, Gianni habe seinen einzigen Angestellten schon wieder verloren.

»Ja, warum fragst du? Du hast ihn doch selbst gesehen.«

»Natürlich habe ich ihn gesehen. Aber er hat sich nicht verabschiedet. Hat er gerade seinen Job hingeworfen? Ist er wegen irgendetwas sauer?«

»Nein, warum sollte er?«

»Er ist einfach wortlos gegangen.«

»Chloe, was erwartest du? Wangenküsse und große Worte? Er war mit der Arbeit fertig und ist nach Hause gegangen. Warum soll er sich lange verabschieden und noch mehr Zeit verlieren?«

»Oh, Verzeihung, ich habe ganz vergessen, dass wir uns im Restaurant von Euer Hochwohlgeboren Gianni befinden, wo Angestellte so unglaublich verhätschelt werden«, giftete ich ihn an.

»Ich bezahle ihn, was willst du mehr? Soll ich ihn am Ende seiner Schicht an mich drücken und abknutschen?«

Genervt verdrehte ich die Augen. Marcos Auftritt hatte die schöne Stimmung zerstört, und wahrscheinlich war das auch gut so. Ich hatte schon einige Glas Wein intus, da war es nicht gerade klug gewesen, über alte Wunden zu sprechen und die Frage aufzuwerfen, ob es für uns wirklich zu spät sei. Ich war mir ja noch nicht einmal meiner eigenen Gefühle sicher. Dennoch hatte ich die letzten beiden Tage sehr genossen. Es war schön, wieder mit Gianni zusammenzuarbeiten, mit ihm für dieselben Ziele zu kämpfen und wieder dieses »Wir gegen die ganze Welt«-Gefühl zu verspüren. Hatte er das auch so empfunden, oder war ich für ihn lediglich eine bequeme Arbeitskraft? War es naiv von mir zu glauben, wir könnten wieder zusammenfinden? Doch jetzt war für solche Fragen eindeutig nicht der richtige Zeitpunkt. Wenn ich morgen früh ausgeschlafen und nüchtern wäre, würde ich mir noch einmal alles durch den Kopf gehen lassen. Es hatte keinen Sinn, ihn mit persönlichen Fragen zu löchern, solange ich nicht wusste, woran ich bei ihm war.

»Wie wollen wir als Nächstes vorgehen?« Es war eine rhetorische Frage, um wieder auf sicheres Terrain zu gelangen. »Ich schlage vor, wir lassen Flyer drucken und verteilen sie in der Gegend.«

»Igitt, wie vulgär!«

»Unsinn. Das machen die meisten Restaurants, aber du kannst dir natürlich auch in der Lokalzeitung eine Seite kaufen.«

»Wie bitte? Ich bezahle die doch nicht dafür, dass sie für mein Essen Werbung machen. Die können froh sein, mich hier zu haben.« Der brummige Meisterkoch war wieder da, hatte den weichen, liebenswürdigen Gianni, in den ich mich einst verliebt hatte, verdrängt.

»Okay, wenn das so ist, müssen wir die Presse mit an Bord holen. Als Erstes musst du den Kritiker, den du attackiert hast, versöhnlich stimmen. Und dann biete ein Preisausschreiben an, das hoffentlich in der Zeitung gedruckt wird, ein simples Rätsel, zum Beispiel: Wie heißt der Vogel, den alle an Weihnachten essen?«

»Möwe?«

»Nein«, erwiderte ich matt.

»Heiliges Hammelbein, das war ein Scherz!«, rief er finster.

»Gianni, bitte sag es mir, wenn du einen Scherz machst, ich kann das gerade bei dir nicht einschätzen.«

Nun lächelte er.

»Wie auch immer, als Preis könntest du ein romantisches Weihnachtsdinner für zwei anbieten, das irgendwann während der Feiertage eingelöst werden kann.«

»Aber jeder wird wissen, dass es sich bei diesem Vogel um den verdammten Truthahn handelt. Soll ich etwa ganz Devon Gratismenüs ausgeben?«

»Ähm, war das wieder ein Scherz?«

»Nein.«

»Okay, natürlich wird jeder die Lösung wissen, aber gerade weil sie so einfach ist, werden die Leute teilnehmen. Fordere sie auf, eine Postkarte mit dem Lösungswort durch die Tür zu schieben, und dann nimmst du wahllos irgendeine Karte. Du kannst das Preisausschreiben natürlich auch auf Twitter ankündigen«, fügte ich hinzu, da mir Robertas Twitter-Werbung für das Café in den Sinn kam. Ich lächelte in mich hinein, als ich an Fred aus der Pommesbude dachte, der geglaubt haben musste, er hätte das große Los gezogen, als er über Twitter zu einer Weihnachtsorgie eingeladen wurde.

»Du bist hübsch, wenn du lächelst«, sagte er unvermittelt.

»Danke.« Er war nie der Typ Mann gewesen, der viele Komplimente machte, von daher war das etwas Besonderes, doch inzwischen war ich mir nicht sicher, ob ich nicht zu viel in alles hineininterpretierte. Ich wurde einfach nicht schlau aus ihm. »Wir müssen irgendwie Publicity für dein Restaurant machen. Sogar das Eiscafé hat eine PR-Managerin, die sich mit Instagram und Twitter auskennt«, sagte ich, um das Gespräch wieder auf die geschäftliche Ebene zu lenken.

»Ich habe keine Ahnung von diesem Twitter-Zeug. Das erledigt alles meine PR-Frau Kim.«

»Offenbar nicht, denn von dir gibt es seit Wochen keinen Tweet mehr«, sagte ich, während ich auf meinem Smartphone durch seine Twitter-Timeline scrollte.

»Ach echt?«

»Hast du sie verärgert?«, fragte ich, obwohl ich die Antwort bereits kannte.

»Sie hat keine Manieren.«

»Oh, verstehe. Es muss eine Zumutung für dich gewesen sein, mit einem unhöflichen Menschen zusammenzuarbeiten.«

Er nickte zustimmend. Für Ironie war er noch nie empfänglich gewesen, und ich fragte mich, ob das an seinen mangelnden Sprachkenntnissen lag oder an seiner mangelnden Selbsterkenntnis. Gianni war ein hoffnungsloser Fall – das Problem war, dass ich schon immer ein Faible für hoffnungslose Fälle gehabt hatte.

»Du kannst meine PR-Managerin sein«, verkündete er hoheitsvoll, als erweise er mir eine besondere Gunst.

»Gianni, ich bin deine Eventmanagerin, aber ich werde tun, was ich kann.« Ich schlug ihm vor, er könne Fotos von seinen Gerichten auf Facebook posten und andere Leute bitten, dies ebenfalls zu tun. Dann wies ich ihn auf die Möglichkeiten von TripAdvisor hin und zeigte ihm auf meinem Smartphone die Seite, auf der sein Restaurant genannt wurde. Leider war das kein sehr kluger Schachzug, da einige seiner Gäste bereits Bewertungen abgegeben hatten, die nicht gerade gut waren. Wie zu erwarten, führte das zu einer endlosen Schimpfkanonade, die mehr oder weniger darin mündete, dass jeder Idiot, der auf TripAdvisor eine Bewertung abgebe, ein ignoranter Hornochse sei. Die Schmährede war mit zahllosen englischen und italienischen Flüchen gespickt und begleitet von wütenden Gesten, was etwas ungünstig war, da wir an einem Fenstertisch saßen und etliche Leute vorbeigingen, die gerade aus dem Pub kamen. In Anbetracht der gnadenlosen Beleuchtung blieb da kaum ein Spielraum für Interpretationen, sodass jeder sehen konnte, wie der Besitzer von Il Bacio sich heute Abend fühlte. Bestimmt könnte ich in Kürze auf Twitter etwas darüber lesen.

»Herrgott, Gianni, reiß dich gefälligst zusammen! Wir sitzen hier wie auf dem Präsentierteller, und du führst dich auf wie ein Irrer.«

»Ich führe mich nicht auf, aber ich habe einen gewissen Standard, und solche miesen Bewertungen auf TripAdvisor sind eine Unverschämtheit.«

Ohne auf seine Bemerkung einzugehen, fuhr ich fort: »Du wolltest meinen Rat, und den sollst du bekommen, nur wird er dir nicht gefallen. Er lässt sich in vier Punkten zusammenfassen: Erstens, sei freundlich. Zweitens, biete die Gerichte an, die du heute für mich gekocht hast. Drittens, sorge für eine weihnachtliche Atmosphäre. Und viertens, reg dich nicht mehr wegen jedem Pieps auf. Wenn du dies alles befolgst, kann nichts mehr schiefgehen«, sagte ich, allerdings nicht wirklich überzeugt. Nachdem nun alles gesagt war, stand ich auf, verabschiedete mich etwas kurz angebunden von Gianni und trat den Heimweg an.

Zurück im Cottage, nahm ich mir vor, nicht mehr an Gianni und sein verdammtes Restaurant zu denken. Trotzdem ging mir ständig im Kopf herum, wie ich diesen kahlen Speisesaal weihnachtlich dekorieren könnte. Es war ja nicht so, dass ich Gianni umgarnen oder dass ich das Cottage mit Lametta vollhängen und Weihnachtslieder singen wollte, doch ein Teil von mir begann, offen gestanden, schwach zu werden – in beiderlei Hinsicht.

Weihnachten und Gianni waren für mich untrennbar miteinander verbunden – wir hatten uns in der Weihnachtszeit kennengelernt, hatten an Weihnachten geheiratet, und unsere gemeinsamen Weihnachtsfeste waren früher von einem großen Zauber gewesen. Selbst jetzt noch spürte ich ein sehnsüchtiges Kribbeln im Bauch, wenn ich im Radio ein Weihnachtslied im Radio hörte oder irgendwo einen Weihnachtsbaum sah. Was vermisste ich wirklich – die blinkenden Lichterketten und den Weihnachtskranz an der Tür oder Weihnachten mit Gianni?

Kapitel Zwölf

Ein pinkfarbener Spitz und ein russischer Tänzer

Am nächsten Tag arbeitete ich von zu Hause aus und brach am späten Nachmittag zu einem Spaziergang an der Promenade auf. Die Wellen schlugen krachend auf dem Strand auf, die Gischt sprühte mir ins Gesicht, Schneeflocken blieben an meinen Wimpern hängen, doch ich genoss die eisige, klare Luft. Ich wollte gerade den Feinkostladen betreten, als ich Roberta erspähte. Sie trug einen pinkfarbenen Mantel und hatte mehrere bunte Schals um den Hals gewickelt. In ihrer Begleitung befand sich ein flauschiger kleiner Hund, der in einen pinkfarbenen Schneeanzug mit integrierten Stiefelchen gehüllt war.

Ich blieb stehen, um Roberta zu begrüßen. »Was für ein süßer Hund«, rief ich, während ich mich bückte, um ihn zu streicheln.

»Das ist Delilah«, sagte Roberta stolz. »Wir haben die Kleine geerbt. Sie ist ein wahrer Sonnenschein, und wir sind unzertrennlich.«

»Das kann ich mir vorstellen«, sagte ich wehmütig, da mir sofort mein Schneeflöckchen in den Sinn kam, das ich immer noch schmerzlich vermisste.

»Sie ist ein Spitz, hält sich aber für einen Bernhardiner«,

sagte Roberta schmunzelnd. »Du bist ein starkes, resolutes kleines Mädchen, nicht wahr, Delilah?«, fügte sie hinzu, woraufhin das Hündchen im Kreis herumsprang und zustimmend mit dem Schwanz wedelte. »Ich möchte für sie ein Bühnenkostüm schneidern, das zu meinem Beyoncé-Outfit passt.«

»Ähm, warum nicht?«, erwiderte ich und dachte bei mir, dass in diesem Ort kein Mangel an schrägen Gestalten herrschte – wahrscheinlich war das ein Grund dafür, weshalb ich mich hier so wohlfühlte.

»Ja, heute Abend nähen wir unsere Bühnenkostüme, nicht wahr, Delilah?«, sagte Roberta und hob den kleinen Hund hoch, der tatsächlich falsche Wimpern hatte. »Und dann werden wir uns *Strictly Come Dancing* anschauen und uns was Leckeres gönnen, und damit meine ich nicht den sexy russischen Tänzer«, fügte sie grinsend hinzu.

Wir unterhielten uns über die Fallstricke, die ein Date mit einem Russen haben konnte. Roberta berichtete mir, sie habe Putin einen Tweet geschickt, aber offenbar sei sein Englisch nicht besonders gut. »Ich mache mir Sorgen, was er als Nächstes anstellen wird«, seufzte sie. »Ach, Chloe, zurzeit geht es in der Welt wirklich schlimm zu, Putin, Trump, von Syrien mal ganz zu schweigen. Als die bezaubernde Angela Rippon noch Nachrichtenmoderatorin bei der BBC war, gab es diese grausigen Dinge nicht.«

Wir stimmten ein Klagelied über den Verlust der Moderatorin an, dann sagte Roberta, sie müsse jetzt unbedingt zu ihrem Yogakurs.

»Macht Delilah auch Yoga?«, fragte ich scherzhaft.

»Selbstverständlich«, erwiderte sie völlig ernst. »Delilahs Hund-Stellung ist sensationell.« Und damit eilte sie weiter.

Lächelnd sah ich ihr nach. Ich hoffte, ich würde im Alter von 79 Jahren wenigstens halb so viel Energie haben wie Roberta und das Leben genießen.

Als ich den Feinkostladen betrat, stockte mir der Atem angesichts der vielen hübsch verpackten Delikatessen: hausgemachte Feigenmarmelade, ein riesiger Weihnachtspudding, garniert mit Nüssen und eingelegten Früchten, ein Weihnachtskuchen mit Zuckerguss und Marzipan.

Sogleich erinnerte ich mich an den Weihnachtskuchen vom letzten Jahr, der unangetastet geblieben war. Gianni war am Weihnachtsabend sehr spät von der Arbeit nach Hause gekommen. Er kam immer spät, aber diesmal war es drei Uhr morgens, er war betrunken, und das brachte für mich das Fass zum Überlaufen. Der Weihnachtsabend war immer »unser Abend« gewesen, da er gleichzeitig unser Hochzeitstag war. In den letzten Jahren war unsere intime Feier zu zweit aus Termingründen manchmal ausgefallen, deshalb hatte ich Gianni gebeten, es dieses Jahr möglich zu machen. Ich hatte alle Hoffnung auf diesen Abend gesetzt, der unsere Liebe vielleicht wieder neu entfachen könnte. Deshalb war ich extra von einem Auslandsauftrag zurückgeflogen, um rechtzeitig an Weihnachten in London zu sein. Ich hatte Gianni mitgeteilt, dass ich ihn dabeihaben wolle, wenn ich drei besondere Kugeln an den Baum hängte, zwei rosafarbene und eine blaue Kugel für die Babys, die wir verloren hatten. Dieses kleine Ritual vollzog ich schon seit Jahren, manchmal mit Gianni, manchmal allein, und es bedeutete mir sehr viel, weil es von Liebe und nicht von Trauer geprägt war. Solche kleinen Dinge waren für mich sehr wichtig, und Gianni wusste das. Und weil ihm eigentlich klar war, wie kostbar unsere gemeinsame Zeit war, verletzte es mich, dass er nicht früher oder zumindest nüchtern nach Hause gekommen war. Er versuchte sich herauszureden und meinte, dass er es nicht ertragen könne, mich weinen zu sehen. Seine Botschaft drang nicht zu mir vor, denn ich war zu traurig, um ihm zuzuhören.

Ich erklärte ihm, dass ich mich von ihm trennen wolle, weil ich einsam und unglücklich sei und wir sowieso nur noch nebeneinanderher leben würden. Trotz seines benommenen, alkoholisierten Zustands war er geschockt, denn ich hatte bisher noch nie von Trennung gesprochen. Doch jetzt war ich fest entschlossen. Cherry war vor einer Woche nach Australien gezogen und hatte mir ihren Wohnungsschlüssel gegeben, damit ich hin und wieder nach dem Rechten sah, ehe der neue Besitzer einzog. Und so ging ich morgens um vier in die kalte Nacht hinaus, ließ Gianni allein zurück.

Heute erkannte ich, dass ich überreagiert hatte, weil ich zu sehr in meinem eigenen Kummer gefangen gewesen war, um mir über seine Gefühle Gedanken zu machen. Er hatte genauso wie ich darunter gelitten, dass sich unser Traum einer Familie nicht erfüllte, doch er hatte es akzeptiert und niemals unsere Ehe infrage gestellt. Ich hingegen hatte an ihm gezweifelt und ihn zurückgestoßen, statt meinen Kummer mit ihm zu teilen.

Ich wünschte, er hätte öfter mit mir gesprochen, mir erzählt, wie es in ihm aussah, aber wahrscheinlich hätte ich ihm gar nicht zugehört. Ich war so besessen gewesen von dem Wunsch nach einem Kind, dass ich alles andere beiseiteschob. Als ich mich dann irgendwann der Tatsache stellte, dass ich keine Kinder haben würde, verschlang meine Arbeit den Großteil meiner Zeit, und ich schloss Gianni erneut aus meinem Leben aus. Es war, als liefen wir voreinander davon, und bei den seltenen Gelegenheiten, an denen wir beide zu Hause waren, redeten wir über die Arbeit, statt uns damit auseinanderzusetzen, was zwischen uns als Paar passierte.

Ich kaufte im Feinkostladen ein Glas Feigenmarmelade und machte mich dann auf den Heimweg. Zu Hause angekommen, war ich so durchgefroren, dass ich mir ein Bad einließ. Wohlig ließ ich mich dann in das warme, nach Vanille duftende Schaumbad gleiten, schloss die Augen und verlor mich wieder in Erinnerungen. In den vergangenen Monaten hatte ich Gianni oft dahin gewünscht, wo der Pfeffer wächst, aber nun wollte ich ständig nur in seiner Nähe sein. Das Wiedersehen mit ihm hatte mich aus meiner Lethargie gerissen und längst erloschen geglaubte Gefühle neu entfacht. Dennoch war mir bewusst, dass ich darauf achten musste, was mir guttat und was nicht. Auf jeden Fall entspannte mich das Bad und vertrieb für eine Weile alle trüben Gedanken.

Nach dem Bad kuschelte ich mich in meinem Morgenmantel gemütlich auf das Sofa, als mein Telefon klingelte. Ich hoffte, es sei Gianni, der sich ein Herz gefasst hatte und mir sagen würde, dass er sich nach mir sehne. Ich blickte auf das Display und hätte vor Schreck beinahe aufgeschrien. Es war Nigel, und ein Telefonat mit diesem Nerd konnte ich jetzt weiß Gott nicht brauchen! Als ich an unsere Begegnung in der U-Bahn dachte, überfiel mich ein Anflug von schlechtem Gewissen, weil er Weihnachten womöglich allein verbringen musste. Aber ich wollte jetzt auf keinen Fall mit ihm sprechen, also ignorierte ich das

Läuten und schenkte mir ein großes Glas Rotwein ein. Es war noch etwas zu früh dafür, aber ich brauchte das jetzt. Als mein Telefon im Minutentakt läutete, ging ich wutschnaubend dran, um Nigel ordentlich die Meinung zu geigen.

»Pass auf, Nigel, es tut mir leid, aber ich will dich nicht mehr treffen, und Weihnachten werde ich allein verbringen«, schnauzte ich ihn an.

Am anderen Ende der Leitung herrschte Stille, und ich fragte mich schon, ob ich nicht ein wenig zu barsch gewesen war, als jemand sagte: »Ist da Chloe?« Der italienische Akzent war unverkennbar.

»Oh ... Gianni ... Ich dachte, es sei ...«

»Ja?«, fragte er kühl. Die Wärme und der scherzhafte Unterton von gestern Abend waren komplett verschwunden.

»Ähm, also ... Ich dachte, es sei Nigel. Er ist nur ein Stalker«, fügte ich hinzu, als würde das irgendetwas erklären.

»Dein Privatleben geht mich nichts an«, sagte er schroff.

»Ach, Gianni, lass das. Ich habe dir doch gesagt, dass ich keinen anderen Mann habe.« Abgesehen davon, dass dies die Wahrheit war, wollte ich ihn auch nicht verletzen.

»Wir sind getrennt, also geht mich das nichts an.«

Sein Ton verriet klar, dass er schmollte, und so albern es sein mochte, mir gefiel es, dass Gianni eifersüchtig auf einen anderen Mann war. Irgendwie verstand ich das auch, denn mir ging es nicht anders, wenn ich an die Rothaarige mit ihrer wallenden Mähne und ihrer perfekten Figur dachte.

»Schon klar, wir sind getrennt. Deshalb würde ich dich

auch nicht anlügen, wenn ich tatsächlich einen Freund hätte«, sagte ich etwas patzig. »Wie auch immer«, war Giannis Antwort darauf, »dein Liebhaber interessiert mich nicht. Ich brauche deine Hilfe. Du hast scheinbar aller Welt von meinem Restaurant erzählt, mit dem Ergebnis, dass ich für heute Abend etliche Reservierungen habe. Aber wie soll ich das schaffen ohne Personal?«

»Aha, dann sind die Betreiber des Eiscafés also tätig geworden. Willst du mir etwa einen Vorwurf daraus machen, dass ich dir Gäste besorgt habe?«, sagte ich lachend. »Die Mädels aus dem Eiscafé haben versprochen, Reklame für dich zu machen, das ist also nicht allein mein Verdienst.«

Er stöhnte.

»Wie viele Gäste erwartest du denn?«

»Fünfzehn.«

»Nur? Ich dachte schon, es wären vierzig oder fünfzig.«

»Du hast gut lachen. Marco und ich müssen uns wie die Irren abstrampeln, damit die Leute ihre verdammte Hausmannskost kriegen. Aber wer soll das Essen servieren?«, bellte er wütend ins Telefon, und ich musste mir ein Kichern verkneifen. Fairerweise musste ich jedoch zugeben, dass ich für die Reservierungen verantwortlich war. Ich konnte Gianni jetzt nicht hängen lassen, auch wenn ich laut Vertrag als Eventmanagerin und nicht als Kellnerin eingestellt war. Wohl oder übel musste ich so lange in den sauren Apfel beißen, bis Gianni neue Kellner hatte.

»Du musst kommen, Chloe. Die ersten Gäste haben für acht Uhr reserviert, du solltest also deinen Hintern in Bewegung setzen.«

»Dasselbe gilt für dich. Aber keine Angst, ich bin gleich da«, entgegnete ich.

Es war jetzt fünf Uhr, bis die ersten Gäste kämen, könnten wir mit allem fertig sein. Während Gianni und Marco in der Küche waren, könnte ich mich um die Weihnachtsdekoration kümmern, damit das Restaurant etwas einladender wirkte. Das würde die Gäste hoffentlich in eine friedliche Grundstimmung versetzen. Für den Fall, dass der Service nicht ganz so reibungslos liefe, könnte ich sie mit einer kleinen Notlüge besänftigen und sagen, dass das Servicepersonal mit Grippe daheim sei. Rasch zog ich mich an und sprang aufgeregt in den Wagen.

Bei der Ankunft im Restaurant begrüßte mich Gianni mit seinem üblichen unverbindlichen Halblächeln, wohingegen Marco wie immer keine Miene verzog. Ich sah Gianni an, dass er immer noch wegen Nigel schmollte, den er für meinen neuen Freund hielt. »Was soll ich tun?«, fragte ich heiter, worauf er unwirsch brummte: »Die verdammten Tische müssen gedeckt werden.«

Ich wollte mich nicht über sein beleidigtes Getue ärgern, irgendwann würde er sich schon wieder abregen. Trotzdem würde ich zu gerne wissen, was es mit dieser Rothaarigen auf sich hatte. Vielleicht war es ja nur eine belanglose Geschichte gewesen, die vorbei war, ehe sie richtig begonnen hatte? Aber jetzt war nicht der richtige Zeitpunkt, mich mit ihm darüber zu streiten, wer sich mit wem traf.

Ich stellte Geschirr und Besteck auf einen Servierwagen, schob ihn in den Speisesaal und ließ ihn dort stehen, um erst einmal meine Tüten mit den Weihnachtsdekorationen zu öffnen. Nachdem ich kleinere Dekoelemente auf den großen weißen Tischen verteilt hatte, begann ich die riesigen Fensterfronten zu schmücken.

Anschließend widmete ich mich der Deckendekoration,

stellte mich auf Stühle, balancierte auf Tischen und wäre einige Male fast heruntergefallen. Die glitzernden Elemente befestigte ich im schiefen Winkel zur Deckenbeleuchtung, damit sie schön funkelten. Dann stellte ich Kerzen auf die Tische und platzierte sie so, dass der Tischschmuck im Kerzenlicht gut zur Geltung kam. Während ich zufrieden vor mich hin dekorierte, ging ich ein paar Mal raus und rein, um mir ein Bild davon zu machen, welchen Eindruck die Gäste beim Betreten des Restaurants hatten.

Um 19 Uhr war ich schließlich mit allem fertig und sehr zufrieden mit meiner Arbeit. Ich hatte die verzauberte Winterwelt geschaffen, die ich von Beginn an vor Augen gehabt hatte. Noch einmal ging ich in die klirrende Kälte hinaus und blickte durch die Fensterscheiben: Ich hatte genau das richtige Gleichgewicht zwischen Glitzer und weihnachtlicher Atmosphäre erreicht, ohne es zu übertreiben. Das Restaurant sah immer noch sehr sauber und weiß aus, hatte nun aber den Touch der Zauberwelt von Narnia. Während ich draußen stand und zufrieden mein Werk begutachtete, öffnete sich die unsichtbare Tür, und Gianni kam in den Speisesaal. Ich wartete darauf, dass er mich bemerkte und zu mir nach draußen eilte, um mir zu danken. Okay, das war vielleicht etwas zu viel Wunschdenken, dennoch konnte ich es kaum erwarten, das freudige Aufleuchten in seinem Gesicht zu sehen.

Gespannt beobachtete ich, wie er sich ein wenig verwirrt umsah. Doch je länger er sich umsah, desto übellauniger wurde seine Miene. Anscheinend war er über mein Werk nicht so erfreut, wie ich gehofft hatte. Ich beschloss, reinzugehen und mir anzuhören, was er zu sagen hatte.

»Was zum Teufel hast du gemacht?«, fuhr er mich an, sobald er mich erblickte.

»Es ist hübsch, oder?«, fragte ich zaghaft nach.

»Du hast mein Restaurant in ein gottverdammtes Las Vegas verwandelt!«

»Nein, mit Las Vegas hat das nichts zu tun. Ich habe eine weihnachtliche Atmosphäre geschaffen«, widersprach ich. War der Mann denn blind?

»Ha, Jamie hätte sicher seine helle Freude daran«, wetterte er. Das war eindeutig als Beleidigung gemeint. Er war rasend eifersüchtig auf alle Fernsehköche, vor allem auf Jamie Oliver, und nutzte jede Gelegenheit, um gegen sie zu stänkern.

»Ich wollte nur ein wenig weihnachtliche Stimmung ins Restaurant bringen. Ich dachte, das würde den Gästen gefallen.«

»Wenn du noch mehr Ideen hast, wie du mein Restaurant in eine Glitzerbude verwandeln kannst, dann frag mich gefälligst vorher.« Ich holte gerade zu einer gesalzenen Antwort aus, als er auf die unsichtbare Tür zustürmte, sich mit seinem ganzen Gewicht gegen die Wand stemmte und mit dem Kopf dagegen knallte. Laut fluchend hielt er sich den Kopf und tastete dann die Wand nach der Tür ab.

»Geschieht dir ganz recht«, zischte ich und folgte ihm in die Küche, um meinen Mantel zu holen.

»Wo willst du hin? Wir öffnen in einer knappen Stunde«, sagte er, als ich mir wortlos meinen Mantel schnappte und zur Tür ging.

Wutschnaubend drehte ich mich zu ihm. »Ich habe gerade zwei Stunden damit verbracht, in diesen sterilen Raum etwas Zauber und Wärme zu bringen. Die Dekoration ist weihnachtlich, aber zugleich stilvoll und schlicht, ein passendes Ambiente für dein neues Weihnachtsmenü. Jamie Oliver würde Freudentränen verdrücken, Gordon Ramsay würde vor mir auf die Knie gehen – aber du maulst nur herum.«

»Du hast mein Restaurant in eine blinkende Jahrmarktbude verwandelt.«

»Jetzt reicht es mir, du blöder Miesepeter!«

Ich rauschte zur Küchentür, doch was ich für die Tür hielt, erwies sich als unnachgiebige Wand. Mir passierte das Gleiche wie vorhin Gianni: Ich knallte mit dem Kopf gegen die Wand. Diesmal fand ich es allerdings nicht so lustig.

»Und das da«, fauchte ich und deutete auf die Wand mit der unsichtbaren Tür, »ist einfach nur lächerlich!«

Sobald ich die Tür gefunden hatte, schritt ich etwas zu schnell hindurch und geriet auf den verdammten weißen Fliesen ins Rutschen, schaffte es aber zum Glück, nicht der Länge nach hinzufallen. Etwas vorsichtiger bewegte ich mich weiter, denn ich wollte nicht mit gebrochenen Beinen auf dem Boden liegen, wenn die ersten Gäste kamen. Plötzlich packte mich jemand von hinten am Arm und wirbelte mich herum. Ich geriet aus dem Gleichgewicht, stolperte in Gianni hinein und landete mit dem Gesicht an seiner weißen Küchenschürze. Mit geschlossenen Augen atmete ich den vertrauten kräftigen Geruch nach Rasierwasser, Wacholder und Rauch in mich ein. Ich schwankte zwischen Wut und Anziehung. Mein Verstand riet mir, mich loszureißen und das Weite zu suchen, meine Hormone säuselten, ich solle noch ein Weilchen verharren und mich an diesem köstlichen Geruch erfreuen.

»Chloe, warum bist du so wütend auf mich?«

»Weil du mich ständig kränkst und es nicht einmal merkst«, antwortete ich, während ich immer noch an ihn gelehnt war. Er war so groß und stark, und ich hatte dieses unwiderstehliche Verlangen, die Arme um seine Mitte zu schlingen, das Gesicht an seine Brust zu schmiegen und seinen Geruch tief in mich einzuatmen, wie ich es früher immer getan hatte. Ich wollte für immer in seinen Armen liegen, seine betörende Nähe fühlen. Plötzlich fiel mir wieder ein, warum ich aus der Küche gestürmt war. »Ich habe hart gearbeitet, um diesem Raum einen festlichen Anstrich zu geben.« Ich trat einen Schritt zurück und deutete auf die Dekorationen, die überall im Speisesaal glitzerten und blinkten und eine magische Stimmung erzeugten.

»Du bist sauer auf mich, weil ich nicht sage, dass ich so etwas Schönes noch nie gesehen habe.«

»Unsinn, darum geht es nicht. Ich habe mir wirklich Mühe gegeben, wollte dir helfen und dich glücklich machen, aber du tust nichts anderes, als mich zu beleidigen«, sagte ich, den Tränen nahe. Ich war traurig, wütend und fühlte mich überhaupt nicht wertgeschätzt. »Gianni, verstehst du denn nicht? Ich habe das Gefühl, dass ich dich im Stich gelassen und enttäuscht habe. Ich wollte dir einfach beweisen, dass ich nicht in jeder Hinsicht eine Enttäuschung bin.«

»Das habe ich nie behauptet. Ich habe nur ...«

»Herrgott, du kapierst es wirklich nicht, was? Selbst jetzt will ich alles richtig machen, will es wiedergutmachen ...« Der Damm war gebrochen, und alles, was ich so lange weggesperrt hatte, strömte aus mir heraus.

»Du willst wiedergutmachen, dass du mich verlassen hast?«, fragte er überrascht über meinen jähen Ausbruch.

»Nein, ich will wiedergutmachen, dass ich dich enttäuscht habe. Ich konnte dir kein Kind schenken ... Ich kann dir nie das geben, was du willst, und jetzt versage ich sogar bei der Weihnachtsdekoration.« Ich brach in Tränen aus, und sofort legte Gianni tröstend die Arme um mich.

»Früher war das anders gewesen«, fuhr ich schniefend fort. »Unser erstes Restaurant war jedes Jahr zu Weihnachten mit billigem Glitzerzeug geschmückt, aber du hast es geliebt. Du hast in deinen Panettone eine Krippenszene geschnitzt, und ich bin stundenlang auf der Leiter gestanden und habe bunte Lichterketten aufgehängt«, schluchzte ich.

Seine Augen leuchteten auf. »Und ich habe Glühwein gemacht, wir haben uns zugeprostet und uns *Buon Natale* gewünscht.«

Ich nickte. »Und wir haben uns ausgemalt, wie irgendwann eines unserer Kinder den Stern an der Christbaumspitze befestigt«, sagte ich lächelnd. Normalerweise hatte ich bei diesem Thema immer einen Kloß im Hals, doch jetzt fühlte ich mich warm und geborgen, weil Gianni bei mir war, der einzige Mensch, mit dem ich diese Erinnerungen teilen konnte.

»Und wie sie uns frühmorgens aufwecken, damit wir zusammen nachsehen, was *Babbo Natale* auf seinem Schlitten gebracht hat«, fügte er lächelnd hinzu.

»Und als ich das erste Baby verlor, waren wir zwar traurig, aber wir waren ganz sicher, dass wir noch alle Zeit der Welt haben würden und im nächsten Jahr womöglich schon zu dritt wären. Aber dann wurde es wieder Weihnachten und wieder und wieder, und es waren keine kleinen Kinder da, die uns beim Schmücken des Baumes halfen und uns ständig aufgeregt fragten, wann der Weihnachtsmann denn endlich käme. Dann hast du das neue Restaurant geleitet, und ich hatte die letzte Fehlgeburt. An diesem Weihnachten habe ich wie immer unsere Kartons mit Weihnachtsdekorationen und die klapprige Leiter ins Auto gepackt und bin zu dir in dein neues Restaurant gefahren. Du warst beschäftigt, hast dich dann aber doch von der Arbeit losgerissen und mir geholfen, den Baum zu schmücken. Doch das war nicht das Gleiche, es gab keine Vorfreude, keine Hoffnung, und wir redeten nicht über das nächste oder übernächste Jahr, weil wir die Leere nicht ertrugen, die sich vor uns erstreckte.

Gianni, du warst ganz auf dein Restaurant fixiert, und ich war nur damit beschäftigt, schwanger zu werden, war so besessen von meinem Kinderwunsch, dass ich an nichts anderes denken konnte und nur darauf wartete, dass mein nutzloser Schoß endlich Früchte trug.«

Zart strich er mir über die Hand. »Ja, ich wollte Kinder haben, Chloe. Aber ich konnte dich nicht länger leiden sehen. Hätte ich mich entscheiden müssen, ich hätte mich immer für dich, nicht für ein Kind entschieden. Wir konnten nicht gewaltsam etwas erzwingen, das uns vom Schicksal nicht beschieden war. Jeder Verlust verursachte so unendlich viel Leid, und jedes Mal starb ein Teil von uns mit«, sagte er mit Tränen in den Augen.

»Jetzt sehe ich das ein, aber damals war ich in einem psychischen Ausnahmezustand. Es fiel mir ungeheuer schwer, mich damit abzufinden, dass es keinen Sinn hatte, es noch weiter zu versuchen. Ich fühlte mich so nutzlos, hatte keine Aufgabe, niemand brauchte mich. Ich war nicht einmal imstande, dir Kinder zu schenken.«

»Ach, Chloe, ich weiß, das war eine schwere Zeit für

dich. Ich habe mich damals so hilflos, so ohnmächtig gefühlt.«

»Du warst vermutlich nahe dran, mich aufzugeben.«

»Niemals!«, widersprach er so heftig, dass ich verblüfft zusammenzuckte.

»Ich war deprimiert, konnte nicht mehr klar denken. Ich musste aus der Ehe ausbrechen, um herauszufinden, wer ich überhaupt bin und was ich will«, sagte ich.

»Es tut mir so leid. Ich war ein Idiot. Ich war so mit dem neuen Restaurant beschäftigt, dass ich dich verloren habe.«

»Ich versuche nur, die Dinge aus meiner Perspektive heraus zu erklären, wie ich mich fühlte und warum ich mich so und nicht anders verhielt. Damals habe ich mich selbst nicht verstanden, aber durch die Trennung gelang es mir, die Dinge aus der Distanz zu betrachten, als würde ich durch ein Fenster schauen und uns beiden zusehen. Mir wurde klar, dass ich meinen eigenen Platz in der Welt finden musste. Und lernen, dass ich als Frau nicht weniger weiblich war, nur weil ich keine Kinder habe. Ich wollte die beste Mom der Welt werden, und als ich erkannte, dass dies nicht möglich war, habe ich mich darauf konzentriert, in einem anderen Bereich die Beste zu werden. Also machte ich Karriere und vergrub den Kummer im hintersten Winkel meines Herzens.«

»Wie konntest du jemals einen so dummen, nichtswürdigen Trottel wie mich lieben, Chloe?«, rief er und schlug sich mit der Faust gegen die Stirn.

»Pass auf, ich habe dir das nicht erzählt, um dir Schuldgefühle zu machen. Mit Schuldgefühlen haben wir uns, weiß Gott, lange genug herumgequält. Ich wollte dir einfach nur klarmachen, wie sehr du mich immer noch verletzen kannst. Bis heute Abend war mir das selbst nicht bewusst gewesen – bis du meine verzauberte Winterwelt als Glitzerbude bezeichnet hast.«

»Deine Dekoration ist wunderschön ...«

»Das musst du nicht sagen, Gianni«, seufzte ich, denn das spielte jetzt keine Rolle mehr. Energisch wischte ich mir die Tränen weg und straffte die Schultern. Ich musste mich wieder in den Griff bekommen; es war nicht meine Art, in Selbstmitleid zu zerfließen. »Das Dekorieren war einfach nur richtig viel Arbeit, und da hätte ich mir ein wenig Anerkennung gewünscht«, sagte ich in einem sachlicheren Ton.

»Es ist verdammt gut geworden, Chloe«, sagte er. »Das meine ich ehrlich. Ich habe so lange in einem Elfenbeinturm gelebt, dass ich den Instinkt für die Bedürfnisse normaler Gäste verloren habe. Du bringst wieder Glanz in mein Leben ... Das habe ich vermisst.« Mit sanfter Gewalt dirigierte er mich in die Küche zurück, wo er mir ein Glas Wein einschenkte und mir tief in die Augen sah.

Mein Inneres fühlte sich wie warme Schokolade an. »Genau das wollte ich auch. Glanz in dein Leben bringen. Oder vielmehr in dein Restaurant«, erwiderte ich.

»Weißt du, Chloe, du bist für mich immer noch die schönste Frau der Welt«, stieß er heiser hervor.

Der intime Moment wurde jäh unterbrochen, als Marco in der Küche auftauchte. Er hatte einen großen Sack Kartoffeln dabei, den er zwischen uns auf die Theke knallte. »Nehmt euch doch ein Zimmer«, murmelte er, und seine Miene verriet, wie unmöglich er unser Verhalten fand.

Mir schoss die Röte in die Wangen. Um meine Verlegenheit zu überspielen, schlug ich Gianni vor, sich um das Schälen des Gemüses zu kümmern. Gianni drückte kurz meine Hand. Inmitten der blubbernden Töpfe und brutzelnden Pfannen sahen wir uns einen winzigen Moment lang tief in die Augen, und die Welt um uns herum versank.

Kapitel Dreizehn

Erste Gäste und ein letzter Tanz

Kurz vor acht Uhr trudelten die ersten Gäste ein. Es war eine gemischte Truppe, und ich fragte mich, ob sie tatsächlich aus kulinarischem Interesse oder lediglich aus Sensationsgier gekommen waren. Nach etwa einer halben Stunden tauchten einige vertraute Gesichter auf: Ella und Roberta sowie deren in ein schillerndes Paillettenkleid gehüllte Freundin Sue und eine glamouröse ältere Blondine, die mir als Gina, die Mitbesitzerin des Eiscafés, vorgestellt wurde.

»Was für ein wunderschöner Saal! Man kommt sich vor wie in einem verwunschenen Eispalast«, sagte Sue, als ich die Damen an einen großen runden Tisch führte.

»Wie im Märchenland sieht es hier aus«, stimmte Ella begeistert zu.

»Haben Sie auch italienische Gerichte?«, erkundigte sich Roberta. »Wie Sie sehen, sind wir eine große italienische Familie.«

»Das wird kein Problem sein«, sagte ich. »Der Chefkoch ist schließlich Italiener.«

»O *Mamma mia*!« Sie klatschte in die Hände. »Sue hat mir erzählt, er ist ein großer, finsterer Italiener, der keine

Kompromisse eingeht.« Begierig nach mehr Details schob sie die Brust nach vorn.

»Mmh, das trifft ihn ganz gut«, erwiderte ich lächelnd. »Ich hoffe, er ist heute Abend etwas milder gestimmt.«

»Wie ich gehört habe, soll er ziemlich frech sein«, sagte sie mit einem Augenzwinkern.

Lächelnd nahm ich die Bestellung auf und begrüßte zwischendurch andere Gäste. Ich erzählte allen, dass wir leider akuten Personalmangel hätten, aber dennoch unser Bestes geben würden. Alle Gäste schienen dafür Verständnis zu haben und nahmen ihre Plätze ein. Ich versorgte sie mit Getränken und war permanent mit Nachschenken beschäftigt. Mir war das sehr recht, denn so fiel weniger auf, dass es mit dem Servieren des Essens doch etwas dauerte. Als ich durch die unsichtbare Tür (auf die ich, sehr zu Giannis Verdruss, einen glitzernden Stern geklebt hatte, damit sie leichter zu finden war) in die Küche kam, teilte Gianni mir unter lautem Gefluche mit, dass der Backofen verrücktspiele und ständig ausgehe.

»Dieses blöde Teil wird alles ruinieren«, schimpfte er und trat gegen den Herd, worauf dieser auf wundersame Weise wieder anging.

»Heiliges Hammelbein, schnell, bevor das Mistding wieder ausgeht!«, brüllte Gianni, während Marco und er fieberhaft Gerichte in die Backröhre schoben, als würden sie Kohle in einen Schmelzofen schaufeln. Die angespannte Stimmung in der Küche war nahezu greifbar, was vielleicht auch mit den beiden Auszubildenden zu tun hatte, die Gianni zwischendurch eingestellt hatte und die nur im Weg herumstanden. Gianni schien jeden Moment zu explodieren, und so kehrte ich rasch in den Speisesaal zurück.

Da es noch keine Speisen gab, die ich servieren konnte, schenkte ich weiter Getränke nach, doch nach einer Dreiviertelstunde begannen einige Gäste zu fragen, was denn mit ihrem Essen sei. Ich erklärte, es dauere etwas länger, weil der Chefkoch Perfektionist sei, aber das Warten würde sich auf jeden Fall lohnen. Mir war fast schlecht vor Nervosität, und ich betete zu Gott, Gianni würde sein Bestes geben und der Abend würde ohne Dramen, Beschwerden und negative Bewertungen bei TripAdvisor verlaufen. Ella und die Mädels waren trotz der Wartezeit bester Stimmung, freuten sich über ihre immer neu gefüllten Gläser und erfanden neue Cocktailrezepte.

»Ich möchte einen italienischen Hengst«, sagte Roberta, als ich an den Tisch kam, um die Getränkebestellung aufzunehmen.

»Hm, dieses Getränk kenne ich nicht«, erwiderte ich.

»Das ist auch kein Getränk. Ich will einfach so einen feurigen italienischen Hengst haben.« Sie brach in brüllendes Gelächter aus, worauf Sue ihr auf den Rücken schlug und Gina, die glamouröse Blondine, die Augen verdrehte.

»Ich habe einmal die Nacht mit Sylvester Stallone verbracht«, erzählte Gina. »Der war definitiv ein italienischer Hengst.«

»Wow, wenn einer Ihrer Filmstarfreunde irgendwann nach Appledore kommen sollte, müssen Sie ihn unbedingt zum Essen hierherbringen«, sagte ich. Ich war mir nicht sicher, ob Gina tatsächlich so eng mit all diesen Prominenten befreundet war, wie sie durchblicken ließ, aber die PR-Frau in mir schlug für den Fall der Fälle schon einmal die Werbetrommel.

»Roberto Riviera will mich nach den Feiertagen hier besuchen«, sagte sie nonchalant. Ich schnappte nach Luft, denn Roberto Riviera war nicht nur einer von Giannis Lieblingsschauspielern, sondern es wäre auch eine fantastische Werbung für das Restaurant, wenn er hier einkehren würde. Ich sah schon die Schlagzeilen vor mir: »Italienischer Filmstar diniert im Il Bacio« und darunter ein Foto von Gianni und Roberto, wie sie sich bei einem Teller Pasta zuprosten.

»Ich habe Roberto in *Loveless Nights* gesehen«, sagte Sue mit verträumtem Blick. »Er muss jetzt in den Siebzigern sein, sieht aber immer noch großartig aus.«

»Also ich würde ihn nicht von der Bettkante schubsen«, sagte Roberta und blinzelte mir zu.

»Ich auch nicht«, bemerkte Sue grinsend, und beide Frauen begannen wie Schulmädchen zu kichern.

»Roberto würde es hier bestimmt supergut gefallen«, sagte Gina, während sie sich anerkennend im Restaurant umblickte. Eine kribbelnde Erregung durchströmte mich; Roberto Riviera war ein bekannter Hollywoodstar, der mit Al Pacino und Robert de Niro verkehrte. Er wäre für das Restaurant die beste Reklame, die man sich wünschen könnte, also bohrte ich ein wenig nach.

»Er kommt wirklich in unser kleines Appledore?«, fragte ich, da ich es kaum glauben konnte.

»Ja, er wird bei mir wohnen. Uns verbindet eine lange Geschichte«, sagte Gina. »Ich kannte ihn, bevor er berühmt wurde, und glauben Sie mir, wir hatten eine tolle Zeit miteinander.« In Erinnerungen versunken, lächelte sie. »Er will über Neujahr kommen und meinte, er wolle die Zeit nutzen, um unsere Beziehung aufzufrischen.

Darauf meinte ich: ›Schätzchen, es ist jetzt fünfundzwanzig Jahre her, also allerhöchste Zeit!‹« Sie spitzte die roten Lippen, und ich konnte sie in Gedanken vor mir sehen, wie sie auf einem Barhocker in einer Bar in L.A. saß, Martinis schlürfte und mit Roberto flirtete.

»Gianni, mein Mann, ähm, der Besitzer des Restaurants, ist ein großer Fan von Roberto. Er würde sich riesig freuen, Roberto und Sie zu bekochen«, sagte ich und bemühte mich, nicht allzu flehend zu klingen.

»Klar, Schätzchen«, sagte sie. Zu mehr Zugeständnissen würde ich sie wohl nicht bewegen können. Außerdem war ich mir nicht sicher, ob sie ihn tatsächlich so gut kannte, wie sie vorgab, und ob er überhaupt über Neujahr kommen würde. Ich nahm die Getränkebestellung der Damen entgegen und versicherte ihnen, dass das Essen nicht mehr lange auf sich warten lassen würde.

»Machen Sie sich um uns keine Sorgen. Uns geht es bestens«, versicherte mir Ella und bestellte für sich einen Weihnachtslikör-Spritz und für ihre Mom einen *Sex on the Beach* auf italienische Art.

»Ich nehme einen italienischen Hengst«, sagte Gina gelassen. Offenbar griff sie Robertas Witz wieder auf.

»Okay, aber was wollen Sie *trinken*«, spielte ich lachend mit.

»Einen italienischen Hengst«, wiederholte sie, als wäre ich begriffsstutzig. »Wermut, Whisky, Campari und Zitrone ... mit einem Schuss Angosturabitter.«

»Oh ... gut. Klingt interessant«, sagte ich.

»Robertos Lieblingscocktail«, sagte sie lächelnd. »Er hat ihn für mich jeden Abend in seinem Strandhaus in Malibu gemixt.«

»Was du nicht sagst«, warf Roberta leicht gelangweilt ein und winkte mich zu sich. »Wissen Sie, Chloe, als Geschäftsfrau weiß ich, wie schwierig es ist, geeignetes Personal zu finden«, sagte sie. »Aber sollten die Einheimischen unruhig werden, bin ich gerne zu einer kleinen Gesangseinlage bereit. Ich habe ein riesiges Repertoire, Liebes.«

»Oh, bitte nicht«, rief Gina. Zwischen Nichte und Tante schien ein kleiner Zickenkrieg zu herrschen, und ich fragte mich, was wohl der Grund sein mochte. Roberta hielt mich nun am Arm fest und erzählte mir, was sie singen würde.

»Ich kann Beyoncé, Madonna und ... Moment ... ah, ja, Céline Dion habe ich besonders gut drauf, und wenn ich mich etwas zurechtmache, bin ich Rihanna. Ich brauche einfach Zeit für die Frisur – und der Tanga ist auch eine ziemliche Herausforderung«, fügte sie flüsternd hinzu.

Aus dem Augenwinkel sah ich, dass Ella etwas panisch schaute. »Dein Angebot in Ehren, Mom, aber ich bin sicher, dass Chloe das auch so schafft«, sagte sie freundlich und schenkte mir einen verschwörerischen Blick. Die Gesangseinlage war damit wohl vom Tisch, doch wenn es hart auf hart käme, musste ich bereit sein, jedes Mittel einzusetzen. Für den Fall, dass die miese Stimmung in der Küche in einen lautstarken Streit ausartete, würde ich wohl oder übel auf Robertas Beyoncé zurückgreifen müssen.

»Oh, Roberta hat eine unglaubliche Stimme, da wird jedes wilde Tier sofort zahm«, bemerkte Sue und nickte begeistert.

»Bananarama ist wieder da«, rief Roberta. »Sie wissen schon, diese Girl-Band. Sue, Gina und ich sind ihre Doppelgänger. Man könnte uns ernsthaft verwechseln. Und Robert de Niro wartet immer noch«, fügte sie verschmitzt hinzu. »Also geben Sie mir einfach mit einer Handbewegung Bescheid, wenn Sie etwas musikalische Unterhaltung benötigen.«

»Das werde ich tun«, sagte ich und ging zum nächsten Tisch. Als ich mir vorstellte, wie Giannis Züge entgleisen würden, wenn er aus seiner Küche käme und in seinem Speisesaal eine Truppe älterer Frauen anträfe, die lauthals Bananarama imitierten, hätte ich beinahe laut losgeprustet. Er hatte sich ja schon über das bisschen Flitter und Glimmer beschwert, das sein Restaurant angeblich in eine Glitzerbude à la Las Vegas verwandelte. Wie würde er da erst auf eine Girl-Band aus lauter älteren Frauen reagieren?

Als ich mich an einem Tisch mal wieder für die Verzögerung entschuldigte, ertönte aus der Küche plötzlich lautes Geschrei. Ich redete lauter, um es zu übertönen, und wünschte, es gäbe eine Musikanlage, die ich für solche Fälle anschalten könnte (Gianni lehnte Hintergrundmusik vehement ab: »Das ist ein Restaurant, kein verdammtes Kaufhaus!«). Ich spielte schon mit dem Gedanken, die alternde Girlie-Band zu bitten, ein paar Weihnachtslieder zu schmettern, als die unsichtbare Tür aufgerissen wurde und einer der beiden Auszubildenden fluchend durch den Speisesaal eilte und nach draußen stürmte. Ich wusste nicht, wie der junge Mann hieß, da wir zum Vorstellen bisher keine Zeit gehabt hatten, doch wie es aussah, würde ich mir nun einen Namen weniger merken müssen.

»Ich hoffe, das war nicht der Chefkoch«, sagte jemand.

Ich lächelte freundlich, als wäre es völlig normal, wenn ein Mitarbeiter mitten im Hochbetrieb fluchend das Lokal verließ, aber als ich aus der Küche das Scheppern von Pfannen und Töpfen hörte, war mir klar, dass es mehr als ein

Lächeln kosten würde, um das zu erwartende Chaos zu überspielen. Zu meinem Entsetzen ertönte nun auch noch Giannis Gebrüll: »Hirnlose Mistgurken, verdammte Provinztrottel«, dann ein weiteres Scheppern und: »Dumme Affenschwänze.« Ich fühlte mich wie eine Stewardess bei einem Flugzeugabsturz, die die Passagiere lächelnd beruhigt und so tut, als sei alles in bester Ordnung, während das Flugzeug unaufhaltsam auf die Erde zurast.

»Wenn das so weitergeht, sind wir bald sternhagelblau«, sagte Sue lachend. Die Damen am Eiscafétisch prosteten sich mit ihren Cocktails zu und unterhielten sich angeregt über ihre Weihnachtspläne. Das Drama, das sich in der Küche abspielte, ließ sie offensichtlich kalt.

Nun ertönte noch mehr Geschrei aus der Küche, und die Gäste an den anderen Tischen wurden allmählich nervös. Diskret schlüpfte ich durch die unsichtbare Tür in die Küche, wo mich ein ohrenbetäubendes Gezeter empfing.

»Dieser blöde Backofen ist schon wieder ausgegangen. Deutsche Wertarbeit, dass ich nicht lache! Diese verfluchten Deutschen, die sind total nutzlos!« Gianni rannte herum wie ein aufgescheuchtes Huhn, und als ich versuchte, ihn zu beruhigen, regte er sich noch mehr auf. Also folgte ich Marcos Beispiel und ignorierte ihn einfach.

Gianni hielt nun ein Backblech mit in Glühwein eingelegten Pflaumen in den Händen und brüllte immer wieder: »Meine Pflaumen, meine Pflaumen.« Ich konnte mir lebhaft ausmalen, was die Eiscafédamen daraus machen würden.

Marco blieb wie üblich völlig ungerührt, ging zum Herd, schlug mit dem Nudelholz dagegen, worauf die Backröhre wieder ansprang.

Das Problem war nicht wirklich der Backofen, sondern Giannis Unfähigkeit, bei einer Krise Ruhe zu bewahren. Außerdem war er es nicht gewohnt, sich um nebensächliche Details kümmern zu müssen, da er immer eine Menge Angestellte sowie eine funktionierende Küche gehabt hatte. Als ich ihn dabei beobachtete, wie er fluchte und schimpfte, dachte ich bei mir, dass er noch einen weiten Weg vor sich hatte, ehe er in der Lage wäre, seinen Gästen ein entspanntes, kulinarisches Erlebnis zu bieten.

»Es ist sehr schwierig, deine Gäste bei Laune zu halten, wenn du so laut herumbrüllst, dass man es draußen hören kann«, sagte ich.

Damit hatte er offenbar nicht gerechnet, denn er wirkte ein wenig erschrocken.

»Hör zu, Gianni: Da draußen sitzen drei ältere Damen, alle sehr nett, aber mittlerweile genervt. Sie haben angeboten, die Gäste mit ihrer Version von Bananarama zu unterhalten.«

»Diese Frauenband, die einen Song über Robert de Niro geschrieben hat?«

»Genau. Ich liebe Bananarama, aber es wäre eine sehr schrille und sehr laute Karikatur – laut genug, um dein Gebrüll zu übertönen. So ein Spontanauftritt wäre zweifellos sensationell, aber nicht unbedingt im positiven Sinn. Wenn du dich jedoch weiterhin wie ein Irrer aufführst, bleibt mir keine andere Wahl, als die drei Damen um eine Gesangseinlage zu bitten. In deinem Restaurant.«

Hocherhobenen Hauptes rauschte ich durch die unsichtbare Tür in den Speisesaal zurück, von der befriedigenden Gewissheit erfüllt, dass nach meiner Androhung von Gianni kein Pieps mehr zu hören sein würde.

Im Speisesaal kündigte ich nun den ersten Gang an und schaltete die Beleuchtung voll an, während die übrig gebliebene Auszubildende die Teller hereinbrachte. Als ich sah, wie ihre Hände vor Nervosität zitterten, lächelte ich ihr aufmunternd zu und hoffte einfach darauf, dass die Teller heil an den Tischen ankämen. Dann eilte ich in die Küche zurück, wo der Backofen wieder funktionierte. Geschickt platzierte ich die Teller auf meine Unterarme, wie ich es all die Jahre in Giannis erstem Restaurant in Islington gemacht hatte, und ging damit zur unsichtbaren Tür.

»Ich habe es noch nicht verlernt«, rief ich Gianni über die Schulter hinweg zu, worauf er lachte.

»Du bist die geborene Kellnerin«, erwiderte er, und ich streckte ihm in gespielter Empörung die Zunge heraus.

Sobald die Vorspeisen serviert waren, dimmte ich das Licht, damit die Gäste die Vorstellung genießen konnten – und das taten sie. Die Gerichte kamen sehr gut an, und es hagelte Komplimente an den Chefkoch. Als ich Gianni drohte, Roberta würde ein paar Songs von Gladys Knight zum Besten geben, wenn er für die Mädels aus dem Eiscafé nicht ein spezielles Pastagericht zubereitete, zauberte er nur für die Damen exquisite Linguine mit Meeresfrüchten, obwohl das nicht in der Speisekarte stand.

»Das geht aufs Haus«, sagte ich, als ich die riesige dampfende Schüssel, aus der es wunderbar nach Knoblauch duftete, auf den Tisch stellte.

»Nein, das ist doch nicht nötig«, protestierte Ella.

»Doch. Sie haben mich alle so herzlich im Café willkommen geheißen. Ich habe mich bei Ihnen so angenommen gefühlt, wie ich es schon lange nicht mehr erlebt habe«, sagte ich lächelnd, während Roberta sich bereits bediente.

»Köstlich! Ich fühle mich wieder wie damals in Sorrento, als ich in kleinen Bars Linguine aß, Limoncello trank und den Jungs hinterherschaute«, schwärmte Roberta nach der ersten Gabel.

In den nächsten beiden Stunden eilte ich ununterbrochen zwischen Küche und Speisesaal hin und her, servierte Pasta, Knoblauchbrot, Soßen, Eintöpfe. Die Portionen waren nicht mehr nur winzige Kleckse, sondern normal groß. Gianni kochte so gute Pastagerichte wie noch nie zuvor, die den Duft nach Basilikum, Rosmarin und Knoblauch verströmten und Bilder von italienischen Landschaften und südlicher Sonne hervorriefen.

Am Ende des dritten und letzten Ganges war ich fix und fertig. Doch ich lächelte tapfer weiter und verabschiedete schließlich 25 sehr glückliche Gäste, die alle versprachen wiederzukommen und uns in den sozialen Medien beste Bewertungen zu geben.

Als in Speisesaal und Küche wieder Ordnung herrschte und die Auszubildende und der mürrische Marco nach Hause gingen, bedankte sich Gianni tatsächlich bei ihnen. Er bat mich, noch eine Weile zu bleiben, und so setzten wir uns mit einer Flasche Rotwein an einen Tisch im Speisesaal.

»Und? Wie fühlst du dich nach deinem ersten offiziellen Abend?«, fragte ich.

»Es lief gut, nur dieser verfluchte Backofen hat genervt.«

»Ach, das sind nur Anfangsschwierigkeiten«, sagte ich.

»Ich brauche mehr Personal, der blöde Lehrling ist einfach abgehauen. Kannst du noch ein paar Abende für mich arbeiten? Ich würde dich gut bezahlen.«

»Darf ich darüber nachdenken?« Der heutige Abend war ganz besonders gewesen und hatte mir wieder vor Augen geführt, wie viel Gianni und mich verband. Aber würde es mir guttun, wenn ich die Vergangenheit wieder heraufbeschwor? Würde das nicht alte Wunden wieder aufreißen und mich unglücklich machen? »Warum kannst du nicht immer so sein?«, platzte es aus mir heraus.

»Ich habe einfach ein hitziges Temperament, vor allem, wenn ich Stress habe.«

»Aber du hast heute selbst gesehen, dass alles viel besser läuft, wenn du ruhiger bist. Es war wieder wie früher, bevor du zum tobsüchtigen Kochgenie mutiert bist«, sagte ich.

»So schlimm war ich nun auch wieder nicht.«

»Ich sage nur, dass du heute, nachdem du dich abgeregt hattest, in Höchstform warst. Noch mehr solcher Abende, und der Erfolg ist dir sicher.«

»Ich fand es schön, dass du da warst«, sagte er plötzlich. Er trank einen Schluck Wein und sah mir in die Augen.

»Ach? Hast du mich deshalb zu Beginn des Abends so angeschrien?«

Er grinste. »Du weißt, dass ich das nicht so meine. Hunde, die beißen, bellen nicht.«

»Du meinst das bestimmt andersherum, aber ich stimme dir zu. Mal abgesehen von den Wutausbrüchen, dem Groll und dem Hass auf alles und jeden bist du ein netter Kerl«, sagte ich und wartete gespannt, ob er meinen Sarkasmus verstand.

Er schmunzelte. »Ah, du ziehst mich auf. Ja, ich bin sehr leidenschaftlich. Kochen macht mich glücklich, und heute Abend bin ich sehr glücklich.«

Ich lachte. »Wenn Brüllen und Fluchen für dich glücklich sein bedeutet, dann gnade uns Gott, wenn du traurig bist.«

»Chloe, du ziehst mich doch schon wieder auf«, sagte er, doch diesmal irrte er sich. »Du weißt, wie ich ticke, weil du auch leidenschaftlich bist. Sie sitzt hier drinnen«, sagte er und schlug sich auf die Brust.

»Ja, stimmt. Und jetzt bist du wieder du selbst, versteckst dich nicht mehr hinter exzentrischem Gebaren und überspannten Gerichten.«

Er nickte, und ich strich ihm über den Arm, als wollte ich ihn bestärken, doch in Wahrheit hatte ich einfach nur den Wunsch, ihn zu berühren, ihm nah zu sein.

»Ich glaube, du hast ein wenig Angst, kann das sein?«, fragte ich leise und sah ihn an.

»Chloe, ich habe immer ein wenig Angst. Deshalb bin ich nach Appledore gezogen. Ich wollte am Meer leben.«

»Das verstehe ich. Das Meer ist Balsam für die Seele.« Ich sprach aus Erfahrung, denn seit ich hier war, fühlte ich mich deutlich besser. Um diese Jahreszeit war das Meer zwar grau und aufgewühlt, aber allein die frische, salzhaltige Luft übte eine belebende Wirkung auf mich aus – obwohl ich den leisen Verdacht hatte, dass diese positive Wirkung nicht nur dem Meer zu verdanken war.

»Ich musste weg. Mein Leben war so einsam ohne Liebe. Nur die Liebe macht das Leben lebenswert.«

Er hatte recht. Was bedeutete eine Karriere, ein Zuhause, eine Familie, wenn man keine Liebe hatte?

»Und was hast du hier gefunden?«, fragte ich.

»Ein Zuhause, eine Wohnung über dem Restaurant.« Er deutete zur Decke. »Und Arbeit. Ich muss es nur schaffen, mein wildes Temperament ein wenig zu zügeln.«

»Ja, ich glaube, das ist der Schlüssel«, sagte ich lächelnd. Irgendwie saßen wir beide im selben Boot, hatten alles, was wir brauchten, ein Dach über dem Kopf, genügend Geld für unseren Lebensunterhalt – aber mehr nicht.

»Die Liebe wird vielleicht noch kommen«, seufzte er. »Aber für den Moment habe ich das Meer, Kerzenlicht und guten Wein. Ich brauche nur noch die schöne Frau, die das mit mir teilt.«

»Gibt es hier irgendwelche schöne Frauen?«, fragte ich kokett.

»Nein, die gibt es nicht – stattdessen bist du hier.«

In gespielter Empörung funkelte ich ihn an, und er grinste über das ganze Gesicht.

»Das war ein Scherz. Vorhin hast du mich aufgezogen, jetzt ziehe ich dich auf.«

Lachend gab ich ihm einen Klaps auf den Arm. Ich war angenehm müde, und der Wein versetzte mich in eine weiche Stimmung. Draußen fiel der Schnee, drinnen glitzerte meine Dekoration, und so sentimental es auch sein mochte, ich fühlte einen Hauch von weihnachtlicher Stimmung.

»Ich war heute im Feinkostladen, dort gibt es kleine Geschenkkörbe für Weihnachten«, sagte ich.

»Danke, dass du mir das erzählst, Chloe.«

Ich stöhnte innerlich. Den Wink mit dem Zaunpfahl hatte er offenbar nicht verstanden. »Ich dachte, du könntest so etwas vielleicht auch im Restaurant anbieten. Geschenkkörbe mit selbst gemachtem Weihnachtsgebäck wie Mince Pies und ...«

»Hä? Ich bin doch nicht die verdammte Mary Berry!«

»Die Frau ist eine Ikone und aus der britischen Kochszene nicht wegzudenken. Das ist, als würdest du sie ›die verdammte Maria Magdalena‹ nennen.«

»Maria Magdalena hat in die Spaghetti bolognese zumindest keine gottverdammte Sahne gegeben wie deine Mary.« Verächtlich schüttelte er den Kopf und bekreuzigte sich.

Wir nippten an unserem Wein, während wir schweigend unseren Gedanken nachhingen. Ich fragte mich, ob auch er an unser erstes Weihnachtsfest dachte, an den Ring in der Christbaumkugel und den Heiratsantrag, gefolgt von einer Million Küsse.

»Bleibst du über Weihnachten hier, Chloe?«, fragte er plötzlich in die Stille hinein. »Ich brauche dich hier ...«

Ich war gerührt. Bat er mich tatsächlich, über Weihnachten bei ihm zu bleiben? Unsere Beziehung war deutlich besser geworden, und je mehr Zeit ich mit ihm verbrachte, desto näher fühlte ich mich ihm. Es war beinahe so wie früher, als wir uns kennenlernten.

»Nach Weihnachten muss ich nach London zurück«, sagte ich energisch, obwohl sich alles in mir dagegen sträubte. Ich war sehr gerne hier und genoss Giannis Gesellschaft ungemein. Musste ich wirklich sofort nach Weihnachten zurückfahren, oder könnte ich nicht doch noch ein Weilchen länger hierbleiben?

»Gut, dann fährst du nach Weihnachten wieder zurück«, sagte er lapidar, nahm mir quasi die Entscheidung ab. »Aber bis dahin hilfst du mir im Restaurant, ja?«

»Sicher«, sagte ich enttäuscht. Ich hatte gedacht, er wolle mich hierbehalten, um Weihnachten mit mir zu verbringen. Aber anscheinend brauchte er mich nur, um seinem Restaurant auf die Sprünge zu helfen.

Er stand auf. »Ich muss mal für kleine Jungs«, sagte er und ging quer durch den Speisesaal zu den Toiletten. Ich ließ mir unser Gespräch noch einmal durch den Kopf gehen und fragte mich, in welchem Verhältnis wir zueinander standen. Waren wir ein Ehepaar, das in Trennung lebte, ein voneinander entfremdetes Liebespaar, alte Freunde oder einfach Kollegen? Die Grenzen verwischten sich. Das laute Klingeln von Giannis Telefon riss mich aus meinen Gedanken. Das Telefon lag mit dem Display nach unten auf dem Tisch, klingelte und vibrierte gleichzeitig, veranstaltete ein Riesentheater und ließ den Wein in unseren Gläsern erbeben. Es klingelte ewig lange, und ich war erleichtert, als es endlich aufhörte. Doch ich hatte mich zu früh gefreut, denn es begann erneut zu klingeln. Wenn jemand nach Mitternacht zweimal anrief, konnte es sich nur um einen Notfall handeln, und obwohl es mir widerstrebte, nahm ich das Handy und drehte es um. Als ich einen Blick auf das Display warf, drehte sich mir der Magen um, und mir war plötzlich sehr schlecht. Das Foto auf dem Display zeigte das Gesicht einer Frau mit roten Haaren und grünen Augen. Ihr Name lautete Natalia, und wenn diese Natalia sich traute, so spät noch anzurufen, musste sie ein ganz besonderes Verhältnis zu Gianni haben.

Ich kam mir so dumm vor, war so verletzt und wütend und fühlte mich mit meinen nicht perfekten Zähnen und den stinknormalen blauen Augen total unattraktiv. Hatte ich alle Signale falsch gedeutet? Hatte er immer noch eine Beziehung mit dieser Frau? Und falls ja, was war er dann für ein gottverdammter Heuchler! Mir machte er Vorwürfe wegen Nigel, und er selbst ging mit der rothaarigen Natalia ins Bett.

Gianni kam zurück und machte einen Schlenker zur Bar, um eine zweite Flasche Wein zu holen. Er lächelte immer noch und war wahrscheinlich sehr zufrieden mit sich selbst, weil es ihm gelungen war, mich zu überreden, über Weihnachten für ihn zu arbeiten. Doch in den wenigen Sekunden, die er brauchte, um mit der Flasche Wein an den Tisch zurückzukommen, hatte ich die Fassung wiedergewonnen. Okay, er hatte also immer noch ein Techtelmechtel mit der schönen Rothaarigen, wer sollte ihm das verübeln? Ich hatte in den letzten Tagen ein Aufflackern alter Gefühle gespürt und sogar geglaubt, Gianni ginge es genauso, aber wahrscheinlich hatte ich mir alles nur eingebildet.

»Dein Handy hat geklingelt«, sagte ich, als er sich setzte.

Ich beobachtete ihn scharf, als er das Telefon ergriff und überprüfte, wer der Anrufer war, aber seine Miene gab nichts preis. Er legte das Handy einfach nur mit seinem üblichen Achselzucken umgedreht auf den Tisch zurück.

»Es muss etwas Dringendes gewesen sein«, sagte ich listig, in der Hoffnung auf eine Reaktion oder auf einen Rückruf von ihm, um ihr mitzuteilen, sie möge es doch bitte unterlassen, ihn mitten in der Nacht zu belästigen.

»Nein, es ist nichts Dringendes«, antwortete er. Ein quälendes Schweigen setzte ein. Ich wollte ihm eine Million Fragen stellen, aber sein Privatleben ging mich nichts an. Schließlich war ich diejenige, die gegangen war; er war traurig und einsam gewesen, es war sein gutes Recht, sich eine andere Frau zu suchen.

»Ist sie deine Freundin?«, hörte ich mich zu meinem Entsetzen fragen. Ohne eine Antwort zu geben, entkorkte er den Wein und sah mich währenddessen unverwandt an. Er würde mir nicht von ihr erzählen, und obwohl mir die Vorstellung von ihm und der Rothaarigen beinahe körperlichen Schmerz bereitete, musste ich es akzeptieren. Wir waren getrennt, und im Moment arbeiteten wir zusammen. Ja, wir flirteten manchmal ein wenig – zumindest empfand ich das so –, wir kamen gut miteinander aus und mochten uns, aber mehr war da nicht. Er hatte eine neue Frau an seiner Seite, die auf ihn wartete, mit ihm telefonierte und ihm erzählte, was sie beschäftigte, so wie ich es früher getan hatte. Vielleicht würde sie irgendwann nach Appledore ziehen, und Gianni und sie würden all die Träume, die wir früher gehabt hatten, verwirklichen. Aber das müsste ich akzeptieren, schließlich hatte ich ihn jahrelang gedrängt, er solle sich eine andere Frau suchen, die jünger war und ihm die so sehr ersehnten Kinder schenken konnte.

»Erinnerst du dich noch, wie verliebt wir einst waren?«, fragte ich und musterte ihn aufmerksam. Spürte auch er dieses Aufflackern längst erloschen geglaubter Gefühle? Ich wollte einfach, dass er das noch ein letztes Mal empfand, ehe er in sein neues Leben mit einer neuen Frau zurückkehrte.

Er strich sich mit der Hand durch das Haar, und als er mich ansah, trat in seine Augen ein weicher Ausdruck. »Ja, ich erinnere mich daran, wie unsere Blicke sich im Restaurant oft mitten bei der Arbeit trafen. Dann leuchteten deine Augen auf, und es war, als würde die Sonne aufgehen.«

Ich lächelte. »Und ich erinnere mich daran, wie du mich in deiner chaotischen Küche über eine brutzelnde Pfanne oder einen dampfenden Topf hinweg plötzlich angesehen hast, und dann war es, als würde die ganze Welt um uns herum versinken.« *Ich habe dich so geliebt*, hätte ich beinahe hinzugefügt.

»Ja, das waren schöne Zeiten«, sagte er wehmütig. Dann

straffte er die Schultern und hob die Flasche Wein hoch. »Noch ein Glas?«

»Nein, danke.« Ich musste gehen, bevor ich noch irgendetwas tat, das ich später bereuen würde, wie ihn zu küssen oder mich auf ihn zu stürzen. Durch den Anruf der Rothaarigen war mir die Stärke meiner Gefühle, die ich nach wie vor für Gianni verspürte, bewusst geworden. Ich hatte geglaubt, ich könne damit umgehen, doch das war ein Irrtum gewesen. Ich fand Gianni immer noch ungeheuer attraktiv, und ich hatte nie aufgehört, ihn zu lieben, aber jeder Ausrutscher konnte weitreichende Folgen haben. Ich wusste nicht, wie ernst es ihm mit Natalia war, und ich wollte es auch nicht wissen, denn selbst wenn er immer noch Gefühle für mich haben sollte, was war das Ziel dahinter? Wollte er überhaupt wieder mit einer Frau zusammen sein, die ihm nicht das geben konnte, was er sich wünschte? Und war ich denn bereit, auf das Trümmerfeld unserer Ehe zurückzukehren, das ich vor einem Jahr verlassen hatte?

Ich war durcheinander und sehr erschöpft. Er würde mir nicht von Natalia erzählen, weil er zu Recht der Meinung war, das gehe mich nichts an. Ich musste das akzeptieren, schließlich war ich eine erwachsene Frau. Als ich aufstand, um mich von Gianni zu verabschieden, erhob er sich ebenfalls und nahm mich in die Arme. Es mochte an meiner Stimmung liegen, an dem weihnachtlich geschmückten Raum, den Erinnerungen, aber ich schloss für einen Moment die Augen, atmete Giannis herbes Rasierwasser ein und schmiegte das Gesicht an den kühlen Stoff seines weißen Hemdes.

»Chloe«, murmelte er, als ich mich schließlich aus der

Umarmung löste. »Du hast gesagt, ich hätte mich verändert. Aber du hast dich auch verändert.«

»Wirklich? Inwiefern?«

»Du bist weicher ... freundlicher zu mir.«

»War ich denn früher unfreundlich zu dir, Gianni?«, fragte ich entsetzt.

»Manchmal, wenn es dir nicht gut ging. Es begann 2008, als ich die Molekularküche entdeckte.«

Wir lachten beide. »Puh, du warst damals wirklich unmöglich«, seufzte ich kopfschüttelnd.

»Du aber auch«, erwiderte er immer noch lachend.

»Als Ehepaar haben wir es nicht sehr weit gebracht. Ich glaube fast, wir eignen uns besser als Freunde«, sagte ich, obwohl ich das nicht wirklich glaubte, doch ich wollte seine Reaktion sehen.

»Vielleicht hast du recht«, stimmte er zu, was nicht die Antwort war, die ich mir gewünscht hatte.

»So, jetzt muss ich aber los«, sagte ich, von einer jähen Enttäuschung übermannt, und nahm meinen Mantel von der Stuhllehne.

»Einen Moment noch, Chloe«, sagte er und eilte zur Bar. Er beugte sich darüber und drückte an der Innenwand ein paar Knöpfe, worauf Frank Sinatras volle Stimme ertönte mit »Have Yourself a Merry Little Chrismas«. Ein bittersüßes Gefühl riss an meinem Herzen, und mir stiegen Tränen in die Augen.

Gianni streckte die Hand nach mir aus. »Tanzen?«

Ich ergriff seine Hand und tanzte mit ihm wie früher in unserem ersten Restaurant, wenn alle Gäste gegangen und die Stühle umgedreht auf die Tische gestellt waren. Zusammen glitten wir über den glatten, glänzenden Fußboden, gingen in der Musik und ineinander auf, und ich wusste, selbst wenn er mich nicht mehr liebte, würde es nie einen anderen Mann für mich geben. Ängstlich fragte ich mich: Ist dies unser letzter gemeinsamer Tanz?

Kapitel Vierzehn

Weihnachtsnaschereien und neugierige Nachbarn

Auf der Heimfahrt war ich zutiefst aufgewühlt. Ich hatte den Gianni von früher wiederentdeckt, den Mann, der mir den Stuhl zurechtrückte, der seine Familie und sein Essen liebte, der idiotische Witze machte und mich beim Tanzen wunderbar führte. Doch während ich um die Welt gejettet war, hatte anscheinend noch eine andere Frau seine liebenswerten Seiten entdeckt.

Ein Wirrwarr an Gefühlen tobte in mir. Liebte er eine andere Frau, wollte er mich zurückhaben, oder befanden wir uns beide einfach nur im Bann von Appledore und der Vergangenheit? Mittlerweile fragte ich mich, ob es wirklich richtig gewesen war, mich von Gianni zu trennen. Natalias Anruf schien ihn nicht sonderlich berührt zu haben, sonst hätte er sofort zurückgerufen und ihr Liebesworte ins Ohr geflüstert. War es vielleicht doch nur eine flüchtige Affäre? Aber selbst wenn, würde Gianni mich überhaupt zurückhaben wollen? Hatte er Angst, ich könnte ihn wieder verlassen? Gianni hatte einen ausgeprägten Stolz und konnte Zurückweisung nicht ertragen. Wahrscheinlich hatte ich jede Chance auf einen Neubeginn verspielt, als ich letztes Jahr einfach gegangen bin.

Am Cottage angekommen, stellte ich den Motor ab und blieb noch einen Moment im Auto sitzen. Der Schnee fiel in dicken Flocken auf die Windschutzscheibe, und ich legte den Kopf auf das Lenkrad und fragte mich verzweifelt, was ich hier überhaupt wollte und wie ich mein Leben in Zukunft gestalten sollte. Seit ich Gianni verlassen hatte, befand ich mich in einem ständigen Wechselbad der Gefühle. Ich war traurig darüber, dass wir es so weit hatten kommen lassen und nicht für unsere Liebe gekämpft hatten. Ich fühlte mich schuldig, weil ich die Beziehung beendet hatte, aber ich konnte nicht länger die Augen vor der Wahrheit verschließen und einfach weiterhin arbeiten, kochen, Rechnungen bezahlen, als wäre alles in bester Ordnung. Tränen brannten mir in den Augen, und ein schaurig kaltes Gefühl von Verlust breitete sich in mir aus, das im Bauch begann und wie ein eisiger Hauch durch meine Adern kroch. Statt einfach die Flucht zu ergreifen, hätte ich meinen Anteil an unserer verfahrenen Situation sehen und das Gespräch mit Gianni suchen sollen.

Ich zitterte vor Kälte, und mir wurde bewusst, dass ich schon mehrere Minuten im kalten Auto saß. Langsam stieg ich aus und ging über den schneebedeckten Weg zum Cottage. Gianni hatte recht, dass ich mich verändert hatte, und heute Abend fühlte ich mich wieder so stark und lebendig wie früher. Ich hatte die gespannte Erwartung im Restaurant genossen, die Vorfreude auf etwas Neues. Es hatte mir Spaß gemacht, mit den Gästen zu plaudern, sie zu beraten und die schwierigen Situationen zu meistern, die durch den Personalmangel und vor allem durch Giannis exzentrisches Verhalten aufgetreten waren. Mein Unvermögen, ein Kind auszutragen, hatte schwer an meinem Selbstwertgefühl und meiner Weiblichkeit genagt. Ich hatte mich in meine Arbeit gestürzt, mit der ich mich auskannte, bei der ich mich wertgeschätzt fühlte – und durch die ich vor den Problemen zu Hause entfliehen konnte. Jetzt erkannte ich, dass ich genauso wie Gianni den Kopf in den Sand gesteckt hatte und einem offenen Gespräch aus dem Weg gegangen war.

Kaum hatte ich das Cottage betreten, fühlte ich mich besser, immer noch verwirrt, aber etwas ruhiger. Sofort entzündete ich ein Feuer im Kamin, und Minuten später war es bereits mollig warm.

Inzwischen war es zwei Uhr nachts, die beste Zeit also für eine heiße Schokolade. Ich setzte Milch auf, und während das Feuer knisterte und die Milch leise vor sich hin blubberte, erwachte plötzlich in meinem Inneren ein Funken Hoffnung und Lebensmut. Dieser Ort hatte eine magische Wirkung auf mich. Ich liebte Appledore und die malerische Umgebung, die verschneiten Straßen, die freundlichen Menschen. Und ich liebte dieses verwinkelte Cottage mit den weiß gekalkten Wänden und den Schwarz-Weiß-Fotos von Devons Stränden und der Ferienstimmung am Meer. Gianni und ich hatten so viel gemeinsame Geschichte, keine noch so hübsche Frau mit wallender Mähne wie aus einer Shampoo-Werbung könnte jemals meinen Platz einnehmen. Unsere Leben waren miteinander verflochten, unsere Ehe mit all ihren Höhen und Tiefen hatte uns zusammengeschweißt, uns für andere Partner verdorben, und dieses kleine Cottage war ein Ort der Hoffnung gewesen. Nur weil mein Traum von einer Familie unerfüllt geblieben war, bedeutete das nicht, dass das Leben nichts mehr für mich bereithielt oder ich den Glauben an das Glück verloren hatte. Gab es für Gianni und mich noch eine gemeinsame Zukunft?

Ich setzte mich mit meiner heißen Schokolade vor das knisternde Kaminfeuer, lehnte mich zurück und atmete den würzigen Geruch nach Holzfeuer und den köstlich süßen Duft nach Schokolade ein, der mir aus der dampfenden Tasse in die Nase stieg. Meine Gedanken wanderten wieder zum heutigen Abend zurück, zu dem Stress, der Aufregung, der harten Arbeit und der gelösten Stimmung zum Schluss, als Gianni und ich durch den Speisesaal tanzten. Ich war lange nicht mehr so glücklich gewesen.

Vielleicht brauchte ich das Restaurant genauso sehr, wie das Restaurant mich brauchte, denn allein beim Gedanken daran erfüllte mich freudige Erwartung. Ja, ich genoss das Zusammensein mit Gianni, das Kribbeln, das mich bei seinem Anblick durchlief, und seine schöne Stimme, die mich wie Marshmallows in heißer Schokolade zerschmelzen ließ. Zudem fand ich es extrem spannend, am Aufbau eines neuen Unternehmens mitzuwirken wie damals, als wir unser erstes Restaurant in Betrieb nahmen. Im Moment war mein Leben eine weiße Leinwand, und die Frage war, was ich auf diese Leinwand malen sollte.

Ich dachte wieder über Gianni und seinen Stolz nach. »Ein Mann ohne Stolz ist kein Mann«, sagte er immer. In Giannis italienischem Denken durfte ein Mann keine Schwäche zeigen, eine Haltung, die erheblich zum Scheitern unserer Ehe beigetragen hatte. Das Problem war, dass ich nicht den Mut hatte, auf ihn zuzugehen, denn wenn er mich zurückweisen würde, wäre ich zutiefst verletzt. Es würde die Dynamik unserer Beziehung verändern und unsere aufkeimende Freundschaft, die ich mir in Ermangelung von etwas anderem erhoffte, beeinträchtigen. Appledore bot mir die Gelegenheit für einen Neubeginn, doch ich hatte nicht vor, am Rand von Giannis Leben herumzulungern und ihm dabei zuzusehen, wie er eine andere Frau umwarb und heiratete. Auch ich hatte meinen Stolz, und da wir beide so verdammt stur waren, würde aus Angst vor Zurückweisung keiner den ersten Schritt wagen. So gut wir uns auch verstanden, wir befanden uns in einer Sackgasse. Gianni hatte mich nicht gebeten, länger zu bleiben, also sollte ich die Zeit mit ihm einfach genießen, nach Weihnachten nach London zurückkehren und mein eigenes Leben weiterleben.

Am nächsten Tag, dem vierundzwanzigsten Dezember, erwachte ich von einem lauten Klopfen an der Tür.

»Immer mit der Ruhe, ich komme ja schon«, schrie ich, zog mir den Morgenmantel über und eilte die Treppe hinunter. Doch als ich die Tür öffnete, war niemand da. Stirnrunzelnd blickte ich nach rechts und links, und als ich mich umdrehte, um wieder hineinzugehen, wäre ich fast über einen Christbaum gestolpert. Jemand hatte ihn auf der Eingangstreppe abgelegt, zusammen mit einem Korb voller Weihnachtsnaschereien, wie ich sie gestern im Feinkostladen gesehen hatte: eine kleine, mit einer Schleife zugebundene Tüte Zimtsterne mit Zuckerguss, eine weitere mit zwei Lebkuchenmännern, eine weiße Schachtel mit sechs kleinen Mince Pies, eine Flasche Rotwein und ein hübsch verpacktes Stück Brie.

Ich nahm den Korb mit ins Haus und stellte ihn auf die Küchentheke. Zwischen den Leckereien befand sich eine Nachricht vom Absender, doch ich ahnte schon, wer hinter dem Geschenk steckte. Gianni hatte den Korb offenbar direkt an mich liefern lassen, denn die Nachricht war nicht handgeschrieben, sondern getippt.

Frohe Weihnachten, liebe Chloe! Wir sind beide allein, also warum tun wir uns nicht einfach zusammen? Ich dachte, es wäre romantisch, wenn wir uns gemeinsam über diesen Geschenkkorb hermachen. Ich könnte dich besuchen kommen und Weihnachten mit dir verbringen. Es macht mir nichts aus, durch den Schnee zu fahren – du bist es mir wert. X

Vor Freude vollführte ich einen kleinen Luftsprung. Diese Sache mit Natalia hatte sich anscheinend erledigt. *Wir sind beide allein*, las ich noch einmal, *ich dachte, es wäre romantisch*, und *du bist es mir wert*. Gianni hatte es also geschafft, seinen Stolz zu überwinden und seine wahren Gefühle zu offenbaren. Ich spürte ein Flattern im Bauch – diesmal waren es keine Schmetterlinge, sondern Lametta!

Der Korb und der Christbaum waren wahrscheinlich als Reminiszenz an unsere Vergangenheit gedacht, an unsere gemütlichen Weihnachtsessen und an unseren ersten Christbaum, den wir vor vielen Jahren durch die Tür des Cottage geschleppt hatten.

Aufgeregt las ich die Zeilen noch einmal durch. Es gab keinen Zweifel, die atemberaubende Rothaarige spielte keine Rolle mehr in seinem Leben. Wahrscheinlich hatte sie neulich angerufen, um ihn anzuflehen, zu ihr zurückzukommen, doch er hatte ihr gesagt: »Nein, ich liebe meine Frau, wir werden Weihnachten zusammen feiern. Du kannst mit deiner üppigen Mähne und deinen langen Beinen sonst wohin verschwinden. Ich bin wieder mit der Frau zusammen, die ich liebe«, oder etwas in der Art. Tatsache war, dass Gianni genauso fühlte wie ich, und als er gestern Abend gesagt hatte, es sei zu spät für uns, war er einfach nur verunsichert gewesen. Doch er hatte darüber nachgedacht, und jetzt war er sich *sehr* sicher, lud sich selbst ein, schlug vor, die Leckereien zusammen zu verspeisen, und hoffte vielleicht sogar insgeheim, dass ich mich zu vorgerückter Stunde nackt auf dem Läufer vor dem Kamin rekelte. Bei der Vorstellung musste ich lachen. Könnte es tatsächlich geschehen, dass wir wie in unseren Flitterwochen wieder eng umschlungen auf dem Läufer vor dem Kamin landeten? Oder ging mal wieder meine Fantasie mit mir durch?

Ich schnappte mir mein Telefon und schrieb ihm eine SMS, in dem Wissen, dass er, wie immer, nicht antworten würde.

Danke für die Weihnachtsgeschenke. Ich würde mich freuen, wenn du heute Abend vorbeikommst und vor dem Kaminfeuer meinen wunderbaren Brie und die anderen Delikatessen probierst.

Ich schlug einen lockeren Flirtton an, aber ohne Andeutungen, da dies bei Gianni, der oft eine sehr eigenwillige Interpretation der englischen Sprache hatte, zu Missverständnissen führen könnte.

Während ich mir mein Frühstück aus Kaffee und dick gebuttertem Vollkorntoast schmecken ließ, malte ich mir den heutigen Abend aus. Gianni würde in einem lässigeleganten Anzug vor der Tür stehen, wir würden uns sofort in die Arme sinken, und er würde mich ins Esszimmer tragen. Okay, ich übertrieb es womöglich ein wenig, aber heute Abend war schließlich Weihnachten, und vielleicht geschah ja ein Wunder.

Zärtlich strich ich über den hübschen Korb, schnupperte an dem Gebäck und wirbelte aus Versehen Puderzucker auf, der mir in die Nase stieg und mich zum Niesen brachte. Es klopfte erneut an der Tür, und ich rannte los, um Gianni die Tür zu öffnen. Wahrscheinlich kam er früher, um mich zu überraschen, und hatte die ganze Zeit draußen gewartet. Doch als ich erwartungsvoll die Tür aufriss, sah ich eine ältere Dame vor mir, die sich als Mrs. Tunstall vorstellte. Sie trug einen Hut, einen Schal und einen dicken Mantel mit Kapuze, unter der ihr kleines Gesicht hervorblitzte.

»Ich wollte Ihnen nur sagen, dass Ihr Christbaum zugeschneit ist. Wenn Sie ihn noch länger draußen liegen lassen, geht er kaputt«, sagte sie.

»Danke, der Baum ist ein Geschenk von meinem Gatten«, sagte ich strahlend. Das war die Wahrheit, denn vor dem Gesetz waren wir noch verheiratet, und nach dem heutigen Abend könnte sich das sogar noch mehr als Wahrheit erweisen. Was ein Geschenkkorb so alles bewirken konnte! Wenn ich jetzt an Gianni dachte, durchströmte mich ein warmes Gefühl, statt der Leere, die ich seit der Trennung verspürt hatte. »Im gehört das neue Restaurant in der Nähe der Strandpromenade.«

»Ah, der eingebildete Kerl aus London, der seinen Gästen Schweinshaxen um die Ohren haut. Das habe ich auf Twitter gelesen.«

»Ganz so war das nicht«, wehrte ich ab.

»Anscheinend würgt er seine Gäste, wenn ihm nicht gefällt, was sie über sein Essen sagen. Diesen Tweet habe ich weitergeleitet«, erklärte sie selbstgerecht, als hätte sie die Menschheit vor schwerem Unheil gerettet.

Das waren die Freuden der Kleinstadt, wo der Klatsch zu Hause war, kleine Vorfälle zu Skandalen aufgebauscht und in der ganzen Welt verbreitet wurden.

»Ähm, ja ... Eines möchte ich jedoch richtigstellen. Das war damals keine Schweinshaxe, sondern eine Rinderwurst«, sagte ich, als wäre es für Köche in Ordnung, wenn sie ihre Gäste mit Rinderwürsten schlugen. Hauptsache kein Schweinefleisch.

»Ha, nur eine Wurst ...« Höhnisch lachte sie auf und sah mich scharf an. »Sind Sie auf Drogen?«

Allmählich wurde ich richtig sauer. Offenbar musste jemand auf Drogen sein, wenn er dem Schwachsinn, den sich die Leute zusammenfantasierten, mit Fakten entgegnete.

»Er ist ein brillanter Koch«, verteidigte ich Gianni wie schon so oft. Der gestrige Abend war ein solcher Erfolg gewesen, und ich wollte nicht, dass in den sozialen Medien Gerüchte gestreut wurden und Giannis Arbeit in Misskredit geriet.

Aber diese Mrs. T war zweifellos eine Wichtigtuerin, die Zugereiste nicht mochte und mir das auch dringend zu verstehen geben wollte. »Ich war fünfzig Jahre im Gemeinderat und habe mit vielen Menschen zu tun, aber ihr Londoner glaubt, ihr könnt einfach mit euren Schweinshaxen und eurem Kokain hierherkommen ...«

Was zum Teufel erzählte sie da? Wahrscheinlich gab es in jedem Dorf eine Wichtigtuerin, nur hatte ich das Pech, dass diese Person meine Nachbarin war.

»Mrs. Tunstall, der Restaurantkritiker der lokalen Presse

hat sich sehr abfällig über das Essen geäußert. Aber es war nur eine Wurst«, wiederholte ich stoisch, als wären Würste adäquate Waffen, um unverschämte Kritiker in die Schranken zu weisen. »Mein Gott, die Leute hier übertreiben wirklich maßlos«, fügte ich naserümpfend hinzu. »Wenn Sie mich jetzt bitte entschuldigen, ich möchte den Baum schmücken.« Resolut packte ich den Baum an den oberen Ästen, schüttelte den Schnee ab und versuchte, einen möglichst würdevollen Abgang zu machen. Mit einer einen Meter achtzig hohen Nordmanntanne zwischen den Beinen war das allerdings nicht einfach, und als ich den Baum anhob, fiel ich nach hinten auf den Rücken, und der Baum landete auf mir. Zum Glück war ich so geistesgegenwärtig, dass ich mit dem Fuß rasch die Haustür zuschlug, ehe Mrs. T noch ein Foto machen und es der Twitter-Gemeinde schicken könnte.

Einige Sekunden blieb ich liegen und lachte über die absurde Situation. Schließlich krabbelte ich unter der Tanne hervor, zog sie ins Wohnzimmer, stellte sie in den Ständer, was nicht leicht war, und trat dann zurück, um mein Werk zu bewundern. Der Baum verströmte einen intensiven Tannengeruch und sah selbst ungeschmückt wunderschön aus. Wenn Gianni später vorbeikäme, um mit mir den Geschenkkorb zu plündern, würde er sich sicher freuen, wenn der Baum, den er mir geschenkt hatte, bereits geschmückt wäre. Rasch zog ich mich an, schlüpfte in den Mantel, und nachdem ich mich vergewissert hatte, dass die Luft rein war, ging ich über die verschneiten Straßen zu den kleinen Läden, wo ich vor wenigen Tagen die Weihnachtsdekoration für das Restaurant gekauft hatte.

Kapitel Fünfzehn

Mafiosi und italienische Hengste

Nachdem ich meinen Christbaumschmuck gekauft hatte, ging ich spontan im Eiscafé vorbei, wo heute mehr Personal als Gäste war.

»Hallo, Liebes«, rief Roberta. Sie hatte einen spitzen, mit Lametta beklebten Papphut auf und tanzte zur Musik aus der Jukebox. »Wir machen eine kleine Weihnachtsfeier. Nur zu, schnappen Sie sich einen Drink.«

»Mum ist noch ein wenig beschwipst von den Cocktails von gestern Abend«, sagte Ella, die hinter der Theke stand. Neben ihr stand Sue, die wie immer in ein Paillettenkleid gehüllt war und heute als weihnachtliches Accessoire Ohrringe in Form von Plumpudding trug.

Gina saß auf einem Barhocker und rauchte eine E-Zigarette, deren Dampf nach Zimt roch. Als ich sie darauf ansprach, meinte sie nur: »Der Geschmack heißt ›Weihnachtsüberraschung‹. Wir wollen doch alle an Weihnachten eine Überraschung haben, oder?« Plötzlich stutzte sie. »Alles in Ordnung mit Ihnen? Ist das Weiße unter Ihrer Nase Schnee oder Koks?«

»Wie bitte?«

Sie öffnete ihre Handtasche und reichte mir einen Spiegel. »Passen Sie gut auf, Schätzchen. Die Leute hier mögen keine Drogen, abgesehen von Alkohol natürlich.«

Sue gesellte sich uns zu. Sie hatte offenbar alles mit angehört. »Oh, Liebes, ich hätte bei Ihnen nie vermutet, dass Sie Kokain schnupfen.«

»Das tue ich auch nicht«, entgegnete ich empört und fragte mich, ob Mrs. Tunstalls Gerüchte bereits die Runde gemacht hatten. Stirnrunzelnd blickte ich in Ginas Handspiegel und erspähte einen Puderzuckerfleck unter meiner Nasenspitze. »Ach, das ist der Puderzucker vom Weihnachtsgebäck«, erklärte ich lachend. »Ich habe Puderzucker geschnupft«, fügte ich scherzend hinzu.

»Na, solange Sie nichts anderes schnupfen«, sagte Sue. »Ich stehe nicht auf Drogen, ich meine, es ist Ihre Sache, was Sie konsumieren, aber ich ...«

»Herrgott noch mal, es war Puderzucker«, wiederholte ich leicht genervt. Mit einem Mal dämmerte es mir, worauf die neugierige Mrs. T sich bezogen hatte, als sie Kokain erwähnte. So ein Mist, inzwischen hatte sich die Nachricht von der kokainsüchtigen Frau des neuen Restaurantbetreibers vermutlich schon im ganzen Dorf verbreitet.

»Dass man Puderzucker schnupft, habe ich noch nie gehört«, mischte sich nun auch Roberta ein. »Ich weiß von der sogenannten Pizza Connection in der alten Heimat, doch da ging es um Drogengeld, das in Pizzerien gewaschen wurde. Ich kannte ein paar richtig schlimme Kerle aus Sizilien ...«, begann sie ihre Geschichte.

»Mum, hör endlich damit auf, allen Leuten zu erzählen, dass du Freunde bei der Mafia hast, weil du sonst irgendwann im Gefängnis landen wirst. Alan Sugar wird dich nicht als Kandidatin für eine Realityshow akzeptieren, wenn er glaubt, du hättest mit Organisierter Kriminalität zu tun.«

»Das werde ich ihm natürlich nicht erzählen«, antwortete Roberta unbekümmert und fuhr fort, die Tische abzuwischen.

»Mum, du kennst die Mafia nur aus Filmen«, sagte Ella kichernd.

»Unsinn, ich kenne mehrere Mafiosi persönlich«, erwiderte Roberta empört.

»Al Pacino zählt nicht. Er ist Schauspieler, und außerdem hast du ihn nie kennengelernt.«

»Aber ich«, warf Gina mit einem gefälligen Lächeln ein. »Und zwar privat, nicht als Schauspieler.« Sie nahm einen tiefen Zug von ihrer E-Zigarette, und der Dampf kräuselte sich um ihre roten Lippen. Sie war nicht mehr ganz taufrisch, sah aber mit ihren langen, übereinandergeschlagenen Beinen, den blonden Haaren und dem engen Designer-Hosenanzug wie ein Filmstar aus den 40er-Jahren aus.

»War Al Pacino nicht ein Freund von Roberto Riviera?«, fragte ich listig, um das Thema auf Roberto zu lenken. Gina hatte gestern Abend erzählt, Roberto wolle sie über Neujahr besuchen. Das wäre natürlich eine wunderbare Gelegenheit, die beiden ins Il Bacio zu locken.

»Ja, die beiden haben mal um mich gekämpft«, sagte Gina. »Roberto hat gewonnen«, fügte sie mit einem schelmischen Grinsen hinzu.

»Sie freuen sich sicher schon sehr auf ihn«, ritt ich weiter auf dem Thema Roberto herum.

»Ich kann es kaum erwarten, Schätzchen. Sie werden ihn kennenlernen. Hoffentlich findet Al das nicht heraus. Italiener können ganz schön brutal werden.«

»Also, ich habe vielleicht nicht mit Roberto Riviera oder Al Pacino geschlafen«, gab Roberta von sich, »aber die Kerle im italienischen Ü-60-Klub sind total verrückt nach mir. Sie sind alle ehemalige Mafiosi und können gar nicht genug von mir bekommen. Sie sagen, ich sehe Sophia Loren zum Verwechseln ähnlich.«

»Sie geben sich wahrscheinlich nur als Mafiosi aus, damit du mit ihnen ausgehst«, bemerkte Ella.

»Ach, darauf wäre ich gar nicht gekommen. Italienerinnen sind einfach sehr begehrt«, seufzte Roberta, als wäre es eine Last, bewundert zu werden. Sich im Takt zur Musik wiegend, wischte sie weiter die Tische ab.

»Sprechen Sie Italienisch, Roberta?«, fragte ich. Vielleicht würde Gianni sich hier heimischer fühlen, wenn er mit jemandem in seiner Muttersprache plaudern konnte.

»*Si, si*«, antwortete sie. »Warum wollen Sie das wissen?«, fragte sie und tanzte auf mich zu. »Haben Sie etwa vor, diesen sexy italienischen Koch an Weihnachten in Ihr Bett zu locken?«

»Mum, bitte!«, rief Ella und warf mir einen verlegenen Blick zu.

»Ach, sie nimmt mir die Frage nicht übel, nicht wahr, Liebes? Ich meine, er ist sehr attraktiv, ein richtiger Kerl, der zupacken kann und auch mal flucht. Irgendwie erinnert er mich an diesen Fernsehkoch.«

»Ja, Gordon Ramsay, der flucht auch ständig«, sagte Sue, die in ihrem Paillettenkleid wie ein Weihnachtsbaum funkelte. »Stehen Sie auf ihn?«

»Auf Gordon Ramsay?«, fragte ich irritiert.

»Nein, auf Ihren Ex. Gianini oder so ähnlich.«

»Schwer zu sagen, wir sind getrennt.«

»Oh, für Sie beide gibt es sicher noch eine Chance. Ich habe beobachtet, wie er Sie gestern angesehen hat«, sagte Sue. »Was ist er für ein Sternzeichen? Ich glaube, er ist Wassermann, loyal, aber mit einer dunklen Seite und sehr launisch, was wahrscheinlich an der aufsteigenden Venus liegt. Was meinen Sie, Roberta?«

»Ich denke eher an einen großen, zotteligen Bock«, sagte sie und sah mich nachdenklich an. »Ein Steinbock. Starrköpfig, in sich gekehrt, nach außen hin kühl, aber innerlich vor Leidenschaft brodelnd.« Sie kicherte in sich hinein.

»Er ist Löwe«, warf ich ein, »und ich bin Stier.«

Sue bekreuzigte sich. »Heiliger Bimbam, es ist ein Wunder, dass Sie beide sich überhaupt kennengelernt und sogar geheiratet haben. Ein ununterbrochener Kampf zwischen Geduld und Leidenschaft ... Sie sind die Geduld, er ist die Leidenschaft. Diese Ehe wird nie halten, Liebes.«

»Sie hat auch nicht gehalten«, erwiderte ich. Bis jetzt hatte ich noch nie unsere Sternzeichen für das Scheitern unserer Ehe verantwortlich gemacht.

»Tja, wer weiß? Die Sterne können einen manchmal überraschen. Ich hoffe, Sie versöhnen sich wieder, Liebes, das hoffe ich wirklich. Eine Weihnachtsromanze würde wunderbar hierher passen.« Sue seufzte. »Wenn er Löwe ist, ist er der Typ Mann, der eine Frau an seiner Seite braucht, und wenn er die Richtige gefunden hat, ist er ihr treu bis ans Lebensende. Denken Sie immer daran: Löwen sind sehr treu«, fügte sie mit erhobenem Zeigefinger hinzu.

»Treue ist natürlich sehr wichtig, aber das Problem ist seine unglaubliche Sturheit. Ich würde mit ihm gerne darüber sprechen, ob es vielleicht doch noch eine Chance für uns gibt, aber ich habe Angst vor seiner Reaktion«, hörte ich mich zu meiner Überraschung sagen.

»Erinnern Sie sich, wie es bei Liz Taylor und Richard Burton war?«, fragte Gina. »Sie haben ein zweites Mal geheiratet, ein großer Fehler. Ich habe ihm das damals auch gesagt, aber er konnte ihr nicht widerstehen, war von ihr angezogen wie die Motte vom Licht.«

»Wir sind noch verheiratet, müssten unseren Bund also nicht erneut besiegeln«, sagte ich, während ich mich fragte, ob auch Gianni und ich beim zweiten Anlauf scheitern könnten. Gina schien Richard Burton ziemlich gut gekannt zu haben; es würde mich nicht wundern, wenn sie mit ihm geschlafen hätte.

»Ich schlage vor, Sie hüllen sich in Weihnachtsgeschenkpapier und legen sich heute Nacht heimlich unter seinen Baum. Wenn er morgen früh ins Zimmer kommt, springen Sie auf und rufen: ›Frohe Weihnachten‹«, sagte Sue. »Ich habe das mal für meinen Exmann gemacht.«

»Seine neue Ehefrau fand das aber nicht besonders toll«, warf Ella ein. »Sie hat bei Gericht sogar eine Kontaktsperre bewirkt, weißt du noch?«

»Ach, das war total übertrieben«, sagte Sue mit einer wegwerfenden Handbewegung. »Sie hat getan, als hätte sie Angst, so ein Blödsinn. Nur weil ich am Weihnachtsmorgen unter dem Baum aufgesprungen bin und frohe Weihnachten gewünscht habe.«

Ella zuckte die Achseln und warf mir einen verschwörerischen Blick zu.

»Wenn ich Sie wäre«, sagte Roberta zu mir, »würde ich mich ranhalten, solange dieser kräftige italienische Hengst noch Single ist. Er mag vielleicht ihr Ex sein, aber er ist ein attraktiver Bursche. Wenn die Frauen herausfinden, dass er solo ist, werden sie ihm scharenweise hinterherlaufen.«

Sofort sah ich die Rothaarige vor mir, wie sie ihre wallende Mähne nach hinten warf und lachte – mir ins Gesicht lachte. Bei der Vorstellung wurde mir leicht übel.

»Wie geht es ihm denn heute nach dem ganzen Rummel von gestern?«, fragte Gina.

»Keine Ahnung. Ich habe ihn heute noch nicht gesehen.«

»Klar, Schätzchen, das glaube ich Ihnen sofort«, sagte Gina ironisch und blies eine nach Zimt duftende Dampfwolke aus.

»Nein, ernsthaft, zwischen uns ist nichts passiert, seit ich hier bin. Wir haben nur getanzt ... gestern Abend, als alle weg waren.« Was von den anwesenden Damen mit »Aaah« und »Ooh« kommentiert wurde. Mir wurde es warm ums Herz angesichts der ehrlichen Anteilnahme.

Ich saß neben Gina auf einem Hocker, hinter der Theke stand Ella und trocknete Gläser ab, und Roberta tanzte nach wie vor zwischen den Tischen herum. Plötzlich kam aus der Küche noch eine andere Frau hinzu, die ein großes Tablett mit Brownies in den Händen hielt. Ich erkannte sie wieder; sie war gestern mit den anderen Frauen im Restaurant gewesen.

»Die habe ich rasch gebacken, falls wir von Kunden überrollt werden, und wenn nicht, essen wir sie alleine auf«, erklärte sie grinsend. »Danach werde ich einfach nach Schottland und zurück joggen und mir die Pfunde wieder abtrainieren.«

Ella brach in schallendes Gelächter aus. »Und angesichts

der Unmengen an Schokolade anschließend noch eine kleine Runde um die ganze Insel drehen.«

»Ich habe die Brownies mit Rote Bete gemacht, sie sind also supergesund«, sagte die Frau schmunzelnd.

»Das ist Dani, unsere stellvertretende Geschäftsleiterin«, sagte Ella, worauf Dani mir lächelnd zuwinkte.

»Tut mir leid, dass es gestern Abend etwas chaotisch war«, sagte ich. »Ich hoffe, es hat Ihnen trotzdem gefallen.«

»Ihr Italiener hat ordentlich herumgetobt«, mischte sich Roberta ein. »Aber machen Sie sich darüber keine Gedanken, wir Italiener sind nun mal sehr heißblütig. Ich habe da volles Verständnis, Liebes. Ich habe den Abend jedenfalls sehr genossen, aber ich hätte mich gefreut, wenn er auch an unseren Tisch gekommen wäre, um Hallo zu sagen.«

»Nächstes Mal wird er das tun, versprochen. Gestern war es ein wenig stressig, der Backofen ging ständig aus, es gab Probleme mit dem Personal...«

»Ach, so etwas passiert. Dafür war das Essen phänomenal«, sagte Ella.

»Ja, er ist ein großartiger Koch. Sein Umgang mit Gästen ist noch ausbaufähig, aber ich arbeite daran«, sagte ich lächelnd.

»Sie werden ihn nicht ändern, Männer sind Männer«, bemerkte Gina kryptisch. »Wenn ein Mann brüllt und tobt, zieht man sich Reizwäsche an und geht mit ihm ins Bett. Danach ist er lieb und sanft wie ein Kätzchen, und man kriegt alles von ihm, was man sich wünscht. Diamanten, eine Chanel-Tasche... eine Designer-Vagina«, fügte sie hinzu, als wäre das lediglich ein weiteres begehrenswertes Accessoire.

»Er wird mich nicht in Reizwäsche sehen, zumindest nicht in nächster Zeit«, kicherte ich.

»Ich nehme Sie beim Wort«, grinste Gina.

»Ja, ja, es ist sein südländisches Temperament, die Leidenschaft, das Feuer«, sagte Roberta. »Ich bin genauso, aber Sie sollten dafür sorgen, dass es sich für Sie auszahlt. Ich gebe Ihnen einen guten Rat: Wenn er das nächste Mal mitten im größten Trubel ausrastet, sorgen Sie dafür, dass ›jemand‹ anonym die lokale Presse informiert und durchblicken lässt, es handle sich um denselben Mann, der den Kritiker mit einer japanischen Wurst attackiert hat – glauben Sie mir, das wird sofort in allen lokalen Zeitungen erscheinen, und diese Publicity ist Gold wert.«

Ich hatte nicht vor, ihren Rat zu beherzigen, nickte jedoch zustimmend. Sie wollte mir helfen und war so begeistert von ihrem Plan, dass ich ihr die Freude nicht verderben wollte.

»Sue hat auch ihre Erfahrungen mit Köchen, nicht wahr, Liebes?«, sagte Roberta. »Sie hat mal einen über eBay kennengelernt.«

»Ja, das stimmt«, sagte Sue. »Er hat Pasta-Utensilien verkauft, wir haben Kontakt aufgenommen, und er erzählte, er sei ein italienischer Chefkoch, schließe sein Restaurant jedoch und verkaufe deshalb seine Kücheneinrichtung. Wie sich herausstellte, war er ein entflohener Sträfling, der ein Restaurant überfallen hatte. Ich hätte es mir denken müssen, als er zu viel Origami in meine Spaghetti bolognese kippte, ein echter Italiener würde so etwas niemals tun. Aber man lernt nie aus, was?« Sie lächelte in die Runde, und alle nickten heftig, als hätte sie nicht gerade etwas völlig Bescheuertes gesagt. Diese Frauen waren zwar alle ein wenig verrückt, aber ich mochte sie; sie respektierten einander und gaben mir das Gefühl, in ihrer kleinen Truppe willkommen zu sein.

»Ich hatte nur wenige Dates in meinem Leben und niemals einen festen Freund, bis ich meinen Mann kennenlernte«, erzählte ich offen, da ich wusste, dass diese liebenswürdigen Frauen mein Vertrauen nicht missbrauchen würden. »Da draußen laufen einige ziemlich schräge Typen herum, was?«

»Ach, Liebes, diese drei Mädels könnten Ihnen eine Menge von Ehemännern erzählen, vom Leben als Single, von jugendlichen Liebhabern und ...«

»Und Tinder«, ergänzte Sue.

Während es draußen weiterhin dicke Flocken schneite, tranken wir heiße Schokolade, und die »Mädels« erzählten mir ihre Geschichten. Es war eine wunderbare, bewegende, lustige, tragische Palette an Frauengeschichten, die von Liebe und Hass handelten, von Hollywoodfilmstars, Scheidung, von gefährlichen Flirts mit Mafiosi auf Twitter und davon, am Straßenrand in Spanien ausgesetzt worden zu sein, mit nichts am Leib außer falschen Tattoos und Häschenohren. Während der Nachmittag langsam in den Weihnachtsabend überging, saßen wir gemütlich um die Theke herum, stopften uns mit Brownies und Eis voll, erzählten unsere Geschichten und lachten und weinten zusammen. Ich hatte das Gefühl, dass ich hier wieder zu mir selbst fand – und gleichzeitig fragte ich mich, wie ich es jemals schaffen sollte, wieder von hier wegzugehen. Doch zunächst musste ich herausfinden, wie es mit Gianni und mir weiterging, alles andere würde sich dann von selbst finden.

Kapitel Sechzehn

Papiersterne und Käseecken

Als ich in der Dämmerung im Cottage ankam, zog ich die Vorhänge zu und schmückte den Baum. Danach füllte ich Glasgefäße mit Flitterkram und Teelichtern, hängte im ganzen Haus Lichterketten auf, schnitt kleine Papiersterne aus, befestigte Schnüre daran und hängte sie an den Baum und um die Fenster herum.

Vergnügt vor mich hin summend, öffnete ich eine Flasche Rotwein und stellte einen knusprigen Laib Brot, den Käse und das hausgemachte Weihnachts-Chutney aus dem Geschenkkorb auf den Tisch. Ich konnte es kaum erwarten, den köstlichen Käse mit Gianni zu naschen. Es war unglaublich rührend, dass er dies als Chance nutzte, um sich mir anzunähern und mir seine Gefühle zu zeigen. Ich hatte ihn in der Vergangenheit so verletzt, dass er Angst hatte, mir zu gestehen, was er für mich empfand. Sein Geschenkkorb war eine wunderbare Idee, um das Eis zu brechen. Ich war innerlich sehr bewegt und gleichzeitig aufgeregt, wie sich der Weihnachtsabend gestalten würde.

Um sieben Uhr abends war er immer noch nicht da und hatte auch nicht auf meine SMS geantwortet. Enttäuscht fragte ich mich nun, ob er überhaupt kommen würde.

Kurz entschlossen rief ich ihn an und war erleichtert, als er sofort drangig.

»Hi, Gianni, ich habe alles für den Weihnachtsabend vorbereitet«, sagte ich. »Komm vorbei, wann immer es dir passt.«

»Wirklich? Ist das in Ordnung für dich?«

»Natürlich. Lass uns zusammen den Geschenkkorb plündern. Wir können den Käse mit dem Chutney essen, den Wein trinken, uns unterhalten. Ach, und den Baum habe ich auch geschmückt.«

»Ah, also ... Das hört sich sehr gut an. Ich bin gleich da.«

Als ich zufrieden lächelnd das Telefon auf die Kommode legte, erhaschte ich einen Blick auf mein Spiegelbild. Mein Lächeln schwand, als ich näher an den Spiegel herantrat und entdeckte, dass meine Haare von dem feuchten Wetter platt am Kopf klebten. Meine Gesichtshaut war trocken und von der Kälte ein wenig gerötet, und meine Augen waren klein wie Schweinsäuglein. Dummerweise hatte ich nur wenig Kleidung mitgenommen. Da ich nicht im Traum mit einer verführerischen Situation gerechnet hatte, hatte ich weder sexy Unterwäsche noch ausgeschnittene Kleider oder Blusen eingepackt. Meine Thermowesten waren nicht gerade ein Outfit, das Männer um den Verstand brachte. Rasch bürstete ich mir die Haare, legte Make-up auf und ein wenig Lippenstift, und sofort fühlte ich mich besser. Ich schnitt meinem Spiegelbild eine Grimasse und fragte mich, ob andere Leute auch das sehen konnten, was ich sah: ein achtzehnjähriges Mädchen im Körper einer Fünfundvierzigjährigen. Wann zum Teufel war das nur passiert?

Um halb acht klopfte es an der Tür, und als ich öffnete, stand Gianni, über und über mit Schnee bedeckt, auf der Schwelle. »Du siehst aus wie ein Schneemann – oder wie ein Yeti«, rief ich lachend und trat zur Seite, um ihn reinzulassen. Er brachte von draußen einen Schwall Kälte mit rein, und ich strich fröstelnd über meine Arme. Ich führte ihn ins Wohnzimmer und rief stolz: »Ist der Baum nicht schön geworden?« Lächelnd betrachtete er den Baum, sagte jedoch nichts dazu. Leicht enttäuscht ermahnte ich mich, meine Erwartungen nicht zu hoch zu stecken.

»Komm«, sagte ich und ging in die Küche. »Voilà!« Mit einer ausladenden Geste deutete ich wie eine Showmasterin auf den Geschenkkorb.

»Ja, sehr nett«, bemerkte er unverbindlich und alles andere als überwältigt.

»Dann können wir doch jetzt Wein trinken und den Korb leer futtern«, sagte ich leicht verunsichert. Sicher, er war nicht der überschwänglichste Typ, aber er wirkte beinahe schon gleichgültig. Ich hatte eine positivere Reaktion erwartet, zumal der Korb und der Baum seine Idee gewesen waren. »Deswegen bist du doch hier, Gianni, oder?«

»Ich bin mir da nicht so sicher ...«

»Oh, hast du deine Meinung geändert?« Was zum Teufel ging hier vor? Hatte ich die Signale schon wieder falsch gedeutet?

»Wie du weißt, ändere ich ständig meine Meinung«, antwortete er.

»Na schön, trinken wir erst einmal ein Schlückchen Wein«, sagte ich, enttäuscht über sein jähes Zurückrudern.

Ich schenkte Rotwein in die Gläser ein und behielt tapfer mein freundliches Lächeln bei, obwohl ich mich eher wie die Assistentin eines Zauberers kurz vor der Nummer mit der Enthauptung fühlte.

Ich fragte Gianni, ob er Hunger habe, und deutete auf die Käseplatte auf der Küchentheke.

»Nein, ich habe bereits gegessen.«

Warum schickte er mir dann einen gottverdammten Geschenkkorb mit einem Brief, in dem er mich mehr oder weniger unverhohlen bat, die Nacht mit ihm zu verbringen?

»Hast du vielleicht noch andere Pläne? Wenn ja, will ich dich nicht aufhalten«, sagte ich gereizt.

Verdutzt sah er mich an. »Nein, aber ... Es macht mich total fertig, in diesem Cottage zu sein, mit diesen lächerlichen kleinen Käseecken und dir ...«

Was war sein Problem? Das Cottage, der Käse oder ich? »Ich dachte, du wolltest mit mir die Sachen aus dem Korb essen und einen netten Abend verbringen«, sagte ich verwirrt.

»Ja, aber heiliges Hammelbein, Chloe, ich mag herzhaften toskanischen Käse, kräftige Weine aus Apulien ... nicht diese verdammten Käseecken aus Frankreich ...«

»Wenn du mit französischem Käse solche Probleme hast, hättest du ja italienischen Käse kaufen können«, fuhr ich ihn an, nicht gewillt, ihn noch länger wie ein rohes Ei zu behandeln. »Herrgott, Gianni, du benimmst dich wie ein trotziger Teenager! Was ist nur mit dir los?«

»Es macht mich traurig, hier zu sein, den Baum zu sehen und die kleinen Sterne an den Fenstern. Ich vermisse mein früheres Leben ... mit dir«, sagte er aus heiterem Himmel und sah mich aufmerksam an. »Schon gut. Du musst nichts sagen«, fügte er leise hinzu.

»Ich vermisse unser Leben auch«, sagte ich, erleichtert und glücklich über sein unerwartetes Geständnis. Es war schön, mit ihm an diesem kleinen Küchentisch aus unserem früheren Leben zu sitzen und im Schein der Kerzen Gedanken auszutauschen. Es fühlte sich richtig an. Gianni war meine große Liebe, und ich würde ihn wahrscheinlich immer lieben, doch ich wollte auf keinen Fall in das Leben zurück, aus dem ich geflohen war. »Mir fehlt das Leben, das wir am Anfang unserer Ehe hatten, nicht die Zeit, als wir uns immer mehr entfremdet haben«, sagte ich in die Stille hinein.

Er nickte und griff über den Tisch hinweg nach meiner Hand. Zwei einsame Menschen mit einer gemeinsamen Geschichte, die an Weihnachten wieder zusammenfanden.

»Eigentlich wollte ich dieses Jahr Weihnachten allein verbringen, um wieder etwas Zeit und Raum für mich zu haben«, begann ich. »Ich war überzeugt, dass ich auf einer rein geschäftlichen Ebene mit dir zusammenarbeiten könnte, aber Gefühle lassen sich nicht einfach abschalten, und die Vergangenheit holt einen immer wieder ein. Ich weiß nicht, ob das mit dir zu tun hat, mit Appledore oder mit Weihnachten oder mit allem zusammen.« Ich hielt einen Moment inne, ehe ich ihn fragte: »Bist du einsam?«

Er sah mir in die Augen. »Ich habe mir mühsam beigebracht, alleine klarzukommen«, sagte er. »Es ist besser, einsam zu sein als traurig und anderen Leuten zu erlauben, auf deinen Gefühlen herumzutrampeln und dich zu zerstören.«

»Ich wollte dich nicht zerstören. Aber ich hielt es nicht mehr aus, ich war so unglücklich, so einsam ...«

»Wir waren verheiratet, wie konntest du da einsam sein?«

»Du warst nie da.«

Ohne den Blick von mir zu nehmen, nickte er langsam.

Lag es am Kerzenlicht oder kam das warme Leuchten in seinen Augen aus seinem Inneren?

Während ich in diese Augen eintauchte, kam mir in den Sinn, dass wir beide wie zwei Kiesel in Appledore angespült worden waren. Ich blickte auf seine Hände, die auf dem Tisch lagen; es waren große Hände, schwielig von der Küchenarbeit. Diese Hände verwandelten die verschiedensten Zutaten sensibel und geschickt in wohlschmeckende, erlesene Gerichte; sie kneteten Teig, zupften an Kräutern, massierten Öl in Fleisch. Einen flüchtigen Moment lang überließ ich mich der Erinnerung, wie diese Hände sich auf meiner Haut angefühlt hatten.

»Manchmal fällt es mir schwer, meine Gefühle auszudrücken«, sagte er. Der Wein hatte ihn offenbar in eine gelöste Stimmung versetzt. »Aber ich bin sehr bewegt, weil du alles so schön für mich hergerichtet hast.«

Ich wollte schon eine belanglose Antwort darauf geben, doch dann entdeckte ich die Tränen in seinen Augen. Tröstend griff ich nach seiner Hand.

»Weißt du, es ist lange her, dass jemand etwas für mich gemacht hat. Nur für mich«, murmelte er.

Roberta hatte recht, wenn sie ihn als italienischen Hengst beschrieb. Sein Haar war voll, gewellt und heute Abend noch wilder zerzaust als sonst. Mir war sein Anblick vertraut, aber ich verstand, dass er auf fremde Menschen ausgesprochen attraktiv wirken musste. Was zum Teufel machte der Wein mit mir? Ich musste aufhören zu trinken, denn mich überkam plötzlich das Verlangen, mit den Fingern durch Giannis Haar zu streichen und mich an ihn zu schmiegen.

»Gianni«, sagte ich unvermittelt, »weißt du eigentlich, dass Löwe und Stier die Sternzeichen sind, die am wenigsten zusammenpassen?«

»Das glaube ich nicht.«

»Ich auch nicht«, sagte ich grinsend.

An diesem Weihnachtsabend lag eindeutig ein Zauber in der Luft. Ich fühlte mich wie eine Frau aus grauer Vorzeit, die ihren wilden Krieger anhimmelt und sich gleichzeitig danach sehnt, ihn zu zähmen. Ich liebte Giannis feuriges Temperament und seine Leidenschaft, aber ich brauchte auch seine Fürsorge und Zuwendung. Er wiederum war hinter seiner arroganten, rüpelhaften Fassade sehr verletzlich und brauchte meine Fürsorge und Zuwendung.

»Erzähl mir etwas über Italien«, bat ich ihn und dachte an früher, als wir frisch verheiratet waren. Und während er erzählte, schmeckte ich die süßen Tomaten, die auf dem Bauernhof seiner Familie in der Toskana wuchsen. Ich roch den schweren Rotwein vom benachbarten Weingut und rannte barfuß durch Sonnenblumenfelder. Als ich nach einiger Zeit aufstand, um eine neue Flasche Wein zu holen, sagte er: »Ich sollte besser gehen.«

Meine Fantasiebilder verschwanden abrupt, und die raue Wirklichkeit hatte uns wieder. Ich wollte nicht, dass er ging. Ich hatte gehofft, er würde bleiben und wir würden uns wieder annähern und es vielleicht noch einmal miteinander versuchen. Doch das war wohl Wunschdenken gewesen, und ich musste aufhören, an seine Vorzüge zu denken.

Er stand auf, und ich folgte ihm in die Diele. Als er seinen Mantel anzog, fühlte ich ein sehnsüchtiges Ziehen im Bauch, aber ich musste mich der Realität stellen: Trotz allem, was wir in den letzten Tagen erlebt hatten, empfand Gianni für mich offenbar nicht dasselbe wie ich für ihn. Ich dachte an die Frau mit den roten Haaren und den schönen grünen Augen, an den Anruf zu später Stunde, und fragte mich, ob dieser Geschenkkorb lediglich ein Trostpflaster gewesen war, um sein schlechtes Gewissen zu beruhigen. Vielleicht war zwischen uns tatsächlich nur noch Freundschaft möglich, und das sollte ich akzeptieren und ihn ziehen lassen. Als ich die Haustür öffnete, wütete draußen ein heftiger Schneesturm. Die kalte Luft raubte mir den Atem, und eine Ladung Schnee wehte in die Diele herein.

»Das ist ja das reinste Unwetter«, rief ich bestürzt. So ein Schneechaos hatte ich bisher noch nie erlebt.

Gianni blieb auf der Türschwelle stehen und war sich offenbar unschlüssig, ob er gehen oder bleiben sollte.

»Bei dem Wetter kannst du unmöglich gehen«, sagte ich, während ich in das dichte Schneetreiben hinausblickte, das uns von der Außenwelt abschirmte. Es war unheimlich und gleichzeitig wunderschön, denn die eisige Nachtluft hatte eine Wunderwelt aus Eiszapfen und glitzerndem Frost erschaffen.

»Tut mir leid, aber ich muss los«, sagte er. »Schließ die Tür hinter mir gut zu, damit nicht noch mehr Schnee hereinfällt.«

Er machte einen Schritt nach draußen und versank sofort bis zu den Waden im Schnee. Kopfschüttelnd blieb er stehen, kehrte dann zur Haustür zurück und sah mich schweigend an.

»Keine Chance, ich stecke hier fest«, sagte er und hob hilflos beide Hände.

Beinahe hätte ich über seine dramatische Geste gelacht. Insgeheim war ich jedoch erleichtert, dass er zum Bleiben verdammt war, denn wir hatten noch einiges zu klären, auch wenn er das anders sah.

»Ja, sieht so aus, als müsstest du bei mir und den kleinen Käseecken ausharren«, sagte ich lächelnd. Ich blickte zu ihm auf wie eine Katze, die gestreichelt werden wollte, und lehnte meinen Kopf an seine breite, muskulöse Brust.

Mit Gianni in diesem Cottage zu sein, wo unsere Hochzeitsnacht stattgefunden hatte, rief so viele Erinnerungen in mir wach, dass es sich einfach richtig anfühlte, mich an ihn zu lehnen. Er war mehr als einen Kopf größer als ich, etliche Kilo schwerer und unglaublich durchtrainiert. Wenn es früher in der Küche heiß war, hatte er seine weiße Jacke ausgezogen, und dann hatten sich unter seinem T-Shirt seine kräftigen Brustmuskeln abgezeichnet. Dieses Bild sah ich vor mir, als ich nun an seiner Brust lehnte, und ich musste mich beherrschen, um nicht über seine Muskeln zu streichen, weil sich das immer so gut angefühlt hatte.

Er schlang die Arme um mich, und ich schmiegte den Kopf noch enger an seine Brust, als wollte ich seinen Herzschlag hören. »Du wirst wohl oder übel bei mir bleiben müssen.«

»Ich könnte ein Taxi bestellen«, schlug er vor.

Mein Wohlgefühl erhielt einen Dämpfer. Warum wollte er unbedingt gehen, statt den Abend mit mir zu verbringen?

»An Weihnachten ist das wahrscheinlich schwierig, aber du kannst es ja versuchen. Allerdings sind wir hier nicht in London, wo du an jeder Straßenecke ein Taxi anhalten kannst.« Ich kam mir ziemlich dämlich vor, weil ich in der törichten Annahme gewesen war, er hätte gegen körperliche Nähe nichts einzuwenden. Offenbar hatte ich mich da getäuscht, und so löste ich mich aus der Umarmung und sah ihn an. »Bitte entschuldige, ich wollte dich auf keinen Fall zum Bleiben überreden. Aber da wir noch verheiratet sind, hätte ich nichts dabei gefunden, wenn du hier übernachtest. Natürlich nicht mit mir im selben Bett«, fügte ich hastig hinzu, was die Sache noch peinlicher machte.

»Natürlich nicht.« Er ging wieder zur Tür, und es war offensichtlich, dass er auf keinen Fall hier übernachten wollte, nicht einmal im Gästezimmer. Die Tatsache, dass er trotz dieses mörderischen Schneesturms unbedingt wegwollte, war für mein Ego jedenfalls nicht gerade förderlich. An der Tür blieb Gianni stehen und drehte sich zu mir um. »Ich glaube wirklich, es ist das Beste, wenn ich nach Hause gehe«, sagte er ernst.

Ich nickte tapfer, obwohl ich am liebsten geweint hätte, als ich beobachtete, wie er Schritt für Schritt durch den wadenhohen Schnee stapfte. Bis zum Restaurant würde er auf diese Weise ewig unterwegs sein. Aber er hatte sich dafür entschieden, und das sagte alles. Seinen verdammten Geschenkkorb hätte er sich echt sparen können! Fröstelnd schlang ich die Arme um mich und sah ihm nach, wie er sich in dem dichten Schneetreiben mühsam voranbewegte.

»Frohe Weihnachten!«, schrie ich ihm nach, worauf er sich kurz umdrehte und mir zuwinkte. Als ich die Tür schloss, war ich sehr traurig und durcheinander. Warum war er gegangen? Hatte er noch eine Verabredung? War er immer noch mit der Rothaarigen liiert, und ich hatte alles falsch interpretiert? Jedenfalls sollte ich mein Verlangen, ihn zu berühren, schleunigst unter Kontrolle bringen, denn was immer ihn bewegte, es waren nicht die gleichen Gefühle, die ich hatte.

Schamesröte schoss mir ins Gesicht, als ich mir die Szene in der Diele vergegenwärtigte: Wie ein verdammter Schoßhund hatte ich mein Gesicht an seine Brust geschmiegt. Und Gianni, wie er mich tröstend in die Arme nahm und mir beruhigend auf den Rücken klopfte. Mein Verhalten grenzte fast schon an sexuelle Belästigung! Man konnte sich nicht einfach an einen Mann schmiegen und hoffen, er werde den Liebesbeweis erwidern, selbst wenn es der Ex war. Ich setzte Wasser auf, um mir einen Tee aufzubrühen. Vom Wein hatte ich vorerst genug – er verführte mich dazu, dumme Sachen zu machen und mir alles Mögliche einzubilden. Dieser Rotwein hatte irgendwelche animalischen Gefühle in mir wachgerufen, die nicht gut für mein Seelenheil waren. Da war etwas in seinen Augen, seinem Auftreten, seinem Talent und seiner Kompromisslosigkeit, das ihn besonders attraktiv machte. Und ich wollte ihn, nur ihn – doch gut möglich, dass ich mit meinem Wunsch nicht allein war und eine andere Frau nun sein Herz erobert hatte. War es für uns beide wirklich zu spät?

Kapitel Siebzehn

Hormone, Erinnerungen und Begierde

Niedergeschlagen trank ich meinen Tee, selbst der Anblick des festlich geschmückten Weihnachtsbaums vermochte meine Stimmung nicht aufzuhellen. Ich hatte den Geschenkkorb und den Christbaum als zarten Annäherungsversuch verstanden, besser gesagt missverstanden und mich wieder in Gianni verliebt. Mir fehlte der Beistand von Freundinnen, die Klartext mit mir redeten und mich daran hinderten, blindlings in die Gefühlsfalle zu tappen.

Gianni hatte scheinbar keine Ahnung, was er mit seinen netten Geschenken bei mir ausgelöst hatte. Jeder normale Mensch hätte das sofort erkannt, nur ich nicht. Mit mir selbst hadernd, wanderte ich ziellos durch das Cottage. Der Plan für den Weihnachtsabend war eigentlich der, dass ich in der Küche den Truthahn auftaute und Karotten schnippelte, während Gianni eine köstliche Pastasoße zubereitete und laut zur Musik mitsang. Im Kühlschrank sollte ein in Marmelade eingelegter Schinken sein, der vorher in einem heißen Backofen gegart wurde.

Seufzend schaltete ich den Fernseher an. Gerade lief die Mitternachtsmesse, und weihnachtliche Chöre erfüllten den Raum wie duftende Tannennadeln. Ich öffnete eine neue Flasche Rotwein (okay, ich brach meinen vor einer halben Stunde geleisteten Schwur, mit dem Trinken aufzuhören) und dachte wieder daran, dass Gianni lieber in den Schneesturm hinausgegangen war, statt die Nacht mit mir zu verbringen. Das Glas in der Hand, ließ ich mich auf einen Sessel sinken und lauschte den Chören Ich hatte mir eingeredet, ich könnte dieser festlichen Stimmung entfliehen – was für ein Trugschluss! Weihnachten war in meinen Genen, meine Eltern hatten dieses Fest für ihr einziges Kind immer sehr schön gestaltet. Anfang Dezember dekorierten wir zu dritt das Haus, schmückten den Baum mit unserem alten Christbaumschmuck, aber jedes Jahr kamen neue, selbst gebastelte Papierengel oder Sterne hinzu. Mum und ich sammelten Marmeladengläser für Teelichter und steckten Nelken in Orangen, damit es im ganzen Haus weihnachtlich duftete. Wir hatten nicht viel Geld, aber viel Fantasie, um diese festliche Zeit jedes Jahr zu einem besonderen Erlebnis zu machen. Diese Kindheitserinnerungen prägten meine Liebe zu dieser Zeit. Ich hatte immer gehofft, diese Familientradition an meine Kinder weitergeben zu können. Als in der Mitternachtsmesse nun »Deck the Halls« erschallte, war ich in Tränen aufgelöst, sang aber lauthals mit.

Plötzlich erspähte ich draußen am Fenster die Silhouette eines Mannes – und es war definitiv nicht die des Weihnachtsmannes. Als wäre mein ganzes Leben nicht schon katastrophal genug, erschien jetzt auch noch ein Irrer auf der Bildfläche, der drauf und dran war, in mein Haus einzudringen und mich zu bedrohen. Ich war wie gelähmt, meine Nackenhaare stellten sich auf. Als ich an der Haustür ein Geräusch vernahm, sprang ich auf, schnappte mir einen alten Kricketschläger, den ich hinter dem Sofa entdeckt hatte, und stürmte in die Diele. Durch das kleine Türfenster war der Schatten eines Gesichts zu erkennen. »Verschwinden Sie! Ich rufe jetzt die Polizei!«, kreischte ich, während im Hintergrund der Choral anschwoll. Der Mann hämmerte nun gegen das Türfenster, und je lauter er hämmerte, desto lauter schrie ich.

Ich hielt den Kricketschläger mit beiden Händen fest, bereit, mein Leben mit Gewalt zu verteidigen. Vielleicht war es ein Serienkiller, der immer an Weihnachten zuschlug? Verdammt, ich sollte wirklich aufhören, diese dummen Krimis zu lesen. Doch je näher ich an das Türfenster gelangte, desto bescheuerter fühlte ich mich. Es war Gianni, der von seinem Schneeausflug zurück war und sein Gesicht an die Scheibe presste, in der verzweifelten Hoffnung, ich möge ihn endlich hereinlassen.

»Mir war klar, dass du bei dem Wetter nicht weit kommen würdest«, sagte ich, als ich ihm die Tür öffnete.

»Spielst du Kricket?«, fragte er verwundert und deutete auf den Schläger in meiner Hand.

»Nein«, erwiderte ich, zu erschöpft, um ihm eine Erklärung zu geben. Mit einer Handbewegung scheuchte ich ihn in die Diele und verstaute den Schläger rasch wieder hinter dem Sofa.

»Mir tun die Füße weh. Ich fühle mich schwach wie ein alter Mann«, klagte er, über und über mit Schnee bedeckt.

»Tja«, sagte ich einfallslos, aber ich hatte auch Höhen und Tiefen hinter mir. Mein Herz klopfte immer noch wie verrückt, und das hatte nichts mit romantischen Gefühlen zu tun. Wenn ein Mann es vorzog, lieber in die Eiseskälte hinauszugehen, statt eine Nacht in einem gemütlichen

Gästezimmer zu verbringen, war Romantik kein Thema mehr.

»Ich bleibe eine Weile hier, bis es aufhört zu schneien«, sagte er. Offenbar plante er bereits seine nächste Flucht. Hatte er noch eine Verabredung, die er auf keinen Fall versäumen wollte?

»Es wird bis morgen weiterschneien«, verkündete ich unbarmherzig. Laut Wetterbericht würde der Schneesturm noch etliche Stunden anhalten, Straßen waren gesperrt, der Zugverkehr war eingestellt worden, und es wurde geraten, das Haus nicht zu verlassen – das galt auch für Gianni, ob er nun wollte oder nicht. »Soll ich dir das Gästezimmer herrichten?«, fragte ich sachlich und mit angemessenem Sicherheitsabstand. Ich wollte nicht den Eindruck erwecken, mein Angebot sei irgendwie zweideutig. Er hatte mir deutlich zu verstehen gegeben, dass er nichts von mir wollte, und ein zweites Mal würde ich mich nicht mehr zum Narren machen.

»Hm, ich glaube nicht, dass ich bleiben kann.«

»Hör zu, als ich mich vorhin an dich angelehnt habe ... das war kein, ähm ... kein Angebot oder Annäherungsversuch«, sagte ich, um die Sache aus der Welt zu schaffen.

Den Kopf zur Seite geneigt, sah er mich an, als wartete er auf eine überzeugendere Erklärung.

»Ich musste mich einfach kurz irgendwo anlehnen, und du warst da. Du bist groß und kräftig und hast dich zum Anlehnen immer gut geeignet«, plapperte ich drauflos. »Du hast gesagt, ich hätte dir gefehlt, und da dachte ich, es sei okay. Du weißt ja, alte Gewohnheiten lassen sich nur schwer ablegen.«

»Was soll ich darauf sagen, Chloe? Gefühle sind kompliziert. Ich weiß nicht, ob ich meinen Gefühlen trauen kann. Oder deinen«, fügte er hinzu.

»Okay, Gianni, lass uns einfach einen Waffenstillstand schließen, und du bleibst hier, bis der Schneesturm sich gelegt hat«, schlug ich vor.

Er nickte, und ich ging in die Küche, um uns heißen Kakao zu kochen.

»Zieh deine nassen Sachen aus«, rief ich ihm von der Küche aus zu. »Wenn du deinen Pullover vor das Feuer legst, ist er morgen früh trocken. Am Meer ist das Wetter viel rauer als in der Stadt, was?«

»Ja, aber ich mag die Küsse, auch wenn es eiskalt ist.«

Ich schmunzelte in mich hinein. »Eigentlich hatte ich von langen Spaziergängen am Meer geträumt, aber bei der Kälte ist das ziemlich ungemütlich«, sagte ich, als ich mit zwei dampfenden Tassen Kakao ins Wohnzimmer kam.

Er hatte seinen Mantel und den Pullover ausgezogen und saß auf einem Sofa. Einen Moment lang war ich unschlüssig, ob ich mich neben ihn oder auf das andere Sofa setzen sollte. Doch dann sagte ich mir: *Hey, das ist mein Mann, ich kann mich neben ihn setzen, wenn ich das will*, und ich wollte es. Doch als ich dann neben Gianni Platz nahm, hätte ich beinahe den Kakao verschüttet, denn er hatte auch seine Jeans zum Trocknen vor das Feuer gelegt und saß nur in Boxershorts da. Er sah zum Anbeißen aus, so köstlich wie heiße Schokolade mit schmelzenden Marshmallows und Sahne, aber ich bemühte mich, ihn nicht anzustarren. Als Italiener hatte er keine Probleme damit, sich auszuziehen. Vielleicht hatte es mit dem warmen Klima zu tun, dem heißblütigen Temperament – das waren natürlich Klischees, aber ich konnte es mir nicht anders erklären. Früher war es mir manchmal so vorgekommen, als würde ich mit einem Stripper zusammenleben, wenn er völlig selbstverständlich halb nackt durch das Haus spazierte. Ich reichte ihm seine Tasse und vermied den Blick auf seine nackten Oberschenkel, an die ich mich nur allzu gut erinnerte.

»Mir tun die Bälle weh«, sagte er unvermittelt.

Was zum Teufel hatte das nun wieder zu bedeuten? Meinte er etwa seine Hodenbälle? Erst lief er im Schnee herum, dann zog er sich bis auf die Boxershorts aus und redete über seine Hoden? Vielleicht war mir da irgendetwas entgangen. Ich beschloss, die Bemerkung zu ignorieren. Schweigend saßen wir vor dem Feuer und hingen unseren Gedanken nach – wobei das eher für ihn galt, da ich hauptsächlich damit beschäftigt war, meinen Blick von ihm abzuwenden.

Als ich gerade begann, mich ein wenig zu entspannen, stieß Gianni plötzlich ein lautes Stöhnen aus und zog seinen Fuß nach oben wie in einer seltsamen Yogastellung.

Vielleicht hatte er nach unserer Trennung eine Vorliebe für exzentrische Sexstellungen entwickelt? Ich hatte gar nicht gewusst, dass er sich derart verrenken konnte.

»Hey, Gianni, beinahe hätte ich meinen Kakao verschüttet«, sagte ich sehr unsexy. Er schaukelte nun vor und zurück und zog auch seinen anderen Fuß hoch, bis er in einer etwas schiefen Lotusstellung saß.

»Meine Fußbälle sind vom Laufen ganz wund«, jammerte er.

»Oh, deine Ballen! Du meinst deine Fußballen!«, rief ich.

»Sicher«, antwortete er, als wäre ich etwas beschränkt, und zog den Fuß näher an sich heran, indem er ihn an seinen Oberschenkel anhob. Dabei verrutschten seine Boxershorts ein wenig, und ich wandte den Blick rasch ab, während er sich in seine gewünschte Stellung setzte. »Verbringst du den Weihnachtstag morgen allein?«, fragte er.

»Ja«, sagte ich, den Blick auf meinen Kakao gesenkt, damit meine Augen nichts sahen, was sie nicht sehen sollten.

Er trank seinen Kakao, hatte ganz offensichtlich nicht die leiseste Ahnung von der Begierde, die seine Boxershorts in mir auslösten.

»Und du?«, fragte ich und hoffte inständig, er würde es mir nicht erzählen, falls er ein Rendezvous mit der Rothaarigen hätte. Das könnte ich heute nicht ertragen.

»Auch allein.«

»Oh, ich nahm an, du würdest Weihnachten mit einer ganz speziellen Person verbringen«, hakte ich entgegen meiner guten Vorsätze nach und bemühte mich, nicht bitter zu klingen. Jetzt ergab alles einen Sinn; er strich mir über die Wange, er tanzte mit mir, aber mehr war nicht, denn er sparte sich für die andere auf. Ich hatte diesen Gesten zu viel Bedeutung beigemessen.

»Du wirkst deprimiert«, sagte er.

»Nein, ich bin nicht deprimiert. Aber ich verstehe nicht, warum du es mir nicht einfach erzählst! Ich habe sie gesehen, Gianni... die Frau mit den roten Haaren... auf dem Foto bei der Preisverleihung. Sie hat dich gestern angerufen.«

»Ahh, du meinst Natalia«, sagte er. »Eine bezaubernde Frau.«

Ich hätte beinahe losgeheult. »Ihr seid also ein Paar. Wolltest du deshalb nicht hier übernachten, weil du mit ihr zusammen bist?«

Er begann zu lachen, was ich ziemlich grausam fand. Gianni war früher nie grausam gewesen.

»Was ist daran so lustig?«, fuhr ich ihn an.

»Heiliges Hammelbein, Chloe, glaubst du allen Ernstes, ich hätte eine Freundin?«

»Ich habe das Foto von euch beiden gesehen. Sie hing ja förmlich an dir dran«, sagte ich bitter, obwohl ich das eigentlich vermeiden wollte.

»Ich treffe mich nicht mit anderen Frauen.«

»Komm schon, wer ist sie?«

»Niemand. Das Thema Frauen ist für mich erledigt.«

»Auch das Thema Natalia?«

»Ja. Sie hat einen Freund.«

»Dann hat sie ihn also mit dir betrogen, ja?«

Er grinste über das ganze Gesicht, und seine Augen funkelten vor Vergnügen.

»Das ist nicht lustig, Gianni.«

»Sie ist nur eine Freundin.«

»Blödsinn! Wenn sie nur eine Freundin wäre, würde sie dich nicht so spät am Abend anrufen.«

»Okay, okay, ich werde Farbe bekennen. Natalia wurde von Kim engagiert, meiner verrückten PR-Frau. Natalia ist ein Model, und wir haben sie dafür bezahlt, dass sie mich zu wichtigen Events begleitet. Das war alles nur Publicity.«

Mein Herz machte einen kleinen Freudentanz. Am liebsten wäre ich Gianni um den Hals gefallen, aber ich hielt mich zurück – eine Abfuhr genügte.

»Oh, sie war gar nicht deine Freundin?«

Er schüttelte den Kopf, doch ich war noch nicht zufrieden. »Warum ruft sie dich dann mitten in der Nacht auf deinem Handy an?«

»Sie hat aus L.A. angerufen, wo sie lebt, und dort war es Nachmittag. Sie wollte mir mitteilen, dass sie heiratet und nicht mehr als meine Freundin bei Events auftreten wird.«

»Ach, so ist das also«, brummte ich verlegen.

»Habe ich dich eifersüchtig gemacht, Chloe? Ich hoffe es jedenfalls«, sagte er. Ich kam mir wie eine Idiotin vor, doch das würde ich Gianni nicht auf die Nase binden, sonst würde er mich bis in alle Ewigkeit damit aufziehen.

»Wenn du keine Freundin hast, warum sträubst du dich dann so, bei mir zu übernachten? Ähm, ich meine natürlich im Gästezimmer, nicht bei mir«, platzte ich heraus.

»Weil ich mich schützen muss, Chloe. Ich könnte es nicht aushalten, wenn du mich ein zweites Mal verlässt.«

»Das verstehe ich, aber inzwischen weiß ich, was ich will. Du warst einfach viel zu selten für mich da, Gianni.«

»Nein, da muss ich dir widersprechen. Wenn du von einem Auslandsjob kamst, bin ich früher aus dem Restaurant gegangen, um dich am Flughafen abzuholen. Ich habe eine Preisverleihung vorzeitig verlassen, weil du Probleme mit dem Wagen hattest. Wenn du nachts geweint hast, habe ich dich getröstet, dir die Tränen abgewischt und dir auch morgens um vier noch eine Riesenportion Pasta gekocht, damit es dir wieder besser geht.«

Zum ersten Mal gelang es mir, die Vergangenheit durch seine Augen zu sehen. Er hatte recht; auf seine eigene Weise war er immer für mich da gewesen, nur hatte er, statt mit mir über uns und unsere Gefühle zu sprechen, eher für mein körperliches Wohl gesorgt.

»Wahrscheinlich haben wir beide einfach nicht erkannt, was der andere braucht«, sagte ich in dem Bewusstsein, dass auch ich nicht für ihn da gewesen war.

»Was ist eigentlich mit diesem *Star Trek*-Typen? Ich habe auf Facebook Fotos von euch beiden gesehen. Gibt er dir das, was du brauchst?«

Aha, er hatte mich also auch auf Facebook gestalkt. Das schmeichelte mir, denn es bedeutete, dass ihm etwas an mir lag. Nur dumm, dass er das Foto von Nigel mit den lächerlichen Mr.-Spock-Ohren gesehen hatte. Ich dachte, ich hätte es gelöscht. »Oh, Nigel! Er ist ganz nett. Ich bin ein paar Mal mit ihm ausgegangen, mehr war da nicht.«

»Wolltest du mich mit den Fotos eifersüchtig machen?«

»Nein! Okay, ein wenig... Als ich das Foto von dir und Natalia entdeckte, wollte ich dir demonstrieren, dass auch ich mein Leben weiterlebe und Spaß habe.«

»Ist es wirklich völlig vorbei mit ihm? Ich könnte nicht mit dir zusammen sein, wenn du einen Geliebten hättest und mich irgendwann doch wieder verlassen würdest.«

Ich spürte ein hoffnungsvolles Flattern im Bauch. »Wolltest du wegen Nigel nicht hier übernachten? Ist er der Grund dafür, dass du mich ständig einem Wechselbad der Gefühle aussetzt?«

»Das war nie meine Absicht.«

»Warum sendest du mir dann ständig doppelte Botschaften? In der einen Sekunde deutest du an, dass du wieder mit mir zusammen sein willst, in der nächsten weist du mich zurück.«

Er nickte. »Tut mir leid. Aber ich will wieder mit dir zusammen sein, Chloe. Ich bin nach Appledore gegangen, um vor dir zu fliehen, aber du warst überall, in jeder Straße, jeder Ecke, bei jedem Sonnenuntergang. Und als du dann hier warst, habe ich gemerkt, wie sehr ich dich immer noch liebe. Für mich gibt es keine andere Frau.«

Freudige Wärme durchströmte mich. Wie war es möglich, dass zwei Menschen sich liebten, aber ihre Gefühle einander nicht mitteilen konnten? Wir waren beide so verletzt gewesen, dass wir es nicht geschafft hatten, aufeinander zuzugehen. Jetzt wünschte ich, ich hätte Nigel niemals in den sozialen Medien erwähnt. Aber nachdem ich das Foto von Gianni und der schönen Natalie gesehen hatte, war ich so in Rage gewesen, dass ich mich ein paar Mal mit Nigel getroffen hatte, um Fotos von uns beiden posten zu können. Manchmal markierte ich ihn sogar, wenn er auf einem Foto gar nicht zu sehen war, sondern lediglich zwei Drinks. Kein Wunder, dass Nigel verwirrt war. Er musste sich gefragt haben, was ich überhaupt von ihm wollte.

Als ich Gianni nun ansah, glaubte ich ihm, dass ich für ihn die einzige Frau war. Eine heftige Leidenschaft für meinen Mann wallte in mir auf, wie ich sie lange nicht mehr gespürt hatte – zumal er obendrein halb nackt neben mir auf dem Sofa saß. Bis vor Kurzem hatte ich Gianni durch einen Nebel aus Ärger, Bitterkeit und Zorn gesehen, doch da ich nun wusste, dass er Single war, wurden ganz andere Regungen in mir wach.

»Hast du nach mir wirklich keine andere Frau mehr geliebt?«, wagte ich zu fragen. Wenn wir unserer Beziehung noch eine zweite Chance geben wollten, mussten wir offen miteinander reden.

»Doch.«

Mir blieb das Herz stehen. »Wer war sie?«

»Eine Ziege in meinem Dorf in der Toskana. Ich habe sie im Sommer kennengelernt, also eine echte Sommerromanze«, sagte er völlig ernst, doch seine Augen funkelten verräterisch.

Ich kicherte. »Dann weiß ich ja jetzt Bescheid. Bist du auch jetzt gerade verliebt?«

»Ich glaube.«

»Ist sie ein Teil deines Lebens?«

»Oh, ja.«

»Ist sie atemberaubend schön?«, insistierte ich lachend weiter und ließ es zu, dass er mich in die Arme nahm und küsste.

»Sie ist wunderschön und ein sehr liebenswürdiger Mensch, sehr nett und fürsorglich.« Einen Moment starrte er schweigend ins Kaminfeuer, ehe er sich wieder mir zuwandte.

»Diese Frau, die du liebst – glaubst du, sie liebt dich auch?«, drang ich weiter in ihn ein.

»Sie hat mich sehr geliebt, aber oft auch ziemlich geärgert. Anfangs hatte sie keine Ahnung, wie gut ich im Bett bin. Sobald sie merkte, dass ich voller Leidenschaft bin, war es um sie geschehen, und wir waren das glücklichste Paar auf Erden.«

Ich schmunzelte. »Meinst du, ihr könntet wieder das glücklichste Paar auf Erden werden?«

»Ja, ich glaube schon. Wenn sie bei mir bleibt und mich so sehr liebt wie ich sie.«

»Das tut sie«, sagte ich beinahe flüsternd. Flüchtig schoss mir durch den Kopf, dass dieser Weihnachtsabend völlig anders war als im letzten Jahr. Damals hatte ich unserer Beziehung keine Chance mehr gegeben. Heute saßen wir nun zusammen in Appledore und hatten wieder zueinandergefunden.

Er stellte seine leere Tasse auf den Boden und ergriff meine Hände.

»Ich hätte dich niemals verlassen sollen, Gianni«, sagte ich. »Und du hättest mich nicht gehen lassen dürfen.«

»Ich weiß. Ich hätte mich ohrfeigen können, weil ich so verdammt dumm war, dich einfach gehen zu lassen.«

»Ich hätte mit dir reden sollen. Hasst du mich dafür, dass ich gegangen bin?«

»Nein. Hasst du mich denn, weil ich dir nicht nachgelaufen bin?«

»Nein, im Nachhinein weiß ich, dass ich den Abstand gebraucht habe. Jetzt bin ich allerdings froh, wieder bei dir zu sein und die Chance zu haben, dich ganz neu kennenzulernen, ohne das Londoner Restaurant und all die anderen Probleme im Rücken.« War es Schicksal oder Zufall, aber ich war mit dem richtigen Mann zum richtigen Zeitpunkt am richtigen Ort.

Es lag eine seltsame Ironie darin, dass wir erst jetzt, fernab von zu Hause und in Trennung lebend, über unsere Gefühle sprechen konnten. Vielleicht brauchte man in einer Ehe manchmal Abstand voneinander, um sich wieder neu zu entdecken.

»Du hast mir das Herz gebrochen«, fuhr er fort. »Ich habe alle drei Tage deinen Lieblingskuchen gebacken, für den Fall, dass du zurückkommst. Ich wollte alles tun, um dich glücklich zu machen. Aber du bist nicht zurückgekommen, und die Kuchen wurden hart und bekamen Risse, genauso wie mein Herz«, sagte er leise, meine Hände mit seinen umfassend.

Während ich in die verglühenden Holzscheite des Feuers blickte, spürte ich, wie in mir auf der Asche der Vergangenheit etwas Neues entfacht wurde. Es fühlte sich absolut richtig an, als Gianni sich nun über mich beugte und mit beiden Händen mein Gesicht umfasste. Ich spürte die Intensität, die er verströmte. Das Feuer flackerte jetzt auch in seinen Augen, und ich verlor mich in den Flammen, vergaß den Schmerz und die Trauer, und gab mich willig seinem Kuss hin.

Das war der Gianni, den ich kannte, fremd, aber trotzdem vertraut; selbst sein Geruch hatte sich ein wenig verändert. Er war feurig und leidenschaftlich, genauso wie seine Küsse, und als seine Zunge sich sanft, aber bestimmt in meinen Mund drängte, glaubte ich, vor Wonne zu vergehen. Nachdem wir uns eine Weile geküsst hatten, löste er sich von mir und fragte mit heiserer Stimme: »Alles in Ordnung?« Ich nickte und zog ihn wieder an mich, streifte ihm die Boxershorts ab und ließ die Hände über seine nackte Haut gleiten. Ich begehrte ihn mehr als alles andere auf der Welt. Es war wunderbar zu entdecken, dass wir zu solchen Gefühlen immer noch fähig waren. Es war, als hätten wir unter dem Christbaum ein Geschenk gefunden, das wir nun langsam und voller Vorfreude auspackten. Das war nicht mein Ehemann, der mit mir Liebe machte, es war der Mann, in den ich mich vor vielen Jahren verliebt hatte. Ich genoss das starke Verlangen, das mich in Regionen katapultierte, an denen ich noch nie zuvor gewesen war. Und als wir beide den Höhepunkt erreichten und Gianni vor Ekstase laut schrie, verschmolz seine Stimme mit dem Choral aus dem Fernsehen zu einem ganz eigenen, einzigartigen Weihnachtschoral.

Kapitel Achtzehn

Das Erwachen der Macht

Als ich am nächsten Morgen erwachte, schaute ich sofort zum anderen Kissen hinüber, in der Erwartung, das unrasierte Gesicht und die zerzausten Haare eines schlafenden Mannes zu sehen. Aber Gianni war gegangen. Was war geschehen? Ich dachte, wir hätten gestern Abend alles geklärt. Hatte Gianni einen jähen Sinneswandel vollzogen?

Rasch schlüpfte ich in den Morgenmantel, blickte aus dem Fenster und stellte fest, dass der Schneesturm immer noch nicht abgeklungen war. Offenbar hatte Gianni es kaum erwarten können, nach Hause zurückzukehren, wenn er sich bei diesem Wetter nach draußen wagte. Das konnte nur mir passieren, dass sich mein Mann nach einem One-Night-Stand am nächsten Morgen sofort aus dem Staub machte, ohne sich zu verabschieden. Es wäre nett gewesen, wenn er noch eine Weile geblieben wäre und mir zumindest frohe Weihnachten gewünscht hätte.

Wir waren so wild darauf gewesen, miteinander ins Bett zu gehen, dass wir nicht darüber gesprochen hatten, wie es mit uns weitergehen würde. Waren wir wieder ein Paar oder nicht? Ich hoffte es, aber Giannis heimliches Verschwinden sprach Bände.

Außerstande, einen klaren Gedanken zu fassen, ging ich in die Küche, setzte Wasser auf, warf einen Teebeutel in die Tasse und überlegte fieberhaft, was Gianni wohl geritten haben mochte. Als das Wasser kochte, hörte ich, wie die Haustür geöffnet wurde und jemand hereinkam. Mein erster Impuls war, mir wieder den Kricketschläger zu schnappen, bereit, jeden niederzuschlagen, der mich angreifen wollte. Aus der Diele ertönten schwere Schritte, aber ehe ich Gelegenheit hatte, meinen Kricketschläger zum Einsatz zu bringen, war der Eindringling bereits im Wohnzimmer. Den Schläger in der Hand, spurtete ich aus der Küche ins Wohnzimmer, worauf der Eindringling eine Tüte fallen ließ. Es war Gianni, und zu seinen Füßen lag ein Berg frischer Croissants.

»Warum hast du im Haus immer einen Kricketschläger in der Hand?«, fragte er verwundert und blickte auf die Croissants hinunter. Ehe ich sie aufheben konnte, packte Gianni mich um die Taille, zog mich an sich und küsste mich.

»Gianni, ich dachte, du seist einfach so gegangen«, sagte ich, halb lachend, halb weinend vor Erleichterung.

»Ich wollte dir Frühstück ans Bett bringen, weil du mich so glücklich machst. Das sind warme Croissants aus dem Restaurant, dazu gehört eigentlich echter italienischer Kaffee, nicht dieses verdammte Instantzeug, das du dir gekauft hast.«

»Was für eine nette Bemerkung ...«

»Das mit dem blöden Instantkaffee?«

»Nein, dass ich dich glücklich mache. Denn du machst mich auch sehr glücklich«, sagte ich.

Er beugte sich vor und flüsterte mir ins Ohr: »Du wolltest gestern Abend unbedingt mit mir ins Bett gehen, nicht wahr?«

»Bilde dir bloß nicht zu viel darauf ein«, erwiderte ich lachend, aber tatsächlich hatte ich schon wieder Lust, mit ihm ins Bett zu gehen. Scherzhaft schob ich ihn weg und fragte: »Wie geht es jetzt mit uns weiter?«

»Ganz einfach. Wir sind wieder zusammen, oder?«

»Das wäre wunderschön, aber wie soll das funktionieren?«

»Wie meinst du das?«

»Na ja, du lebst jetzt hier, und ich habe eine Wohnung in London.«

»Du ziehst hierher, und wir leiten das Restaurant zusammen. Ohne dich würde es mit dem Restaurant sowieso nicht funktionieren. Und dann leben wir hier glücklich und zufrieden bis in alle Ewigkeit.«

Er sagte genau das, was ich hören wollte, aber nie zu hoffen gewagt hatte. Mit Gianni hier zu leben und das Restaurant zu führen wäre die Erfüllung unseres gemeinsamen Traums.

»Ich bin bereit dafür. Aber sind auch *wir* dafür bereit?«

»Ich warte schon sehr lange darauf, dass du zu mir zurückkommst«, sagte er ernst.

»Du weißt schon, dass ich nur wegen deiner köstlichen Kuchen zurückgekommen bin«, bemerkte ich lächelnd.

»Du bist ganz schön gerissen«, rief er. Wir küssten uns wieder und rollten uns binnen Sekunden eng umschlungen über die warmen Croissants. Es war mir völlig egal, dass die fettigen Teilchen Flecken auf dem Teppich machten, ich genoss einfach nur den wilden, hemmungslosen Sex auf dem Boden. Dann hob Gianni mich hoch, trug mich zum

Esstisch, fegte die darauf befindlichen Sachen mit einer Hand hinunter, legte mich auf die Weihnachtstischdecke und verwöhnte mich auf jede nur erdenkliche Weise. So animalischen Sex hatte ich noch nie erlebt, und als es vorbei war, keuchte ich vor Lust, aber auch vor Überraschung.

»So wilden Sex hatten wir noch nie«, sagte ich, während ich vom Tisch hüpfte und die Tischdecke um mich schlang.

»Wir hatten einfach zu viele Probleme«, sagte er. »Jetzt gibt es eine neue Chloe und einen neuen Gianni.«

Er hatte recht, dies war unsere zweite Chance. Wir konnten uns glücklich schätzen, dass wir die Möglichkeit hatten, es diesmal besser zu machen.

Lächelnd ergriff Gianni meine Hand und führte mich zum Sofa, wo wir uns eng aneinander kuschelten. »Du inspirierst mich zu neuen erotischen Abenteuern. Ich möchte überall mit dir Sex haben«, flüsterte er. Es war, als hätte sich eine Tür zu einem völlig neuen Leben geöffnet, auf das ich vorher nicht einmal einen Blick erhascht hatte. Erotik war ein Bestandteil unserer Ehe gewesen, aber nicht der Mittelpunkt und immer von gewissen Hemmungen meinerseits begleitet. Ich war Giannis Frau, doch wegen meines Kinderwunsches war der Sex irgendwann zur Pflicht geworden, die Spontanität war verschwunden, und als mir klar wurde, dass wir niemals Kinder haben würden, hatte ich gar keinen Sex mehr gewollt. Jetzt herrschte eine völlig neue Situation, wir hatten Sex, weil wir es wollten, ohne Kalender, ohne Druck, einfach nur aus Lust und Freude an dem anderen.

Während ich, in die Tischdecke gehüllt, auf dem Sofa saß, fiel mir auf einmal eine Begebenheit ein, die ich verdrängt hatte, eine wunderschöne Erinnerung an unsere

Flitterwochen in Appledore. Wir waren Hand in Hand am Strand spazieren gegangen, und plötzlich hatte mich das unkontrollierbare Verlangen übermannt, mit ihm zu schlafen. Als wir uns küssten, war ich diejenige, die mehr wollte. Es war Dezember, der Strand war menschenleer, und ich schlug vor, noch ein Stück zu gehen und ein stilles Plätzchen zu suchen. Er sah mich an, als hätte ich ihm ein wunderbares Geschenk gemacht, nahm mich bei der Hand, und dann rannten wir den Strand hinunter und hielten Ausschau nach einer Düne, einem Mäuerchen. Als wir schließlich eine verschwiegene Stelle fanden, deckten wir uns mit seinem Mantel zu, ich kletterte auf ihn, und wir liebten uns. Das war die Frau, die ich vor den ganzen Problemen und Enttäuschungen war: keine Ehefrau, keine Karrierefrau, keine Mum, sondern einfach nur ich, Chloe.

Mein Leben war nicht auf geradem Weg verlaufen, es hatte Irrungen und Wirrungen gegeben, gute und schlechte Zeiten. Ich würde nie eine Familie haben, doch ich war mit dem Mann zusammen, der sein Herz nur einmal verschenkte. Ich fühlte mich reich beschenkt vom Leben.

Gianni war liebevoller denn je und wirkte deutlich entspannter; er überhäufte mich mit Küssen und Liebkosungen und folgte mir sogar in die Küche, einfach nur, weil er mir nah sein wollte. Und mir ging es genauso.

Plötzlich klingelte mein Telefon, und wir sahen beide den Namen auf dem Display: Nigel.

»Das darf doch nicht wahr sein! Wie kann dieser Hirnochse es wagen, dich hier anzurufen!«, knurrte Gianni.

»Reg dich ab. Vielleicht will er mir nur frohe Weihnachten wünschen«, sagte ich beschwichtigend.

Schmollend sah er mich an.

»Sei nicht kindisch, Gianni. Ich sollte den Anruf lieber annehmen, sonst wird er es ununterbrochen weiter versuchen. Er ist ziemlich durchgeknallt, und es würde mich nicht wundern, wenn er plötzlich vor der Tür stünde.« Entschlossen drückte ich die grüne Taste, während Gianni vor sich hin brummelte.

»Hi, Nigel, es ist gerade etwas unpassend«, sagte ich.

»Oh, tut mir leid.«

»Schon gut.« Ich kam mir ein wenig gemein vor, ihn an Weihnachten so abzuwimmeln. Bestimmt war er einsam, ich sollte also etwas sensibler sein.

»Ich wollte dir nur frohe Weihnachten wünschen und dich fragen, ob du den Geschenkkorb bekommen hast«, sagte er. Im ersten Moment hatte ich keine Ahnung, wovon er redete, doch dann fiel es mir wie Schuppen von den Augen.

»Meinst du den Geschenkkorb von dem hiesigen Feinkostladen?«, fragte ich und sah Gianni, der finster ins Leere starrte, scharf an. O Gott, der Korb war ein Geschenk von Nigel, nicht von Gianni gewesen. »Ähm, ja, den habe ich bekommen«, fuhr ich fort. »Ich habe mich sehr darüber gefreut. Vielen Dank.«

»Ich habe im Feinkostladen angerufen und gebeten, der schönen Frau im Seagull Cottage den besten Weihnachtsgeschenkkorb und einen Weihnachtsbaum zu liefern. Eine genaue Adresse hatte ich nicht, es war alles ein wenig vage, aber schön, dass es geklappt hat.«

»Das war wirklich eine nette Überraschung«, sagte ich. »Noch mal tausend Dank.«

Gianni fluchte leise vor sich hin, während er grimmig zuhörte.

»Hey, was hältst du davon, wenn ich nach Devon komme und wir den Korb gemeinsam leeren?«, sagte Nigel. »Ich könnte sofort aufbrechen und wäre am frühen Abend bei dir.«

»Oh, das ist sehr süß, aber ...«

»Chloe, ich sage nur drei Worte ... *Das Erwachen der Macht.*«

»Hm, ja, hört sich gut an, aber ...«

»Widerstand ist zwecklos. Ich habe ihn gerade in der Hand, während ich mit dir spreche.«

»Wie bitte?«, rief ich entsetzt, denn mit dieser Wendung hatte ich nun wahrlich nicht gerechnet.

»Ich habe in der Hand eine brandneue Kopie der Sammlerausgabe von *Das Erwachen der Macht* in – du ahnst es sicher – in 3-D!«

»Oh.« Erleichtert atmete ich auf und blickte lächelnd zu Gianni hinüber, der sich ein wenig entspannte.

»Ich habe den Film gesehen, als er herauskam«, erzählte Nigel weiter, »und ich muss sagen, ich war enttäuscht. Also habe ich ihn ein Jahr lang weggelegt und mir vorgenommen, ihn mir danach noch einmal ganz unvoreingenommen anzusehen.«

Gianni gestikulierte wild herum, um mich aufzufordern, das Gespräch zu beenden. Ich strahlte ihn an und warf ihm einen Luftkuss zu. »Tut mir leid, Nigel«, sagte ich. »Aber ich bin wieder mit meinem Ehemann zusammen. Ich habe ihn immer geliebt. Man könnte sagen, ich habe mein ganz persönliches Erwachen der Macht erlebt – der Macht der Liebe. Alles Gute.«

Kaum hatte ich aufgelegt, war Gianni mit einem Satz bei mir und umarmte mich. »Schluss mit Stalking«, flüsterte er mir ins Ohr, hob mich dann hoch und trug mich die Treppen ins Schlafzimmer hinauf, in dem wir einst unsere Ehe besiegelt hatten.

Ich hätte nicht erwartet, dass unsere Geschichte so enden würde, aber es war ein wundervolles Ende und ein Neuanfang. Das Schicksal und unsere Liebe hatten uns wieder zusammengeführt, und wir waren dankbar für diese zweite Chance. Wir hatten wieder eine gemeinsame Zukunft vor uns, das war unglaublich aufregend. Aus einem Gefühl von Sprachlosigkeit heraus hatten wir zugelassen, dass unsere Ehe zerbrach, doch das würde uns nicht noch einmal passieren. Wir wussten beide, was wir aneinander hatten, und wollten uns nicht wieder verlieren. Ich war Nigel echt dankbar, denn hätte er mir den Geschenkkorb nicht geschickt, hätte ich Gianni niemals eingeladen und so offen mit ihm gesprochen. Es bedurfte tatsächlich einer Macht von außen, um in Nigels Sprache zu bleiben, um unser Glück wiederzufinden. Möge diese himmlische Macht immer bei uns sein.

Epilog

Es war Silvester, und ich fuhr vom Seagull Cottage zum Restaurant. Für heute Abend waren ein paar Tische reserviert, und ich freute mich schon auf unsere Gäste. Das Leben war so spannend wie seit Langem nicht mehr. Das Restaurant war nach Weihnachten schnell zum Geheimtipp geworden, was an den leckeren Gerichten und an dem guten Service lag, den das Il Bacio nun anbot. Vielleicht hatte ja auch mein bescheidener PR-Beitrag zum Erfolg beigetragen, denn ich hatte Robertas Vorschlag in die Tat umgesetzt, wenn auch auf meine Art. Bei meinem Anruf bei der Lokalzeitung hatte ich mich bei dem Kritiker, den Gianni mit der Wurst angegriffen hatte, entschuldigt. Mit viel Charme gelang es mir, ihn zu überreden, noch einmal ins Restaurant zu kommen, wo Gianni sich persönlich bei ihm entschuldigte und ein Foto für die Presse gemacht wurde. Am Tag darauf erschien in der Zeitung ein Foto, das die beiden Männer zeigte, wie sie mit Würsten einen Scheinkampf ausfochten – ein echter Werbeknüller. Das Foto war in der Woche zwischen Weihnachten und Neujahr erschienen, und da in dieser Zeit kaum etwas los war, verbreitete es sich überall. Selbst in den Fernsehnachrichten brachte man die Geschichte. Wir waren in aller Munde – und infolgedessen bis Februar komplett ausgebucht.

Am frühen Abend fuhr ich über die Promenade von Appledore entlang, an der sich zu beiden Seiten noch der Schnee häufte. Ich drosselte das Tempo und blickte auf das graue Meer und die stille Küstenlandschaft hinaus, die alle Schattierungen von Dunkelgrau bis Weiß aufwies. Bald würde der Schnee am Strand geschmolzen sein, und bis zum Frühjahr würde der Himmel wieder in leuchtendem Blau und flauschigen weißen Wolken erstrahlen. Dies alles würde ich miterleben, denn London war Vergangenheit, meine Zukunft lag nun hier. In Kürze würde die letzte Nacht im alten Jahr hereinbrechen, und wie immer an Silvester war die Luft von knisternder Erwartung erfüllt.

Dies war mein Neuanfang, und ich würde meine Chance nutzen. Ich hatte akzeptiert, dass einem das Leben nicht alle Wünsche erfüllte, aber wenn man geduldig war, schenkte es einem vielleicht das, was man brauchte – und einen kleinen Bonus obendrauf. Als ich aus dem Wagen stieg, wurden bereits die ersten Raketen abgeschossen, die wie kleine Glückssterne im dunklen Himmel explodierten.

Ich trat auf den Bürgersteig, kickte einen Rest verklebten Schnees weg und merkte erst jetzt, dass das Restaurant völlig im Dunkeln lag. Das kam mir seltsam vor, also ging ich zur Fensterfront und spähte hinein. Drinnen brannte nirgendwo Licht, und es war auch niemand zu sehen, was mir unbegreiflich war, da ich persönlich das Personal einbestellt hatte. Ich wollte schon an die Tür hämmern, als diese plötzlich aufging und Gianni vor mir stand.

»Ah, da bist du ja endlich«, sagte er, und wie immer, wenn er mich sah, leuchteten seine schönen Augen vor Freude auf. Dieser Freude würde ich niemals überdrüssig werden.

»Gianni, was ist los? Warum ist das Restaurant geschlossen?«

Er zuckte die Achseln und bat mich einzutreten. »Komm rein. Ich werde es dir erklären«, sagte er. Während ich in den dunklen Speisesaal ging, stellte ich mir alle möglichen Dinge vor, die schiefgelaufen sein könnten, seit Gianni heute Morgen das Cottage verlassen hatte: Er war bankrott, man hatte Gift im Essen gefunden, ein weiterer Restaurantkritiker hatte sein Abendessen um die Ohren gehauen bekommen ...

»Überraschung!«

Die Lichter gingen an, und ich traute meinen Augen kaum, als ich die vielen lächelnden Gesichter um mich herum sah. Einige Leute kannte ich, andere nicht, aber es waren sehr viele, und offenbar waren sie alle nur wegen mir hier. Erstaunt drehte ich mich zu Gianni um, und er lächelte zärtlich, strich mir über den Arm und schnappte sich von einer vorbeigehenden Kellnerin zwei Gläser Champagner.

Alle Mädels aus dem Eiscafé waren da, einschließlich Delilah, der Spitzdame, die, dem Anlass entsprechend, in ein rotes Glitzerkleid gehüllt war und mehrere Perlenketten um den Hals trug. Ganz Appledore schien hier zu sein; ich sah den Mann aus dem Feinkostladen mit seiner Frau und Fred aus der Pommesbude, der nur Augen für Roberta hatte. Überglücklich und gerührt strahlte ich in die Runde und sah dann Gianni an, der neben mir stand, den Arm um meine Taille geschlungen.

»Du hast gesagt, ich muss die Menschen dazu bringen, mich zu mögen«, raunte er mir ins Ohr. »Das war verdammt schwer, ich habe in den vergangenen beiden Tagen wie ein gottverdammter Ochse geschuftet. Aber Chloe hat gesagt, wenn ich die Leute anlächle, lächeln sie zurück, und sie hat recht. Ich glaube, manche von diesen Kalbsköpfen mögen mich jetzt richtig gerne.« Mit diesen Worten drehte er sich zu den Gästen um und rief: »Frohes neues Jahr und vielen Dank, dass Sie so zahlreich erschienen sind! Wie Sie wissen, ist dies eine Überraschungsparty für meine Frau Chloe. Heute Abend ist kein normaler Restaurantbetrieb, sondern Party angesagt, und Mr. und Mrs. Callidori laden Sie herzlich dazu ein!« An mich gewandt, fügte er hinzu: »Ich habe die Party für dich organisiert, um dir für alles, was du für mich getan hast, zu danken.« Ich war sprachlos. Giannis bezauberndes Geschenk war wahrlich der Zuckerguss auf meinem Kuchen. Ich lächelte selig vor mich hin, konnte mein Glück kaum fassen. »Also ich danke dir für alles, Chloe«, schloss er. »Du bist gekommen, als ich dich brauchte, und obwohl ich herumgeschrien und geflucht habe, bist du geblieben. Ich bin ein knurriger Bock, aber du bist meine Königin. Danke, dass du mir eine zweite Chance gibst. Auf die zweiten Chancen im Leben!« Mir tief in die Augen blickend, hob er sein Glas, und ringsum riefen nun alle im Chor: »Auf die zweiten Chancen!«

Ich schlang die Arme um seine Mitte, aber er brannte darauf, mich herumzuführen, um mir zu zeigen, was er sich alles hatte einfallen lassen. Ich war gerührt, dass er sich so viel Mühe gemacht hatte; die größte Herausforderung war für ihn sicher gewesen, all diese Leute zusammenzutrommeln – und nett zu ihnen zu sein.

»Du liebst mich wirklich«, sagte ich.

»Und wie. Ich habe sogar den maulfaulen Kerl eingeladen, nur für dich.« Er deutete in die Ecke, wo »DJ Marco« Musik auflegte. Marcos finsterer Miene nach zu schließen, schien er sich inmitten dieses fröhlichen Trubels ziemlich unwohl zu fühlen.

Als ich mit Gianni anstieß, kam Roberta angerannt, um mir mitzuteilen, dass sie als Showeinlage »Madonna« geben werde.

»Wir wollten das italienische Ambiente mit einem modernen Touch kombinieren, nicht wahr, mein *torta di dolcetta*?«, sagte sie liebevoll zu Gianni.

»Ja, *cara mia*, und du wirst es *bellissimo* machen. Für dein ›Like a Virgin‹ wirst du Standing Ovations erhalten.« Er warf ihr einen Kuss zu.

Ich kam aus dem Staunen nicht mehr heraus. War das Gianni, mein aufbrausender Ehemann, der Mann, der bei den meisten gesellschaftlichen Veranstaltungen den Charme eines Holzklotzes zeigte? Vielleicht hatte die Seeluft ihn weicher gemacht, ich hatte jedenfalls nichts dagegen einzuwenden.

»Aber ich bin heute nicht Star des Abends, oder, Gianni?«, sagte Roberta und blinzelte ihm zu.

»Nein, wir haben heute einen ganz besonderen Gast, ich bin schon aufgeregt wie ein Schimpanse.« Er packte mich am Arm und führte mich zu Gina. Sie trug ein atemberaubendes, glitzerndes schwarzes Abendkleid und hatte ihr Haar zu dicken blonden Locken aufgedreht. Sie stand mit dem Rücken zu uns und unterhielt sich gerade mit jemandem, und als sie sich umdrehte, um uns zu begrüßen, entdeckte ich hinter ihr einen Mann mit einem zerfurchten, sehr attraktiven Gesicht. Es war der Hollywoodfilmstar Roberto Riviera, der leibhaftig hier in unserem Restaurant war, so wie Gina es versprochen hatte. Ich brachte kein Wort heraus. Obwohl ich schon öfter mit berühmten Leuten gearbeitet hatte, war Roberto ein anderes Kaliber. Mir wurden die Knie weich, als er nun lächelnd zu uns kam und Gianni und mich begrüßte.

»Meine liebe Chloe, es ist mir eine Freude, Sie kennenzulernen«, sagte er und schüttelte mir die Hand. Sprachlos starrte ich ihn an, als wäre er eine Erscheinung. Sein Haar war stahlgrau, seine Haut bronzefarben, und seine Augen hatten immer noch diese schokoladenbraune Farbe, die einst Millionen Frauen betört hatte. Er war charmant, freundlich und hatte sich mit Gianni in der Stunde, seit er hier war, offensichtlich bereits angefreundet. Wie er erzählte, war er nach der Ankunft aus Los Angeles auf Ginas Befehl hin direkt ins Restaurant gekommen. Sobald ich meine Stimme wiedergefunden hatte, unterhielten wir uns über Hollywood; er erzählte ein paar lustige Anekdoten und Klatschgeschichten, und ich quetschte ihn über seine Freundschaft mit Al Pacino und Robert de Niro aus. Er erleuchtete den Raum mit seinen strahlend weißen, perfekten Zähnen, seinem Hollywoodglamour, und ich lud ihn spontan für morgen Abend zum Essen bei uns ein.

»Oh, Ihr Gatte hat mich freundlicherweise bereits für morgen Abend eingeladen«, sagte er.

Gina schmiegte sich an ihn. »Roberto würde sich liebend gern mit Gianni im Restaurant fotografieren lassen, nicht wahr, Schatz?«, sagte sie schmachtend.

Er stieß seinen Kopf leicht gegen ihren, und die prickelnde Erotik, die beide verströmten, verriet, dass sie eine Menge nachzuholen hatten.

Ich war jetzt nicht mehr nur Ehefrau, sondern Mitbesitzerin eines Restaurants am Meer, und die PR-Frau in mir witterte Morgenluft. Diese Chance würde ich mir nicht entgehen lassen. Also fragte ich Roberto höflich, ob er etwas dagegen hätte, wenn ich morgen Abend auch ein Fernsehteam des lokalen Senders einladen würde. »Es wäre mir eine Freude«, erwiderte er charmant. Der Blick, den Gina ihm über ihr Glas hinweg zuwarf, ließ vermuten, dass ihn heute Abend noch ganz andere Freuden erwarteten.

Es ist schwer zu beschreiben, wie ich mich an jenem Silvesterabend fühlte. Es war, als hätten sich alle meine Träume entgegen allen Erwartungen erfüllt.

»Ich kann dir gar nicht genug für heute Abend danken, zumal ich weiß, wie schwierig das alles für dich sein muss«, sagte ich zu Gianni, als wir einen Moment allein waren.

»Ja, es ist verdammt anstrengend, nett zu sein. Aber zum Glück mag ich die meisten Leute, die hier sind. Also werde ich weiter nett sein, bis ich nicht mehr kann.«

Ich lachte und fragte mich, was passieren würde, wenn er einen seiner berüchtigten Tobsuchtsanfälle bekäme. Das könnte nämlich durchaus geschehen, wenn Fred aus der Pommesbude ihn noch einmal »Pedro« nennen würde.

Der Rest des Abends verlief jedoch völlig harmonisch. Ella hatte ihre Kinder und deren Partner mitgebracht, und Roberta hatte einen attraktiven Grauschopf am Arm, der anscheinend irgendetwas mit der Mafia zu tun hatte. Sue war ebenfalls in Herrenbegleitung, und als ich ihr sagte, er sehe nett aus, pflichtete sie mir bei, fügte jedoch hinzu: »Ich mag ihn, aber ich will nicht, dass er mich für selbstverständlich ansieht. Das habe ich schon zu oft erlebt, Schätzchen.«

In der Zwischenzeit setzte mein Mann seine Charmeoffensive fort, und die einzige peinliche Situation war, als er den Arm um mich legte und dem Mann aus dem Feinkostladen erzählte: »Ohne die Küsse könnte ich nicht mehr leben.« Ich machte mir eine mentale Notiz, im neuen Jahr an Giannis Aussprache zu arbeiten. Egal wie freundlich er war, wenn man an der Küste lebte, fiel dieses Wort öfter, und ich wollte nicht, dass die Leute über ihn tuschelten.

Nachdem sich alle am Buffet satt gegessen hatten, begann Robertas Showeinlage. Sie hatte sich umgezogen und trug nun, passend zu Delilahs Outfit, ein rotes Glitzerkleid. Beide schritten in die Mitte des Raums, als wäre es der Caesars Palace in Las Vegas, und verneigten sich vor dem begeistert johlenden Publikum. Roberta begann zu singen; ihre Stimme war überraschend voll und kräftig, und sie bewegte sich dazu so gelenkig und geschmeidig wie eine junge Frau. Sie verfügte über eine unglaubliche Bühnenpräsenz. Wie Gianni es vorhergesagt hatte, brachte ihre Version von »Like a Virgin« das Publikum zum Toben. Später sandte Roberta via Twitter Fotos und ein Video von ihrem Auftritt an Madonna, nur brachte sie bei der Adresse irgendetwas durcheinander, und ihr Material landete beim »Madonna-Kreis«. Dieser entpuppte sich als eine katholische Priestergemeinschaft, die ihr Leben dem Dienst an Jesus Christus widmeten. Zu gerne hätte ich gewusst, was die Priester sich bei den Aufnahmen einer neunundsiebzigjährigen Frau dachten, die mit einem in Pink gekleideten und mit Perlenketten behängten Hund ekstatisch herumhüpfte und darüber sang, wie es sich anfühlte, wenn man das erste Mal berührt wurde.

Nach der wunderschönen Silvesterfeier mit neuen

Freunden, köstlichem Essen, gutem Wein und jeder Menge Spaß gingen wir um Mitternacht alle zusammen an den Strand, wo wir uns an den Händen hielten und »Auld Lang Syne« sangen. Es war eine sternenklare Winternacht, und während ringsum Raketen in den Himmel zischten und Böller krachten, nahm mich mein Mann in die Arme und küsste mich. Und ich spürte, wie ich innerlich wieder heil wurde.

Schließlich löste sich die Gesellschaft auf. Wir winkten den Gästen an der Tür nach und versprachen, uns bald wiederzusehen. Dann zog Gianni mich ins Restaurant und geleitete mich durch eine richtige Schwingtür in die Küche.

»Kein Abschotten mehr?«, fragte ich.

»Nein. Ich will wieder am Leben teilnehmen. Und das verdanke ich dir.« Er nahm mich bei der Hand und führte mich in die kleine Wohnung über dem Restaurant.

»Ich dachte, wir wohnen jetzt im Cottage«, sagte ich enttäuscht. »Ich will nicht mehr über dem Restaurant übernachten, sonst würde es über kurz oder lang wieder über unser Leben bestimmen.«

»Natürlich werden wir im Cottage wohnen. Wir werden uns die Sonntage freinehmen, uns leckere Pasta kochen und ein Privatleben haben. Ella bezeichnet diese Auszeiten als ›Paar-Rendezvous‹.« Unsicher sah er mich an, als bitte er um meine Zustimmung.

»Paar-Rendezvous. Hm, klingt gut«, sagte ich lächelnd und küsste ihn auf die Wange.

Die Mädels hatten ihn gut gecoacht, und ich freute mich sehr darauf, die lustige Truppe noch besser kennenzulernen.

Am Treppenabsatz öffnete er die Wohnungstür und trat zur Seite, um mich hereinzulassen. Am Eingang zu der winzigen Küche blieb ich verdutzt stehen, denn in einer Ecke befand sich ein kleines Kuschelbett für Haustiere und zwei kleine Schüsseln mit Futter und Wasser. »Was ist das?«, fragte ich.

»Sieh selbst nach«, sagte er. Neugierig ging ich zu dem rosafarbenen Bettchen, lugte unter die Decke und erspähte ein bezauberndes weißes Kätzchen.

Vor Rührung schossen mir Tränen in die Augen. »Oh, Gianni!«

»Schneeflöckchen Nummer zwei«, sagte er, hob das Kätzchen hoch und überreichte es mir, wie er es damals vor vielen Jahren getan hatte.

»Willkommen in unserer Familie, du Süße«, sagte ich, worauf das Kätzchen sein rosa Schnäuzchen öffnete und leise miaute, als wollte es mich begrüßen.

Gianni nahm mir die Katze ab und bettete sie behutsam unter dem Mantel an seine Brust, wie er es damals mit dem ersten Schneeflöckchen gemacht hatte. Wir gingen wieder nach unten, und als Gianni mir die Restauranttür aufhielt, drehten wir uns beide noch einmal um und betrachteten voller Stolz den Ort, den wir erschaffen hatten und der nun uns gehörte. Wir waren wieder ein Team, privat und geschäftlich. Manchmal müssen sich zwei Menschen, die füreinander bestimmt sind, erst trennen, um sich neu entdecken zu können.

Die Nacht war kalt und klar, es explodierten noch ein paar letzte Feuerwerkskörper und erhellten mit ihrem Funkenregen den Heimweg für unsere kleine Familie. Wer wusste schon, was das neue Jahr bringen würde, aber im

Hier und Jetzt war ich mit dem Mann zusammen, den ich liebte, an dem Ort, den ich liebte, mit dem kleinen weißen Kätzchen, das ich liebte. Mehr brauchte ich nicht, um glücklich zu sein, und was immer noch passieren mochte, eines war gewiss: Appledore war mein neues Zuhause.

Ein Brief von Sue Watson

Danke, liebe Leserinnen, dass ihr dieses Buch gelesen habt. Ich hoffe, es hat euch Freude gemacht, zusammen mit Chloe und Gianni nach Appledore zurückzukehren, und ich konnte euch mit dem vielen Schnee, dem Weihnachtsflitterkram und der heißen Schokolade ordentlich in Weihnachtsstimmung versetzen.

Wenn euch dieses Buch gefallen hat und ihr gerne mehr von mir lesen würdet, dann klickt einfach diesen Link an: www.bookouture.com/sue-watson Auf diese Weise kann ich euch informieren, wenn ich wieder ein Buch veröffentliche.

Ich verspreche, ich werde eure E-Mail-Adresse nicht weitergeben und euch nur dann eine E-Mail schicken, wenn ich ein neues Buch herausbringe. Es würde mich riesig freuen, wenn ihr euch ein paar Minuten Zeit nehmen könntet, um eine Kritik zu schreiben.

Wenn ihr mal Lust auf einen weihnachtlichen Nachtisch habt, solltet ihr Chloes Weihnachts-Crumble probieren; er ist lecker, simpel und ganz leicht zuzubereiten. Gebt mir Bescheid, wie er euch geschmeckt hat!

Frohe Weihnachten!

Liebe Grüße, Sue

www.suewatsonbooks.com/
Facebook: Sue-Watson-Books
Twitter: @suewatsonwriter

Chloes Weihnachts-Crumble

Dies ist ein sehr leckerer Crumble ohne jede Spur von Seeschlangen! Ein einfaches und schmackhaftes Dessert, das man am besten in der Weihnachtszeit serviert. Dank des Zimts und dem Glühwein schmecken die Pflaumen in diesem Crumble wie Weihnachten in Reinkultur. Den Streuseln kann man auch Orangenschalenabrieb, gehackte Nüsse, Mandelblättchen oder etwas braunen Zucker hinzufügen. Will man diesen Nachtisch noch festlicher gestalten, kann man auch Rumsoße oder eine Creme aus Brandy dazu kredenzen und dadurch einen simplen Crumble in ein exquisites Weihnachts- oder Silvesterdessert verwandeln.

Zutaten (für sechs Personen):

Füllung:
28 g Butter
1 kg Pflaumen
2 Nelken
3 TL Zimt
150 ml Glühwein oder Cranberry-/Himbeersaft
2 TL Muscovadozucker oder brauner Zucker
2-3 TL Orangenschalenabrieb

Streuselteig (Crumble):
225 g Mehl

85 g Butter (Zimmertemperatur)
75-110 g brauner Zucker
1 TL Zimt

Zubereitung:
Den Backofen auf 180 °C oder Gas Stufe 4 vorheizen.

Gebt die Butter in eine Pfanne, fügt den Muscovadozucker oder braunen Zucker hinzu und erwärmt das Ganze bei mittlerer Hitze, bis die Butter geschmolzen ist und der Zucker sich aufgelöst hat. Jetzt gießt langsam den Glühwein dazu, rührt aber nicht zu viel um, da die Flüssigkeit sonst körnig wird. Gebt als Nächstes die entkernten, geschnittenen Pflaumen, die Nelken und den Zimt dazu und lasst alles ungefähr zehn Minuten köcheln, bis die Pflaumen einen Teil der Flüssigkeit aufgenommen haben. Füllt das Ganze in eine feuerfeste Form und stellt es beiseite.

Gebt die Butter und das Mehl in eine große Rührschüssel, verknetet beides mit den Fingerspitzen zu Streuseln und mischt Zucker und Zimt darunter. Häuft die Streusel mit einem großen Löffel über die Pflaumenmasse, sodass alles gleichmäßig bedeckt ist. Wenn ihr wollt, könnt ihr zusätzlich Orangenschalenabrieb, gehackte Nüsse, Mandelblättchen oder braunen Zucker auf die Streusel geben.

Die Backzeit beträgt 30–40 Minuten, bis die Streusel goldbraun sind und die Früchte blubbern. Lasst den Crumble etwas abkühlen und serviert ihn dann mit Vanillesoße, Sahne, Rumsoße oder einer Creme aus Brandy. Und wenn ihr von der weihnachtlichen Völlerei genug habt, dann esst den Crumble einfach ohne alles – Gianni schmeckt er so am besten!

Danksagung

Frohe Weihnachten und viele Zuckergusskuchen wünsche ich wie immer Oliver Rhodes, Claire Bord, Jessie Botterill, Kim Nash, Emily Ruston, Jade Craddock und dem Rest des Bookouture-Teams, das meine Worte wie durch Zauberhand in Bücher verwandelt.

Danke an alle meine Blogger-Freundinnen, die sich die Zeit nehmen, meine Bücher zu lesen und zu bewerten. Ich kann euch gar nicht genug für eure Freundlichkeit, Unterstützung und Begeisterung danken – ihr habt mir die Kraft gegeben, mich durch den dichten Schnee zu kämpfen.

Liebe und weihnachtliches Funkeln für meine Familie und meine Freunde. Ihr inspiriert mich in vielerlei Hinsicht. Dank euch fühlt sich jede Jahreszeit wie Weihnachten an!

Zara Stoneley

Ein Weihnachtsmuffel zum Verlieben

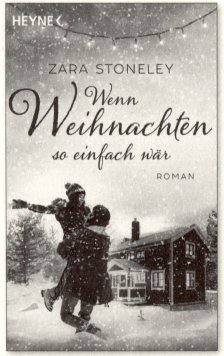

978-3-453-42383-1

Leseprobe unter **www.heyne.de**

HEYNE

W. Bruce Cameron

Bei diesem Roman werden Sie gleichzeitig lachen und weinen

978-3-453-41779-3

.eseprobe unter **www.heyne.de**